樂府續集

郭麗 吴相洲 編撰

宋代卷
遼代卷
金代卷

伍

宋代卷 新樂府辭 全
遼代卷 全
金代卷 全

上海古籍出版社

予往來秦熙汧隴間不啻十數年時聞下里之歌遠近相繼和高下掩抑所謂其聲嗚嗚也皆含思宛轉而有餘意其辭甚陋因其調寫道路所聞見猶昔人竹枝紇羅之曲以補秦之樂府云

李　復

柔桑葉苑暗東岡，山下亂石如群羊。舊沙漸高行路斷，馬蹄踏散飛星光。

繰絲宛轉聽車聲，車聲忽斷心暗驚。舊機虚張未滿幅，新絲更短織不成。

東來健兒身手長，不隨伍籍習弓鎗。何須官廪請租税，白晝衣食出道傍。

短衫窄袖上馬輕，空手常喜烟塵行。論功何須問弓劍，自有主將知姓名。

牛車欲住更催行，官要刻日到新城。軍有嚴期各努力，秋田無種何須耕。

蕃兵入市争賣田，漢人要田蕃無錢。有田賣盡走蕃去，却引生羌來寇邊。

白羌紛紛急攻城，羌酋却走殺漢民。漢民當前死不惜，甌脱更有殺來人。

隴山連峰入無際，天畫封疆限華裔。如何谽谺忽中裂，西通風來動邊氣。

鳴鳳山西五里阪，未渡汧河山漸淺。東來行人漸長嘆，已覺秦川不在眼。垂白東西幾田父，林間偶坐忘巾履。共説乾餱付遠人，六月長丁猶築戍。《全宋詩》卷一一〇一，册19，第12491頁

大宋中興頌并序

周紫芝

詩序曰：「竊惟《毛詩》一經三百六篇，其間詠盛德而贊成功者，殆居其半；聖經所載，寧有愧辭。將上以昭格明抄、徐本作假於神靈，下以垂芳於奕世。俾誦其言者信其事，爲萬世之龜鑑，豈曰小補之哉！粤維炎宋國步中艱，篤生聖神，克紹遠烈，尊用元臣，以扶昌運。寢兵以來，海内清平，文章華焕，考之詩書，皆所未有。夫舜有大功，不過二十而止；神禹丕績，唯聞《九叙之歌》。今皇帝殄攘浮議，剪剔奸雄，和附乖離，敉寧區夏。至於迎母后於遐方，禮天神於圓陛，拜原廟之衣冠，納春朝之圖籍，以至《靈臺》歌辟雍之樂，《載芟》草藉田之頌，凡一禮一樂有所未備，必蒐訂遺文以補罅漏。自其纖悉，馴致大功，方之舜、禹，未或遠過。顧惟寒生均與斯民蒙被聖澤，敢作頌詩以申歌詠。雖記問空疏，文辭淺纇，不能遠追王褒《樂職》之詩，近配宗元《淮西》之雅，猶足曳履行歌，爲太平之幸民。亦庶幾采詩

之官，尚或有取。頌曰……」

緬維聖宋。昔在中葉。四方多虞，萬里喋血。大臣持謀，興師肆伐。將臣持兵，日獻戎捷。皇帝曰吁，黷武無烈。糜我赤子，膏我斧鉞。孰與休師，一戟不折。因壘而降，舞干而悦。閉我玉關，歸師解甲。犁我春田，銷兵鑄鐵。使命交通，相望不絶。愛惜兩朝，前師聖説。昭陵之仁，嘉祐之業。念昔興師，堂陛瓲䠒。發言盈庭，更訛玄蘐。佩劍彼此，孰予孰決。廟謀一定，群議沮折。袖手何言，瞠目捲舌。草木蒼蒼，始有芽蘖。晝育恢胎，咸歸坱扎。灞上棘門，環衛拱列。罔敢擅師，始制君節。萬夫屬鞬，拜舞君闕。乃命叔孫，諏日綿蕝。蒐講闕遺，悉究悉設。皇帝孝思，上與天合。冀獲一真，如響必答。翠輿南旋，紅鸞秉翣。長樂鐘聞，皇情允愜。我歌思齊，輿情激越。皇帝之祀，咸秩罔缺。合祭於郊，爰蕆繭栗。蒼璧前陳，大裘始挈。我歌思文，以告豐潔。大慶御朝，王春正月。禹會塗山，萬玉交戛。漢朝諸侯，圖籍是閲。兵戈澒洞，士氣銷礱。俎豆不陳，軍旅是急。大起廱泮，儒士鼓篋。韋帶縞衣，駢冠累屧。論秀蒸髦，尾尾岌岌。農流於兵，病不生活。茫茫千塍，蒿藜是没。皇帝慨然，親耕隴畷。耕根之車，飛檐轥轥。宣和之軌，明道之轍。聖心懇到，三推未輟。父老曰嘻，歸告我邑。俾爾秔稌，屯雲積雪。凡此大功，具載史牒。用告神明，以報夔契。帝坐法宮，禮備樂闋。獸舞鳳鳴，八音不奪。

皇威所覃，雷動風發。南面垂衣，大壯帝室。曰皋曰雉，鼛鼓弗及。蒼龍之闕，上摩星日。萬目顧瞻，葱葱鬱鬱。澎澎海潮，吴會來集。天子萬年，風翔喜溢。孰磨蒼崖，孰秉史筆。天子曰都，是任明抄、徐本作在良弼。聖有至言，維德之一。是用作歌，以告萬國。《全宋詩》一五三六，册26，第17429—17430頁

中原民謡

周麟之

詩序曰：「紹興己卯冬，予被命出使，長至後三日入北界，留燕京旬浹。明年人日，復渡淮而歸。時北人咸謂戎主不道，汰虐已甚，額焉以殺人爲嬉。方且竭財力事土木，又將欲包舉南夏，并吞八荒，曾不知覆亡之無日。始予聞之，駭且懼，未敢盡信其説。及往返中原數千里，觀人心之向背，測天地《金陵詩徵》作理之逆順，考事物之廢興，得之謳吟者，蓋不一而足，何其慨然思舊德之深，望王師之切也。然則聖天子中興，恢復疆土，綏靖宇内，兆已著矣，北胡其能久乎？於是因所聞見，論次其事，檃括其辭，爲《中原民謡》十首，庶乎如古所謂抒下情、通諷諭、宣上德、廣風化者。異時太史采詩，或可以備樂府之闕云。」

燕京小

予次汴京，聞虜欲遷都於汴，起諸路夫八十萬增築城闕，肸飾宫殿，至以宣德門爲小而易之，展東御廊，侵民居五十步。令下之日，老壯悲憤，至有號泣者。及渡河而北，見游童歌曰：「燕京小，南京大，修蓋了，康王坐。」自注：虜以汴爲南京。所過諸郡不謀同辭。洎至燕，則其宫闕壯麗，延亘阡陌，上接霄漢，雖秦阿房、漢建章不過如是。又欲舍之而南徙，果何意哉？作《燕京小》。

燕京小，鉅防絡野長蛇繞。展闢城池數倍寛，帝居占盡民居少。自注：燕京城内地大半入宫禁，百姓絶少。此得之北使。通天百尋殿十重，自注：其端門名通天。金爵觚棱在半空。萬户千門歌舞窄，不知九市人聲寂。時時日曀盲風來，殺氣冥濛胡舞塞。舊來寢處穹廬中，今乃燕坐阿房宫。猶嫌北方地寒苦，又欲南嚮觀華風。汴都我宋興王宅，二百年來立宗祏。一朝飛瓦下雲端，盡毁前模變新飾。故老慟哭壯士讙，吾寧忍死不忍觀。只恐金碧塗未乾，死胡濺血川原丹。群兒拍手歌相和，此地寧容犬羊涴。旄頭夜落五雲開，還與吾皇泰微坐。

迎送亭

予留盱眙幾月，待對境取接，未有耗。忽聞有四方館使先到泗州按視，一路館舍修飾甚嚴潔。及入北界，所至都邑門外各起迎送亭一所，丹艧原缺，據《金陵詩徵》補猶未乾也。駕車父老指以謂予曰：「迎送者，迎宋也。此地殆將迎宋乎？」作《迎送亭》。

迎送亭，亭邊柳色何青青。樹頭風和鵲聲喜，朱甍碧瓦烟光凝。路人矯首城南北，牓字新題照阡陌。金牌天使走馬來，蕃官出門餞迎客。車頭老人扶輒行，自言身是宋遺氓。斯亭豈爲迎送設，殆欲迎宋非虚名。南人側耳驚相顧，此語端能卜天數。説與征夫且緩驅，往來怕見征塵汙。莫折亭前百年柳，曾經宋德栽培久。只期南望翠華歸，再拜馬前稱萬壽。

金瀾酒

予憩燕京會同館，虜以吾國故不設樂。一日，有梁大使入館傳旨曰：自注：梁乃先朝内侍官也。「卿等執哀命至此，朕拘典禮，不得與卿同燕樂，今賜卿金瀾酒二瓶，銀魚、牛魚二盤。」自注：銀魚長尺餘，比南方者尤大。牛魚出混同江，一魚之大如牛，或云可與牛同價。皆下拜受賜。瓶盤乃金銀器，升原缺，據《金陵詩徵》補龍交錯，形製甚精古，且令并留之。有客驚謂予曰：「酒則美也，其名不祥。」予曰：「古人命酒名，無不佳者。蘭英以香名，竹葉以色名，酴醾、蒲萄又各以其木之華實名。金瀾，佳名也。古樂府曰：『月穆穆以金波。』又曰：『洞庭秋月生湖心，層波萬頃如熔金。』金瀾之名，其取諸此乎？」客曰：「不然。子弗聞夫白蛇斷而秦亡，當塗高而魏昌，國之興亡實係焉。金瀾者，金運其將闌乎？」予矍然曰：「有是哉。」作《金瀾酒》。

金瀾酒，皓月委波光入酒。冰壺避暑壓瓊艘，自注：虜中避暑於冰窖，造御酒甚清冽。陳樞□奉使至彼，當盛夏，嘗被賜。火炕敵寒揮玉斗。自注：北方地寒，卧床累土爲之，若竈然，熾火其下，謂之炕。寢處飲食，皆在其上。追歡長是秉燭游，日高未放傳杯手。生平飲血狐兔埸，釀糜爲酒自注：《四夷附録》云：女真人釀糜爲酒，醉則殺人。氈爲裳。猶存故事設茶食，自注：胡俗重茶食。阿骨打開國之初，尤尚此品。若中州餅餌之類，多至數十種，用大盤累飣，高數尺。所至供養，并賜燕必用。金剛大鐲胡麻香。自注：茶食中一種名爲金剛鐲，甚大。五辛盈柈雁粉黑，自注：虜人盛饌，以雁粉爲貴，以木柈貯之。其瀋黑色，以生葱、蒜、韭之屬置於上，臭不可近。豈解玉食羅雲漿。南使來時北風冽，冰山峨峨千里雪。休嗟虜酒不醉人，別有班觴下層闕。或言此酒名金瀾，金數欲盡天意闌。醉魂未醒醆未覆，會看骨肉争相殘。一雙寶榼雲龍翥，明日辭朝倒壺去。旨留餘瀝酹亡胡，帝鄉自有薔薇露。自注：本朝禁中御酒名薔薇露。

歸德府

至南京，聞車前有父老相與語曰：「此歸德府也，易名矣。」或應之曰：「名則易矣，而實未嘗易也。此地古商丘，是爲宋分。我藝祖之興，初受鉞於此，時號歸德軍。大業既定，列於陪都。今天子繼統，復於此登寶位，改應天府。蓋我宋十葉興王之國，今曰歸德，復舊名矣。祖宗之澤，在人者深，神孫紹隆，聖德昭著，民不歸我而誰歸。作《歸德府》。」

歸德府，四野坡池抱重阻。閼伯之墟舊宋州，心爲大火占星土。昔我藝祖龍潛初，授鉞此地開炎圖。録裳拜野休運啓，王氣鬱鬱雲扶輿。真人當天朝萬宇，北望帝城天尺五。舟車輻輳川塗交，盡説南京比三輔。中興天子膺赤符，又臨此地登鑾車。版圖一失故地隔，坐使神州淪虜區。金杏園邊春色早，連阡粟麥瀰河道。景物依然似昔時，只恨居民戴胡情。民言我宋潴仁深，况此舊名歸德軍。於今府號襲前躅，不日中原當自復。金人無德亡無時，大德日隆天下歸。

遇沃州

沃，吾古趙州也。予過趙，問所以易名者，州人曰：「往年此邦忽天開，有聲如雷，流火涌出。虜疑其爲趙氏復興之祥也，改今名，且取夫以水沃火之義。」或又曰：「沃之文，天水也。趙氏之興，其讖愈昭昭矣。」語雖不經，不可不紀。作《過沃州》。

過沃州，停車聽我遺民謳。兹爲名邦古趙地，皇家得姓基鴻休。自胡雜居民在鼎，民心不改千年并。一日天開神火流，祥光塞空吐金景。胡人驚呼上畔知，自注：虜稱朝廷爲上畔，多見於公文。曰此異兆誰當之。天其有意福趙氏，於斯效瑞騰炎輝。是歲更名州作沃，自謂火炎瑞可撲。不知字讖愈分明，天水灼然真吉卜。君看石橋十尺横，上有蹋迹青騾行。當年勝概壓天下，豈忍歲久蒙氈腥。我有簞壺辨漿饋，未審王師何日至。此身終作沃州民，趙氏帝王千萬祀。

造海船

河朔道中逢太平車數百兩，相尾而北，皆載竹木繩縴，揭旗曰「某州起發北通州造海船物料」。或曰北通州，舊潞縣也，隸燕山，今升爲州。在燕京之北，地濱海，虜於此造海船千數百艘，將由膠西浮海而南矣。作《造海船》。

造海船，海旁樸斫雷殷山。大船闟艦容萬斛，小船飛鶻何翩翩。傳聞潞縣燕京北，木栰翻空浪頭白。近年升作北通州，謂是背吭宜控扼。坐令斬木千山童，民間十室八九空。老者駕車輦輪去，壯者腰斧從鳩工。自期鼓檝滄溟隘，他時取道膠西寨。檣顛相風風北來，飛航信宿趨吴會。誰爲此計狂且愚，南北土性天淵殊。北人鞍馬是長技，南人濤瀨如坦途。果爾疑非萬全策，驅民忍作魚龍食。任渠轉海入江來，自有周郎當赤壁。

渡浮橋

大河自兵火後，浮橋廢矣，近歲虜復建焉。予宿豐邱，北使遣引接來，告曰：「昨以凌冰東下，斷浮橋三十六洪，修治未畢工。今當以舟濟。」翼日，未辨色至渡口，各不下車，曳而登舟。後月餘回程，橋已成，遂策馬而過。或曰：「此橋縻錢數百萬緡，人力不可勝計，斧斤未嘗輟也。他年王師北征，其無憂乎。」作《渡浮橋》。

渡浮橋，黄流噴薄翻雲濤。駢頭巨艦寸金綷，翼以巨木維虹腰。戍河老兵三太息，顧語行人泪沾臆。去年造橋民力殫，今年過橋車轂擊。只愁屢壞費修營，追呼無時困征役。前月南朝天使來，欲令踐此夸雄哉。無何層冰蔽流下，三十六洪中夜摧。當時白馬津頭渡，不下氈車上船去。今朝緩轡揚鞭回，笑踏長鯨指歸路。但願河伯常安流，斯橋不斷千古浮。他年過師枕席上，孰憂王旅行無舟。適見黎陽山下驛，驛垣破處龜趺出。豐碑大字天成橋，猶是宣和時相筆。

金臺硯

使還，過白溝河，河水涸，深廣不盈尺。耕種連阡陌，無南北之異。道左見茂林蓊然，曰：「此御莊也。」望之有佳氣，使人慨嘆。至保州，接伴副使楊少卿，遼陽人也。其奴密以二硯來獻，且曰：「此佳硯，非翰林主人莫能當。」蓋山谷所謂金臺老張硯也，硯底刻字尚如故。予感之，報以香茗。作《金臺硯》。

金臺硯，舊日老張聞寓縣。金華仙伯一品題，名高萬石羅文傳。南轅回次白溝河，搴裳欲渡塵没靴。向此畫見限華裔，今乃接畛皆夷歌。忽見御莊雲蓊鬱，千章喬木參天碧。始知佳氣似春陵，更喜眼前多舊物。伴行蕃使言佅離，髯奴鐻耳乃有知。叩轅斂袂出雙璧，不待駬人來致辭。自言所獻非荆璞，僅比澄泥與銅雀。雅稱揮毫白玉堂，夜掃黄麻追灝噩。人皆謂彼勤且誠，盍探露團分寶馨。歸家請辨千斛墨，異時擬勒燕山銘。

任契丹

燕趙間豪傑任契丹者，居太行山，心懷本朝，誓滅强虜。時從數十騎出入，所過郡邑，靡然嚮風，莫有能當之者。或曰：「頃年虜酋打圍，嘗爲博浪之謀而不遂。一日倡義，十萬衆可指呼而集。」予自欒城趨沃州，已夜分也，遇任於道。衆胡駭懼，計無所出。繼而知其爲南使也，從間道引去。北人皆曰：「任將軍其有成乎。」作《任契丹》。

任契丹，太行爲家千疊山。此山阻絶天下脊，中有義旅蛟蛇蟠。任君本是良家子，身長七尺風姿偉。心懷忠義欲擒胡，誓與群豪揭竿起。時從數騎出郊坰，所向萬人皆披靡。不驅丁口不攫金，只取餱糧事儲偫。道遮天使奪牌歸，佩牌夜易人不知。往來燕趙數百里，徒手不假寸鐵持。夜半相逢沃州北，問知南使寧相阸。倡言我輩抱雄圖，郎主打圍曾狙擊。時來左袒奮臂呼，十萬兒郎一朝得。勸君努力雪國讎，爲我斬取單于頭。功成好爵皆君有，金印垂腰大如斗。

雨木冰

庚辰正月四日，自虹縣至青陽驛。夜半起程，行未數里，大風雨作，雪雹雜下。二車皆陷淖而壞，跬步不能進。明日彌望皆瓊林瑶草，蓋世俗所謂木冰稼者。因思《春秋》書「雨木冰」，先儒以爲庶人執兵之象。此方之民，其將圜視而起，以共踣此虜乎？不然，彼有異謀犬羊槖，又將南牧乎？天亡之時必不遠矣。作《雨木冰》。

雨木冰，貫珠絡玉千葩明。横鞭一拂條葉動，寶釵墮地聲鏗鍧。昨日登車天地墨，怪雨盲風起東北。俄然散雹亂飛霙，流淖滿途深没膝。前車折軸不得行，後車脱輻泥翻軛。曉來廓氛天宇清，萬象奪目何晶瑩。凜如介士執矛戟，四野列陣霜雪凝。汴河堤上民驚詫，問是何祥木冰稼。平生有眼未曾看，舊説惟聞達官怕。車中囁嚅齊魯生，嘗學五傳窺遺經。因言前哲論災異，占曰庶人皆執兵。只應北地干戈起，草木如人刃相倚。莫憂胡兒飲泗水，盡道明年佛貍死。

《全宋詩》卷二〇八九，册38，第23558—23564頁

喜雨歌

程公許

題注曰：「部使者鏡齋梁先生以二江灌漑之利爲西州民所寄，督有司以時繕修。會久不雨，夏畦告病，齋居蔬食，遍走群望，誠意孚格，雨澤昭蘇。門人華陽尉掾程某以職事出入田畝間，聞民謡之康樂也，采爲聲詩，以詠歌之。」

去年堰決秋雨霪，南畝粒米如黄金。縣官只道歲中熟，輸租歸家雷隱腹。老翁戒兒力鋤耰，忍饑少待明年秋。那知六月又不雨，二江之流幾齟齬。揵石震撼渠欲枯，天遠不聞人號呼。皇華使者民司命，腸日九回恐民病。齋居蔬食勤箋天，灌口牲幣加明蠲。燎烟升空忽黮霸，須臾六合澤霶霈。連宵檐響未渠休，溝塍泫泫膏乳流。疲氓彈指拜公賜，枵腸便覺有生意。邊城

十年戢干戈，鄰焰逼我將奈何。可憐十室九垂罄，倉卒軍需何以應。人情但知樂苟偷，更須熟爲根本謀。察公憂民意懇懇，定知憂國慮深遠。爲公志喜商聲謳，願公爲霖澤九州。《全宋詩》卷二九八八，册 57，第 35542 頁

建炎行并序

李 綱

詩序曰：「余去歲夏初，自長沙聞尹京之命，率義旅入援王室，次繁昌，得元帥府檄，審虜破都城，二聖北遷，號慟幾絶。至當塗，見赦書，上登寶位，且喜且悲，意欲一到行在，覲新天子，道胸中所欲言者，即丐歸田里，此其志也。行次淮楚間，忽聞已告廷除，拜荷特達之知，感極而泣。以六月朔抵南都，有旨，執政出迓，賜燕於金果園，具奏丐免，即入城。是晚，召對内殿，敘陳國家禍故，上嗣位，慰天人之望。泣謝首被選用，顧材力不堪，弗敢當，乞遴擇足以副公議者。上慰勞久之，即遣御樂押赴都堂治事。翌日再對，復力辭，三上章表，皆優答不允。是時僞楚張邦昌以太保同安郡王領三省事，五日一會都堂。即建言邦昌僭竊，不宜與政，臣不可與同列，凡受僞命者皆宜正其罪，以爲臣子之戒。具奏十事，皆當時急務，度能從乃敢受命。有旨付三省施行。又與執政廷辯，至泣拜以辭，上感動，始罷謫

邦昌與受僞命者。翌日乃受告，因爲上規畫所以捍禦金寇、奉迎鑾輿之策。且謂河北、河東，國家之屏蔽，雖頗爲虜所陷没，然其兵民戴宋之心堅甚，朝廷不議救援，使人力屈而附賊，爲患非細。於是薦張所招撫河北，傅亮經制河東。二人者，皆有將帥材，具甲兵、錢糧而遣之。又請車駕一至京師，見宗廟，慰都人之心，度未可居，則巡幸南陽駐蹕，示不棄中原。而西通關陝，可起兵馬；東通江淮，可運糧餉，南通嶺、蜀，可取貨財，北援三郡、兩河，與賊爭利，天下形勢莫便於此。有旨遣使經畫。又勸上益募兵買馬，繕器仗，修軍政，擇將帥，置帥府要郡以經略天下。是時劇賊李昱擾山東，杜用起淮南，李孝忠亂襄，皆遣將討平之，其餘降者十餘萬，皆分隸諸將，使渡河討賊。纔兩月間，威令稍振。竊以奉令承教，可幸無罪，中興之功，庶幾可成。不意同列者害之，陰以巡幸東南爲安動上意。八月五日告廷，遷左僕射，既命二相矣。於是顯沮張所而罷傅亮，連數日爭之不可得，則丐罷政。奏上，以謂方朝廷艱難，不敢充位備員，以虛負天下之責。章三上，再押入，一對後殿，力求去。上度不可留，乃除觀文殿大學士，提舉杭州洞霄宫，泛舟東歸。已而言者交章，詆在相位施設不當，且誣以傾家貲犒叛卒，聞者駭愕。賴天子睿明，有以察其不然，姑褫職，俾以宫祠居武昌。聞命即上道，適瀕江盗賊擾攘，間關道路。逾半年，始達湖外，追思前事，恍如夢寐。而連年奔走，繚絡萬里，初不知其所以然。夫出處去就，大臣常事，不足道也。然金人今春果擾關輔，蹂踐京東西，河北兵民叛爲盜賊，皆如所料。鑾輿遠幸，未有可還之期；翠華飄泊，未有定居之所。生民未休息，中國未乂安，此臣子之所夙夜痛悼而寒心者也。噫！天實爲之，謂之何哉？掇取出處去就大概，賦詩百二十韻，目之曰《建炎行》，覽者庶有感云。」

金寇初犯闕，太歲在丙午。殊恩擢樞廷，愧乏涓埃補。兩河未奠枕，杖鉞出宣撫。乞身緣謗讒，竄謫旅湘潊。明年丁未夏，被命尹天府。頗聞環京畿，四面盡豺虎。金湯雖可恃，憂在人不禦。見危思致命，入援哀義旅。旌麾亘江湄，畏景觸隆暑。忽傳元帥檄，果有城破語。鑾輿幸沙漠，妃后辭禁籞。皇孫與帝子，取索及稚乳。禮文包旂裳，樂器載筍簴。金繒罄公私，技巧到機杼。空餘宗廟存，無復薦簠簋。凄凉蒼龍闕，寂寞玉華廡。疇能供銜栗，誰與獻肥羜。無從執羈靮，安得生翅羽。號慟絶復蘇，灑泪作翻雨。繼聞宣赦書，寶位居九五。神明有依歸，率土盡呼舞。皆言湯武姿，勇智天所與。向來使賊營，英氣讋驕虜。建牙出危城，帝命纘鴻緒。不然艱難中，何以脱猰貐。兹讎不戴天，兄弟及父母。嘗膽思報吴，枕戈懲在莒。齊侯何足稱，句踐不須數。周漢獲再興，宣光定神武。顧言覲行在，玉色親黻黼。丹誠遂披陳，秘策得宣吐。謀身雖拙計，許國心獨苦。片言儻有合，丐骨歸壟畝。飛帆過金陵，鼓柁適淮浦。遥傳告大廷，命相比申甫。顧茲斗筲器，何以動堯禹。深惟特達知，感慨激肺腑。如何日月光，可以螢爝助。
舍舟行汴堤，驅車赴延佇。傷心兵火餘，民物亦凋瘦。中使乘馹來，茶藥寵賜予。拜恩丘山重，
坐使瘵癘愈。行行近南都，戈甲震金鼓。將佐迎路傍，往往多舊部。冠蓋如雲屯，賜燕金果圃。
謝免徑造朝，泪落濕殿礎。初稱宗社危，天地同情怒。次陳國多難，實啓中興主。末言樗散材，
初不堪梁柱。鼎顛將覆餗，棟橈必傾宇。況茲扶顛危，正賴肱與股。大舜舉皋陶，小白相仲父。
耕莘與釣渭，端不乏伊吕。惟當博詢訪，考慎作心膂。封章屢懇辭，帝曰莫如女。往作礪與舟，
不復容傴僂。叩額宸扆前，臣敢論僞楚。易姓建大號，厥罪在砧斧。奈何坐廟堂，乃與臣等伍。
更效老獵師，十事聽裁處。天子亮精誠，一一皆可許。因陳禦戎策，用此敢予侮。河外須救援，
屏蔽資捍拒。問誰可驅策，因薦亮與所。京師當一到，九廟陳鼎俎。却爲巡幸計，不可去中宇。
南陽光武興，形勢亦險阻。西通關陝區，東與江淮距。三巴及嶺海，寶貨可運取。據要争權衡，
黠虜謀必沮。募兵益貔貅，買馬增牧圉。號令新幟旗，仗械飭干櫓。軍容久不振，整頓就規矩。
潢池盗弄兵，群惡相嘯聚。偏師命剪除，快若貓捕鼠。餘寇悉款降，分隸歸籍簿。蒐裒將帥材，
賞罰頗有序。經營年歲間，庶可事大舉。滅虜還兩宮，雪耻示千古。却隆太平基，不愧宗與祖。
豈知肘腋間，乃有椒蘭妒。含沙初射影，聚毒陰中蠱。規模欲破碎，謀議漸齟齬。固知骾峭姿，
自不敵媚嫵。恨無回天力，剔此木中蠹。安能破銅山，但志燃郿塢。時危敢尸禄，抗疏願引去。

涕泗對冕旒，非不戀軒宁。君臣以義合，無使赭春杵。帝度不可留，乃聽上印組。扁舟返東吴，却理梁谿櫓。多言更萋菲，貝錦成罪罟。尚荷皇天慈，薄譴居鄂渚。我來雪霏霏，及此歲將暮。崎嶇山谷間，避寇如避弩。行盡江南山，始踏湖北土。風烟愁浩蕩，鴻雁拆儔侣。沉吟白雲飛，悵望黄鶴翥。晴川俯漢陽，葭菼滿鸚鵡。家山渺安在，幽夢到別墅。三年再謫官，繚絡萬里路。浮游幻境中，塵迹歡仰俯。翠華尚蒙塵，吾敢念門户。但嗟機會失，事勢契先誤。今年虜益横，春夏蹂京輔。萬騎略秦關，餘毒被陳汝。五陵氣葱葱，中原鬱膴膴。棄置不復論，彌望皆莽鹵。旌旃滿江淮，寇鈔連齊魯。六飛竟何從，秋晚尚江滸。何時包干戈，禮瑞奠璜琥。斯民安田疇，餘穀棲廩庾。四方道路通，舟車走商賈。吁嗟乎蒼天，乃爾艱國步。譬猶大厦傾，著力事撑柱。居然聽頽覆，此身何所措。又如抱羸瘵，邪氣久已痼。不能親藥石，乃復甘粔籹。膏肓骨髓間，性命若絲縷。安得和緩徒，舉手爲摩拊。馴致海宇康，蒼生有環堵。《全宋詩》卷一五五七，册27，第17688—17691頁

南郊慶成口號二十首并叙

周密

詩叙曰：「皇帝即位之三年，當咸淳柔兆攝提格之歲，内外治謐，文武熙暢。普天觀萬化之新，昌運際三登之泰。皇帝若曰：惟天惟祖宗眷予有家，予未能饗帝饗親，以大報本，以敷前人之功。過執謙柄，未正辰居。載稽至道、隆興之典，以明年月正元日有事于南郊。至期前七日癸未，皇帝散齋于别殿。越三日丙戌，致齋於大慶殿。丁亥昧爽，駕詣景靈宫，行朝獻禮。次赴太廟宿齋。戊子丁夜，服衮冕，詣祖宗室，行朝饗禮。禮畢，易通天冠、絳紗袍，乘玉輅，赴青城殿宿齋。元日己丑，夜漏未盡二水，皇帝乘大輦，詣大次，執大圭，服大裘，升圜壇，奠鎮圭，祭瑶爵，登歌象舞，雝雝肅肅。三觶禮竣，飲福還宫。行禮之次，斗星明概，春意盎融，燭光不摇，蕭薌上達，奉璋職祭，罔不祗敬。柴膻芬苐，簨簴清越。萬靈下假，列祀旁歆。群臣萬姓，耋老童稚，皆歡呼贊嘆前此之所未睹，實爲我皇家開億萬年太平無疆之休。質明，百官班賀，禮成於端誠殿。皇帝乘大安輦，從五輅，建九旗，升端闈，赦天下。於是始御法官，受群臣朝。熙功告成，區宇同慶。蓋自寶慶丁亥以至今日，四十年希闊之典，一旦克舉，儀章文物，有光于前，無靡麗以炫俗，無科配以及民。陪臺賤臣，雖不獲駿奔於百執事之列，然快睹盛舉，自慶遭逢。既不能效杜甫獻三賦以希望恩澤，又不能效馬第伯記封禪以夸示後世。恭惟熙朝，鉅典烜赫，照映耳目，詎可以蕪陋自晝，無所紀載。敬效宫詞體二十首，歌詠承平，庶乎異時采詩之官或有取焉。」

親郊詔下半年前，正是咸淳第二年。執玉奉璋來萬國，息烽歸馬静三邊。
別殿齋居極敬嚴，外庭職祭亦精虔。事天以實無科擾，應辦全支内帑錢。
上界鈎陳護屬車，綉衣鹵簿列旌旟。駕頭已近鳴鞭急，一路迎鑾奏起居。
行門贊唱似吹笙，號諾連珠繞禁城。五使按臨嚴柝静，夜深初聽警場聲。
和氣排冬午夜春，列星呈瑞午階明。千官執玉蕭薌遠，静聽登歌奏六成。
蒼璧黄琮藉白茅，圜壇八陛際雲高。景光下燭天心享，萬歲三呼祝聖堯。
瑞靄烘春夜不寒，駿奔冠珮擁回環。景鐘奏徹升烟起，又報端誠立賀班。
黄道宫羅瑞腦香，衮龍升降珮鏘鏘。大安輦奏《乾安》曲，萬點明星簇紫皇。自注：車駕升降行止，皆奏《乾安》之曲。

一夜東風斗柄回，紫壇葱蒨若春臺。熙熙萬宇風光暖，盡入君王飲福杯。

衙前口號奏諧和，日映龍顔喜氣多。六轡暫停鑾輅穩，鳳詔新奏慶成歌。

錦幕千家盡貴豪，萬花呈曉翠簾高。數聲掣電驚清蹕，一點紅雲認御袍。

喜看回仗自青城，十里東風五色雲。露布西來天一笑，輿圖新復廣安軍。自注：是日廣安之捷適至。

萬騎雲從簇錦圍，内官排辦馬如飛。九重閶闔開清曉，太母登樓望駕歸。

換輦登門捲御簾，侍中承制舍人宣。鳳書乍脱金鷄口，一派懽聲下九天。

祝史無私本爲民，大和丕應泰階平。昕庭未受群臣賀，先過東朝謝禮成。

啓蟄而郊月建寅，新元頒赦又頒春。端闈拜了熙成表，朝會移班賀紫宸。

子雲無分從甘泉，留滯猶勝叙史遷。瑞應可書郊祀志，熙功宜被奉常弦。

曾聞寶慶老人言，不見親郊四十年。何幸聖時瞻盛舉，詠歌留作畫圖傳。

我將清廟周詩頌，泰畤汾陰漢史書。獻賦可無徐穆伯，貢諛何取馬相如。

太平寰海扇皇風，千載風雲喜際逢。行見版圖恢舊宇，泰山父老徯東封。《全宋詩》卷三五五八，册67，第42522—42524頁

慶曆聖德頌 并序

石介

詩序曰：「三月二十一日大昕，皇帝御紫宸殿，朝百官，相得象、殊，拜竦樞密使，夷簡以司徒歸第。二十二日，制命昌朝參知政事，弼樞密副使。二十六日，敕除修、靖、素并充諫官。四月八日，皇帝御紫宸殿，朝百官。衍樞密使，仲淹、琦樞密副使，乃用御史中丞拱辰、御史竣、御史平、諫官修、靖十一疏，追竦樞密使敕。十三日敕，又除襄爲諫官。天地人神，昆蟲草木，無不歡喜。皇帝退奸進賢，發於至聰，動于至誠，奮於睿斷，見於剛克。陟黜之明，賞罰之公也，上視漢、魏、隋、唐、五代，凡千五百年，其間非無聖神之主、盛明之時，未有如此選人之精、得人之多、進人之速、用人之盡，實爲希闊殊尤，曠絶盛事。在皇帝之德之功，爲卓犖瑰偉、神明魁大。古者，一雲氣之祥，一草木之異，一蹄角之怪，一羽毛之瑞，當時群臣猶且濃墨大字、金頭鈿軸，以稱述頌美時君功德，以爲無前之休，丕天之績。如仲淹、弼，實爲不世出之賢。求之于古，堯則夔、龍，舜則稷、契，周則閎、散，漢則蕭、曹，唐則房、魏。陛下有之，諸臣亦皆今天下之人望爲宰相諫官者，陛下盡用之。此比雲氣、草木、蹄角、羽毛之異，萬萬不侔，豈可翻無歌詩雅頌，以播吾君之休聲烈光、神功聖德，刻於琬琰，流于金石，告于天地，奏于宗廟，存于萬千年而無窮盡哉？臣實羞之。臣嘗愛慕唐大儒韓愈爲博士日，作《元和聖德頌》千二百言，使憲宗功德赫奕煒爗，昭于千古，至今觀之，如在當日。陛下今日功德，無讓憲宗。臣文學雖不逮韓愈，而亦官於太學，領博士職，歌詩讚頌，乃其職業。竊擬於愈，輒作《慶歷聖德頌》一首，四言，凡九百六十字。文辭鄙俚，固不足以發揚臣子之心，亦欲使陛下功德赫奕煒爗，昭于千古，萬千年後觀之，如在今日也。臣不勝死罪。臣賤，無路以進，姑藏諸家，以待樂府之采焉。」

於維慶曆，三年三月，皇帝龍興，徐出闈闥。晨坐太極，晝開閶闔。躬攬英賢，手鋤奸枿。大聲渢渢，震摇六合。如乾之動，如雷之發。昆蟲蹢躅，妖怪藏滅。同明道初，天地嘉吉。初聞皇帝，慼然言曰：「予父予祖，付予大業。予恐失墜，實賴輔弼。汝得象殊，重慎微密。君相予久，予嘉君伐。君仍相予，笙鏞斯協。昌朝儒者，學問該洽。與予論政，傅以經術。汝貳二相，庶績咸秩。惟汝仲淹，汝誠予察。太后乘勢，湯沸火熱。汝時小臣，危言業業。爲予司諫，正予門闑。爲予京兆，堲予讒説。賊叛于夏，往予式遏。六月酷日，大冬積雪，汝暑汝寒，同於士卒。予聞辛酸，汝不告乏。予晚得弼，予心弼悦。弼每見予，無有私謁。以道輔予，弼言深切。予不堯舜，弼自笞罰。諫官一年，奏疏滿篋。侍從周歲，忠力盡竭。契丹亡義，檮杌饕餮。敢侮大國，其辭慢悖。弼將予命，不畏不懾。卒復舊好，民得食褐。沙磧萬里，死生一節。視弼之膚，霜剥風裂。觀弼之心，鍊金鍛鐵。寵名大官，以酬勞渴。弼辭不受，其志莫奪。惟仲淹弼，一夔一契，天實賚予，予其敢忽？并來弼予，民無瘥札。曰衍汝來，汝予黄髮。事予二紀，毛禿齒豁。心如一兮，率履弗越。遂長樞府，兵政毋蹶。予早識琦，琦有奇骨。其器魁礧，豈視店楔。其人渾樸，不施剞劂。可屬大事，敦厚如勃。琦汝副衍，知人予哲。惟修惟靖，立朝讞讞。言論磥砢，忠誠特達。禄微身賤，其志不怯。嘗詆大臣，亟遭貶黜。萬里歸來，剛氣不折。屢進直言，以補予闕。素相之後，含忠履潔。昔爲御史，幾叩予榻。至今諫疏，在予箱匣。襄雖小臣，名聞予徹。亦嘗獻言，箴予之失。剛守粹慤，與修儔匹。并爲諫官，正色在列。予過汝言，無鉗汝舌。」皇帝明聖，忠邪辨別。舉擢俊良，掃除妖魃。衆賢之進，如茅斯拔。大奸之去，如距斯脱。上倚輔弼，司予調燮。下賴諫諍，維予紀法。左右正人，無有邪孽。望見太平，日不逾浹。皇帝嗣位，二十二年。神武不殺，其默如淵。聖人不測，其動如天。賞罰在予，不失其權。恭己南面，退奸進賢。知賢不易，非明不得。去邪惟難，惟斷乃克。明則不貳，斷則不惑。既明且斷，惟皇之德。群下踧踖，重足屏息，交相告語：「曰惟正直，毋作側僻，皇帝汝殛！」諸侯危慄，墜玉失舄，交相告語：「皇帝神明，四時朝覲，謹修臣職。」四夷走馬，墜鐙遺策，交相告語：「皇帝神武，解兵修貢，永爲屬國。」皇帝一舉，群臣懾焉，諸侯畏焉，四夷服焉。臣願陛下，壽萬千年。

《全宋文》卷六一八，册 29，第 184—186 頁

梅山歌

章　惇

清厲鶚《宋詩紀事》引《湖廣總志》曰：「長沙國，漢高帝始王吴芮。芮將梅鋗，時以益陽梅林爲家，號梅山。後爲蠻王扶氏據之。至宋熙寧六年，章惇諭平五寨，分其地爲二，始以下梅山地安化縣屬武安軍。惇有《梅山歌》云云。」①按，《樂府詩集》無此題，然據詩末四句，當爲新樂府辭，故予收録。

開梅山，開梅山，梅山萬仞摩星躔。捫蘿鳥道十步九曲折，時有僵木横崖巔。肩摩直下視南岳，回首蜀道猶平川。人家迤邐見板屋，火耕磽确多畬田。穿堂之鼓堂壁懸，兩頭擊鼓歌聲傳。長藤酌酒跪而飲，何物爽口鹽爲先。白巾裹髻衣錯結，野花山果青垂肩。如今丁口漸繁息，世界雖異如桃源。熙寧天子聖慮遠，命將傳檄令開邊。給牛貸種使開墾，植桑種稻輸緡錢。

---

①《宋詩紀事》卷二二，第 546 頁。

不持寸刃得地一千里，王道蕩蕩堯爲天。大開庠序明禮教，撫柔新俗威無專。小臣作詩備雅樂，梅山之崖詩可鐫。此詩可勒不可泯，頌聲千古長潺潺。《全宋詩》卷七八〇，册13，第9030頁

古纏頭曲

蘇　軾

宋黄庭堅《與人簡》曰：「庭堅再拜。兩日來黔江水漲，涉夏乃復苦雨耶？齋閣風物想知創益有可觀，所恨轉闗濩索，無與共樂之者耳。子寧氣體漸能堪耐，時到賢樂從容否？比因檢書，見東坡一篇聽琵琶《纏頭曲》，甚妙，不審曾見之否？或須，當以大字寫一本付大張也。亦思作聽道人歡一曲，偶有數字未可意，後信并寄矣。庭堅再拜。」①按，《樂府詩集》無此題，題王十朋《東坡詩集注》置此詩於「樂府」類，詩題又稱「古曲」，則《纏頭曲》當爲樂府舊題，然其辭乃蘇軾新制，故爲舊題新辭，亦屬新樂府辭。

鵾弦鐵撥世無有，樂府舊工惟尚叟。一生喙硬眼無人，坐此困窮今白首。翠鬟女子年十

---

①《全宋文》卷二三〇三，册106，第69頁。

七，指法已似呼韓婦。輕類本作驚帆渡海風掣回，滿面塵沙和泪垢。青衫不逢湓浦客，紅袖漫插曹綱手。爾來一見哀駘佗，便著臂韝躬井臼。我慚貧病百不足，强對黄花飲白酒。轉關濩索動有神，雷輥空堂戰窗牖。四弦一抹擁袂立，再拜十分爲我壽。世人只解錦纏頭，與汝作詩傳不朽。《全宋詩》七九四，册 14，第 9193 頁

纏頭曲

趙汝鐩

阿蠻妙舞翠袖長，臂韝珠絡帶寶裝。春風按試清元殿，粉白黛緑立兩傍。三郎老手打羯鼓，太真纖指彈龍香。箜篌野狐拍懷智，觱篥龜年笛寧王。中有八姨坐綺席，淡掃蛾眉壓宫妝。醉看阿蠻小垂手，飛燕輕盈驚鴻翔。八姨指揮三郎聽，頒賚豈惜傾篚箱。纏頭一局三百萬，莫遣傍人笑大唐。尾聲方斷地衣卷，忽聞鼙鼓喧漁陽。播遷纔出望賢路，玉食未進日卓午。糲飯胡餅能幾許，不飽皇孫及妃主。阿蠻知是何處去，但見猪龍胡旋舞。《全宋詩》二八六四，册 55，第 34200—34201 頁

薄命佳人

蘇軾

按，《樂府詩集》無此題，王十朋《東坡詩集注》置此詩於「樂府」類，故予收録。

雙頰凝酥髮抹漆，眼光入簾珠的皪。故將白練作仙衣，不許紅膏污天質。吴音嬌軟帶兒癡，無限閒愁總未知。自古佳人多命薄，閉門春盡楊花落。《全宋詩》七九二，册 14，第 9175 頁

於潛女

蘇軾

按，《樂府詩集》無此題，王十朋《東坡詩集注》置此詩於「樂府」類，故予收録。

青裙縞袂於潛女，兩足如霜不穿屨。觰沙鬢髮絲穿檸，蓬沓障前走風雨。老濞宫妝傳父祖，至今遺民悲故主。苕溪楊柳初飛絮，照溪畫眉渡溪去。逢郎樵歸相媚嫵，不信姬姜有齊魯。

《全宋詩》七九二，册 14，第 9176 頁

薄薄酒二首并引

蘇　軾

詩引曰：「膠西先生趙明叔，家貧，好飲，不擇酒而醉。常云：『薄薄酒，勝茶湯，醜醜婦，勝空房。』其言雖俚，而近乎達，故推而廣之，以補東州之樂府；既又以爲未也，復自和一篇，聊以發覽者之一噱云爾。」宋樓鑰《薄薄酒二篇》曰：「《兩頭纖纖》，終不如月初生。《虚飄飄》，終不如花飛不到地。《薄薄酒》，後作者寖不及前。詞人務以相勝，似不若别出機杼。①按，《樂府詩集》無此題，題王十朋《東坡詩集注》置此詩於「樂府」類，且詩引云「推而廣之以補東州之樂府」，則《薄薄酒》有補樂府之意，當屬新樂府辭，故予收録。蘇軾之後，宋人多有和作、續作，亦予收録。

薄薄酒，勝茶湯；粗粗布，勝無裳；醜妻惡妾勝空房。五更待漏靴滿霜，不如三伏日高睡足北窗凉。珠襦玉柙萬人相送歸北邙，不如懸鶉百結獨坐負朝陽。生前富貴，死後文章，百年

---

① ［宋］樓鑰《攻媿集》卷七〇，叢書集成初編，册 2014，中華書局，1985 年版，第 947 頁。

瞬息萬世忙。夷齊盜跖俱亡羊，不如眼前一醉是非憂樂兩都忘。

薄薄酒，飲兩鍾；粗粗布，著兩重；美惡雖異醉暖同，醜妻惡妾壽乃公。隱居求志義之從，本不計較東華塵土北窗風。百年雖長要有終，富死未必輸生窮。但恐珠玉留君容，千載不朽遭樊崇。文章自足欺盲聾，誰使一朝富貴面發紅。達人自達酒何功，世間是非憂樂本來空。《全宋詩》七九七，册14，第9227—9228頁

同前二章并引

黄庭堅

詩引曰：「蘇密州爲趙明叔作《薄薄酒》二章，憤世疾邪，其言甚高。以予觀趙君之言，近乎知足不辱，有馬少遊之餘風。故代作二章，以終其意。」黄庭堅《書薄薄酒歌後》曰：「此詩作已十餘年，環中云平生愛之，欲歸江南，要我手寫，燭下忍病眼書此。元祐三年四月庚辰。」①又曰：「元符三年八月甲寅，外弟張介卿青神尉廳之東齋，晝寢起，介卿出此紙云，膠西趙正叔乞書。偶案上有墨瀋，遂書滿紙。涪翁者，江南之山谷老人也。」②

①《全宋文》卷二三一八，册107，第60頁。

②《全宋文》卷二三一八，册107，第61頁。

薄酒可與忘憂，醜婦可與白頭。徐行不必駟馬，稱身不必狐裘。無禍不必受福，甘餐不必食肉。富貴于我如浮雲，小者譴訶大戮辱。一身畏首復畏尾，門多賓客飽僮僕。美物必甚惡，厚味生五兵。匹夫懷璧死，百鬼瞰高明。醜婦千秋萬歲同室，萬金良藥不如無疾。薄酒一談一笑勝茶，萬里封侯不如還家。

薄酒終勝飲茶，醜婦不是無家。醇醪養牛等刀鋸，深山大澤生龍蛇。秦時東陵千户食，何如青門五色瓜。傳呼鼓吹擁部曲，何如春雨一池蛙。性剛太傅促和藥，何如羊裘釣烟沙。綺席象床琱玉枕，重門夜鼓不停撾。何如一身無四壁，滿船明月卧蘆花。吾聞食人之肉，可隨以鞭朴之戮；乘人之車，可加以鈇鉞之誅。不如薄酒醉眠牛背上，醜婦自能搔背痒。《全宋詩》卷一〇〇三，册17，第11477頁

同前

陳　造

題注曰：「畢叔兹通判寓吴門，無數日不觴客，取足而已，不求甚豐。嘗見招酒所小鬟誦《薄薄酒》侑樽，有感予心，擬作此詩。」

薄薄酒，顔可丹。粗粗布，身不寒。醜醜婦，貧相歡。人生浪悲行路難，欲不外騖心内安。富貴底用極力奸，政自沐猴求棘端。君不見寒儒骯髒默自守，横前書笈，燕坐甕牖。麻畦可衣，秫田可酒。抽針紉綻，侑樽鼓缶。齊眉結髮，賴有此婦。人不裂眦，事無掣肘。陶陶此興殊未窮，一身易足天地中。巷東畢公子，爲樂渠能同。宅舍頗軒亭，園池亦花草。相過便開樽，掀髯寫懷抱。蘭芳菊秀梅含春，拂翠匀紅隨分好。乏愛不無苧衣贈，取醉何妨接䍦倒。畢公子，吾之樂兮樂自如，一杯對婦兮，布衣蔽其軀。君之樂兮樂有餘，妓女能楚楚，樽罍應指呼，醉鄉寬閑兮吾得俱。設侍以金谷傾城之艷姝，酌以宜城九醖之醪敷。被狐白兮擁羅襦，朝歌暮燕，窮歡極娱。棼酣佁儗驕妻孥，外若豐澤中槁枯。吾不彼願猶彼不吾羡。畢公子，方吾徒，狂歌而起舞，更酬而遞勸。蓋不知南威嫫母之有妍醜，衮衣短褐之爲貴賤。彼驕其有，殆醯鷄之擻天。貪其取，如蝸牛之交戰。益知心怡愉，無窮途，中焚如，無亨衢。畢公子，倡予和女笙應竽。他年遂初賦，老盍歌歸去。塵裏無曠懷，人間有同趣。四方向來志，一巢今可具。亦不願黃金爲梁桂爲柱，茅屋三間近君住。《全宋詩》卷二四二七，册45，第28034—28035頁

同前

王　炎

薄酒可成禮，何必飲上尊。醜婦可成室，何必求麗人。人生有欲皆求得，誰能有得終無失。多藏未免誨穿窬，厚味亦能生疢疾。青鞋緩步可當車，不用駟馬黄金羈。茅檐之下庇風雨，不用丹碧文榱題。緼袍布衾亦自暖，不用狐裘蒙錦衣。菜羹脱粟亦自飽，不用五鼎羞鮮肥。月盈不償闕，物盛必有衰。逐客可相亦可夷，餓隸爲王又爲葅。欲從意滿神所忌，吉凶反復相乘除。吾聞猩猩駡人非不智，以醉就禽猶惜屨。鼀鼊窟穴深更深，卒爲人得由貪餌。古來達識照其幾，外物視之雙弊屣。於陵辭聘寧灌畦，禦寇辭粟寧忍飢。逃榮無辱二疏去，今是昨非陶令歸。請君莫嫌薄酒薄，瓦甕匏尊任斟酌。請君莫嫌醜婦醜，荆釵布襦與偕老。天寬地大得自由，如此足矣何多求。《全宋詩》卷二五五九，册48，第29691頁

按，王炎《雙溪類稿》置此詩於「樂府」類。

同前三首

張侃

薄薄酒，解愁顔。醜醜婦，勝居鰥。但有粗繒大布包裹了，争羡危冠華服傴僂趨朝班。就令真封定遠侯，何如生入玉門關。蘇秦富貴却輸負郭二頃，管叔兄弟恨不茅屋三間。張公厚葬保首領，嵇康養生誅市闤。亡羊未易較臧穀，争地適足夸觸蠻。錦衣未暖沐猴敗，仙舟無耗鮑魚還。狂謀正使鬼笑，薄命豈坐天慳。不須乞鏡湖三百里，不須買蓮峰一半山。窮達憂樂付與三萬六千日，但恐一生辛苦不若一生閑。

薄薄酒，免厚味。醜醜婦，得長年。淵明飲酒聊小醉，醉後清風北窗眠。季倫百萬買嬌麗，一朝禍至空棄捐。因思達者得其趣，那用情愛汩心淵。門栽五柳池種蓮，瓶無斗粟囊無錢。浮雲富貴不須問，在世得失付自然。君看曳玉垂金趨魏闕，何如躡屩散策吴羌邊。君看奇珍異味食方丈，何如糲飯野蔌在目前。古來知此亦自少，或出或處隨吾權。入秋雨過暑光薄，桂子將綻添清妍。抱甕獨醉有深樂，不用抽釵唤李娟。

薄薄酒，無餘味。醜醜婦，有餘妍。君看行樂且隨分，不用美酒麗女驕目前。紛紛萬事如雲過，塞翁祈福圖免禍。屈指富貴能幾人，大笑書生守寒餓。書生作計亦不癡，開尊對花吟好

詩。醜婦買魚赤脚煮，醉後狂歌發真趣。《全宋詩》卷三一一〇，册 59，第 37116 頁

按，《全元詩》册一三亦收于石此詩，元代卷不復録。

同前

于石

薄薄酒，可盡歡。粗粗布，可禦寒。醜婦不與人争妍。西園公卿百萬錢，何如江湖散人秋風一釣船。萬騎出塞銘燕然，何如驢背長吟灞橋風雪天。張燈夜宴，不如濯足早眠。高談雄辯，不如静坐忘言。八珍犀筯，不如一鮑苜蓿盤。高車駟馬，不如杖屨行花邊。一身自適心乃安，人生誰能滿百年。富貴蟻穴一夢覺，利名蝸角兩觸蠻。得之何榮失何辱，萬物飄忽風中烟。不如眼前一杯酒，憑高舒嘯天地寬。《全宋詩》卷三六七六，册 70，第 44130 頁

卷一四四 宋新樂府辭一三

蘇子瞻因膠西趙明叔賦薄薄酒杜孝錫晁堯民黄魯直從而有作孝錫復以屬予意則同也聊以廣之

李之儀

薄薄酒，勝茶湯。刳麝臍，爲有香。斷尾山鷄避文章，直木先伐甘井竭，誰將列鼎移黄粱。揚雄草玄反嘲白，麯蘖寧非井丹食。却念牛衣兒女心，王郎漫致回天力。五湖歸去弄烟月，伏劍成名空玉雪。飲薄酒，醉後紛紛亦何有。

莫厭薄酒薄，莫惡醜婦醜。君不見王尋百萬驅虎豹，千兵掃蕩同拉朽。又不見高堂笙歌午夜飲，明日哭聲喧正寢。莫厭薄酒薄，到頭一醉亦足樂。莫惡醜婦醜，携子弄孫同白首。高飛遠走固亦樂，莫救眼前忘時後。《全宋詩》卷九六五，册 17，第 11234—11235 頁

四月二十九日坐直廬讀山谷效東坡作薄薄酒二章慨然有感追賦一首

喻良能

薄薄酒，勝獨醒。醜醜婦，勝鰥煢。笙歌鼎沸不須羨，松風滿耳自足聽。前遮後擁未必樂，邀月對影堪娛情。晚食有味可當肉，衡宇無災勝列屋。魯東門外聽鐘鼓，齊宣堂下狀觳觫。何如巢林一枝，飲河滿腹。水磑多至三十具，胡椒滿貯八百斛。何如濁酒一杯，彈琴一曲。子平爲富不如貧，子方稱賤能驕人。高明之家鬼可瞰，網射納税官不嗔。中山醇醪醉千日，文君遠山致消渴。不如茆柴百錢可一斗，荆釵白頭長相守。《全宋詩》卷二三四四，册 43，第 26939—26940 頁

再賦薄薄酒

敖陶孫

薄薄酒，全吾天。醜醜婦，引吾年。敗繒粗布形骸便。辛勤著書塞屋椽，何如郭外二頃桑麻田。折腰斂板高鳶肩，何如方床八尺供横眠。左爲劍鋩右鼎耳，勸君却步行相先。斗量明珠

埒編錢，鄙塢未就臍已燃。十眉閒坐争連蜎，絶纓滅燭薰腥膻。農家醜婦眉半櫛，白頭惟有夫婿憐。勸君酒薄君勿嗔，尚方賜尊能殺人。力微覆餗有明誡，食鮭三九元非貧。酒不薄，人自薄。妻不惡，人自惡。不如濁酒三杯呼醜婦，共作原頭賽神舞。《全宋詩》卷二七一二，册 51，第 31904—31905 頁

續薄薄酒

敖陶孫

薄薄酒，勝齋蔬。粗粗布，勝無襦。醜妻惡妾勝鰥孤。叱塗呵道驅高車，何如醉歸連臂行相扶。巍冠束帶商唐虞，何如北窗散髮擁腹千爬梳。金樽瓦盆酒如一，食芹差可無彫胡。名堯字孔相號呼，百年螻蟻同丘墟。朝爲卿相暮匹夫，青黄蚤失溝中枯。錐利未必賢椎愚，左圓右方徒區區。不如濁酒三杯對醜婦，荆釵布裙相媚嫵。《全宋詩》卷二七一二，册 51，第 31905 頁

黄泥阪詞

蘇軾

蘇轍《同王適曹煥游清居院步還所居》自注曰：「子瞻謫居齊安，自臨皋亭遊東坡，路

過黄泥阪，作《黄泥阪詞》。」①按，《樂府詩集》無此題，然舊題王十朋《東坡詩集注》置此詩於「樂府」類，故予收録。

出臨皋而東騖兮，并叢祠而北轉。走雪堂之陂陀兮，歷黄泥之長阪。大江汹以左繚兮，渺雲濤之舒卷。草木層累而右附兮，蔚柯丘之葱蒨。余旦往而夕還兮，步徙倚而盤桓。雖信美而不可居兮，苟娱余於一眄。余幼好此奇服兮，襲前人之詭幻。老更變而自哂兮，悟驚俗之來患。釋寶璐而被繒絮兮，雜市人而無辨。路悠悠其莫往來兮，守一席而窮年。時游步而遠覽兮，路窮盡而旋反。朝嬉黄泥之白雲兮，暮宿雪堂之青烟。喜魚鳥之莫余驚兮，幸樵蘇之我嫚。初被酒以行歌兮，忽放杖而醉偃。草爲茵而塊爲枕兮，穆華堂之清宴。紛墜露之濕衣兮，升素月之團團。感父老之呼覺兮，恐牛羊之予踐。于是蹶然而起，起而歌曰：月明兮星稀，迎余往兮餞余歸。歲既宴兮草木腓，歸來歸來兮，黄泥不可以久嬉。《全宋詩》八三一，册 14，第 9625 頁

---

① 《全宋詩》卷八六〇，册 15，第 9984 頁。

清溪詞

蘇　軾

元吴師道《吴禮部詩話》曰："張升卿（公翊）《清溪圖》，畫池陽清溪也，郭祥正題五絶句云云，升卿遂求蘇軾爲賦《清溪詞》。"①按，《樂府詩集》無此題，然舊題王十朋《東坡詩集注》置之於「樂府」類，故予收録。宋人又有《清溪主客歌》，或出於此，故予收録。

大江南兮九華西，泛秋浦兮亂清溪。水渺渺兮山無蹊，路重複兮居者迷。爛青紅兮粲高低，松十里兮稻千畦。山無人兮雲朝躋，靄濛濛兮滃凄凄。嘯林谷兮號水泥，走鼪鼯兮下鳧鷖。忽孤壘兮隱重堤，杳冥茫兮聞犬鷄。鬱萬瓦兮鳥翼齊，浮軒楹兮飛棋枅。雁南歸兮寒蜩嘶，弄秋水兮挹玻璃。朝市合兮雜髦鯢，挾簞瓢兮佩鋤犁。鳥獸散兮相扶攜，隱驚雷兮鶩長霓。望翠微兮古招提，挂木杪兮翔雲梯。若有人兮悵幽棲，石爲門兮雲爲閨。塊虚堂兮法喜妻，呼猿狙兮子鹿麛。我欲往兮奉杖藜，獨長嘯兮謝阮嵇。《全宋詩》八三一，册14，第9625頁

① [元] 吴師道《吴禮部詩話》，叢書集成初編，册2574，中華書局，1985年版，第13頁。

同前

孔仲武

譙門之南溪水長，斜暉倒閃青銅光。下與長江作支股，愁霖漲天江潦黄。江潦黄，入清溪。清溪到底終無泥，還如初出秀山時。《全宋詩》八八〇，册15，第10254頁

青溪主客歌

汪崇亮

宋方回《跋汪崇亮詩》曰：「汪崇亮袖《白雲漫稿》見示，以英妙之年，爲老蒼之作，與先祖太師旌德公詩，氣骨殊相似。第旌德公祖述後山，而崇亮頗多近體耳。其《青溪主客歌》云：『野王手奏淮淝捷，門户歸來有旌節。伸眉一笑紫髯秋，袖中猶挾柯亭月。山陰主人載雪舟，掀篷繫纜青溪頭。平生耳熱欠一識，若爲牽挽行雲留。一聲横玉西風裏，蘆花不動鷗飛起。馬蹄依舊入青山，柳梢浸月天如水。』此樂府之最佳者。『溪鷺踏影立，風蟬曳聲過』，五字之佳者也。『夢回酒醒不知處，月静人稀方憶君』，絶句之佳者也。餘尚多佳處，崇亮勉之哉！夫夢寐食息不忘，是謂好。心會焉，心不能語，是謂悟。木之升，苗之碩，

莫知其然，是謂進。崇亮春秋甫二十有五，好而悟，悟而進，予知其將不可及也。然嘗聞之先生君子，感慨不可無忌乎悽楚，痛快須有餘，貴乎涵蓄，有李長吉、邢居實之長，而無其短，崇亮之進也，奚可禦哉！」①按，《樂府詩集》無此題，然據方回跋，知其爲宋時樂府，故予收録。

壽陽歌

張耒

野王手奏淮淝捷，門户歸來有旌節。伸眉一笑紫髯秋，袖中猶挾柯亭月。山陰主人載雪舟，掀篷繫纜青溪頭。平生耳熱欠一識，若爲牽挽行雲留。一聲横玉西風裏，蘆花不動鷗飛起。馬蹄依舊入青山，柳梢浸月天如水。《全宋詩》卷三六八五，册70，第44267頁

按，《樂府詩集》無此題，然《張耒集》置之于「古樂府歌辭」類，故予收録。

---

① 《全元文》卷二一六，第190頁。

壽陽樓前淮水碧，壽陽美女如脂白。李郎青鬢照青衫，曾在花前作狂客。伯勞睡重花枝晚，時許蜻蜓一偷眼。歡娛雖少恨已多，纖手紅箋揮翠管。淮陽歸來春已暮，夜夜夢魂淮上去。欲歌舊曲只添愁，畫得雙蛾不能語。有客南來從壽春，衆人笑問動精神。自從柳别章臺後，攀折風光知幾人。已伴春衫辭側帽，不怕嬌啼隨意笑。嗟君耿耿獨相思，須信多情是年少。《全宋詩》卷一一五五，册20，第13029頁

春雨謡

張　耒

按，《樂府詩集》無此題，然《張耒集》置之于「古樂府歌辭」類，故予收録。

晚雲欲著樹，中夜一犂雨。老農呼子孫，力作莫辭苦。風吹潤土如炊香，烹鷄爲黍餉南岡。我知聖人在明堂，元年已是豐年祥。《全宋詩》卷一一五五，册20，第13030頁

謫官黃州至南頓驛同李從聖叔侄小飲

張耒

按,《樂府詩集》無此題,然《張耒集》置之于「古樂府歌辭」類,疑另有題名,姑録俟考。

共飯何草草,客來從遠道。傾壺得殘酒,聊以開懷抱。年將半百兩鬢華,謫官憔悴來天涯。神理可憑吾道在,不應長遺路人嗟。《全宋詩》卷一一五五,册20,第13030頁

代贈

張耒

按,《樂府詩集》無此題,然《張耒集》置之于「古樂府歌辭」類,故予收録。

洞房飛香作春霧,仙人勸酒香中語。明眸第二紫雲娘,鶯學歌聲柳如舞。蹙眉長歌澧有蘭,銀鈎請君春草篇。繁弦高張燭燒夜,玉壺未盡參在天。春泥雪消淮上路,東風浪頭驚客艫。惱公舊事幾夢魂,過眼相逢一風雨。黄流清洛上天漢,吴山洞庭藏水府。謾題詩句寄歸舟,江

口風狂那得渡。《全宋詩》卷一一五五，册20，第13030頁

代嘲

張耒

按，《樂府詩集》無此題，然《張耒集》置之于「古樂府歌辭」類，故予收録。

過作抛人去，非真我獨知。如何立不定，却有獨來時。《全宋詩》卷一一五五，册20，第13031頁

牧牛兒

張載

按，《樂府詩集》無此題，然《張耒集》置之于「古樂府歌辭」類，故予收録。宋人同題之作，亦予收録。按，《全宋詩》卷一六一三又作吕本中詩，題辭皆同，兹不復録。

牧牛兒，放牛莫放澗水西，澗水流急牛苦饑。放牛莫放青草畔，牛卧得草兒亦懶。隨牛莫着鞭，幾年力作無荒田。雨調風順租税了，兒但放牛相對眠。《全宋詩》卷五一七，册9，第6286頁

同前

張耒

牧牛兒，遠陂牧。遠陂牧牛芳草緑，兒怒掉鞭牛不觸。澗邊古柳南風清，麥深蔽日野田平。烏犍礪角逐春行，老牸卧噍饑不鳴。犢兒跳梁没草去，隔林應母時一聲。老翁念兒自携餉，出門先上岡頭望。日斜風雨濕蓑衣，拍手唱歌尋伴歸。遠村放牧風日薄，近村牧牛泥水惡。珠璣燕趙兒不知，兒生但知牛背樂。《全宋詩》卷一一五五，册20，第13031頁

同前二首

陸游

南村牧牛兒，赤脚踏牛立。衣穿江風冷，笠敗山雨急。長陂望若遠，隘巷忽相及。兒歸牛入欄，烟火茆檐濕。《全宋詩》卷二一七九，册39，第24809頁

溪深不須憂，吴牛自能浮。童兒踏牛背，安穩如乘舟。寒雨山陂遠，參差烟樹晚。聞笛翁出迎，兒歸牛入圈。《全宋詩》卷二一九三，册40，第25036頁

贈人三首次韻道卿

張　耒

按，《樂府詩集》無此題，然《張耒集》置之于「古樂府歌辭」類，疑另有題名，姑録俟考。

未必蛸蠐如素領，故應新月學蛾眉。引成密約因言笑，試得真情是別離。樽酒且傾寒琥珀，泪妝更看薄胭脂。北城月落烏啼後，便是孤舟腸斷時。

醉裏紛紛散別筵，醒來客枕一燈前。黄茅野岸三更月，春水長亭十里船。一點泪憑誰寄與，十年香在恨依然。空疑窗外梅花發，珠箔青樓若個邊。

可是相逢意便深，爲郎巧笑不須金。門前一尺春風髻，窗外三更夜雨衾。別燕從教燈見泪，夜窗惟有月知心。東西芳草渾相似，欲望高城何處尋。《全宋詩》卷一一五五，册20，第13031頁

劉壯輿是是堂歌并序

張　耒

詩序曰：「子劉子構堂於官舍，名之曰『是是』，而求予爲詩。予復之曰：夫物生之所

必有，而其爲物彼是相次而不能定夫一者，天下之是非也。雖聖人出，無如之何。昔楚人有莊周者，多言而善辯。患夫彼是之無窮，而物論之不齊也，而托之於天籟。其言曰：『吹萬不同，而使其自已也。』周之爲此言，自以爲至矣。而周固自未離夫萬之一也，而曷足以爲是非之定哉？雖然，如周者亦略税駕矣。劉子乃構堂揭牓，而獨以是是非非自任。吾將見子吻敝氣殫，而言語之戰未已也。嘗試爲子歌堂中之樂，而息子之勞，庶幾『隱几而嗒然者』乎。歌曰：……」按，《樂府詩集》無此題，然《張耒集》置之于「古樂府歌辭」類，故予收録。

讀堂中之書兮，以致子之眠。飲堂中之酒兮，以休子之言。是非雜然于子之耳兮，付庭中之嘆。蚓與夫木上之鳴蟬，庶幾養生而保和兮，窮子之年。《全宋詩》卷一一五五，册20，第13032頁

七夕歌

張　耒

按，《樂府詩集》無此題，《隋書·音樂志》曰：「煬帝不解音律，略不關懷。後大製艷篇，辭極淫綺。令樂正白明達造新聲，創《萬歲樂》《藏鉤樂》《七夕相逢樂》《投壺樂》……及

《十二時》等曲，掩抑摧藏，哀音斷絶。」①唐崔令欽《教坊記》有《七夕子》。宋人《七夕歌》《七夕吟》《七夕》或出於此，故予收録。宋人韓琦《辛亥七夕末伏》末二句云：「搏中新曲高難和，唯付珠喉任遏云。」詩末自注曰：「時簽判沈太丞有《七夕》新曲。」②則《七夕》確爲宋時新曲。又，《張耒集》置此詩于「古樂府歌辭」類，故予收録。

人間一葉梧桐飄，蓐收行秋回斗杓。神官召集役靈鵲，直渡銀河雲作橋。河東美人天帝子，機杼年年勞玉指。織成雲霧紫星衣，辛苦無歡容不理。帝憐獨居無與娱，河西嫁與牽牛夫。自從嫁得廢織紝，緑鬢雲鬟朝暮梳。貪歡不歸天帝怒，謫歸却理來時路。但令一歲一相見，七月七日橋邊渡。别長會少知奈何，却悔從來歡愛多。匆匆萬事説不盡，燭龍已駕隨羲和。河邊靈官催曉發，令嚴不管輕離别。空將泪作雨滂沱，泪痕有盡愁無歇。我言織女君莫嘆，天地無窮會相見。猶勝姮娥不嫁人，夜夜孤眠廣寒殿。《全宋詩》卷一一五五，册20，第13033頁

①《隋書》卷一五，第379頁。

②《全宋詩》卷三三三，册6，第4087頁。

同前

張商英

河東美人天帝子，機杼年年勞玉指。織成雲霧紫綃衣，辛苦無懽容不理。帝憐獨居無與娱，河西嫁得牽牛夫。貪懽不歸天帝怒，謫歸却踏來時路。但令一歲一相逢，七月七日橋邊渡。

《全宋詩》卷九三四，册16，第11002頁

同前

杜範

象緯昭垂各度躔，牛女之説從何年。博物有志張茂先，客槎親見織與牽。坐令千載習繆傳，遂將濁欲穢清玄。詩史實録百世賢，亦以俚語形歌篇。君不見昭陽夜静玉欄邊，誰知漁陽萬騎横戈鋋。何如鳳簫縹緲緱山巔，舉手辭世乘雲軿。我欲浩歌痛飲秋風前，仰視星斗奕奕紛羅騈。安得壯士横笛一聲吹上徹九天。

《全宋詩》卷二九六一，册56，第35278頁

七夕織女歌

方一夔

按，《全元詩》册一四亦收此詩，作方夔詩，元代卷不復録。

牛郎咫尺隔天河，鵲橋散後離恨多。今夕不知復何夕，遥看新月横金波。抛梭擲紝愁零亂，彩鳳飄飄度霄漢。重來指點昔遊處，香奩寶篋蟲絲滿。一年一度承君顔，相别相逢比夢間。舊愁未了新愁起，已見紅日銜青山。當初謾道仙家别，日遠月長不見接。不似人間夫與妻，百歲光陰長會合。《全宋詩》卷三五三三，册 67，第 42255 頁

七夕吟

金朋説

銀河東達鵲橋西，織女牛郎會晤時。纔得歡娱又離别，相逢擬待隔年期。《全宋詩》卷二七三五，册 51，第 32204 頁

卷一四五　宋新樂府辭一四

和象翁七夕吟

衛宗武

暗度雙星見者希，那堪霧氣更霏霏。爲雲爲雨觀如夢，一歲一宵來即歸。玄鵲有靈勞翼負，素娥含恨減腰圍。彩樓誤却穿針女，玉宇銀潢欠發揮。《全宋詩》卷二七三五，册63，第39479頁

七夕

宋白

纖吹浮雲薦，非因散巧樓。靈儔不可覿，仙溪泛悠悠。《全宋詩》卷二〇，册1，第287頁

同前

楊朴

未會牽牛意若何，須邀織女弄金梭。年年乞與人間巧，不道人間巧已多。《全宋詩》卷二一，册

1，第 299 頁

同前 商州作

王禹偁

去年七月七，直廬閑獨坐。西日下紫微，東窗暈青瑣。露柳蜩忽鳴，風簾燕頻過。寂寂紅藥階，槿花開一朵。時清無詔誥，性澹忘物我。兀然何所營，横枕通中卧。夢入無何鄉，蛺蝶甚幺麽。孰謂處深嚴，自得放慵惰。中官傳宣旨，御詩令屬和。驚起儼衣冠，拜舞蒼苔破。逸翰龍蛇走，雅調金石播。洋洋百世音，乃賡强牽課。暮隨丞相出，自謂天上墮。歸來備乞巧，酒肴間瓜果。海物雜時味，羅列繁且夥。家人樂熙熙，兒戲舞娑娑自注：叶韻，蘇可反。寵辱方若驚，倚伏忽成禍。九月謫商於，羈縻復窮餓。鳳儀困鴟嚇，驥足翻鱉跛。山城已僻陋，旅舍甚叢脞。夏旱麥禾死，春霜花木挫。吾親極衰耄，吾命何轗軻。稚子啼我前，孺人病我左。玄髮半凋落，紫綬空垂拖。客計魚脱泉，年光蟻旋磨。昨夜枕簟凉，西郊忽流火。河漢勢清淺，牛女姿婀娜。商土本磽瘠，商民久勞癉。霜旱固不支，水潦復無奈。自注：是歲，商山秋大水。居人且艱食，行商不通貨。郡小數千家，今夕唯愁呵自注：呼可反。吾兒索來禽，自注：即林禽。傾市得一顆。舉家成大笑，愁眉略舒嚲。自念一歲間，榮辱兩偏頗。賴有道依據，故得心安妥。窮乎止旅人，達也登王

佐。匏瓜從繫滯，糠秕任揚簸。批鳳不足言，失馬聊自賀。委順信吾生，無可無不可。《全宋詩》卷五九，册2，第657—658頁

同前

錢惟演

紫天銀水渡辛夷，藻帳雕屏解佩時。金朔窗中窺阿母，小姑堂上憶蘭芝。初宵已有穿針樂，欲曙還成弄杼悲。若比人間更腸斷，萬重雲浪寄微辭。《全宋詩》卷九四，册2，第1061頁

同前

劉筠

靈匹迢迢駕七襄，暫陳雲幄對星潢。已看素魄過三讓，何用華燈更九光。玉腕雙絲輕宛轉，霞衣雜佩暗丁當。誰言巧意能勝拙，衹見鳩閑鵲自忙。《全宋詩》卷一一〇，册2，第1271頁

同前四首

楊　億

東西燕子伯勞飛，新月如鈎玉露垂。河鼓天孫信靈匹，鵲橋星渚有佳期。穿針乞巧佇立久，織素成章報答遲。定與黄姑享偕老，晉宫休插奈花枝。《全宋詩》卷一一六，册3，第1346頁

金壺漏滴正迢迢，靈匹相從在此宵。月魄嬋娟烏繞樹，河流清淺鵲成橋。雲輕天上榆花没，風細爐中麝炷飄。寂寞堪憐觀渡女，無眠耿耿望青霄。《全宋詩》卷一一七，册3，第1357頁

清淺銀河暝靄收，漢宫還起曝衣樓。共瞻月樹憐飛鵲，誰泛星槎見飲牛。弄杼暫應停素手，穿針空待晛明眸。匆匆一夕填橋苦，不似人間有造舟。《全宋詩》卷一二〇，册3，第1405頁

天開翠帟暮氛消，盤薰朱煤惜易飄。月出南樓蟾桂長，笙來北里鳳簧調。巧蛛露濕千絲網，倦鵲波横一夕橋。曬腹曝衣傳故俗，阮庭布犢若爲標。《全宋詩》卷一二二，册3，第1417頁

同前二首

晏　殊

雲幕無多斗柄移，鵲慵烏慢得橋遲。若教精衛填河漢，一水還應有盡時。《全宋詩》卷一七一，册

3，第 1947 頁

百子池深漲緑苔，九光燈迥緑補編作照浮埃。天孫寶駕何年駐，阿母飆輪此夜來。空外粉筵和露濕，靜中珠幌徹明開。秋河不斷長相望，豈獨人間事可哀。自注：帝武夷山歌唱人間可哀之曲。《全宋詩》卷一七二，冊 3，第 1956—1957 頁

同前

石延年

雲意不交天更闊，星光不動漢空流。素娥青女曾無匹，霜月亭亭各自愁。《全宋詩》卷一七六，冊 3，第 2008 頁

同前

王　初

榆葉飄零碧漢流，玉蟾珠露兩清秋。仙家若有單棲恨，莫向銀臺半夜游。《全宋詩》卷一七七，冊 3，第 2027 頁

同前

胡宿

孔雀南來燕子西，銀河消息已驚遲。石城仙使飛三足，玉殿華燈焰九枝。暫掩星機同一笑，却披雲幄重相離。杞天長在年梭疾，若比人間是遠期。《全宋詩》卷一八一，册4，第2083頁

同前三首

宋庠

一夕歡娛鳳帳秋，曉天歸駕待瓊輈。銀潢便是東西水，不獨人間有御溝。

紫宙風輕斂夕霏，露華應濕六銖衣。鵲橋貪問經年恨，不覺蛛絲減舊機。

漢家猗殿敞雲屏，青雀西來底有情。席上殘桃猶可種，劉郎爭奈不長生。《全宋詩》卷二〇一，册4，第2295頁

同前三首

宋祁

開秋七夕到佳辰，里俗争夸節物新。烏鵲橋頭已凉夜，黄姑渚畔暫歸人。裴回月御斜光歛，宛轉蛛絲巧意真。卜肆沈冥誰復問，年年槎路上天津。

西南新月玉成鈎，奕奕神光渡飲牛。素彩低浮承露掌，清香不散曝衣樓。天邊華幄催雲卷，星外横橋伴客愁。莫使銀河到滄海，人間溝水易東流。《全宋詩》卷二一五，册4，第2479頁

烏鵲橋頭羽蓋移，秋風長有隔年期。七襄終日難成報，不是星娥織作遲。《全宋詩》卷二二三，册4，第2569頁

同前

梅堯臣

古來傳織女，七夕渡明河。巧意世争乞，神光誰見過。隔年期已拙，舊俗驗方訛。五色金盤果，蜘蛛浪作窠。《全宋詩》卷二四八，册5，第2921頁

同前

韓琦

星潢今夕度仙軿，人世争爲乞巧樓。萬室瞻迎皆欲得，一生孤拙未嘗求。緱山月白遺新曲，漢殿窗明識舊偷。若道營橋真浪説，如何飛鵲盡髡頭。《全宋詩》卷三三六，册6，第4109頁

同前三首

范鎮

翠幕瑶梯百尺樓，樓前星斗自悠悠。天家仙會能多少，未到平明已别愁。《全宋詩》卷三四六，册6，第4263頁

可憐風信重秋期，紅錦花香極所思。乞巧樓中成底事，平明衹得玩蛛絲。

少年從此夕，漸老何所爲。與子思故鄉，置酒同賦詩。坐來霜露淡，夜久星斗稀。王宫直北里，天外横歌期。《全宋詩》卷三四六，册6，第4264頁

同前三首

李　覯

無奈家家乞巧何，豈知天上拙人多。喚他烏鵲辛勤殺，纔得扶舁渡淺河。

一年一度暫和諧，幽閉生心亦可猜。莫道乘槎無徑路，支機曾屬客星來。《全宋詩》卷三四九，册7，第4335頁

天孫何許是來時，月意愔愔露氣微。可道星河難得過，自緣烏鵲合高飛。秋宵已勝春宵短，今會還如古會稀。早晚望夫能化石，盡分人世作支機。《全宋詩》卷三五〇，册7，第4343頁

同前

强　至

七月七日暑氣徂，此夕何夕樂且娱。世傳牽牛會織女，雨洗雲路迎霞車。初因烏鵲致語錯，經歲一會成闊疏。牛女怒鵲置諸罪，拔毛髡腦如鉗奴。星精會合不可詰，我疑此説終誕虚。又言星能遺人巧，羅列瓜果當庭除。彩絲貫針望星拜，夜深乞巧勞僮愚。吾聞樸散形器作，人奪天巧天無餘。匠心女手劇淫巧，工與造化分錙銖。薦紳大夫一巧宦，坐取公相如指呼。間乘

巧言惑主聽，能改荼蘖成甘腴。纖辭麗曲騁文巧，剜刻聖道無完塗。星如有巧更可乞，益恐薄俗難持扶。我願星精遺人拙，一變風化猶古初。《全宋詩》卷五八九，册 10，第 6921—6922 頁

同前

晏幾道

雲幕無波斗柄移，鵲慵烏慢得橋遲。若教精衛填河漢，一水還應有盡時。《全宋詩》卷六八五，册 12，第 8001 頁

同前

韋　驤

此夕流傳久不磨，相逢樽酒且酣歌。竿垂阮服終成强，腹曬隆書顧幾何。漫道銀潢能限隔，未聞河鼓畏風波。樓間安用穿針乞，世上紛紛巧已多。《全宋詩》卷七二九，册 13，第 8486 頁

同前

蘇轍

火流知節換，秋到喜身安。林鵲真安往，河橋晚未完。得閒心不厭，求巧老應難。送酒誰知我，瓢樽昨暮乾。《全宋詩》卷八七一，册15，第10146頁

同前

孔平仲

高列瓜華結彩樓，半空燈燭照清秋。祇應用盡人間巧，更欲遠從天上求。《全宋詩》卷九二六，册16，第10893頁

同前

李之儀

銀漢風休月對弦，靈橋長挂罷星填。從今祇恐情先老，無復佳期又隔年。《全宋詩》卷九六〇，册17，第11207頁

同前

劉　跂

夜永風露下，庭空簾幕秋。杯盤延素魄，針縷動雙眸。天上祇今夕，人間寧少留。如何一水際，歲歲此相求。《全宋詩》卷一〇七二，册 18，第 12199 頁

同前

李　廌

題注曰："某觀晉漢以來七夕詩數百篇，皆用俗説。某以爲牛女之會不然，故作此詩。"

七夕知何夕，云是牛女期。俚俗具瓜華，階除兒女嬉。繁星爛煌煌，流月湛沉輝。群兒望鵲橋，橋端七寶帷。彷彿想言笑，薌澤疑烟霏。人間光陰速，天上日月遲。隔歲等旦暮，會遇未應稀。願言停笑驩，察我心所祈。我欲賜新巧，智術妙通微。金針度彩縷，寶奩卜蛛絲。我嗟兒女愚，勤勞徒爾爲。巧拙天所賦，乞憐真可嗤。故拙不可厭，吾寧鈍如椎。借云得新巧，無乃

醇愈漓。吾觀天垂象，列星有攸司。牽牛常服箱，織女不下機。牽牛教人巧，積倉歲無饑。織女教人巧，笥篋餘裳衣。伊誰詢兒女，組綉窮毫釐。年年渡河漢，秋至次舍移。宣淫五雲上，此論乃吾欺。吾爲牛女辨，欲判千古疑。《全宋詩》卷一二〇一，册 20，第 13590 頁

同前　葛勝仲

朱閣瓊宮耀紫房，翠翹下墮慰愁腸。天中感遇非塵世，不念癡牛念郭郎自注：郭翰。《全宋詩》卷一三六八，册 24，第 15700 頁

同前　應廓

烏鵲成橋架碧空，人間天上此歡同。仙槎逐浪浮銀漢，青鳥傳音到帝宮。牛女佳期情不斷，古今遺恨意難窮。彩樓乞巧知多少，直至更闌漏欲終。《全宋詩》卷一三七〇，册 24，第 15731 頁

同前

李　彭

兒時聞天孫，今夕騁河鼓。鳴機應蹔停，飛鵲橋邊渡。槁砧倦服箱，舍策息怨語。常時別經年，雪涕作零雨。念各非妙齡，無復啼着曙。癡兒去蹇拙，芳樽肴核具。頗憐柳柳州，文字稍夸詡。昔在台省時，模畫秘莫睹。奈何吐憤辭，投荒猶未悟。性與是身俱，巧拙有常度。何能謁以獲，詎有期而去。悠悠區中緣，當今愛體素。《全宋詩》卷一三八三，冊24，第15876頁

同前

葉夢得

七夕仍殘暑，三年記此宵。傍檐依嶺月，欹枕聽江潮。瓠大何妨拙，槎回未覺遥。何須論乞巧，河漢望星橋。《全宋詩》卷一四〇七，冊24，第16201頁

同前六首

程　俱

阿母雲車下建章，茂陵秋草竟荒涼。漢庭卿相如麻葦，只數窺窗陛戟郎。

緱氏山頭白鶴飛，山川良是昔人非。倏然脱屣人間世，不獨遼東丁令威。

胥門老蔡定凡仙，會有神人與作緣。自笑塵容滯窮骨，不如鷄犬上青天。

腹中書籍雖無幾，可奈多知作病何。正欲掃除無復理，聊將犢鼻挂庭柯。

織女機邊天漢流，盈盈脈脈望癡牛。未應乞巧能如願，咫尺星橋不自由。

乘槎吾欲問天孫，榮悴寧當巧拙論。富貴可求難自强，五窮那肯置迷魂。《全宋詩》卷一四二〇，册25，第16359—16360頁

同前并序

周紫芝

詩序曰：「七月七日與客語七夕事，因記葛稚川《神仙傳》載王方平會麻姑真仙於蔡經家事，甚怪。以謂自古詩人辭客，必因風露凄清之夕，而叙牛女相見之期。凡援筆而賦七

夕者，皆托兒女之情以肆淫媟之言，瀆蔑天星，無補真教，使人間異事泯默無聞，良可痛惜。因律稚川之文而爲之歌，以廣其傳云。」

七夕相逢説牛女，晉魏以來傳樂府。金冠玉帔照靈河，不見此身聞此語。何如當日兩神仙，空中一別五千年。五龍駕車各異色，萬里乘雲來九天。麻姑女子十八九，青絲作髻爪爲手。擗麟薦酒進行厨，撒米成沙只回肘。爲言東海將揚塵，蓬萊水淺無升斗。蔡經得道心尚凡，背痒自速方平鞭。上界真仙足官府，牛女之説真茫然。彩樓對月誰家倩，更就天孫乞針線。何不苦學麻姑仙，養取紅顔如玉爛。《全宋詩》卷一五三三，册 26，第 17411—17412 頁

同前

李 綱

銀河清淺界烟霄，欲渡何須烏鵲橋。今我去家千里遠，却憐牛女會今宵。雲潢斜界耿秋空，靈匹相過此夕中。璀璨珠星連璧月，凄凉玉露墜金風。三秋景物隨時好，萬里瓜花習俗同。乞巧未能從柳子，送窮聊欲效韓公。《全宋詩》卷一五四九，册 27，第 17590 頁

同前

朱淑真

拜月亭前梧葉稀，穿針樓上覺秋遲。天孫正好貪歡笑，那得工夫賜巧絲。《全宋詩》卷一五八七，册28，第17965頁

卷一四六　宋新樂府辭一五

七夕三首

陳　淵

北里南鄰錦綉陳，萬端千疊日初晴。收藏犢鼻何須挂，不與人間鬥獨清。
天上銀蟾曲似鈎，人間簫鼓萬家浮。從來世事俱兒戲，不獨秦娥乞巧樓。
信馬隨車力不勝，聊將觴豆樂交朋。青樓乞巧真小集作憐兒女，我亦如今拙未能。《全宋詩》卷一六三五，册28，第18332頁

同前

倪　濤

玉殿憑肩共語時，風清月墜有誰知。梧桐秋雨三山遠，始信生前有别離。《全宋詩》卷一六七八，册29，第18803頁

同前

高　登

天道杳難憑，人言殊不經。佳期傳七夕，歡事污雙星。女験占蛛巧，兒癡托鵲靈。吾詩非好詆，聊與訂頑冥。《全宋詩》卷一八〇四，册31，第20098頁

同前

王之望

西風吹繁暑，夜氣初宜秋。所居稍虚豁，得以消我憂。獨眠堂中央，一榻無衾裯。開軒敞南北，涼飆入翛翛。是日七月七，三星已西流。殘雲不成雨，縹緲當空浮。雲行忽中斷，月彩爛不收。影落庭樹間，枝葉如雕鎪。草根有小蟲，微吟作啾啾。豈復厭喧聒，更覺窗户幽。我欲終今夕，飛蚊不相謀。喧我復齧我，驅去嗟無由。但當我自屏，豈與汝輩仇。閉門歸下帷，蝶夢尋莊周。《全宋詩》卷一九四二，册34，第21681—21682頁

同前

王十朋

去年佳節吴頭見，今久秋聲峽内聞。桂魄漸看成半璧，銀河猶自掩微雲。曬書空有便便腹，乞巧初無怪怪文。爲向天邊牛女道，夫耕婦織莫辭勤。《全宋詩》卷二〇三五，册36，第22835頁

同前

韓元吉

銀河翻浪拍空流，玉女停梭清露秋。天上一年真一日，人間風月自生愁。《全宋詩》卷二〇九八，册38，第23686頁

同前

李流謙

火金鏖攻電雷擊，風從西來火折北。向來勝負吾已分，物極而顛勢其必。露盤清濯房櫳秋，冰壺冷浸乾坤骨。明河指點三星横，天上靈期有幽約。寒機軋軋終年思，危橋納納萬山隔。

不知今夕果何夕，洞房幽歡寸陰疾。仙人與世當異馳，一念蕭然證無極。情之所鍾豈其然，婉孌合匹此疑褻。巫娥神力造化通，撫摩神禹授秘策。百靈後先相開鑿，脱我蛟鰐骨再肉。楚大夫玉何人哉，枕茵誣之神所殛。姑置是事勿復問，一扇微凉萬金直。有景如此可小了，况復我友一世傑。其文如玉雅過之，共作清詩洗污蔑。兒曹瓜果羅庭除，拜祈天孫巧可乞。何如侑我花前樽，得巧未必如得拙。君看鳴鳩安鵲巢，大勝狡兔營三窟。《全宋詩》卷二一一六，册38，第23911頁

同前

張孝祥

去年永州逢七夕，今年衡州逢七夕。往來不敢怨道路，迎送但知慚吏卒。年年七夕有定時，我行屬天那得知。東西南北會逢汝，但願强健無所苦。《全宋詩》卷二三九八，册45，第27737頁

同前

陳造

龍旌鳳扇一相迎，知費青禽幾寄聲。天上經年纔舊約，人間轉盼便深更。凉河只向樽前落，微月偏來酒面明。後夜玉琴彈别鶴，獨應乾鵲夢魂驚。《全宋詩》卷二四三二，册45，第28124頁

同前

廖行之

目切雲垂望，心馳枕扇涼。兩年違色養，七夕又他鄉。坐想斑衣戲，胡爲捧檄忙。何人翟方進，將母冠巖廊。《全宋詩》卷二五二四，册47，第29176頁

同前一絶句

王炎

輕雲卷箔月鈎垂，正是青樓乞巧時。牛女相望隔河漢，浪傳天上有佳期。《全宋詩》卷二五六七，册48，第29820頁

同前

張鎡

秋近疏飆未轉涼，彩盤珠閣已傳觴。佳期天上頻逢節，却老人間未有方。蟾魄嫩明情繾綣，鵲河斜界色滄浪。瓜盤華錦空兒劇，禱旱于今仰聖皇。《全宋詩》卷二六八五，册50，第31589頁

同前

韓滮

今年七夕最淒涼，謾埽天階試炷香。猶使兒童覓瓜果，懶隨風俗曬衣裳。緱山何在歸寥廓，河鼓傳聞墮渺茫。百拙已成那得巧，年豐只欲更時康。《全宋詩》卷二七六一，册 52，第 32590 頁

同前

劉宰

天孫今夕渡銀潢，女伴紛紛乞巧忙。乞得巧多成底事，祇堪裝點嫁衣裳。《全宋詩》卷二八〇六，册 53，第 33347 頁

同前

蘇泂

七夕相尋舊宅來，鷄頭月下脊令杯。飲殘誰問天邊事，獨自婆娑弄影回。《全宋詩》卷二八四九，册 54，第 33964 頁

同前

高翥

一枕新凉供醉眠，覺來風物已凄然。山雲帶雨重重合，宮樹鳴秋葉葉顛。滿進一杯酬好節，休看兩鬢换流年。雙星回施癡兒等，容我長齋綉佛前。《全宋詩》卷二八五八，册55，第34123頁

同前二首

洪咨夔

黄姑織女萬古心，脈脈欲渡銀河深。有齊季女起拜月，緑髮一縷蒙金針。眼明志針如志鵠，針髪相投如破鏃。回身拍手笑乃翁，字大行疏燒矮燭。《全宋詩》卷二八九二，册55，第34514頁

好個牽牛織女天，凄其獨夜不成眠。柳家細婢何能問，太尉粗人衹自憐。比翼難磨終古恨，嫵眉未了宿生緣。新凉如水誰消得，平等天公也解偏。《全宋詩》卷二八九五，册55，第34576頁

同前

釋元肇

年年逢七夕，鵲繞故枝驚。天上誰曾會，人間自動情。巧雲還易散，曲月豈長明。大拙無如我，孤吟曉未成。《全宋詩》卷三〇九一，册59，第36880頁

同前

林希逸

七香寶駕靈誰乞，雙眼金針俗不存。世態如今機巧遍，堪將餘技獻天孫。《全宋詩》卷三一一八，册59，第37231頁

同前

嚴粲

織巧逐時新，誰將大雅陳。天孫古機錦，笑殺世間人。《全宋詩》卷三一二九，册59，第37397頁

同前

方岳

明河此夕會雙星，滓穢圓清太不經。牛豈其然耕觳觫，女何爲者嫁娉婷。閑中但覺人間巧，老去誰邀帝子靈。千古文章柳州事，解將蹇拙説惺惺。《全宋詩》卷三二一〇，册61，第38392頁

同前

武衍

金針插并玉搔頭，月落河傾尚倚樓。細認雙星還自感，别離同是一般愁。《全宋詩》卷三二六八，册62，第38969頁

同前

朱繼芳

兒女穿針夜向分，樓頭月落尚鑪薰。憑誰爲覓機邊石，留取支床卧白雲。《全宋詩》卷三二七九，册62，第39075頁

同前　　蕭立之

偃仰當日謾能工，刻楮何如造化功。乞巧從渠兒女道，自書拙賦上屏風。《全宋詩》卷三二八六，册62，第39160頁

同前　　真山民

世上癡兒女，争趨乞巧筵。婦鳩甘抱拙，不諂鵲橋仙。《全宋詩》卷三四三四，册65，第40885頁

同前　　舒岳祥

按，《全元詩》册三亦收舒岳祥此詩，元代卷不復録。

河似琉璃底，水行空影中。槎浮應恍惚，星會恐朦朧。七月初七夜，一年須一逢。經躔那

有此，吾欲問天公。《全宋詩》卷三四三七，册65，第40931頁

同前

蒲壽宬

按，《全元詩》册九亦收蒲壽宬此詩，元代卷不復録。

盈盈一水望牽牛，欲渡銀河不自由。月照纖纖織素手，爲君裁出翠雲裘。《全宋詩》卷三五八〇，册68，第42785頁

同前

貫雲華

斜軃香雲倚翠屏，紗衣先覺露華零。誰云天上無離合，看取牽牛織女星。《全宋詩》卷三五八六，册68，第42867頁

同前

文天祥

大地風塵惡，長天歲月奔。憂來渾是感，夢破與誰言。緱鶴空回首，河牛暗斷魂。吾今拙又拙，無復問天孫。《全宋詩》卷三五九九，册68，第43075頁

同前

王　鎡

彩樓簾影夜沉沉，一片篩涼月似金。倚得畫欄和袖暖，看人兒女學穿針。《全宋詩》卷三六〇九，册68，第43215頁

同前五首

陳　普

玉果金盤開九州，人間無處匿蛛蝥。天孫今夜鵲橋畔，百億化身難得周。

但把凡身小品論，不須榻頞問星辰。女郎戀別泪如雨，遑托金針度與人。

欲理銀河一葉舟，不知滿架架蒙鳩。漢陰抱甕蒼顔叟，孤負今朝乞巧樓。木牛流馬無人會，元是自家心孔開。却恐如簧讒佞口，曾問天孫乞巧來。織女牽牛不隔河，儼然天娣與相摩。道心萬載如寒水，肯爲河東起浪波。自注：杜詩云：織女出河西，牽牛出河東。萬古永相望，七夕誰見同。《全宋詩》卷三六四八，册69，第43772頁

同前

趙友直

一葉井梧飄，雙星忽相值。却憐參與商，晤會當何夕。《全宋詩》卷三六六一，册70，第43959頁

同前

仇遠

河鼓天孫各老成，無愁可解任秋聲。癡兒笑月羞眉曲，稚女穿針鬥眼明。夜半且分瓜果供，天中豈識别離情。未能免俗消光景，醉卧西風夢亦清。

歲歲今宵乞巧樓，疏星如弈月如鈎。莫將寒信侵房屋，肯把閒情問女牛。兒笑無書空曬腹，婦言有酒可澆愁。鵲慵竟失河橋約，盡日喳喳古樹頭。《全宋詩》卷三六八一，册70，第44206頁

同前

釋惠崇

按，此爲殘句。

河來天上闊，雲度月邊輕。《全宋詩》卷一二六，册3，第1471頁

同前

蔡確

按，此爲殘句。

焚香再拜穿華線，候得神光白氣飛。《全宋詩》卷七八三，册13，第9078頁

同前

任盡言

按，此爲殘句。

切勿填河漢，須留洗甲兵。《全宋詩》卷一九二七，册34，第21527頁

同前和韻

李　復

東方牽牛西織女，飲犢弄機隔河渚。西風忽起怨夜長，相望盈盈不得語。走投上帝貸金錢，五雲飛來結香軿。曳裾拂露天榆冷，照影回身桂葉偏。銀潢七月秋浪高，黄昏欲渡未成橋。却向人間借烏鵲，銜石欲半河已落。碧霧爲帳霞爲裳，絳節欲盡兩旂張。燦然一星中耀芒，前瞻漢曲喜色長。飆輪儼雅靈龍翔，相迎交贈雙明璫。臨席舉袖開雕扇，故人有似新相見。共持深願祝天工，海底烏沉參不轉。世間共傳牛女喜，綺樓百尺排空起。垂綏插竹動雲陰，玉豆珠盤羅餈餌。壺開緑酒净於空，秋滿虚庭氣如水。兒童不眠看星會，白光奕奕摇飛旆。整衣低首

祝深心，未祝焚香先再拜。曈曨曉動斗車移，小雨班班怨別離。天上還應分鳳軫，人間又喜見蛛絲。空堂野老頭如雪，不解祈巧但祈拙。《全宋詩》卷一〇九七，册 19，第 12442 頁

次韻七夕

李光

犢鼻長挑竹杖頭，不能免俗想清流。西來誰遣青禽至，仙去還乘白鶴遊。天上歡娛纔瞬息，人間恩愛漫綢繆。穿針乞巧真兒戲，曝腹庭中更可羞。《全宋詩》卷一四二四，册 25，第 16411 頁

七夕次韻

李吕

天上佳期歲一來，人間急管莫相催。鵲橋成後天孫度，雨泣懸知飆馭回。兒女歡呼争乞巧，樓臺羅列剩傳杯。欲搜好句陪年少，病士慚無工部才。《全宋詩》卷二一一〇，册 38，第 23827 頁

七夕戲成二絶

吴芾

時入三秋氣已清，節臨七夕露初零。如何老子臨風坐，也望天河牛女星。

寄語天河牛女星，人人乞巧望聰明。老夫養拙生憎巧，只要冥心度此生。《全宋詩》卷一九六四，册35，第21976頁

和人七夕

楊萬里

愛月斜仍細，占星久未過。浪傳商用事，正苦汗成河。蛛喜今宵綴，蠅憎昨日多。吾文那乞巧，詩或擬陰何。自注：杜詩：七月六日苦炎蒸，況乃秋後轉多蠅。《全宋詩》卷二二七五，册42，第26078頁

七夕次韻仲至

韓淲

鈎月迷雲滯柳梢，雷聲收雨轉晴宵。從教冠蓋填京國，得似兒童遶市橋。玉漏沈沈傳底恨，銀河耿耿瀉無聊。政須百巧從天乞，懶和閑吟聽夜潮。《全宋詩》卷二七六一，册52，第32590頁

次韻七夕

洪咨夔

弄巧拙逾甚，合歡愁轉多。擘金盟似海，搔玉泪成河。天運真旋磨，人生特擲梭。身閑凉月好，且與醉無何。《全宋詩》卷二八九四，册55，第34560頁

七夕有賦

魏了翁

經星不動隨天旋，枉被嘲謔千餘年。無情文象豈此較，獨嗟陋習輕相沿。我嘗作詩觝排之，尚有遺恨汙陳編。人於萬物爲至靈，聰明照徹天地先。其如形氣之所囿，則以學問開蒙顓。

不知誰爲乞巧者，乃謂天孫執其權。天孫能襄不能報，世間之拙無加焉。癡兒騃女競針縷，高樓大第迷管弦。漢魏以來用一律，無人出語扶其顛。其間假拙濟巧者，又欲托此文奸言。敢因良會追往事，更發此義聲餘冤。《全宋詩》卷二九二九，册56，第34916頁

七夕感興二首

戴　昺

家家歡笑迓星期，我輩相邀只酒巵。矯俗何須標犢鼻，甘愚不解候蛛絲。新秋光彩月來處，半夜清凉風起時。一曲玉簫塵外意，此音除是鶴仙知。

相傳牛女起何時，無奈人間事轉癡。青鳥蟠桃方士信，金釵鈿合逆胡基。一杯記節圖成醉，萬感因秋却易悲。遺恨古今流不盡，銀潢耿耿接天池。《全宋詩》卷三〇九七，册59，第36985頁

奉和七夕應令

徐　鉉

今宵星漢共晶光，應笑羅敷嫁侍郎。斗柄易傾離恨促，河流不盡後期長。静聞天籟疑鳴佩，醉折荷花想艷妝。誰見宣猷堂上宴，一篇清韻振金鐺。《全宋詩》卷七，册1，第99頁

戊申年七夕五絶

薛　映

月放冰輪傍絳河，相期寶婺夜經過。嫦娥不惜宫中桂，乞與天香分外多。
碧天如水月如鈎，金露盤高玉殿秋。青鳥潛來報消息，一時西望九花虬。
漢殿初呈楚舞時，月臺風榭鎮相隨。如何牛女佳期夕，又待鑾輿百子池。
月露庭中錦綉筵，神光五色一何鮮。世間工巧如求得，四至卿曹亦偶然。
銀河耿耿露漙漙，彩縷金針玉佩環。天媛貪忙爲靈匹，幾時留巧與人間。《全宋詩》卷五五，册1，第604—605頁

按，此詩其二《全宋詩》卷三七五九又作薛秉詩，題作「七夕」。

同前

張　秉

斜漢西傾桂魄新，停梭今夕度天津。世間縱有支機石，誰是成都賣卜人。

紅蕖爛熳碧池香，羅綺三千侍漢皇。阿母暫來成底事，茂陵宮桂已蒼蒼。
香階寶砌静無塵，遥指星河再拜人。若把離情今夕説，世間生死最傷神。
北斗城高禁漏多，漢家宮殿奏笙歌。漫教青鳥傳消息，金簡長生得也麽。
珠箔風輕月似鈎，還看錦綉結高樓。堪傷乞巧年年事，未識君王已白頭。《全宋詩》卷五八，册1，第634—635頁

同前

錢惟演

烏鵲飛來接斷雲，衹貪清淺渡星津。不知一夜支機石，却屬乘槎上漢人。
玉露金河顥氣凉，辛夷車轉桂旗香。嫦娥可是多猜忌，不駐瓊輪放夜長。
一歲佳期一夕過，羽旗雲蓋涉微波。明朝若寄相思泪，玉枕金莖得最多。
青鳥當時下紫雲，綺囊書秘露桃新。莫嫌夜半移床遠，朱雀窗中别有人。
驪皁凌雲對玉鈎，千門高切絳河秋。欲聞天語猶嫌遠，更結三層乞巧樓。《全宋詩》卷九四，册2，第1066頁

同前

劉筠

伯勞東翥燕西飛，又報黄姑織女期。天帝聘錢還得否，晉人求富是虚辭。自注：道書云：牽牛娶織女，取天帝錢二萬備禮，久而不還，被驅在營室。

華寢星陳夜未央，明河奕奕度神光。一年暫得停機杼，不奈秋蟲促織忙。

吹笙何處伴乘鸞，窺牖誰人見阿環。便有唐家今夕意，月和風露滿驪山。

淅淅風微素月新，鵲橋横絶飲牛津。豈惟蜀客知踪迹，更問庭中曬腹人。

琥車芝駕儼清秋，微雨侵宵助涕流。人世莫嗟離恨苦，却應天上更悠悠。《全宋詩》卷一一〇，册2，第1279頁

同前

楊億

六幕西回斗轉車，鮮雲點綴玉鈎斜。天孫已渡黄姑渚，阿母還來漢帝家。

明河左界鵲南飛，漢苑高樓正曝衣。一夕匆匆停弄杼，誰將錦石暫支機。

蘭夜沈沈鵠漏移，羽車雲幄有佳期。應將機上回文縷，分作人間乞巧絲。

神女歡娱一夕休，月娥孀獨已千秋。争如靈匹年年會，莫恨牛津隔鳳輈。

玉女壺傾笑電頻，白榆晴影接星津。神光奕奕雲容薄，誰見凌波襪起塵。《全宋詩》卷一二一，册 3，第 1413 頁

七夕應制

王禹偁

斜漢横空瑞氣浮，橋邊烏鵲待牽牛。長生殿冷時無事，乞巧樓多歲有秋。菡萏晚花清露濕，嬋娟新月暮烟收。華封禱祝華胥夢，誰道神仙不可求。《全宋詩》卷六三，册 2，第 702 頁

奉和御製七夕

夏竦

紫皇宴服出瑶臺，仗下凉宵水殿開。初月上弦光泛灩，横河案户勢徘徊。扇分蘭露侵衣滴，簾卷天香拂帳來。閣道森沉飛絳節，龍璈鳳吹凌霄發。琥車縹緲際烟潯，釦砌迢遥望雲闕。百子池深列宿分，九微燈淡纖塵絶。雲屏輕箑貫雙針，彩縷縈風勢不任。露挹瓊蘇敷碧席，明

霞照地光無極。西漢元封五葉時，猗蘭雲輦會真期。何如法坐嘉蕃熟，高振薰弦播緝熙。《全宋詩》卷一五五，册3，第1768頁

七夕一首呈席上藥名

孔平仲

琥珀杯濃酒味醇，鬱金裙轉舞腰新。鉛華第一人中白，歌響幾多梁上塵。玉漏將沉香未斷，銀潢雖遠志相親。合歡促席留君醉，最苦參斜夜向晨。《全宋詩》卷九三〇，册16，第10962頁

和子椿七夕

李之儀

何用封侯曲似鈎，且將膚寸等岑樓。佳時未用傾河鼓，爽氣先期勝蓐收。月影黄鈔、粵本、吴刊作彩正迷千古恨，雨聲還助五更愁。王孫賞詠元無敵，又見詩中第一流。《全宋詩》卷九五三，册17，第11168—11169頁

七夕戲效西昆體

劉　跂

終年情脈脈，此夕夜遲遲。玉宇秋來闊，珠簾夜後宜。仙娥月爲姊，海實樹生兒。露共雲車下，風將鵲扇移。鮫盤空有泪，椽筆未成詩。借取揮戈便，金釭更百枝。《全宋詩》卷一〇七二，册18，第12200頁

和黄預七夕

陳師道

盈盈一水不斯須，經歲相過自作疏。坐待翔禽報佳會，徑須飛雨洗香車。超騰水部陳篇上，收拾愚溪作賦餘。信有神仙足官府，我寧辛苦守殘書。《全宋詩》卷一一一八，册19，第12700頁

和鮑輦七夕四絶

李昭玘

織女黄姑天一隅，九清飛馭盡通衢。年年須作秋風約，此事朦朧信有無。

奕奕流雲度太虛，盛陳瓜果望天衢。嘗聞刻楮三年久，一夕穿針乞得無。

如何靈匹異人間，脈脈相望卒卒還。不用蛛絲争送巧，自知得拙半生閒。

一水盈盈會合難，古今雲路暫來還。幾多靈鵲成橋去，獨有棲烏月底閒。《全宋詩》卷一二九一，册22，第14641頁

次韻德升七夕二首

葛勝仲

盈盈一水截長空，烏雀橋成得暫通。逗曉歸來裝萬恨，舊機牢落響寒風。

霓旌鸞扇去央央，雲路輕車駕七香。靈會此宵才瞬息，經年何苦夜偏長。《全宋詩》卷一三六八，册24，第15700頁

七夕用東坡韻

李彭

老火微微迹已陳，稚金稍稍欲親人。蛛絲曲綴當時態，舊葉頻澆見在身。女隸不堪嚴侍立，天孫誰識靚妝新。柳州太巧何須乞，憐汝題詩正角巾。《全宋詩》卷一三八八，册24，第15935頁

次韻周秀實寺丞七夕三首

周紫芝

烏鵲橋成不恨遲，隔秋相見豈無期。姮娥空傍月中去，嫁得星郎是幾時。

夜深閑把玉東西，月下樓空晝幕垂。人似天孫酒如玉，夢中猶憶少年時。

無限欄階月下兒，遥瞻星旆却嫌遲。催教織女梳雲髻，想得無心理杼絲。《全宋詩》卷一五一九，册26，第17284頁

次韻周秀實七夕

劉才卲

雲間素月若飛來，半鏡携歸共挂臺。星渚橋成仙步穩，玉簫聲斷曉風哀。曾向兹辰曝圖籍，自注，秘書省七夕有曝書會。還思延閣敵蓬萊。誰憐點鬢吴霜重，酒母分沾助把杯。自注：是日宜造麴。麴，一名酒母。《全宋詩》卷一六八二，册29，第18862頁

次韻魯如晦七夕

王之道

今夕知何夕，相逢莫漫愁。凉颸開北牖，新月挂西樓。重惜經年别，貪延數刻秋。明朝河漢隔，西向望牽牛。《全宋詩》卷一八一四，册32，第20192頁

和魯如晦七夕

王之道

乞巧誰家綺席開，夜闌簫鼓趁虚催。啓明不爲牽牛計，又放朝陽送曙來。《全宋詩》卷一八一九，册32，第20251頁

次韻侄端臣七夕

范浚

萬古東西隔女牛，停梭期會豈悠悠。蝦蟆輪破青天暮，烏鵲橋横碧漢秋。莫放癡兒懼徹曙，且容老子强登樓。舉瓢更取天漿酌，一洗胸中萬斛愁。《全宋詩》卷一九二六，册34，第21509頁

和人七夕詩

黄公度

乞巧筵開玉露秋，一鈎凉月挂西樓。人間百巧方無奈，寄語天孫好甘休。《全宋詩》卷二〇〇七，冊36，第22528頁

和粹伯七夕韻

曾 協

常時汨雨久漣洳，準擬晴窗叫勃姑。報答月華思善畫，便和風露入新圖。自注：今年六月、七月皆無雨。

天上相逢絶點塵，莫將世態測高真。深閨兒女傳聞誤，見説秋期便妒人。

誰紀天孫謫墮時，浪言能致古宣尼。自注：事見《異聞録》。只今天上秋宵短，莫近鷄星聽喔咿。

《全宋詩》卷二〇四八，冊37，第23027頁

癸丑七夕

陸　游

風露中庭十丈寬，天河仰視白漫漫。難尋仙客乘槎路，且伴吾兒乞巧盤。秋早時聞桐葉墜，夜涼已怯紵衣單。民無餘力年多惡，退士私憂實萬端。《全宋詩》卷二一八〇，册39，第24822頁

七夕戲詠

喻良能

別多會少兩情深，風幌雲屏喜不禁。誰道初秋清夜永，須知一刻直千金。《全宋詩》卷二三五五，册43，第27043頁

次韻酬張巖卿七夕

許及之

星文人事古難磨，女織男耕力最多。河鼓有神司帶犢，天孫垂象驗飛梭。因依《鴻烈》成橋語，氾濫長生舊殿歌。伉儷流傳鈞是褻，玉川無賴太風波。《全宋詩》卷二四四九，册46，第28341頁

次韻才叔和陳大用七夕絶句

許及之

百兩新迎碧漢車，半奩舊照古銅磨。蟾虧既望圓時數，鵲别經年恨處多。
小説無端漫五車，流傳繆處盍刊磨。杜陵堪笑還堪惜，吟到佳期奏雅多。
寧少公榮莫少車，良辰僧坐笑磚磨。詩翁不至惟詩至，好句雖多恨亦多。
入秋逢節重星車，今閏中秋有折磨。夜夜銀河映牛女，稍凉相過望君多。《全宋詩》卷二四五七，册46，第28424頁

和湯倅七夕

虞儔

目斷銀河婉孌期，彩雲香霧轉霏霏。天孫無賴能專巧，世俗由來亦妄祈。稚子唤人占蟢網，老妻憐我泣牛衣。客星若就君平卜，更問金穰與木饑。《全宋詩》卷二四六四，册46，第28546頁

和吴伯成七夕韻

包恢

老火不知老，尚欲驕新秋。金稚力未勝，如兒方唧啾。稍養浩然氣，終當凌斗牛。巧夕乞巧者，稚兒輩可羞。老拙眼尚明，却笑群目幽。造物真大巧，容得智力不。巧亦不自知，變化神鬼驚。夏將烘爐鑄，至秋成金城。金城包宇宙，萬寶藏難明。今夕且對月，酌酒與子盟。仁熟如美種，由我獨善耕。金聲而玉振，秋乃集大成。《全宋詩》卷二九六四，册56，第35319頁按，《樂府詩集》無此題，然《張耒集》置之于「古樂府歌辭」類，故予收録。

琉璃瓶歌贈晁二

張　耒

火維荒茫地軸傾，下有積水潛鯤鯨。鰲身翻瀾山爲崩，金烏下啄獰龍騰。狂鬟奇鬣萬族朋，巨神日月雙手擎。夸娥愁思烏戢翎，老魚戰死風雨腥。長彗下掃千里驚，淺洲一席塊爲城。蠻兒夷女奇弁纓。大舶映天日百程，怒帆吼風戰飛鵬。舟中之人怪眉睛，獸肌烏舌髻翹撐。萬金明珠絡如繩，白衣夜明非縞繒。以有易無百貨傾，室中開橐光出楹。非石非玉色紺青，昆吾寶鐵雕春冰。表裏洞徹中虛明，宛然而深是爲瓶。補陀真人一銖衣，攀膝燕坐花雨飛。兜羅寶手親挈攜，楊枝取露救渴饑。海師跪請穎有胝，番禺寶市無光輝。流傳人間入吾手，包以百襲吳綿厚。擇人而歸今子授。爛然光輝子文章，清明無垢君肺腸。比君之德君勿忘，與君同升白玉堂。《全宋詩》卷一一五五，册 20，第 13034 頁

九江千歲龜歌贈無咎

張耒

按,《樂府詩集》無此題,然《張耒集》置之于「古樂府歌辭」類,故予收録。

靈龜千年口不食,以背負床飲其息。吾家兩龜豈徒不食亦不息,壽與萬古無終極。濟南晁君博物天地通,夜窺牛斗頗似晉司空。指我兩龜有名字,大龜爲九江,小龜號千歲。老龍洞庭怒,蕩覆堯九州。自注:謂半山老人。禹咄嗟,水平流。自注:謂迂叟。九江無波拍天浮,中有大靈背如丘。南風吹楚澤,蓮葉清欲秀。有物中作巢,一寸立介胄。霞衣仙人鬢如霜,飲以南極之光芒。丹顱老客不相見,飛渡東海巢扶桑。邇來蟠桃枝,有子大如缶。浮游輕于鳥,江海一回首。青珊瑚柱碧瑶宫,水仙焚香吹作風。朝戲蓮葉西,暮游蓮花東。秋風蓮子熟,歸去清江國。小千歲,大九江,我久不見之,向君案前雙。我謂晁君二物有似我與子,國有守龜吾子是。燦然天下之寶器,黄金之縢紫瑶匱。天王端冕史再拜,一逆二從定大事。我身百無用,頗似千歲潛深淵。不願人間貯金藉玉享富貴,但願寄身江上一葉之秋蓮。萬物才不才,用舍不任天。寄聲問晁君,然不然?《全宋詩》卷一一五五,册20,第13034頁

大雪歌

張耒

按，《樂府詩集》無此題，然《張耒集》置之于「古樂府歌辭」類，故予收録。宋人又有《大雪行》，當出於此，亦予收録。

老農占田得吉卜，一夜北風雪漫屋。屋壓欲折君勿悲，隴頭新麥一尺泥。泥深麥牢風莫吹，明年作餅大如箕。野人食飽官事少，莫畏瑟縮寒侵肌。高堂晨興何所爲，門無馬迹人更稀。珠樓玉閣互飛動，坐見貧屋生光輝。無功及物慚受禄，豐穰幸賴天與之。棄糧遺粒待鷄犬，吾羹何得長烹藜。《全宋詩》卷一一五五，册20，第13035頁

同前二首

陸游

題注曰：「累日作雪竟不成，戲賦此篇。」

長安城中三日雪，潼關道上行人絶。黄河鐵牛僵不動，承露金盤凍將折。虬鬚豪客狐白裘，夜來醉眠寶釵樓。五更未醒已上馬，衝雪却作南山遊。千年老虎獵不得，一箭横穿雪皆赤。拏空争死作雷吼，震動山林裂崖石。曳歸擁路千人觀，髑髏作枕皮蒙鞍。人間壯士有如此，胡不來歸漢天子。《全宋詩》卷二一六二，册39，第24438—24439頁

若耶溪頭朝暮雪，鵶鵲墮死長松折。横飛忽已平屐齒，亂點似欲妝簾纈。放翁憑閣喜欲顛，摩挲拄杖向渠説。莫辭從我上嵯峨，此景與子同清絶。銀杯拌蜜非老事，石鼎煎茶且時啜。題詩但覺退筆鋒，把酒未易生耳熱。扶衰忍冷君勿笑，報國寸心堅似鐵。漁陽上谷要一行，馬蹄蹴踏河冰裂。《全宋詩》卷二一六六，册39，第24535頁

大雪行

張舜民

曉辭洛水濱，暮宿河之涘。四野漫漫不見人，竟日止能行數里。渾然天地爲一色，渭水南北復何似。五陵鷹犬争合圍，十宅管弦初熱耳。連宵耿耿照鬢髮，迎馬點衣猶未已。但得來年春麥熟，暫困泥途復何恥。農夫南畝未厭多，却入長安作泥滓。《全宋詩》卷八四三，册14，第9664頁

孫彦古畫風雨山水歌

張　耒

按,《樂府詩集》無此題,然《張耒集》置之于「古樂府歌辭」類,疑另有題名,姑録俟考。

山深巖高石壁青,白日忽變天晦冥。黑風驅雲走不停,驚電疾雨來如傾。山前雨點大如手,山下水涌危槎横。崩崖古樹老有靈,吼怒直與風雲争。枝披葉偃鬥不怯,萬竅却欲藏雷霆。鞭驢疾驅者誰子,石路嶮澀驢凌兢。目迷心懾愈不及,來憩樹下如寒蠅。蒼茫直與鬼神接,恍惚不保龍蛇驚。平居此樂忽入眼,孫家古圖纔可辨。奈何一幅一尺餘,欲奪天地之奇變。我心愛之良有以,昔苦山行親遇此。一生兩足不下堂,輸爾朱家貴公子。《全宋詩》卷一一五五,册20,第13035頁

歲暮歌

張　耒

按,《樂府詩集》無此題,然《張耒集》置之于「古樂府歌辭」類,故予收録。

北風卷雪送暮冬，重雲如山争塞空。百年老樹吼欲折，塌翼不見南飛鴻。堂下幽姿亦可悦，點綴小樹花玲瓏。老人重裘不能暖，永夜惟守深爐紅。啾啾寒雀飛不起，饑啄凍土藏枯叢。青春欲回水官怒，摧拉未使陽和通。天時平分各司一，興廢誰得專其雄。杜門解轡聊有待，行看馬脚春泥融。《全宋詩》卷一一五五，册20，第13035頁

光山謡

張耒

按，《樂府詩集》無此題，然《張耒集》置之于「古樂府歌辭」類，故予收録。

艤舟淮南望新息，天遣清淮限南北。崎嶇細路入光山，野色蒼凉秋日白。八月獲稻田無水，蚱蜢群飛稻乾死。危橋絶澗聞水聲，喧喧汲水争瓶罌。昏昏落日銜遠山，鳥啼車轍未得閒。縣公吴生我世舊，爲我烹羊酤斗酒。燈前醉飽紛就眠，五更開門星滿天。長年他鄉心惘然，遠途辛勤難具言。《全宋詩》卷一一五五，册20，第13036頁

用劉夢得三題

張　耒

按,《樂府詩集》無此題,然《張耒集》置之于「古樂府歌辭」類,疑另有題名,姑録俟考。

春向晚,斜日在高樓。幽花愁脈脈,輕絮去悠悠。冉冉三更雨,蕭蕭通夜愁。

春已暮,把酒送春歸。花落鳴禽散,草長遊客稀。去年堂上燕,故故傍人飛。

春竟去,白髮感生平。流水去不斷,夕陽猶有情。舊時桃李月,悄悄向人明。《全宋詩》卷一一五五,册20,第13036頁

年年歌

張　耒

按,《樂府詩集》無此題,然《張耒集》置之于「古樂府歌辭」類,故予收録。

年年西風白露天,爛醉村釀秋池原。今年杜門不復出,爲愛我庭風日寛。東西相望兩叢

竹，正色森森立青玉。朝烟暮雨恣陵奪，翠鳳文章終鬱鬱。石榴新栽果不實，下有蕭條冒霜菊。人情雖欲薦我酒，物意豈願羸君菊。東欄黃葵色貴麗，氣壓滿欄香撲簌。月桂凄凉何足數，蛛網挂蟲窘如束。安能卒歲不改芳，正自榮枯隨衆木。陶陶吾意方有在，瑣瑣眼前安足録。朝來默坐有佳思，病去身輕如脱梏。從來北客望江南，何用登樓傷遠目。《全宋詩》卷一一五六，册20，第13037頁

鶻鵃詞

張　耒

按，《樂府詩集》無此題，然《張耒集》置之于「古樂府歌辭」類，故予收録。

樹頭玄衣郎，神爽聲復清。睡先萬目覺，起對殘月星。憫世耽睡昏，體穢神不靈。招使離衽席，啼呼每丁寧。幽人最憐汝，未旦起坐聽。荒山多嘉樹，春盡故園情。《全宋詩》卷一一五六，册20，第13037頁

圍棋歌戲江瞻道兼呈蔡秘校

張耒

按，《樂府詩集》無此題，然《張耒集》置之于「古樂府歌辭」類，故予收録。

蔡子圍棋非我敵，我謹事之如大國。主盟召會不敢辭，近忽憑陵有驕色。鄒人戰魯固非宜，于越入吴誰可測。願君勿以大自驕，知小深謀戰須克。區區江子似邾婁，我如强魯端能役。凌兢螳臂屢見拒，我但憐子心難得。近來措置尤小獰，何異穿窬時有獲。可憐癡將不知兵，請視吾旂豈冥北。饑魚貪餌不知鉤，口雖暫美身遭食。雖然吾亦守疆埸，防患猶須謹蟊賊。上攀蔡子雖已遼，晉楚周旋終有日。下觀江子行逾遠，我進駸駸未知極。嗟予自謂敢忘謙，事有真誠難掩抑。爲君聊發一笑端，欲開吾棋視斯檄。《全宋詩》卷一一五六，册20，第13037頁

周氏行

張耒

按，《樂府詩集》無此題，然《張耒集》置之于「古樂府歌辭」類，故予收録。

亭亭美人舟上立，周氏女兒年二十。少時嫁得刺船郎，郎身如墨妾如霜。嫁後妍媸誰復比，泪痕不及人前洗。天寒守舵雨中立，風順張帆夜深起。百般辛苦心不惜，妾意私悲鑑中色。不如江上兩鷺鷥，飛去飛來一雙白。長淮杳杳接天浮，八月搗衣南國秋。謾説鯉魚能托信，祇應明月見人愁。淮邊少年知妾名，船頭致酒邀妾傾。賊兒惡少謾調笑，妾意視爾鴻毛輕。白衫烏帽誰家子，妾一見之心欲死。人間會合亦偶然，灘下求船忽相值。郎情何似似春風，靄靄吹人心自融。河中逢潬還成阻，潮到蓬山信不通。百里同船不同枕，妾夢郎時郎正寢。山頭月落郎起歸，沙邊潮滿妾船移。郎似飛鴻不可留，妾如斜日水東流。鴻飛水去兩不顧，千古萬古情悠悠。情悠悠兮何處問，倒瀉長淮洗難盡。祇應化成淮上雲，往來供作淮邊恨。《全宋詩》卷一一五六，册20，第13038頁

啄木詞

張　耒

按，《樂府詩集》無此題，然《張耒集》置之于「古樂府歌辭」類，故予收録。

紅錦長條當背垂，紫檀槽穩横朱絲。美人亭亭面如雪，纖手當弦金杆撥。彈成丁丁啄木

聲，春林蔽日春晝晴。徘徊深枝穿翠葉，玉喙勞時還暫歇。深園斷嶺人不知，中有槎枒風雨枝。蠹多蟲老飽可樂，山静花深終日啄。雄雌相求飛且鳴，高枝礪嘴枝有聲。無功忍使饑腸飽，有意却教枯樹青。疾彈如歌細如語，曲欲終時情更駐。一聲穿樹忽驚飛，葉動枝摇不知處。《全宋詩》卷一一五六，册20，第13038頁

啄木辭

黎廷瑞

按，《全元詩》册一五亦收黎廷瑞此詩，元代卷不復録。

木鬱鬱兮有蠹生之，穴冥冥兮木竅以委。皇賚于鴷兮厥服孔儀，往伺于木兮爾喙爾夷。朝于木瘻兮莫于木枝，蠹宿于根兮而鴷不知，厦將墮兮其何以支。《全宋詩》卷三七〇七，册70，第44516頁

瓦器易石鼓文歌

張耒

按，《樂府詩集》無此題，然《張耒集》置之于「古樂府歌辭」類，故予收録。

周綱既季宣王作，提劍揮呵天地廓。朝來吉日差我馬，夜視雲漢憂民瘼。桓桓方召執弓鉞，藹藹申韓賜圭爵。北驅獫狁走豺狼，南伐淮夷斬鯨鱷。明堂車馬走争先，清廟笙鏞尸載樂。岐陽大獵紀功伐，石鼓巖巖萬夫鑿。千年兵火變朝市，後世紙筆傳冥漠。迹荒事遠貴者寡，嘆惜風霜日摧剥。君誠嗜古更過我，易以瓦器尤奇卓。滿盤蒼玉列我前，制古形奇異雕琢。羲黄已亡巧僞起，采椽土木消純樸。何爲獲此上古器，經歷萬古遭搜掠。寥寥墨翟骨已朽，尚有遺風傳隱約。又疑晏子矯齊俗，陶土摶泥從儉薄。或云古者宗廟器，斥棄金玉先誠確。是時此物參鼎俎，簀桴土鼓誠爲樂。嗚呼二物信奇絶，賴有吾徒與提握。不然烏瓦與荒碑，坐見塵埃就零落。《全宋詩》卷一一五六，册20，第13038頁

片雪歌

張　耒

按，《樂府詩集》無此題，然《張耒集》置之于「古樂府歌辭」類，故予收録。

瑶池一片孤飛雪，風急身輕飛不歇。誰將翠袖遮得歸，十斛明珠换與誰。金龜貴客迎將去，玉作輜軿載塵霧。人間不解桃李心，獨與琵琶自相語。主人白頭情不親，朱樓夜鎖梨花春。

願同花落寄流水，飄出朱門隨路塵。長恐此生空已矣，從此失身輕薄子。人生但樂兩知心，誰是瓊瑤孰泥滓。鶯驚中彈花辭樹，蝶散蜂驚春日暮。風光不斷流水長，不知片雪今何處。《全宋詩》卷一一五六，册20，第13039頁

籠鷹詞

張耒

按，《樂府詩集》無此題，然《張耒集》置之于「古樂府歌辭」類，故予收録。

八月穫黍霜野空，蒼鷹羽齊初出籠。劍翎鈎爪目如電，利吻新淬龍泉鋒。少年臂爾平郊去，草動人呼躍寒兔。竦身下擊霹靂忙，毛逐奔風血濡距。爾能搏兔不能食，未飽中腸行復擊。主人厭兔爾尚饑，一生不快爲人役。蒿間黄雀鳴啾啾，饑啄野粟心無求。賦形雖小技能薄，不受羈縻得自由。《全宋詩》卷一一五六，册20，第13041頁

拳毛騧歌

張　耒

按，《樂府詩集》無此題，然《張耒集》置之于「古樂府歌辭」類，故予收録。

北窗掃壁陳圖書，殺氣凜凜生坐隅。誰將尺素畫駿馬，云是文皇昔日拳毛騧。龍顱虎脊視天地，若滅若没三萬里。皇天産此誰得之，虬鬚十八真天子。擒王滅竇如塵埃，英氣貫日天爲開。黄金甲光照天地，大白羽箭馳風雷。自注：唐文皇與單雄信挑戰，雄信運鐵槊，文皇以大白羽射之，中其槊，出火數尺，雄信遁去。真龍在厩萬馬疾，下視四海皆駑駘。榛棘昭陵一抔土，柏城六馬莓苔古。嗚呼駿馬已埃塵，雖有燕昭難再睹。《全宋詩》卷一一五六，册20，第13041頁

寒鴉詞

張　耒

按，《樂府詩集》無此題，然《張耒集》置之于「古樂府歌辭」類，故予收録。

寒鴉來時九月天，黃粱蕭蕭人刈田。啼聲清哀晚紛泊，迭和群音和且樂。朋飛聚噪動百千，頸腹如霜雙翅玄。風高日落田中至，部隊崩騰鉦鼓沸。高林古道榆柳郊，落葉晴霜荆棘地。志士朝聞感歲華，田家候爾知寒事。壟頭雪消牛挽犁，蕩漾春風吹爾歸。投寒避暖竟何事，長伴燕鴻南北飛。我滯窮城未知返，爲爾年年悲歲晚。扁舟東下會有期，明年見爾長淮岸。《全宋詩》卷一一五六，册 20，第 13041 頁

寒食歌

張　耒

按，《樂府詩集》無此題，然《張耒集》置之于「古樂府歌辭」類，故予收録。

東風芳草長，寒食春茫茫。人家掩門去，鷄犬自相將。原頭簇簇柳與花，行人往來長嘆嗟。舊墳新冢累累是，裂錢澆酒何人家。桑上鳴鳩唤山雨，雨脚蕭蕭山日暮。歸來門巷正春寒，花底殘紅落無數。北里悲啼夜未休，清弦脆管起南樓。古今歌笑何時盡，芳草白楊春復秋。去年巧笑鞦韆女，今年嫁作東家婦。彩繩畫柱似當年，只有朱顔不如故。百人學仙無一成，麻姑不見但聞名。萬斛春醪須痛飲，江邊漁父笑人醒。《全宋詩》卷一一五六，册 20，第 13041 頁

按，《樂府詩集》無此題，然《張耒集》置之于「古樂府歌辭」類，故予收録。

飛螢詞

張耒

碧梧含風夏夜清，林塘五月初飛螢。翠屏玉簟起涼思，一點秋心從此生。方池水深溪雨積，上下輝輝亂凝碧。幸因簾卷到華堂，不畏人驚照瑶席。漢宫千門連萬户，夜夜熒煌暗中度。光流太液池上波，影落金盤月中露。銀闕蒼蒼玉漏遲，年年爲爾足愁思。長門怨妾不成寐，團扇美人還賦詩。避暑風廊人語笑，欄下撲來羅扇小。已投幽室自分明，更伴殘星碧天曉。君不見連昌宫殿洛陽西，破瓦頹垣今古悲。荒榛腐草無人迹，只有秋來熠燿飛。《全宋詩》卷一一五六，册20，第13042頁

齊安行

張耒

按，《樂府詩集》無此題，然《張耒集》置之于「古樂府歌辭」類，故予收録。

黄州楚國分三户，葛蔓爲城當樓櫓。江邊市井數十家，城中平田無一步。土岡瘦竹青復黄，引水種稻官街旁。客檣朝集暮四散，夷言啁哳來湖湘。使君麗譙塗堊赭，門狹不能行兩馬。滿城蛙噪亂更聲，谷風觳觳黄鴉鳴。最愁三伏熱如甑，北客十人八九病。百年生死向中州，千金莫作齊安遊。《全宋詩》卷一一五六，册20，第13042頁

一百五歌

張耒

按，《樂府詩集》無此題，然《張耒集》置之于「古樂府歌辭」類，故予收録。

山民歲時事莽鹵，猶知拜掃一百五。平明士女出城闉，黄土岡前列尊俎。簕包粉餌蒸野蔬，富家烹羊貧薦魚。日暮肩輿踏風雨，江鄉人家無犢車。插花飲酒山邊市，醉後歌聲動鄰里。南人聞歌笑相尋，北人聞歌泪滿襟。《全宋詩》卷一一五六，册20，第13042頁

東皋行

張耒

按，《樂府詩集》無此題，然《張耒集》置之于「古樂府歌辭」類，故予收録。

秋雲卷盡秋天清，東皋蕭條鷄犬聲。黄葉吟風聲不平，芙蕖半落更有情。歸來僮饑羸馬疲，城頭樹暗烏欲棲。誰家朱樓人夜宿，微紅一點簾間燭。《全宋詩》卷一一五六，册20，第13043頁

饑烏詞

張耒

按，《樂府詩集》無此題，然《張耒集》置此詩于「古樂府歌辭」類，故予收録。

北風夜雨烏翅濕，低飛野畦啄遺粒。啄食不飽還畏人，嗚呼隔隴自求群。我行陳宋經大澤，田荒生茅不種麥。空腸待飽明年禾，鴉鴉爾饑獨奈何。《全宋詩》卷一一五六，册20，第13043頁

春詞三首

張　耒

按，唐崔令欽《教坊記》有《惜春詞》，《樂府詩集·新樂府辭》温庭筠《樂府倚曲》亦有《惜春詞》，《春詞》或出於此。且《張耒集》置之于「古樂府歌辭」類，故予收録。宋人同題之作，亦予收録。宋人又有《止春詞》《小春詞》《傷春詞》《暮春詞》，或出於此，亦予收録。

寶刀裁花碎羅縠，帶臘圓紅黃染粟。枝頭幾日即花開，世上人情何太速。東風未轉北風嚴，返挂銅鈎不上簾。莫怪蛾眉呵素指，層檐冰碧玉纖纖。《全宋詩》卷一一五六，册20，第13044頁

殘紅新緑間鞦韆，寒食園林人意闌。一陣春寒花上起，畫廊連夜雨珊珊。

靄靄芳園誰氏家，朱門横鎖夕陽斜。鳩鳴鵲噪閒庭館，盡日春風吹百花。《全宋詩》卷一一七三，册200，第13251頁

同前

釋道潛

輕雲著地柳垂絲，百尺高臺獨步時。遥愛南鄰紅杏樹，曉來新有過墻枝。
濛濛小雨暗池塘，遠樹依微不辨行。可是晚來風更惡，杏花香亂撲回廊。
冰開池面初浮緑，日促花梢始破紅。謾道春光來眼底，茫然無意對芳叢。《全宋詩》卷九一五，册16，第19748頁

同前三十七首

毛滂

日催紅鞞鞢，雪放緑蒙茸。莫向東郊去，王春在九重。
雲根春冰薄，氍毹曉氣暾。尚垂宵旰意，加惠及元元。
雪盡牙籤暖，芸生竹簡香。夜分猶樂此，定喜日舒長。
精華初結紐，璧水再逢春。杞梓扶疏見，君王自作新。
雲避南山曉，天回北斗春。榮光生八彩，壽色兩嶙峋。

君恩破寒色，天笑覺春回。先暖延和柳，曾無羯鼓催。
瑞日暉暉上，非烟冉冉收。晴川豔可浴，翠瀲荇初流。
柏酒勤稱壽，椒塗蚤却寒。静無遊樂事，殊闊濯龍歡。
曉光開綉幄，晴色上金除。初進春衣窄，猶應澣濯餘。
庶草將蕃廡，群陰自退消。遲遲杏梁日，長照紫宸朝。
八風調養力，九地發生深。共被年豐賜，誰知日昃心。
睍睆黄鸝出，參差紫燕飛。君仁罿罻闊，惠及羽毛微。
粉壁椒花馥，瑶釵彩燕翩。東風呼唤得，隨意作春妍。
日養千花氣，風和百和香。君王自仁壽，柏葉更稱觴。
寶曆垂無極，璿璣轉未央。綉楹膏露潤，玉殿紫芝香。
穆穆清光外，葱葱佳氣中。雲天看斗柄，寰海受和風。
玉甃蘭封麝，瑶池柳養金。宸章先造化，摛藻自春林。《全宋詩》卷一二四九，册21，第14121—14122頁
養逐東風行地上，德隨和氣散寰區。聖人中正觀天下，道本無言教已孚。
冰銷玉液晃鷺喜，日暖宜春草木長。忠厚家風傳八葉，太平光景接三王。
好生恰對發生時，寬大恩流涣汗飛。雷雨解成僵枿動，蓼蕭詩就遠人歸。

天光地氣與年新，不覺人間一物陳。初令雷霆端有信，舊餘霰雪敢無垠。

仙桃欲拂朝真臉，禁柳忙催望幸眉。不會君王春思別，杏花菖葉在農時。

冰開御水龍鱗細，日照宫梅麝炷烘。欲看人間花灼灼，不妨葛藟共春風。

誕敷文德金鈴振，盡納熙河玉律諧。御柳宫梅動春意，朝來黄鳥亦喈喈。

玉殿重簾卷水晶，椒花柏葉聖人清。千春萬歲承明主，長聽雲韶歌管聲。

雪纔盈尺雲陰解，風不鳴條雨塊完。春力急催冬事退，君王寬政不恒寒。

君心與物爲春久，唤得春風破臘回。天近自應通信息，梅花不用犯寒來。

春色年年染御溝，鴨頭輕緑弄花柔。今年春到崑崙上，九折委蛇舞翠虯。

截肪初見昭華玉，刀出昆吾寶籀開。天助君王敷大喜，安排春色探先來。

御溝梅柳寒猶噤，芳草池塘暖尚微。玉色怡融何事喜，一年苔緑遍圜扉。

宫漏遲遲不受催，出花光景漸徘徊。萬方日日春臺上，不道東風恰始來。

雕雲燎馥沉香暖，彩勝風翩玉燕寒。天上春光來咫尺，瓊花瑶草遍闌干。

瑣窗朱户無寒到，長似春光日日來。自是螽斯載風什，可煩簫磬祀高禖。

靧面桃花有意開，光風轉蕙日徘徊。昭陽天近知春早，玉琯東風破雪來。

日射觚棱氣鬱葱，露華猶冷玉芙蓉。瑣窗朱户春光暖，珠蕊瓊花無數重。

臘寒辟易沉香火，春意侵尋玉琯灰。陰德承天專静厚，發生有助到根荄。
風來太液冰先泮，日照延和柳未知。翠輦不緣花事出，行看荇帶緑參差。《全宋詩》卷一二四九，冊21，第14125—14126頁

同前

謝　逸

蒲芽荇帶繞清池，錦纜牽船水拍堤。好是淡烟疏雨裏，遠峰青處子規啼。
午睡醒來炷晚香，麝煤冉冉襲衣裳。垂楊莫道無才思，故遣飛花入洞房。
曲欄干外柳垂垂，羅幕風輕燕子飛。獨倚危樓思往事，落紅撩亂點春衣。
豆蔻梢頭春事休，風飄萬點只供愁。杜鵑啼破三更月，夢繞雲間百尺樓。
院落簾垂春日長，嫩晴天氣牡丹香。細看玉面天然白，不及姚家宫樣黄。
門前楊柳暗沙汀，雨濕東風未放晴。點點落花春事晚，青青芳草暮愁生。《全宋詩》卷一三〇七，冊22，第14850—14851頁

同前五首

釋德洪

映門楊柳未全遮，纔有柔條自在斜。不信春寒猶有雪，誤驚飄舞作飛花。
春到梅梢雪未知，横斜初見過墻枝。暗香愁絶無人問，一再風前月上時。
昨夜江村雨一犁，白沙江路曉無泥。戲波拍拍鳧雛暖，掠岸翩翩燕子低。
曉霽晴湖已拍橋，橋邊春色解相撩。分疏積雨饒鶯舌，拘束東風倩柳條。
郊原雨歇看春耕，繭栗能馳稚子行。青杏欲嘗先齒軟，海棠開遍恰新晴。《全宋詩》卷一三四二，册23，第15302頁

同前二十首

李綱

詩序曰：「余謫沙陽，寓居興國佛祠，寢西小軒。春至，梨花盛開，玉雪可憐，脩篁嘉木，幽禽百囀。每晨坐讀書，午睡初醒，把酒寓目，慨然感懷，因成春詞二十篇以紀景物。可以興，可以怨，庶幾乎詩人之旨，覽者無誚焉。」

一樹梨花傍小軒，結根幽寂更芳妍。東君有意憐流落，故遺瑶姿墮目前。
晚來急雨作輕寒，只恐梨花落點殘。唤起小童窗外看，玉妃何事泪闌干。
花開好鳥曉關關，驚覺幽窗小夢殘。宿酒未醒慵起早，透簾紅日上三竿。
蕭蕭檻外翠琅玕，瘦節疏枝特地寒。誰謂幽居太寥閑，此君長此結清歡。
春光淡蕩一番新，花氣氛氲惱殺人。只恐花飛春又老，須將酩酊對芳辰。
清晨開卷坐幽窗，深注爐烟一縷香。汲水養花顔色好，向人端似炫新妝。
春日遲遲午睡濃，夢魂飛過浙江東。無端花底間關舌，唤起搔頭兩鬢蓬。
寂寂春林杜宇啼，勸人只道不如歸。我今歸思何須勸，借爾翩翻兩翅飛。
春色困人渾似酒，花枝照眼恰如人。東君若解憐愁客，莫使花飛减却春。
漠漠輕烟度短墻，春寒料峭怯羅裳。惜春只怕多風雨，雲影披離漏日光。
幽禽百囀舌如簧，院宇深深花木香。飄泊傷春惟泥酒，不知林外已斜陽。
誰使鳴禽自在啼，感春端似惜芳時。一枝暫寄休饒舌，静處須防挾彈兒。
春來南國藹韶光，百卉嫣然競早芳。語燕啼鶯將婉孌，遊蜂舞蝶已顛狂。
青鳥飛來動檻花，翠衿紺趾啅交加。向人自解傳消息，疑是來從阿母家。
微月籠雲黯淡明，忽聞索索雨來聲。可憐窗外梨花老，一夜飄殘雪片輕。

聒聒鳴鳩唤雨來，蕭蕭寒響滴空階。不知逐客傷春恨，多少殘英點翠苔。
飄風驟雨餉時間，墮蕊飛花滿地殷。自是群芳將結實，非關風雨故摧殘。
桃花零落逐風飛，地上紅多枝上稀。春色陡然歸艷杏，梢頭還欲衒芳菲。
南方春早花亦早，爛熳開盡枝頭紅。記得上林當此際，遊人殊未探芳叢。
一年春事遽如許，千里旅愁何似生。濁酒飲餘惟五合，殘書讀盡忽三更。《全宋詩》卷一五四五，册27，第17547—17548頁

同前二首

朱淑真

屋嗔柳葉噪春鴉，簾幕風輕燕翅斜。芳草池塘初夢斷，海棠庭院正愁加。幾聲嬌巧黄鸝舌，數朵柔纖小杏花。獨倚妝窗梳洗倦，祇慚辜負好年華。

屈指清明數日期，紛紛紅紫競芳菲。池塘水暖鶒鶒并，巷陌風輕燕燕飛。柳帶萬條籠淑景，遊絲千尺網晴暉。人間何處無春色，祇是西樓人未歸。《全宋詩》卷一五八三，册28，第17952頁

同前二首

張嵲

莽莽暄風吹九州，春來何處不消憂。林間鳥語隨時好，花裏風光映日流。

無復餘聲到耳邊，衡門不閉亦蕭然。風枝鳥語皆無賴，每向春晴聒晝眠。《全宋詩》卷一八四四，册32，第20540頁

同前

魯訔

疊穎叢條翠欲流，午陰濃處聽鳴鳩。兒童賭罷榆錢去，狼藉春風漫不收。《全宋詩》卷一九〇三，册33，第21256頁

《全宋詩》卷九一一又作釋道潛詩，題作《春晚》。

同前

張良臣

佇蘭無限楚時春，罨岸風平緑自熏。睡起畫檐雙語燕，梨花留得夜來雲。後主搴香復倚春，潘嬙梳洗最輕盈。南朝破後無詞客，燕子桃花古石城。《全宋詩》卷二四六一，册46，第28456頁

同前

沈　説

水漲寒溝柳又陰，小窗風度一聲禽。若將離緒縈春事，片片飛花是客心。《全宋詩》卷二九五三，册56，第35186頁

同前

劉克莊

人競迎新歲，儂方餞舊年。雛鶯又百囀，高柳忽三眠。《全宋詩》卷三〇八〇，册58，第36747頁

同前七首

白玉蟾

春光若海渺無邊，日暮歸來泛玉船。紅齉海棠紅似雪，翠嬌楊柳暗如烟。

千紅萬紫競繁華，鶯燕多依富貴家。上巳蘭亭修禊事，一年春色又楊花。

瘦沈皤潘莫自匆，花邊有酒且從容。春三二月東風裏，鶯百千聲翠柳中。

柳困花慵風力輕，脱禪衣裌過清明。喚晴喚雨鳩無準，飛去飛來燕有情。

旦上禪衣試緑羅，情知春暮亦無何。風吹一架荼蘼雪，酒惡頻將玉蕊挼。

晴簾暖幕笑如烘，春事還歸縹緲中。紅藥一枝寒食過，東風萬點海棠空。

春色將窮詩未窮，開樽姑爲慰東風。偶然行到青苔上，尚有殘英一片紅。《全宋詩》卷三一三八，册60，第37609頁

同前

方岳

翠鼎香深旋作茶，餘醒牽夢幾還家。夢中記得春池緑，曾共丁寧下番花。

花不知愁句又塵，晚寒獨自倚欄頻。一分心事一分雨，春負予耶予負春。
剪得春詞不忍看，雨深怕近碧闌干。春無些力吹成雪，未必杏花能耐寒。
草色將寒上客衣，柔情只了得花飛。湘簾不隔社公雨，百姓人家燕未歸。
一春直是柳風流，只恁風流只恁愁。客又不來寒食近，碧蘅紅杜滿芳洲。《全宋詩》卷三一九八，冊61，第38279—38280頁

同前

吴　浚

是處簫聲破碧雲，翠梅依舊鎖閑春。東風不負庭前柳，只負年年看柳人。《全宋詩》卷三四三二，冊65，第40843頁

同前二首

柴隨亨

采蘩春日詠遲遲，何事於今詠黍離。夜到子中分旦氣，歲從寅上授人時。野花啼鳥般般意，流水孤村岸岸移。且向醉中歌一曲，自憐吾及共吾兒。

爐烟爇盡冷衣篝，長樂鐘聲半入樓。燕子不歸春夢斷，刺桐花月上簾鈎。《全宋詩》卷三四四七，册65，第41075—41076頁

同前

陳允平

楊柳春風三月三，畫橋芳草碧纖纖。一雙燕子歸來後，十二紅樓卷綉簾。《全宋詩》卷三五一六，册67，第41990頁

同前

何應龍

玉纖輕揭綉簾開，行到花前泪滿腮。正爾春心無處托，一雙蝴蝶忽飛來。《全宋詩》卷三五一八，册67，第42014頁

同前

鄭思肖

春氣暄妍御夾紗，玉釵雙裊緑雲斜。倚欄看遍庭前樹，盡是枝頭結子花。《全宋詩》卷三六二五，

册 69，第 43408 頁

同前　　趙若槻

玉釵香夢水東流，簾怯春寒寄暮鈎。燕子不來花滿地，一痕新月又西樓。《全宋詩》卷三六五七，册 70，第 43923 頁

同前　　周煇

按，此爲殘句。

捲簾試約東君問，花信風來第幾番。《全宋詩》卷二三三三，册 43，第 26825 頁

卷一五〇　宋新樂府辭一九

春詞絶句五首

秦觀

蒲萄衵暖蕙薰微，紅日窺軒睡覺時。人倦披衣雙燕出，青絲披罥木蘭枝。

弱雲亭午弄春嬌，高柳無風妥翠條。懶讀夜書搔短髮，隔垣時聽賣餳簫。

都城春富百花披，長憶人歸駐馬時。淺色御黃應好在，爲誰還發去年枝。

風驅白雨洗園林，蔽地飛花一寸深。狂紫浪紅俱已矣，老春雖在亦何心。

顛毛漸脱風情少，匣劍空存俠氣銷。人遠地偏無酒肉，春深花鳥謾相撩。《全宋詩》卷一〇六七，册18，第12148頁

次韻安止春詞十首

郭祥正

尋春行過古城東，春氣先從海角通。池草怯霜拳嫩緑，山桃迎日展新紅。

池塘新水碧泱泱，楊柳牽風緑線長。已信形骸隨野馬，不思功業到巖廊。
一聽春聲只自悲，山山相應鷓鴣啼。却尋花島看花處，水上紅雲數片低。
一杯濁酒覽春光，人世紛紛任短長。細草自匀新歲緑，落梅猶散去年香。
雲影暮時鶯語低，花枝深處蝶魂迷。青樓不遠要佳客，錦纜牽船更向西。
草色葱蒼遍冢丘，花枝紅白倚城頭。憑誰唤取王摩詰，畫出傷春一段愁。
茸茸緑芷香先吐，點點緋桃蕚半敷。却憶江南江水滿，一條晴練接天鋪。
數行徙倚迎風柳，幾樹參差照水花。最惜去年梁上燕，曾隨春色到貧家。
青春又送一年來，不道春霜兩鬢催。春淺春深春自老，且將懷抱向春開。
花開遊女門明妝，馬上誰憐白首郎。社叟從今歌擊壤，詩人不用嘆繁霜。《全宋詩》卷七七六，册13，第8980頁

又和安止春詞十首

郭祥正

按，此詩原題作「又和」，據前詩擬補今題。

關關禽語弄輕風，决决田流上下通。行過小橋穿竹塢，山花時見一枝紅。
無數幽花覆水香，一條輕素引烟長。客情春恨都諳盡，把筆題詩獨繞廊。
新鶯求友出林飛，穀穀催耕着處啼。野渡無人芳草碧，前山欲雨暮雲低。
斜日會扶嵐氣暖，好風能送笛聲長。倦投芳草人人醉，流出殘花澗澗香。
花枝自倚青春笑，客恨須憑濁酒迷。望斷夕陽無問處，只今應照故園西。
春事須臾不可留，花枝争上少年頭。欲乘舴艋凌波去，何處佳人似莫愁。
花笑鶯啼酒可沽，山光水影淡烟敷。垂楊欲礙春歸路，更放輕綿匝地鋪。
營巢新燕驚垂幕，采蕊嬌蜂避落花。着處風光濃似酒，行人何事苦思家。
尋春眷眷惜春回，四序相新一氣催。桃李無言貪結子，野棠閑淡爲誰開。
盈筐鬥草紅裙女，彈袖看球白面郎。歸去不嫌清夜冷，李花枝上月凝霜。《全宋詩》卷七七六，册13，第8981頁

小春詞

顧禧

玉霜斜舞桐枝濕，析木熒熒石鯨泣。芙蓉子夜卸穠妝，藥雨紛糅瓊飲急。瓊樓玉宇微寒

生，氤氲暖氣出元英。白鹿觀中香粉散，靈女祠前簫鼓鳴。木奴千樹綻濃緑，太液粼粼黑鳥浴。真臘燈光射紫薇，漢宫齊唱鳳來曲。彩虹不逐天駟流，公子初成狐腋裘。尚衣日日頒紅錦，挾纊猶深邊士愁。五鳳習習起蘭澤，龍篆新盤大府曆。黍䍦松醪次第陳，野老欣然愛冬日。暖爐高會樂未央，鴻雁南飛百草黄。東君欲逗春消息，獨遣桃花鬥橘陽。《全宋詩》卷一八四七，册32，第20585頁

傷春詞

陳　棣

春風兮颸颸，春日兮遲遲。草木秀兮原野，蘭茝芳兮水湄。美人去兮何所，白雲深兮莫窺。望極浦兮掩泪，倚危檻兮懷思。囁嚅兮鳦語，連娟兮蝶飛。感微物兮靈偶，私自憐兮芳時。玲瓏兮瓊珮，沉寂兮蕙幃。對芳時兮太息，豈獨凜秋兮足悲。香消悴兮□鸞鏡，愁委積兮堆蛾眉。登山臨水兮有蘭夢，斷雁沉魚兮無錦詩。鶗鴂鳴兮衆芳衰，春冉冉兮不可羈。人生行樂兮將何之，王孫王孫兮胡不歸。《全宋詩》卷一九六六，册35，第22019頁

暮春詞

釋行海

春風蕩槳落花時，江鼓鼕鼕舞柘枝。雨洗櫻紅蠶豆緑，金衣公子可憐誰。《全宋詩》卷三四七五，冊66，第41378頁

宮詞效王建五首

張耒

按，《樂府詩集》無此題，然《張耒集》置之于「古樂府歌辭」類，故予收録。宋人又有《漢宫詞》《吴宫詞》《楚宫詞》《唐宫詞》，當出於此，亦予收録。

夜來霜重著欄干，玉殿無塵玉甃寒。日日君王罷朝早，禁廷無事一冬閒。

簾外微明燭下妝，殿門放鑰待君王。玉階地冷羅鞋薄，衆裏偷身倚御床。

昨夜新霜滿玉階，初冬處處火爐開。中官逐院傳宣賜，南國諸侯進橘來。

玉墀夜色晝昏昏，催放朝班散侍臣。隨駕上樓同看雪，萬重宫殿一時新。

蓮燭千枝夜宴遲，君王索筆寫新詩。宫人和得争先進，偏愛宋家兄弟詞。《全宋詩》卷一一五六，册20，第13044頁

宫詞

文彦博

金屋無人夜未央，獨吟團扇倚椒房。辟寒猶待君王意，鶴焰熒煌龍漏長。
體輕全不勝鸞釵，常羨同心上苑梅。翠輦未來珠箔卷，漆盤猶貯夜明苔。《全宋詩》卷二七三，册6，第3485頁

同前

王珪

花裏宫鶯曉未啼，千牛仗下報班齊。銀袍五百趨龍尾，天子臨軒賜御題。
洛陽新進牡丹叢，種在蓬萊第幾宫。壓曉看花傳駕入，露苞初坼御袍紅。
一片桃花一片春，夜來風雨落紛紛。多情更逐東流水，還作高唐夢裏人。
碧桃花下試枰棋，誤算籌先一着低。輸却鈿釵雙翡翠，可勝重勸玉東西。

燕去燕來閑白晝，花開花落送黄昏。年年好景春風妒，夢裏鉛華濕淚痕。

侍輦歸來步玉階，試穿金縷鳳頭鞋。階前摘得宜男草，笑插黄金十二釵。

瑶臺夜滴金莖露，水殿凉生玉枕風。卧看星河歸閣晚，月斜疏影轉梧桐。

簾旌風捲緑波流，綉扇紅鸞五綵樓。撮角茶床金釘校，暗花香印錦紋頭。

臨明一陣梨花雨，夢隔珊瑚斗帳明。後苑樂聲催引駕，春衫初試覺身輕。

燕子初來語更新，一聲聲報内家春。遥聞春苑櫻桃熟，先進金盤奉紫宸。

盆山高疊小蓬萊，檜柏屏風鳳尾開。緑繞金階春水闊，新分一派御溝來。

内苑宫人學打毬，青絲飛控紫驊騮。朝朝結束防宣唤，一樣珍珠絡轡頭。

夜深獨倚欄干角，玉笛横吹弄月明。餘響度雲無處覓，人間聞得兩三聲。

新學琵琶曲破成，仙韶第一已知名。朱弦未落黄金撥，玉腕先聞動釧聲。

太尉岷洮破敵回，腰垂金帶入關來。殿前獻壽天顔喜，花覆千官拱御杯。

元夕星燈照露臺，六宫歌吹出雲來。夜深翠輦歸金殿，十里回廊錦帳開。

後苑歸來月上初，天歌吹引下鑾輿。春風料峭餘寒重，猶索金函覽奏書。

金鷄竿下龍旗動，萬國華夷拜冕旒。十二門開傳詔急，祥雲捧日在樓頭。

數騎紅妝曉獵還，銷金羅襪鏤金環。佯佯走馬穿花過，拂拭雕弓對御彎。

晚來東殿放笙歌，外院池亭得暫過。深炷爐香登月樹，欄干西角拜姮娥。

中宮賜雪玉成峰，滴露堆寒冷照空。三十六窗明月夜，姮娥渾在水晶宮。

兩班齊賀玉關清，新奏熙州曲破成。畫鼓連聲催擷遍，内人多半未知名。

内庫新函進御茶，龍團春足建溪芽。黃封各各題名姓，賜入東西兩府家。

博士當年教玉筝，六宮誰敢鬥新聲。如今舊曲無心理，寶柱一行秋雁横。

宮人捧硯臨香案，一幅春綃展素霞。玉筯彎環題御篆，風雲金殿起龍蛇。

銀盆著水灑球場，馬嚼銜聲立兩行。齊上玉鞍隨仗列，粟金腰帶小牌方。

三殿飛雲禁鑰開，風從天上送春來。諸藩玉帛朝元日，齊獻南山萬壽杯。

黃昏鎖院聽宣除，翰長平明趁起居。撰就白麻先進草，金泥降出内中書。

魚藻宮中淑景長，鴨頭新水御池塘。奇花深院門門閉，總被春風漏泄香。

石刻蛟螭扶綉柱，金盤龍鳳走雕楹。萬年枝上流鶯囀，屏掩春山夢不成。

紅濕春羅染御袍，透簾三丈日華高。金針玉尺裁縫處，一對盤龍落剪刀。

内家宣賜生辰宴，隔夜諸宮進御花。後殿未聞公主入，東門先報下金車。

端午生衣進御床，赭黃羅帕覆金箱。美人捧入南薰殿，玉腕斜封彩縷長。

選進仙韶第一人，纔勝羅綺不勝春。重教按舞桃花下，只踏殘紅作地裀。

侍女争揮玉彈弓，金丸飛入亂花中。一時驚起流鶯散，踏落殘英滿地紅。

七寶欄干白玉除，新開涼殿幸金輿。一溝泛碧流春水，四面瓊鈎搭綺疏。

山樓彩鳳棲寒月，宴殿金麟吐御香。蜀錦地衣呈隊舞，教頭先出拜君王。

天外明河翻玉浪，樓西涼月涌金盆。香銷甲乙床前帳，宮鎖玲瓏閉殿門。

西風欹葉撼宮梧，早怯秋寒著綉襦。玉宇無人雙燕去，一彎新月上金樞。

夜寒金屋篆烟飛，燈燭分明在紫微。漏永禁宮三十六，燕回争踏月輪歸。

曉吹翩翩動翠旗，爐烟千疊瑞雲飛。何人奏對偏移刻，御史天香隔綉衣。

金井秋啼絡緯聲，出花宮漏報嚴更。不知誰是金鑾直，玉宇沈沈夜氣清。

内庭秋燕玉池東，香散荷花水殿風。阿監采菱牽錦纜，月明猶在畫船中。

東宮花燭彩樓新，天上仙橋不鎖春。遍出六宮歌舞奏，姮娥初到月虚輪。

紗幔薄垂金麥穗，簾鈎纖挂玉葱條。樓西別起長春殿，香壁紅泥透蜀椒。

翠華香重玉爐添，雙鳳樓頭曉日暹。扇掩紅鸞金殿悄，一聲清蹕卷珠簾。

金作盤龍綉作鱗，壺冰樓閣禁中春。君王避暑來游幸，風月横秋氣象新。

清曉自傾花上露，冷侵宮殿玉蟾蜍。擘開五色銷金紙，碧瑣窗前學草書。

翠鈿帖靨輕如笑，玉鳳雕釵裊欲飛。拂曉賀春皇帝閣，彩衣金勝近龍衣。

瑣聲金掣閤門環，簾卷真珠十二間。别殿春風呼萬歲，中丞新押散朝班。

鷄人報曉傳三唱，玉井金床轉轆轤。烟引御爐香繞殿，漏籤初刻上銅壺。

御案横金殿幄紅，扇開雲表露天容。太常奏備三千曲，樂府新調十二鐘。

宮女薰香進御衣，殿門開鎖請金匙。朝陽初上黄金屋，禁掖春深晝漏遲。

三月金明柳絮飛，岸花堤草弄春時。樓船百戲催宣賜，御輦今年不上池。

内人稀見水鞦韆，争擘珠簾帳殿前。第一錦標誰奪得，右軍輪却小龍船。

夜色樓臺月數層，金猊烟穗繞觚稜。重廊曲折連三殿，密上真珠百寶燈。

天門晏閉九重關，樓倚銀河氣象閑。一點星球垂絳闕，五雲仙仗下蓬山。

禁裏春濃蝶自飛，御蠶眠處弄新絲。碧窗盡日教鸚鵡，念得君王數首詩。

鬥草深宮玉檻前，青蒲如箭荇如錢。不知紅藥欄干曲，日暮何人落翠鈿。

太液波清水殿凉，畫船驚起宿鴛鴦。翠眉不及池邊柳，取次飛花入建章。

御座垂簾綉額單，冰山重疊貯金盤。玉清迢遞無塵到，殿角東西五月寒。

春心滴破花邊漏，曉夢敲回禁裏鐘。十二楚山何處是，御樓曾見兩三峰。

博山夜宿沈香火，帳外時聞暖鳳笙。理遍從頭新上曲，殿前寵直未交更。

春殿千官宴喜歸，上林鶯舌報花時。宣徽旋進新裁曲，學士争吟應詔詩。

釣線沉波漾彩舟，魚争芳餌上龍鈎。内人急捧金盤接，撥剌紅鱗躍未休。

蕙炷香銷燭影殘，御衣薰盡徹更闌。歸來困頓眠紅帳，一枕西風夢裏寒。

東宮降誕挺佳辰，少海星邊擁瑞雲。中尉傳開三日宴，翰林當撰洗兒文。

金鉦畫角警場開，天子南郊玉輅來。十里青城遥北望，彩雲宮殿月樓臺。

鼓角三更夜奏嚴，夕齋清廟宿重檐。殿前太尉横銀仗，指點金盆御水添。

鑾輿昨夜宿郊壇，月淡風低彩内寒。密寫銷金紅榜字，宮中日日報平安。

禁籞春來報踏青，御池波漾碧漣輕。内人争送鞦韆急，風隔桃花聞笑聲。

露井銀床凍不收，深宮花暗曉鶯愁。殘紅滿地無人掃，一半隨風落御溝。

昨日龍輿幸寶文，宸毫金軸展風雲。前朝御印從頭拆，重整牙籤甲乙分。

盤龍新織翠雲裘，檢點黄封玉匣收。防備秋來供御着，金箱捧入曝衣樓。

十三垂髻碧螺鬆，學舞經年後苑中。近日昭儀抄姓字，一時宣撥入東宮。

内庫從頭賜舞衣，一番時樣一番宜。才人特地新裝束，生色春衫畫折枝。

黄金掌上露華稀，朝退君王索輦遲。到得經筵春講罷，海棠花影數磚移。

禁庭漏促斜沉月，殿燭光寒未捲簾。御仗催班元會集，牙牌先入奏中嚴。

焚香重熨赭黄衣，恐怕朝陽進御遲。禁鼓五更交早直，歸來還是立班時。

素英飄灑作宵寒，一寸金花燭泪殘。連夜對香宣兩府，平明謝雪到齋壇。

盡日閑窗賭選仙，小娃争覓倒盆錢。上籌得占蓬萊島，一擲乘鸞出洞天。

麗日祥烟鎖禁林，櫻桃初熟杏成陰。年年翠輦來遊幸，花落春宮一寸深。

夕宴中秋醉廣寒，閬風銀闕鎖三山。美人半夜歌明月，聲在玉壺天地間。

新供御馬可曾騎，青鬣連錢碧玉蹄。每到殿前祇候駕，金鞍卸下不聞嘶。

六龍觀稼奉宸游，齊賀豐年薦麥秋。後苑宴回卿相出，内官金合送來麨。

大家裝著門時宜，獨自尋常拂淡眉。爲染淺黄衫子色，金盆添水看鵝兒。

簾摇翡翠金風晚，瓦濕鴛鴦玉露天。秋殿曉開重九宴，内人争貼菊花鈿。

崇文院裏勝蓬萊，綉柱扶天秘閣開。典籍校讎三殿外，圖書多出禁中來。

六宮春色醉仙葩，綺户沉烟望翠華。琥珀盤生山芍藥，絳紗囊佩木香花。

花外欄干壓翠檐，水邊金閣半垂簾。内砧敲月黄昏後，坐覺寒風一倍添。

十年一住廣寒宮，雲戀歌聲慣繞空。長愛惜花花下唱，袖和金縷怕春風。

雪晴鳷鵲樓邊月，風落昭陽殿後梅。爐炭炮消香獸暖，獨拈香箸撥紅灰。

花香著蕊藏蜂翅，柳影拖金入瑣窗。舞鑒曉鶯無奈隻，認歸梁燕却成雙。

玉兔何年上月宫，夜間搗藥特無踪。神丹不老姮娥鬢，乞取刀圭駐玉容。

萱草成窠杏子青，夜聞禁漏曉聞鶯。吹回一覺昭陽夢，帳外春風太薄情。

翡翠盤龍裝綉額，真珠雙鳳蹙花毬。時聞玉女牽簾笑，箭躍銅壺不算籌。

迢遞金壺漏水長，輪更傳點報君王。諸宮各進時新果，盡著龍床駐夜香。

殿下排場擊土牛，君王玉仗久遲留。内人争卜宜春喜，奪得金泥各自收。

千年一偶聖人生，豈特河清海亦清。瑞應固宜流樂府，行看絲竹有新聲。

沉烟摇碧透金鋪，密下珠簾鎮玉壺。近賜趙昌花雀障，却嫌崔白芰荷圖。

小雨霏微潤緑苔，石欄紅杏傍池開。一枝插向銀瓶裏，捧進君王玉殿來。《全宋詩》卷四九六，册9，第5996—6002頁

同前

張公庠

學士經筵論古今，花塼日上兩三尋。天顔有喜人知否，認得唐虞用意深。

朱字銜香伴玉爐，丁丁蓮漏月來初。交龍畫燭摇紅影，准擬君王夜讀書。

秘閣新開別殿西，玉蟾蜍對玉狻猊。奏書未愜君王意，内省夫人看御批。

宿麥葳蕤緑未回，惡風惟解卷塵埃。平明瑞雪深三尺，萬歲聲中賀表來。

玉虛新殿勢巑岏，誰見壺中日月閑。消盡曉霞無一縷，數聲清磬落人間。

八月金莖露有華，晨曦纔上散餘霞。朱書十字黄封酒，先賜王公執政家。

月落銀臺初勘契，一聲金鎖禁門開。千官聳轡争朝路，騶士籠街宰相來。

晨光初動閤門開，百辟匆匆避路回。千步畫廊敲杖子，朱衣雙引相公來。

赫日炎風晝鼓遲，中官宣問到黄扉。傳呼宰相槐街静，青蓋摇摇未午歸。

北斗回杓欲建寅，宫嬪排備立春時。鐫花貼子留題處，只待金鑾學士詩。

年華先到未央宫，嬉賞班班四序中。瀟灑梅花元耐雪，輕狂柳絮不嫌風。

御苑名花約萬栽，芳心俱願日華來。春風已暖梅先綻，長恨江南冒雪開。

仙籞梅開淡淡春，夜來微雨滲輕塵。風和日暖難凋落，不怕倚樓吹笛人。

曉霧溟濛似有無，半殘紅燭動金鋪。黄鶯不語梨花上，錯認徐熙舊畫圖。

四部韶音進玉卮，千官傾望柘黄衣。舞頭再拜金階遠，畫鼓連催卷隊歸。

二月猶寒未有雷，江梅纔謝小桃開。宫娥不放珠簾下，待得東風送燕來。

盡道今來花信遲，凌晨宫女探春歸。寒梅一朵金檠小，已有清香拂御衣。

池北池南柳對黄，翠華游幸晝初長。宫娥從駕知多少，十里朱輪半日香。

御柳絲長挂玉欄，不須惆悵百花殘。還知三月春雖晚，好從金輿看牡丹。

過苑中官排辦時，江梅初綻兩三枝。春寒呵手晨妝罷，簾外人催從駕遲。

共惜流芳甚擲梭，初移夏琯已清和。百花飛盡酴醾發，留得春光數日多。

端禮門開班已齊，金莖雙立動晨暉。君王欲上逍遥輦，玉指纖纖整御衣。

三月韶妍賞牡丹，更宜疏雨濕闌干。隔簾催喚陪春設，不道新妝粉未乾。

再坐千宮花滿頭，御香烟上紫雲樓。萬人同向青霄望，鼓笛聲中度彩毬。

禁掖人閑小小風，彈棋圍坐柳陰中。正憐美酒杯中緑，又嘆飛花席上紅。

仙韶一部選輕盈，獨得君王記姓名。中使忽來催侍宴，匆匆不許暫調笙。

選進良家備六宮，仙姿時得本從容。由來真色生人世，不在巫山十二峰。

影娥池面碧溶溶，蕩槳佳人夕照中。雲髻不饒荷葉緑，羅裙未減石榴紅。

後苑宸遊炎日長，宮中强半坐回廊。鵁鶄鸂鶒銀塘静，楊柳梧桐水殿香。

清秋皓月正嬋娟，的歷華星亦遍天。欲上層樓須穩步，不同平地有金蓮。

承露雙盤插碧空，樓臺更在月明中。何人傳得花奴曲，羯鼓聲高滿六宮。

萬字闌干菊半開，更憐清露點莓苔。仙韶使副呈新譜，得旨重陽侍宴來。

翩翩紅葉舞霜秋，紫禁人閑約勝遊。手把金英思泛酒，登高還上去年樓。

清旦宮中候上番，銀潢輕淡玉鈎殘。山茶破萼江梅發，盡倚朱欄不避寒。

治道精深日講求，唐虞功德本優遊。欲知兆姓千官意，萬歲常瞻十二旒。

顯謨延閣照西清，玉軸牙籤各有名。聖略秘機貽萬世，君王垂拱致升平。

月上觚稜進鑰初，持更衛士匝千廬。動筒忽自銀臺入，把燭君王看捷書。

玉堂催下葳蕤鎖，除授唯容學士知。丞相捧麻宣讀了，百僚欣愜拜丹墀。

天語放朝春雨急，濃雲偏傍禁城低。喧呼萬馬争歸路，落絮飛花半作泥。

清曉傳宣賜御題，日華初動露華曦。集英殿上天香散，飛入千人白紵衣。

過臘愆陽隴麥低，御封香合奉精祈。君王曉入凝華殿，遠近樓臺看雪飛。

閶闔門開曉色回，禁塗迢遞接銀臺。華簪簇簇呼班後，黄傘亭亭過殿來。

六宫稱賀各依班，慶誕遥瞻紫氣間。中貴推排龍喜宴，大臣分奏兩郊壇。

月澹中官放鑰回，倚雲宫殿掖門開。彩床百步黄羅帕，于闐名王進玉來。

上番宫女捲簾時，閃閃寒鴉拂曉啼。纔索赭袍催進輦，紫宸門外報班齊。

度臘深宫暖未回，半天金碧照樓臺。百花須待東風發，只有寒梅傲雪開。

過社餘寒迤邐消，東風送暖燕營巢。皇都春色宜登覽，十二樓高出柳梢。

仙籞春妍奉宴嬉，樓臺偏與柳梢宜。鳴鞘聲入千花去，黄傘低斜步步移。

已過清明侍宴稀，緑窗春睡縐羅衣。殘紅并逐狂風去，只有桐花不解飛。

百花成錦柳飛綿，纔度清明上巳前。綉蓋徐徐紅日永，六宫遊幸不鳴鞭。
鸞帳薰衣賜御香，花陰未動日初長。人閑相約尋芳去，春困不禁千步廊。
欲下金階翦牡丹，夜來風雨怯輕寒。腰如束素天然細，不爲傷春帶自寬。
楊花飛去落誰家，紫禁人閑惜歲華。謾向園林覓春色，折殘枝上兩三花。
紅芳漸少緑陰多，留得韶光滿内家。不用金鑪添麝炷，深閨剩挂木香花。
銀漢横斜近建章，九重深静閉蘭房。六更未覺晨光動，自是仙家日月長。
倦飲情懷春晼晚，宫槐新葉未成陰。和風習習簾簾卷，輕絮翩翩院院深。
西苑池臺駕幸時，内家朱轂盡陪隨。滿宫學士多題詠，不減詞臣應制詩。
萱草初長花未開，共知青帝領春回。珠簾卷上瓊鈎穩，不礙薰風滿殿來。
浴蘭佳節共歡娱，亭午香飛鵲尾鑪。萬里開疆元不戰，金奩猶進辟兵符。
曉漏初傳第一籌，碧霄零露滴清秋。常娥收拾金波盡，不向鴛鴦瓦上流。
霞散雲消無一毫，四垂天幕露華高。蘭閨妝罷移紅燭，金斗温温熨御袍。
菊吐金英媚晚秋，紫宸朝退幸西樓。内家排設珠簾捲，鐵網珊珊十二鈎。
殘暉未落兩三竿，放散笙歌晚思閑。暫上層樓聊一望，紅塵多處是人間。
殿琯吹灰報載陽，内家相慶互飛觴。綉工未必能終日，晝景誰知一線長。

交直歸來綉幕開，紅爐互勸辟寒杯。誰知飛雪輕狂意，倒學佳人舞袖回。

黄羅雙幅裹除書，新拜昭容稱意無。真色不勞施粉黛，香閨虛挂十眉圖。

佳人唯是惜韶年，懶向紅窗理管弦。錦席安排胡蝶局。深宮不忌賭金錢。

長樂疏鐘常送月，靈和垂柳只從風。還知天上人難老，顔色年年不減紅。

聖主憂勤覽萬機，日高前殿步輿歸。太官進膳傳呼速，御合翩翩入禁扉。

誕聖嘉辰卜萬年，壽觴初進起爐烟。仙韶纔奏《齊天曲》，三十六宮人盡傳。

綉幕盤龍四面開，清和時候已春回。五弦調暢宸衷樂，坐覺薰風萬里來。

學士承宣到玉堂，中官鎖院月侵廊。白麻誕告千官喜，皇子初封一字王。

自昔豐穰爲上瑞，萬箱騰頌奏君前。史臣螭陛聞宣付，日曆先書大有年。

自古詩人詠具瞻，官儀丞相獨尊嚴。三衙扣杖一聲喏，只是朱衣略揭簾。

太皡祠壇數級紅，青旗摇曳日朦朧。人間未覺東風至，先入宜春小院中。

小宴輕陰挑菜時，才人來進賞春詩。翔鸞臺下梅先萼，射鴨池邊柳未絲。

宜春苑傍夾城東，從駕宮嬪樂亦同。偶會不須張錦幕，遊人已在百花中。

西苑春深奉翠華，朱欄千萬護珍葩。不如直上紅樓去，盡見瓊林十里花。

柳放金絲搭矮槐，御溝清影見樓臺。落花流出宮城去，不似武陵容客來。

踏青來往殊無倦，鬥草輸贏且少休。更上瓊樓三十級，待看春色滿皇州。

冉冉殘暉畫閣西，宮人行樂戀芳時。遥聞索輦開黄繖，不盡花前半局棋。

雨罷莓苔聊點砌，風停楊柳暫藏樓。明朝同奉昭陽宴，左右分明試彩毬。

倦飲人閑春欲回，日華多處五雲開。楊花滿地東風轉，半作輕毬衮衮來。

鬧紫繁紅裹緑枝，一番風雨盡離披。瑞香獨佔深閨暖，簾外春寒都不知。

掖庭初選即知名，新學吹簫數曲成。天上仙姝元不識，人間安得詠傾城。

禁園春去偶同行，杏子垂垂葉底青。燒酒初嘗人樂飲，緑槐陰下倒銀瓶。

東君回馭已春殘，紅日長時人意閑。玉鼻琵琶聲正急，更憐鶯語亦綿蠻。

牡丹尊貴出群芳，銷得宸遊奉玉觴。侍宴佳人相與語，姚黄争及御袍黄。

牡丹花品最爲尊，内苑栽培特地繁。宮女多情看未足，不離雕檻到黄昏。

碧瓦鴛鴦勢欲飛，禁門深静日遲遲。玉簫吹遍新傳譜，坐看黄鸝數换枝。

上林隨駕賞芳辰，曲賜黄封臘味醇。供帳不須勞幕士，垂楊爲蓋草爲茵。

南交司令已清和，滿殿薰風日未斜。院院迎凉簾盡卷，金槃初賜御園瓜。

天津一望碧泱泱，宮女移舟逐晚凉。只見平波紅影動，不知蓮艷間新妝。

月華浮動上階棱，侍宴歸來掩綉屏。子夜酒醒蘭燭暗，碧紗窗外度流螢。

雪罷嚴寒殆不禁，紫宸朝退禁門深。君恩委曲人知否，數盞香醪抵百金。

宴起昭陽索輦時，鑪香偏上赭紅衣。金門玉砌明如晝，宮女三千把燭歸。

夾城西畔小毬場，彩仗彎彎人對行。一樣驊騮三百疋，金羈更伴緑遊繮。

中使傳呼喜復忙，盡催歌舞到昭陽。薰爐烟穗須臾散，無奈衣輕不受香。

自匀輕黛怯春寒，巧畫雙眉稱緑鬟。樓上遠山隨指見，檻中新月對人彎。

綺袖時宜不甚寬，自拈刀尺勘雙鸞。錦茵拂掠春宵静，怯見飛蛾傍燭盤。

朝退人歸亞禁扃，金吾收仗暫縱横。諸郎入省鳴騶鬧，低帽揚鞭一字行。《全宋詩》卷五一五，册 9，第 6256—6262 頁

同前

王安石

六宅新妝促錦，三宮巧仗叢花。一片黄雲起處，内人遥認官家。《全宋詩》卷五七六，册 10，第 6778 頁

宮詞十首

盧　秉

絮撲芙蓉苑，華開太液波。黄頭吹月笛，棹影落天河。

草淺天邊碧，花匀日脚紅。須知親帝澤，不必藉春工。

花蕚蜂兒影，簾旗燕子風。遊絲避金葆，吹過紫垣東。

翠環雙鳳帶，小隊五花蹄。十二龍鈎卷，梨花爛漫時。

花蒂流金水，知從秘苑來。春風如解意，不敢起纖埃。

粉蝶非仙骨，隨風過苑墻。穿花不敢采，應怯内家香。

沉沉雨過宮槐緑，寂寂春殘輦路香。細想人間無此景，夜來魂夢到昭陽。

迎春新燕尾纖纖，拂柳穿花掠翠檐。問道蕊宮三十六，美人争爲卷珠簾。

蓬萊風蹙水紋班，月甃風廊四百間。雲外蹕聲穿嶺去，行宮簇馬望驪山。

落絮濛濛立夏天，樓前槐影葉初圓。傳聞紫殿深深處，便有薰風入舜弦。《全宋詩》卷七二一，册

12，第8330—8331頁

同前一百首

王仲修

四海梯航賀歲元，千官環佩拜中天。願從今日稱觴後，舜殿垂衣一萬年。

前殿風傳萬歲聲，九重歌管樂升平。欲知慶事叢元日，瑞氣先從帝鼒生。自注：隋蕭愨《元日》詩：瑞雲生寶鼎。

元夜笙歌滿上都，九霄皓月舞蟾蜍。燭龍穿仗來天際，萬疊黃雲覆帝車。

玉鉞光華引六虬，天街萬燭擁宸遊。端門五夜開黃幄，月在蓬山頂上頭。

春風來自斗杓東，萬物欣欣鼓舞中。鳳紙催裁寬大詔，拂明宣下未央宮。

雪消鴛瓦東風暖，已覺金虬刻漏長。禁裏春寒猶未放，日華先拂赭袍光。

冒臘交春日向遲，雪殘鳷鵲已多時。宮桃紅小匀丹臉，御柳黃深展翠眉。

紅日初生捧殿高，葱葱佳氣拂雲袍。今朝駕幸化成殿，先對東風賞小桃。

萬户千門入建章，金繩界路柳絲黃。和風偏度樂聲細，晴日宮隨宮線長。

殿外輕寒一憑欄，春衫初試覺微寬。釵頭故插宜男草，圖得君王帶笑看。

畫棟宵寒燕未來，江南誰寄一枝梅。閏年雪後春工晚，羯鼓催花滿檻開。自注：羯鼓催花，見《羯鼓録》。

雲嬌烟懶雨初晴，環碧風輕細浪生。盡日黄鸝不飛去，萬年枝上聽簫聲。

太平無事似熙豐，天樂聲和下帝宫。禽鳥也能知樂事，宫鶯嬌醉弄春風。自注：李白詩云：宫鶯嬌欲醉。

殿角風摇柳帶長，御溝流水落花香。雨來雙燕歸應早，先上珠簾十二行。

玉闌萬朵牡丹開，先摘姚黄獻御杯。翠幕重重圍繞定，料應蜂蝶不曾來。

春深百卉過芬芳，雕檻惟餘芍藥香。應是東君偏着意，日華浮動御衣黄。

紅乾緑淡有餘香，芳草芊綿苑路長。鶗鴂一聲寒食雨，游蜂應爲百花忙。

柳絮飄零春事稀，緑蔭零亂上瑶墀。好花着子青如豆，却憶香紅滿檻時。

春氣融和萬物佳，殿前仍有四時花。宫人却愛山家景，松竹陰中碾建茶。

簾垂珠閣對遥津，燕罷芳菲已半春。四部笙歌初散後，花前紅燭引妃嬪。

宜春苑裏望春臺，臺下仙花已半開。地密無人敢偷折，萬民喜待翠輿來。

欲曉初聞長樂鐘，一庭殘月海棠紅。如何借得徐熙手，畫作屏風立殿中。

曉風薄薄透羅衣，桃李芬芳長舊圍。雨過御溝春水滿，小灘風月漱珠璣。

漢殿東風弄曉晴，百花烘日近清明。披香博士今華髮，教得六宫歌舞成。

二月瓊林花未開，風烟冪冪鎮樓臺。濕紅生緑誰裝點，直待春深聖駕來。

鳳闕巍峨瑞氣間，御溝春晚水潺潺。吾皇勤政無遊幸，天厩門深八駿閑。

卷幕風來滿殿凉，暉暉紅日上回廊。郢坊初進酴醾酒，别是人間一種香。

緑槐疏影滿花磚，首夏清和未暑天。進食門前金合入，唐裝宫女聽傳宣。

微凉殿閣慶雲邊，正是清和長養天。解愠阜財君德厚，熏風長泛舜琴弦。

宫槐御柳繞池亭，水殿中間暑氣清。珠網簾深塵不到，静聞燕子引雛聲。

金盤碧粽裹雕菰，九節菖蒲漬玉壺。拓地直臨西海岸，朱書無用辟兵符。

艾虎釵頭映翠翹，菖蒲泛酒舞宫腰。不須更鑄江心照，皇帝聰明一似堯。

三伏金藏暑正隆，火雲萬里日輪紅。禁中自有清凉地，不借麻姑避暑宫。

暑天何處避炎蒸，駕在蕭臺第九層。黄蓋亭亭日將午，宫嬪催賜近臣冰。

太液池頭水浸雲，緑荷摇曳露華新。漾舟尋得雙蓮子，摘向金盤贈聖人。

日斜未掩苑東門，池面風烟向晚昏。誰道荷花嬌欲語，夜來露冷却無言。自注：李白詩云：荷花嬌欲語。

雲羅霧縠曉風凉，綉幕黄龍繞畫廊。宿雨乍收烟水静，曲池萬柄緑荷香。

暴衣樓上清秋夜，河鼓星臨十二城。銀漢無梁不可渡，牽牛織女若爲情。

長生殿裏更闌後，乞巧樓前月上時。河漢玉梯三十六，不知誰見畫蛾眉。

玉簫聲裏酌玻璃，風獵旍旗卷絳霓。星渚月斜珠露重，銀河流水亦東西。

殿閣新秋氣象清，玉階露冷半彫蓂。六宮最重中元節，院院燒香讀道經。

九月飛霜天地清，未央前殿燕簪纓。欲知重穀爲先務，八彩眉間喜順成。

瑟瑟西風下建章，御欄無限菊花香。天心亦愛黃金蕊，故遣輕雲護早霜。

鱗鱗鴛瓦静無烟，六幕雲低臘雪天。應是風流學胡蝶，過墻飛舞自翩翩。

瑶池初見一枝梅，爲愛清香特地栽。今日御欄風露好，勝如山路雪中開。

飄浮瑞雪灑長空，混合乾坤萬象同。殿閣嶙峋如疊玉，凌晨人步廣寒宮。

時和歲稔似熙豐，臘月仙京大雪中。殿閣園林都瑩徹，雲河不是水晶宮。

堯舜慈仁性自然，愛民如子食爲天。都門瑞雪深盈尺，彤管應書大有年。

雪消宮殿苑梅芳，曉漏聲遲下建章。天氣清寒當臘日，沉香甲煎賜諸房。

樓臺雪霽曉陰陰，珠網屏風御幄深。和氣先春宮掖暖，鳳釵不用辟寒金。

節紀天寧里社鳴，猗蘭今日聖人生。如何表得千年瑞，萬里黃河一帶清。

華渚星流生睿主，九天歌管宴鈞臺。願將聖壽齊南極，碧海蟠桃萬度開。

岳神當面捧南山，馥鬱非烟擁聖顔。法部笙歌催獻壽，閤門先引内朝班。

房星燁燁照明堂，陟配神皇詠我將。怵惕孝思霜露感，如山降福自穰穰。

十二珠簾上玉鈎，一聲鷄唱下重樓。南郊漸近天和暖，選日司衣進大裘。

國家三歲一郊天，萬騎雲從錦綉鮮。陟降圓壇徹黄道，更虚小次待升烟。

璧月珠星應律灰，兩班稱慶一陽回。九韶聲裏千秋曲，五色雲中萬壽杯。

大晟修成六律新，鏗鏘雅韻格三靈。殿前九奏人心悦，定有來儀鳳舞庭。

八寶盤龍玉色明，未央排仗慶熙成。斂時福瑞爲天赦，五嶽齊呼萬歲聲。

蕊珠宫殿俯烟霞，宣政門開立正衙。剛日小王封大國，玉堂學士進新麻。

吾君聖學自通神，匪但書看逸少親。妙絶長江春色麗，一時同賜紫樞臣。

聖人獨看臨軒陛，殿后雙龍捧翠華。明日集英排大宴，御前先降出琵琶。自注：教坊使花日新嘗爲臣言，神宗見教坊琵琶製作不精，每遇大宴，禁中前一日降出琵琶。

公卿拜舞進流霞，瑞氣祥烟動日華。殿下排場如錦綉，紫雲樓畔萬株花。

重城放鑰玉籤疏，四百銀袍拜殿除。白日禹門三級浪，一聲雷雨化鯤魚。

道山玉府盡唐餘，因命儒臣校魯魚。黄帕擔床擎入内，麟臺先進御前書。

囹圄空虚入頌歌，雪霜風雨四時和。君王德惠施天下，甘露偏於柳上多。

煌煌玉燭四時平，順氣薰蒸萬物成。謾説蓬萊宮裏橘，宣和殿下荔枝生。

仁漸動植露華滋，朱實纍纍近玉墀。聞道廟堂恩數渥，宰臣新賜荔枝時。

太平氣象滿皇圖，清曉祥烟捧帝居。四海銷兵民樂業，熙然恩信及豚魚。

上如堯舜愛民深，宵旰憂勤冠古今。後苑珍禽都放盡，萬方人識好生心。

宰臣出省午漏下，衛士交番未刻深。續報六宮無事後，龍墀初月夜沉沉。

地雷設象聖言昭，上應星辰轉玉杓。陽管氣升君道正，忠賢類進小人消。

太平祥瑞符君德，鶴兔芝禾月不虚。玉檢金繩舊儀在，不知誰獻長卿書。

萬類欣欣謝至陰，斡旋造化聖功深。須知天地生成意，便是君王愛物心。

訪古搜奇得漢餘，有名書畫世間無。紫宸朝退捐聲色，不看驪山按樂圖。

四輔論思政事堂，盡收才傑置周行。掖庭職事分司局，銓擇皆由紫極房。自注：紫極房，見《宋書·后妃傳》。

邇英新殿在西廂，聖代隆儒過漢唐。講罷賜茶班退後，槐盤龍影下修廊。

六曲屏風倚殿帷，君王幾度欲題詩。却宣學士書《無逸》，又賜沉香筆數枝。

隴山鸚鵡羽毛鮮，養在金籠已數年。應爲能言人愛惜，教成御製《鶴冲天》。

天子觀漁陋魯棠，涵曦亭下似滄浪。金鱗釣得龍顔喜，韶樂聲中進玉觴。

西池曼衍魚龍戲，燕罷回鑾近夕陽。路遠不乘雙鳳輦，玉鞍珠轡御龍驤。

繭館輕寒曉漏殘，春陰桑柘碧於藍。宵衣願治先農事，故敕宫娥學養蠶。

天星東壁夜輝輝，文物聲明過昔時。人説宫中女學士，和成御製上元詩。

鄰院相招象戲歸，和衣卧到日平西。起來理遍琵琶譜，花底春鶯向晚啼。

誰向緱仙學玉笙，紫筠管密製新成。綺窗人静月明夜，能作簫臺九鳳聲。

良家選入侍仙都，性慧從來愛讀書。記得茂陵封禪事，滿宫呼作女相如。

自補仙韶從帝遊，鎮隨歌舞不知愁。新霜太液雁初下，岸柳蕭疏又見秋。

愛讀仙經沐道風，碧窗時叩紫陽鐘。爲逢節假無祇應，寫了《黄庭》日未春。

蒙金衫子鬱金黄，愛拍伊州入側商。人道飛瓊元自瘦，娉婷偏稱窄衣裳。

聖人夜宴蓬萊殿，星漢沉沉玉漏遲。樓角輕雲捧新月，宫人笑指似蛾眉。

花藥欄干小雨晴，差差燕子拂簾旌。今朝下直全無事，寫得新翻曲譜成。

乘輿前殿退朝初，玉案焚香午漏餘。三省奏來祥瑞事，編排付與内尚書。

十三應選入宫來，便舞《梁州》送御杯。交袂當筵小垂手，回頭招拍趁虚催。

探花時節按歌回，粉黛重匀傍照臺。定是君王急宣召，忽然蟢子上頭來。

銀河清淺夜縱横，魚鑰傳呼鎖禁城。試上紅樓三十級，憑欄好看月初生。自注：紅樓三十級，見李商隱詩。

景陽鐘動趁嚴妝，奉帚追隨過未央。月落金門纔放鑰，御衣初試百花香。

玲瓏翠網隔塵埃，鑑裏雙鸞挂寶臺。睡起日高花影轉，玉盤香篆半成灰。

下直歸來日未晡，鳳盤錦幄卷流蘇。紗櫳粉壁無塵到，挂起長康《列女圖》。

銀河初轉水横流，星史人催報曉籌。金鳳凰門開萬鑰，玉蟾蜍影挂西樓。

月沉天角曉星明，上直妝成趁五更。昨夜宣徽進新曲，仙韶院裏未知名。宋刻《四家宮詞》卷三《全宋詩》卷八七六，册15，第10196—10202頁

同前二首

孔武仲

十頃西池碧近天，春深調馬教龍船。至尊勤政歡嬉少，企望鑾輿又七年。

雲霧猊香錦綉堆，千官重列序賓儀。欲知湛露零蕭處，盡在天杯側勸時。《全宋詩》卷八八四，册15，第10320頁

同前一百首

周彦質

正朝排仗謹天元，常服無令入禁闈。十様冠裳五千襲，紫宸前殿對諸蕃。

大内相連辟邇英，每延禁從侍談經。君王克謹持盈戒，《無逸》新書易畫屏。

君王端的似唐虞，仁政天心若合符。不獨四方傳瑞牒，靈芝甘露滿皇都。

聖主詞章盡典謨，宫嬪一一究詩書。如今轉覺西京陋，只説班家有婕妤。

主上慈仁篤友于，二王恩眷古無如。外朝迴與班聯别，玉帶仍令佩玉魚。

聖人製作合天規，大晟初成按樂時。果見晴空鸞鶴舞，未饒當日鳳凰儀。

聖主詞源涌巨瀾，恤民手詔月常頒。一回傳出驚新麗，多少詞臣愧汗顔。

萬里封疆匝普天，君王神武不開邊。河西房下文書少，樞府經年罷密宣。

聖主威聲懾四溟，洮湟鄯廓指呼平。如今都護無公事，但奏諸藩進奉名。

四海豐登五緯明，君王高拱守盈成。詞臣合進《烝》《崧》頌，更向何年詠太平。

五雲樓闕聳天顔，龍燭交光萬壽山。縹緲祥風來帝所，御香時得到人間。

稀微斜照影鼇山，黼座高臨縹緲間。共祝吾皇千萬壽，年年華闕覲天顔。

太一元宵駕幸初，喧闐絲管擁鑾輿。主家夾道金車駐，步障徐開奏起居。

聖主憂勤盡至仁，玉爐清夜拱星辰。誰知漏永虔祈處，不爲皇躬只爲民。

元宵鼓吹滿嚴城，萬燭熒煌御駕行。纔入端門回鳳輦，兩軍遊藝一齊呈。

洛陽花使款銀臺，魏紫姚黃次第來。調護須知青帝力，進呈方是十分開。

聖主憂民手詔書，頒宣經月罕嘗虛。周旋曲盡斯民瘼，遠使觀風未必知。

華封獻祝協休祥，已見詵詵十七王。宗德祖公鍾聖世，子孫千億正蕃昌。

千官班列未央宮，稱賀鹽池課復充。助順固知天地力，由來威斷自宸衷。

宮嬪春晝步庭前，曲砌輕風輾柳綿。二十四番花信後，融怡還作困人天。

文思主吏籍通闈，逐節供須各品題。知是禁園挑菜日，雕床十扛進金篦。

君王博學古無如，羲獻奇踪購得初。裁處萬機無一事，睿思深殿自臨書。

吾君友愛古難方，棣萼深情不暫忘。求得萬機休暇日，披香深殿燕親王。

未明冠佩集龍樓，上宰貂蟬導冕旒。羌虜歡呼瞻盛禮，躬迎八寶受天休。

初升直筆喜遷官，妙札何曾數彩鸞。莫謂纖纖持管弱，風雷雨露在毫端。

綉襟金鈎玉軸斜，宮娥當殿奏琵琶。急彈犀撥如飛電，端不輕侵御畫花。

新拜賢妃國媛才，穹崇品秩視三台。捧麻入謝天恩後，院院嬪嬙展賀來。

後苑繁花間緑楊，龍樓輝赫縷金裝。遥知黼座登臨處，欄楯狻猊盡吐香。
翠弁仙衣下玉廊，修真宫女夜焚香。舒徐有月隨蓮步，綽約無人見靚妝。
詔許珠璣飾珥鈿，遐方翡翠貢都捐。九重一語天恩博，億萬珍禽性命全。
神都三月盛風光，修禊宫中樂事長。銀字笙簧隨步輦，相將曲水侍流觴。
春晝陰添一倍長，鞦韆娱樂集嬪嬙。彩繒畫板高高送，來去隨風散異香。
櫻桃初進緑筠籠，蜜酪隨供彩帕蒙。靸面金盤五十隻，傳宣先賜二王宫。
聖主儀刑自智臨，嬪嬙博古趣何深。金虬香裏芸窗静，滿几詩書一弄琴。
祝應多男屬聖君，詞臣常備洗兒文。高禖喜燕排旬有，包子紅綃疊日分。
春晴太液漾漪漣，柳緑花明艷冶天。十二欄干簾半捲，瑶津亭下按龍船。
宫闈春來樂事添，喜逢新燕入高檐。從今欲使營巢便，故遣終朝不下簾。
名園蹴鞠稱春遊，近密宣呈技最優。當殿不教身背向，側中飛出足跟球。
春晝宫娥睡足時，憑欄無語聽黄鸝。誰家按曲敲檀板，驚破林間自在啼。
春晝宫娥直退遲，茶餘清話屢移時。困人天氣成濃睡，偶失鞦韆伴侣期。
端午茸花簇彩鸞，高標寶鑑縷金盤。不宜夏景銷酥腕，似覺新來百索寬。
初夏清和晝漏長，酴醾高架映華堂。一枝斜插藍羅扇，摇動時時送好香。

朱夏炎炎晝漏長，迸珠亭下共流觴。清風寒韻侵肌冷，誰信宮中六月涼。

冰屏四合響流泉，白玉杯盤奉御筵。縱有炎蒸無處入，水晶宮闕會神仙。

荔子珍奇冠九垓，上林航海近移栽。絳囊玉顆如閩嶠，不用紅塵一騎來。

親蠶摘葉滿筠籠，機杼仍觀組織工。聖世后妃躬道化，儀刑無愧二南風。

便殿時時燕二王，吾君親睦似陶唐。寂寥棠棣留芳後，盛事應傳入雅章。

燕子安巢近上陽，慣聽深殿理絲簧。伊州入破喧轟鬧，不廢呢喃語畫梁。

碧玉峥嶸照座清，良工鐫斲亦難成。巫山雁蕩慚粗俗，銷得君王號勝瀛。

君王錫慶自高天，禖燕宮庭每每傳。老媪寶箱珠遍蹙，別收諸閤洗兒錢。

七夕宮娥設席祈，翠臺蓮燭静交輝。彩樓逗曉蛛絲滿，女伴誰傳得巧歸。

郊庠已見詠臺萊，近密仍多著撰才。漢武得人何足道，内朝今亦盛鄒枚。

瑞竹亭亭近玉墀，初同一竿却分岐。已傳國史新圖籍，更得君王御制詩。

禁籞承平種植繁，枇杷荔子近移根。地祇應借東南候，養就甘香奉至尊。

桂魄初生出翠臺，玉人拜祝久徘徊。非唯月月長相見，更願重重喜慶來。

青唐隴拶覲神都，億萬天兵列路隅。三省樞臣合班對，進呈平旦受降圖。

烏巾裊脚錦袍襴，供奉新來進押班。從此便應閑日少，玉除輪日侍天顔。

瑞竹初生每覺長，分岐共竿出宮墻。普天無限成林地，故産皇家是吉祥。

内庭聳秀碧雲屏，冠絶群峰最傑英。聖世瓌才終顯赫，嶙峋猶得賜佳名。

瑶津亭榭俯池塘，芬馥氤氲雜衆芳。永晝和風一披拂，近城分得禁園香。

珠簾十二卷金鈎，萬里無雲桂魄浮。嘈雜笙簫半天響，瑶津亭上賞中秋。

振振皇族盛豪雄，籍慶天支自不同。宗學宏開崇教養，已多歆向出深宮。

資善諸王就傅初，常宣步輦按觀書。六宮準擬經由處，一一排門候起居。

集英賜第對天顔，頃刻藍袍翠一班。漫説禹門三級浪，魚龍只在指呼間。

唐帝惟珍陽羨茶，未嘗百草不開花。太平奉御窮佳異，建焙先春進露芽。

深院相過笑語同，選仙清樂得從容。由來本是桃源侣，常占三清最上宮。

召對詞臣幄殿華，密宣令草相公麻。黄庭詔下齊歡舞，望協群工共嘆嗟。

聖主邊謀過六奇，指踪决勝率前知。深沉清禁傳三鼓，猶報金牌出睿思。

掖門放鑰響銅鐶，平曉傳催百辟班。垂拱殿前人肅静，獨聞鶯語轉間關。

地衣紅錦蹙盤雕，羅袖飄香轉舞腰。清暇君王休務日，宣和深殿按仙韶。

深秋蕭爽十分凉，茱菊浮杯滿座香。百尺玉樓喧鼓吹，六宮思許醉重陽。

禁籞瑶津寶閣重，芳亭曲榭暗相通。汪洋太液澄清影，金碧丹青上下同。

聖學淵宏百世師，六宮薰習喜文詞。睿思傳出宸章麗，院院珠裝御製詩。

永晝宮娥聚笑嬉，小王初習起居儀。朱衫御史心聰慧，學得中庭贊對詞。

永晝嬪嬙小燕闌，投壺雅戲集清歡。衆中最覺天機巧，平送筠籌覓倚干。

象戲宮娥共雅歡，團團犀玉布牙盤。蹉車避馬尋常事，却是隄防疊炮難。

德自關雎樂善心，六宮漸染化風深。鼓琴擘阮非凡好，爲有淳和太古音。

庭試初宣進士班，玉階咫尺覲天顔。畫廊兩畔楸花發，時遞清香筆硯間。

按樂清宵女伴同，和諧仙韻出深宮。尋腔理得新翻曲，月上龍樓第一重。

太平天子絶畋游，結束宮娥馬打毬。韶樂引來花錦隊，男兒跪拜謝頭籌。

開鑪佳節乍寒朝，近侍班聯衣錦朝。獸炭香新金鴨暖，珠簾龍幕按簫韶。

瑞香圓結異凡叢，天幸移根植禁中。露浥清香來御榻，玉牌題作錦薰籠。

錦裀方窄簇花毬，羯鼓瓊臺七寶鈎。共按升平新製曲，不同簫索打梁州。

白玉鐫成十六牌，禁官方響古無偕。非唯韻出簫竽上，仍是音參律呂諧。

上直歸來日未晡，宮嬪相與戲摴蒱。驀闘渡塹尋常彩，無奈時時擲雉盧。

三衛千官侍冕旒，君王郊祀款圓丘。彩棚夾路瞻天表，一半珠簾上玉鈎。

慶成大禮御端門，肅肅千官拱至尊。高捧金鷄宣霈澤，兩班歡舞荷天恩。

聽俊宮娥妙奕棋，每虞宣喚各窮奇。更闌自覆忘憂局，好著長防敵手知。

臘後寒梅蕊弄黃，金瓶叢插貯蘭房。已供闔座清香滿，更得臨鸞學晚妝。

踴躍新羈已過關，未高生怕別人盤。到窩路數無多擲，急滿須防將馬闌。

冬候寒威凜未央，初欣至日乍迎長。退朝一曲升平樂，共進新陽萬壽觴。

感古梅妝範樣殊，折梅特地試妝梳。薄施紅粉臨鸞鑒，却是梅花迴不如。

五雲宮闕鬱岧嶢，尤稱濛濛瑞雪飄。中使到來東上閣，傳宣初放紫宸朝。

二月春宮折杏花，垂梢繁蕊鬧交加。折來已覺柔枝重，插向搔頭寶髻斜。

丹青御筆趣尤深，不許流傳到翰林。乞得睿思全幅軸，寶藏端勝滿籯金。

女冠新觀近西清，玉宇幽奇稱道情。宮禁沉沉銀漏永，好風時送步虛聲。

碧蘆方沼水潺潺，疊石嵯峨翠靄間。不謂九重宮禁裏，忽逢江國好溪山。

綵架清陰接鳳樓，分班左右各朋儔。就中最得抛梭便，不礙珠門紫綉毬。

樓殿亭臺處處通，花光柳色共溟濛。苑東即出横門道，已覺仙凡路不同。

分引天源入禁城，御溝縈繞六宮行。寒聲碧甃淙淙急，流到人間分外清。

《全宋詩》卷九七六，册17，第11296—11302頁

同前

釋德洪

紅樓曉色催宮漏，紫閣春光雜禁烟。風定玉爐香影直，日融金掌露華鮮。《全宋詩》卷一三四六，册23，第15381頁

卷一五二　宋新樂府辭二一

宮詞三百九十首

宋徽宗

塗丹輝映霽烟明，四啓嚴閳曉漏清。初御廣庭人意肅，九宮遥聽警鞭聲。

御溝春水緑濺濺，曲沼回波四接連。環碧下臨方鑑静，遊魚跳躍浪痕圓。

春朝小雨乍新晴，祥靄匀收洞宇明。嚴警不聞人一語，海棠枝上曉鶯聲。

宮嬪餘樂稱幽閒，不喜濃妝鬥媚顏。阮罷竹風飖濁慮，一輪明月照嶙山。

宣和庭廡四回環，書畫金籯兩掖間。韜秘緘扃飛寶構，鼎新文栱稱幽閒。

春工先與上林芳，迎歲紅梅破臘香。纔過閤門分曲檻，弄晴繁蕊麗如妝。

玉宇珍庭夜未央，月移花影上回廊。精神勤禱期民福，耿耿晴空藹露香。

羲獻真踪勝古初，搜求方得到皂居。退朝彝鼎然沈水，因染霜毫更學書。

嘉禾呈瑞已爲殊，更有靈芝拱翠趺。通進剡章知異物，翻傳繪畫作新圖。

麟堤千尺盡塗丹，文瓦雕甍敞殿寬。折檻盡循前古制，當中一曲不安欄。

雲臺呈瑞出坤珍，龍角層芝玉色新。從此九莖何足尚，圖書麟閣永無倫。

秦娥從小學宫韶，竊愛仙音韻逸飄。應慕鳳臺吹紫玉，夜闌時按白牙簫。

元宵三五競芳年，十二都門沸管弦。鼇負繒山輝絳闕，龍銜寶炬撒金蓮。

拂堤絲柳弄春柔，盈沼沉波瑩鴨頭。錦綉成叢飛畫楫，輕舠兩兩翼龍舟。

雲巖小石碧璘珣，瑩徹仍移玉座親。千仞喬崧雖突秀，未如纖巧具天真。

梨花如雪照庭隅，魄月淪精上海初。禁鼓方傳宫漏閉，嬪嫱相拉夜看書。

翠芳庭宇疊山圍，路轉龍盤燦陸離。響石因風飄冷韻，小碑刊勒祖宗詩。

承平皇族益繁昌，雁序天倫令德彰。此意綿長敦友愛，時時别殿宴親王。

銷金花朵遍輕羅，剪作春衣錫賜多。鬥薄只貪腰細柳，夜闌無奈峭寒何。

求賢取士屬熙辰，朝野喧傳詔墨新。省試更增人百數，大庭將見出平津。

佑神珍觀五雲開，高倚層霄疊玉臺。笑語半空知遠近，縱觀飛騎拂塵來。

碧紗窗薄晃朝曦，睡起心情不自持。妝飾尚慵臨曲檻，却教鸚鵡念新詩。

緑攬蘭芽遍徑隅，日融花氣暖縈紆。鞦韆伴侣時相約，畫板繒繩翠袖扶。

《雅》《頌》形容各訓箋，后妃基化《國風》先。卷分二十求深旨，親著全經正論篇。

深庭窗月透輕紗，仙侣勤工組綉華。笑語竟將心事卜，只知相顧看燈花。

崇政西清闢講筵，簪裾雜遝盡英賢。守成當謹持盈戒，紬繹鳧鷖《大雅》篇。

沉水薰濃瑞靄飛，相兼花氣馥庭墀。皇家休問多嘉景，絳闕清都只此知。

玉容初起滯春慵，鬢嚲秋蟬不解攏。十二寶欄閑倚處，花間應避落殘紅。

嬌雲溶漾作春晴，綉轂清風出鳳城。簾底紅妝方笑語，通衢争聽賣花聲。

紅旗連屬曉熒煌，萬馬嘶風去路長。知是黠羌來款塞，親臨丹闕納降王。

綺堂嬪御坦春容，暫止連綿組綉功。却取詩書共披閲，終朝歌演二南風。

三月風光觸處奇，禁宮通夜足娱嬉。踏青鬥草皆餘事，閑集朋儕静弈棋。

燧人鑽火應時分，頒賜諸宮盡樂聞。堂上美人無用處，旋燔金餅炷蘭薰。

鬥鷄園裏城非雅，射鴨池邊豈足多。最好芰荷香隔岸，畫舡摇曳按笙歌。

六幕低垂曉鑑寒，簾旌風動皺翔鸞。仙姿妝早呵纖指，遠黛遥分勝筆端。

雙陸翻騰品格新，屢贏由彩豈由人。坐中時有全嬌態，才見頻輸特地嗔。

緑徑平平擺地尖，花毬亭下總相兼。時來奮擊争多勝，格令輸贏不畏嚴。

齊警開場設鼓鉦，雷霆凜凜奏嚴聲。通宵環衛無嘩語，唯聽鷄人巧唱更。

皇家詵偉固藩垣，濮邸尤爲襲慶源。八寶霈恩升殿服，朝班榮盛子孫繁。

游豫瓊林與俗同，森嚴羽衛躍花驄。旌旗射日飄紅浪，歸處香塵拂晚風。

翠色青濃自不堪，敲冰柔葉兩相參。宮人因出方傳法，迄從民間識內藍。

瑶林親覿玉爲墀，瑞竹雙擎待鳳枝。共本分岐駢粉節，龜趺御製有新詩。

珊瑚植立壯林巒，翡翠巑岏作小灘。几案自成清曠景，蓬山常對座隅看。

早臨書殿啓芸香，冰硯難開肅曉霜。誰製暖爐新樣巧，雲龍突鏤遍金箱。

韶光婉媚屬清明，敞宴斯辰到穆清。近密被宣争蹴踘，兩朋庭際角輸贏。

金殿重重十字芳，當中鸞鶴勢翱翔。韜藏蘭炷無人見，篆縷摇摇闔座香。

秋來簾幕卷輕風，一夜濃陰蔽遠空。燕館乍凉人不寐，更聽疏雨滴梧桐。

水晶新製寶巵成，冰潔無瑕瑩玉明。醉捧纖纖飛大白，常娥端望月輪平。

禁掖乘歡飲興濃，笙歌圍遶盡芳容。玉人相對賡酬勸，忽奏葵花一寶鐘。

雜還仙韶按八音，曲餘羯鼓漸聲沉。已將殊韻參群奏，豈貴花奴冠古今。

玉鈎紅綬挂琵琶，七寶輕明撥更嘉。捍面折枝新御畫，打弦唯恐損珍花。

黄昏人寂漏初稀，嬪御相從奉直歸。慵困尚尋嬉戲事，竟將雙陸且忘機。

閤門雙辟約人還，後苑芳菲一望間。臺榭參差春更好，瑶津遠岸聳眉山。

端樓遊賞正元宵，珠箔低垂絢帟飄。黔首康衢瞻盛際，御香芬馥下雲霄。

緑槐陰合正炎曦，高疊盆冰匝座圍。沉李浮瓜清玉檻，水晶宮殿正忘機。

水精澄瑩一屏方，置近盤龍寶硯傍。海玉森森紅挺秀，瑣窗清楚興何長。

資善黌堂几席開，小王初學讀書來。師儒專選英豪用，教育當資保傅才。

金鑾登對擇忠良，嘉納儒臣蹇議長。圖治取人當數路，吏能全不在文章。

霽雲高敞九城關，簪佩衣裾一望間。昨日閤門新入奏，降王初綴紫宸班。

元宵五日宴龍樓，同樂斯民一豫遊。寶輦欲回人仰望，彩繩高處墮星球。

杏梢新蕊遍飄香，藻荇縈紆滿碧塘。嬌怯畫舡推俯岸，閑看風力蹙波光。

七夕新秋玉露清，月鈎遥挂碧雲平。珍庭祈巧貪娛宴，唯恨殘更促曉聲。

綉楯丹栱盡瑰材，百步回廊錦幛開。萬炬絳紗星粲粲，拱環翠碧下樓臺。

禁宇春園晝漏長，睿思承極景相望。回環露浥蒼苔合，一架酴醾闔殿香。

三月西城淑景多，羽林旌旆擁鳴珂。珠鞍玉蹬龍驤進，寶苑珍亭喜一過。

江浙秋橙入上都，深宫培植向庭除。金丸磊磊尤珍異，均錫臣鄰侑樂胥。

翠石岧嶤竟巧形，無雙唯是碧雲屏。坤輿秀氣全融結，尤比三峰色更青。

大晟重均律吕全，樂章諧協盡成編。宫中嬪御皆能按，欲顯儀形内治先。

年年式宴集簪裳，百辟班聯振鷺行。曲謝臣鄰尤跂望，司珍新奏玉茶床。

教化風行自掖房，芸輝新繕萬書堂。清閒几硯皆編帙，時誦《關雎》正始章。

垂拱凌晨百辟朝，鳴鞘風引徹璇霄。鴛鸞雜遝趨鱗砌，無限黃金重滿腰。

樂章重製協升平，德冠宮闈萬古名。嬪御盡能歌此曲，競隨鍾鼓度新聲。

楊梅澤國最榮昌，此歲移來入上方。造化想知偏借力，結成繁實勝江鄉。

控馬攀鞍事打毬，花袍束帶竟風流。盈盈巧學兒男拜，唯喜先贏第一籌。

秋杪金柑產玉庭，雲根呈瑞故連莖。相期不是塵中物，占得成雙雨露榮。

鈿箏百寶間生輝，玉柱成行雁自飛。對酒仙姿時一按，十三弦上迸珠璣。

戎裘殊麗學彎弓，十指纖柔力未充。多被朋儕齊謔笑，强顏無奈臉蓮紅。

花洞連延一架平，文鴛雙砌接珍亭。明暉北望垂楊岸，滿目烟波上下青。

英華相背露臺高，夾道雙亭氣象饒。每待中秋開夕宴，月輪平處奏簫韶。

雅樂方興大晟諧，均調律呂貫三才。廣庭度曲笙鏞間，羽翮翺翔赴節來。

十里香街拂管弦，金明回馭夕陽天。風輕芝蓋搖霞浪，裊裊龍盤七寶鞭。

上春精擇建溪芽，携向芸窗力鬥茶。點處未容分品格，捧甌相近比瓊花。

烟斂林梢挂晚虹，登臨吟望興無窮。秦娥越艷新妝飾，小約同來寶苑中。

忘憂清樂在枰棋，仙子精功歲未笄。窗下每將圖局按，恐防緑君亭本作妨宣召較高低。

紫雲樓曲倚仙韶，傳習皆知歲月遥。竟好洮州新進譜，和諧逸韻八音調。

杏緑桃緋一片春，後庭花卉盡坤珍。鞦韆峻架臨芳徑，須信韶光每歲新。

邃宇宏開巧石叢，擅名還有勝嬴峰。巫山未足爲珍異，碧玉巑岏疊數重。

燕館餘閑玉漏沉，華容芳質盡知音。不將簫瑟爲貪靡，競鼓瑶徽數弄琴。

澄澄方沼玉庭前，天産雙英并蒂蓮。含秀同芳應有感，故來清禁啓妖妍。

紋窗几硯日親臨，雅玩娱情務討尋。筆格硯屏皆寶製，鎮書唯重裹蹄金。

天源一脈過嚴城，寶獸噴香漱玉聲。分入瑶津來紫禁，杯流曲沼遠相縈。

千步回廊遠接連，疊山盈壁狀天然。重新繪畫非塵境，不是高真即列仙。

二浙枇杷得地榮，移來丹宇倍生成。天心賦與偏繁盛，珍物由來出太平。

粉杏夭桃出苑墻，堤邊楊柳拂波光。梭門聳插彤雲裏，風引花毬絲縷長。

殿省爰新六尚名，攸司遵職贊隆平。屢頒衎燕豐碑立，官屬同刊琬琰榮。

彩綈鼇山聳禁街，端門簾卷五雲開。元宵佳景同民樂，不禁人行近露臺。

三年禋祀敞圜壇，星斗凝輝玉露寒。郊外燔柴烟欲斷，禁街人已待回鑾。

酒闌人寂暗金釭，淡月輕風透碧窗。宫女欲歌初製曲，旋吹弦筦按新腔。

禁宫春色最妖妍，桃李扶疏滿眼前。鬥草踏青携伴侣，更尋何處畫圖仙。

拂面風輕日漸長，玉人初試薄羅裳。斜陽樓外拋梭去，兩兩三三出洞房。

殿庭内外錦衣重，彩仗琱璵相映紅。虜使未嘗經便殿，始瞻儀衛慴羌戎。

方響新成白玉牌，叩聲仍與八音諧。高低二八還相映，絲竹陶匏莫可偕。

纖眉丹臉小腰肢，官著時新峭窄衣。頭上宮花妝翡翠，寶蟬珍蝶勢如飛。

洛陽近進牡丹栽，小字牌分品格來。魏紫姚黄知幾許，中春相繼奏花開。

杭越奇花異果來，未分流品未堪栽。苑中別圃根荄潤，移入珍亭一夜開。

靈犀點點透成花，異域珍奇自可嘉。因製芙蓉杯酌樣，通紋澄澈灩流霞。

花枝連屬勝丹青，疊嶂層峰立翠屏。汲引飛泉來玉甃，璇題因繕迸珠亭。

近密臨堤下釣鈎，曲池人静不驚鷗。錦鱗才得山呼進，銀碗重重賜與優。

寶烟遥洞悉喬松，團墨新翻制作功。預遣丹青模巧樣，百花雲裏更盤龍。

宮人思學壽陽妝，每看庭梅次第芳。淺拂胭脂輕傅粉，彎彎纖細黛眉長。

主第循常賀慶來，朱輪隱隱碾晴雷。内東門外登車處，簾合方令步障開。

瑞日融和麗玉庭，花枝密處有鶯聲。六宮閑燕多餘樂，索寫新詩頌太平。

瑞物來呈日不虚，拱禾芝草一何殊。有時宣委丹青手，各使團模作畫圖。

萬國升平慶有年，九重榮盛百珍全。民間財貨雖豐富，未識新頒大觀錢。

洞簫聲歇酒初闌，星斗凝輝宇宙寬。唯有真仙爲侶伴，夜深同倚玉欄干。

仙韶總角籍嚴宮，初學吹笙性格聰。十指近纔能按字，纖纖雙捧紫筠叢。
春暮紛紛蕩柳綿，欲回炎律困人天。宮妝永晝多閑宴，慣拆真珠結翠鈿。
宮娥相約戲鞦韆，困極盈盈寶髻偏。却恐逢人多謔笑，暗尋香徑整花鈿。
碧墀十二曲欄干，瓊態濃醺倚欲彈。月上海棠清蔭合，羅裳深夜怯輕寒。
詰曲回廊入小庭，緑窗朱户照花明。宮人晝直多娱樂，闔座喧嘩擊馬聲。
金字紅牌遏夜傳，指蹤韜略静戎邊。往回曾不逾旬浹，已見西隅獻凱還。
殿庭親策擢群材，雜遝英賢入彀來。俊敏各求先御覽，禹門春浪鼓風雷。
石榴繁翠漸盈枝，正是新和首夏時。宮女日長無一事，雙英較勝卜心期。
湘簟凉生暑氣微，午天欹枕向紗幃。轆轤車扇間關處，雙月回廊彩鳳飛。
行觴時許按清歌，聲巧佳人曲韻和。蔌蔌梁塵飄不住，層空仍遏彩雲過。
洞房春晚惜花殘，滿地紅英織錦端。想見惜芳情意切，更收香蕊掌中看。
緩步宮花夜漏清，廓然天宇月華明。凝眸望極無纖翳，唯有銀河一練横。
相府元勛賜第雄，構成高閣倚層空。落成頒燕延台輔，唯有珠璣落座中。
春池蘋藻緑盤跚，群鴨相呼戲碧湍。兩兩輕舠閑倚岸，斜陽清景鑑中觀。
太清樓畔柳依依，欄外飄飆緑線齊。魚鑰未開鈴鐸静，一林鶗鴂占春啼。

小院風柔蛺蝶狂，透簾渾是牡丹香。玉人不向閒庭看，孔雀雙眠寶砌傍。
烟静雲嬌露已晞，晝長人困杏花時。鞦韆閑倚樓臺看，盡日無風綵索垂。
院宇花深瑣洞房，更闌銀燭尚熒煌。芸窗盡日觀前史，入夜乘閑講諫章。
平明初起九重關，望處樓臺紫翠間。蕊綬華紳簪玉笋，衮衣傳引太師班。
金玉來符百寶新，羽儀嚴肅遍中宸。大庭躬授唯祇畏，惠澤遄敷萬國均。
掖庭榮慶誕彌初，包子均分盡樂胥。小結金錢銀鏤勝，紅羅端疋代衣裾。
南宫時務策群賢，題目函封進御前。敕選左貂齊答問，魁名優與進官聯。
押班供奉列官行，沿襲分司盡女郎。殿直恩名才得賜，銷金方許製衣裳。
燕館沉沉夜雨晴，一翻景物更聯榮。碧紗窗外無人到，兩兩三三百舌鳴。
四輔爰修拱近畿，得賢分理奠邦維。見爲美惡當勤訓，每歲皆令近玉墀。
式燕簪裳遍集英，梯航萬里慶天寧。升平樓上遥瞻望，衆裏金貂認使星。
垂楊堤畔彩舟横，鳳沼瑶津一望平。内苑有時旬按樂，筦弦清響到宣明。
涵曦亭上恣憑欄，共看游魚躍水間。潑剌紅鱗纔引到，金圈鈐口放生還。
檀槽鈎鳳綉肇垂，玉撥乘閑試一揮。縱按往來敲捍面，四條弦上彩鸞飛。
御柳規模六鶴圖，鳳池均錫盡稱譽。銷金標軸精工製，同會文昌看御書。

史女榮當直筆權，事治毫楮待承宣。一回寫着推恩字，特地忻愉擇素箋。

寶苑珍池霽曉開，滿街車轂轉春雷。錦標畫舫留盈月，唯待皇家宴賞來。

疊羅枝裊亞朝霞，并産深宮信可嘉。携向佑神珍館裏，輔臣方得看霜花。

明輝嚴敞壽春前，儀鳳翔鸞曲水穿。欲就金階連翠沼，更開花洞遠相連。

近密登庸大帥才，謀謨一舉萬全回。臨洮積石皆恢復，旁午羌酋納土來。

清曉傳郵鳳報聲，紫宸稱賀集簪纓。乾崇來上新祥瑞，幾夜黄河徹底清。

巧簇羅牌翰苑詞，宜春相向貼門楣。近來清禁尤珍重，珠蹙金書御製詩。

大晟揄揚逸樂音，躬行律度革汪淫。長門羽鶴來翔舞，正雅方知上欲欽。

靈宮複道間東西，殿宇凝霜綉栱齊。時祀每懷霜露感，祖功宗德勉攀躋。

設科取士不遺賢，詔語先從内治先。朱邸遂興宗子學，振振麟趾副詳延。

鷄鳴警戒務相成，奉道忘私燕享寧。規矩勿施唯自化，鉛妝不飾爲看經。

苑西廊畔碧溝長，修竹森森緑影凉。戲擲水毬争遠近，流星一點耀波光。

午夜登樓户不扃，長廊夾幕内人行。蟠龍尾道華燈合，五色雲中笑語聲。

左右擲梭伴侶均，玉纖迎接步蓮匀。飄飄頭上宮花顫，蜂蝶驚飛不着人。

清曉輕雲鎖玉樓，樓前宮柳弄春柔。升平宮宇浮佳氣，占得風光待宴遊。

韶光三月恰芬芳，禊飲池邊泛羽觴。畫鷁翩翩戲龍虎，一時佳景類江鄉。

紹陽偏逐禁宮先，三月青榆滿地錢。嬪御直歸多逸樂，高吟賡和綴新篇。

疊山環水勝蓬宮，景物芳妍竟不同。佩玉鏘金無限好，雅歌姝舞興何窮。

宮人擊劍鬥乘騎，寶帶襆頭爛錦衣。鳳尾枝交團月合，龍門球過一星飛。

弓矢尋常鎖太清，三山相對射侯明。乘閑自習和容藝，金碗時聞中的聲。

玉虛清夜醮筵開，羽唱升沉曉漏催。習習輕風花外過，露香飄出禁城來。

翰苑花深夜漏稀，奉承親筆草麻歸。鸞箋幾幅魚龍化，近掖重升一品妃。

緒風輕轉鶯篁巧，惠日初回燕舌嬌。芍藥畫欄繒不斷，楊花臨砌雪難銷。

窄衣偏稱小腰身，近歲妝梳百樣新。舊日宮娃多竊笑，想應曾占惜年春。

六尚皆分典御行，司珍尤重膳羞良。小金盒子黄封貼，細字臣民預品嘗。

滿街飛絮舞毿毿，慵困情懷似酒酣。嬪御宮中行樂倦，却尋錦葉喂新蠶。

月色凝輝照膽寒，水晶宮裏望中寬。一聲長笛來天際，誰學龍吟出指端。

投壺懶欲趁嬉遊，閑理瑤箏不舉頭。側調旋從纖指出，誰人能會意中愁。

鎖院群心望寵嘉，閤門當殿奏宣麻。新經授寶敷恩澤，榮拜宗藩使相華。

苑作群工各述勞，纖纖奇巧鬥相高。花鈿雖盛珠珍數，不使傷生用羽毛。

東觀從來選俊英，一時樂育合人情。公卿由此途中進，密勿登庸得仰成。

玉宇深嚴洞户扃，小山松柏四時青。繞欄下瞰溪流碧，恰似仙都一畫屏。

龍鬚成布一端長，珍重唯將寶匣藏。荒服獻珍誠足異，承平八表自梯航。

首夏方分淑景遷，小池依約出荷錢。宫娃每恨春歸早，時困朝眠墮翠鈿。

岷山遐表得靈犀，剖出花文兩脚齊。良匠涓辰成寶帶，鴛鴦一對水中棲。

手詔時頒出廣庭，俯從民欲示儀刑。廟堂僉允都俞議，方許昭垂粲日星。

采來杉檜四時青，巧結蛇龍物象形。栽植太清資異致，勢凌霜雪碧亭亭。

石琴應自伏羲傳，品弄尤知逸韻全。玉軫金徽重遺製，雷張誠貴擅名先。

瑶洞深沉盡綺疏，叢山疊石狀仙居。欄干面面皆珍寶，瑪瑙勻敷小玉渠。

庚伏炎羲酷暑升，旋尋庭廡避煩蒸。禁庭宿衛肩相比，特遣中丞趣賜冰。

涓辰游幸出嚴城，黄道中分輦路平。近掖寶車錦步障，先來通市一逢迎。

端門頒赦立班時，禁衛森嚴爛錦衣。才立鷄竿垂彩索，望中人拜曳紅旗。

五穀豐穰廣有秋，漕司連絡奏年收。籍田得駕循常典，撥麥園中結綺樓。

小桃初破未全香，清晝金胥漏已長。臨罷《黄庭》無一事，日移花影上回廊。

議司稽考紹熙豐，因革三王二帝功。夙夜焦勞無敢怠，求衣常是未鳴鐘。

仙姿婉孌玉肌膚，嬌慣心情每自娛。不向園畦尋門草，定邀朋侶戲投壺。

茸茸草色亂青袍，碧瓦藏烟瑞日高。内苑春光分外别，競排珍賞待遊遨。

端拱垂衣每面南，曉班庭下頌聲三。典儀預白排朝日，假令臨時放六參。

棕櫚秀竹間行均，渾似江鄉景趣新。低檜小松參怪石，清嘉尤勝杏花春。

麗人航海覲宸都，嘉獎勤勞顧遇殊。幣帛從來將厚意，益添異品及真珠。

南陽耆老賜恩榮，入覲因宣到後庭。遠過期頤人仰嘆，厖眉清骨享安寧。

宫人凡百趁相貪，桑葉青青貯滿籃。不使朋儕知底裏，密來朱箔喂新蠶。

集英金屋起清秋，式宴千官拜賜優。宴罷瑶仙迎翠輦，霞衣裊娜逐風柔。

一夜濃雲布九霄，忽成春澤潤寒苗。玉墀墀下鴛鴻列，欲曉傳宣教放朝。

四方遣使俾觀風，利病陳來達禁中。沿革盡從民庶欲，更無壅遏下情通。

曉景熙熙竹影疏，柔閑初理薄粧餘。心情酷愛清虚樂，琴阮相兼一几書。

三省居常有進呈，早臨崇政接群英。太官賜食移清漏，門外將交五馬聲。

金鞍寶轡簇驊騮，樂奏相從共擊毬。花帽兩邊成錦陣，謝恩長喜上頭籌。

殘臘長空欲雪天，須臾盈尺兆豐年。燮調都在臣工力，遣使榮頒兩府筵。

修竹成林碧玉攢，幾枝榮茂可棲鸞。瑶宫月白風清夜，誰共庭除一憑欄。

雙鴛紋瓦碧琉璃，零露瀼瀼夜未晞。花外倚空成敞翼，樓臺宏麗景雲飛。

華景紅梅兩檻分，點成輕雪萬枝榮。依稀昨夜東風起，已拆香苞漏泄春。

霰雪飄空玉漏清，月華相伴瑣窗明。醇醪醬醬同歡飲，旋摘詩聯賦令行。

清晨檐際肅霜鮮，曉日初銷萬瓦烟。隆德重陽開小宴，競將黃菊作花鈿。

寶砌龍文鑑色鮮，蘭宮不信火雲天。冰壺盤上排金醬，枕簟餘涼好醉眠。

資善堂中几席開，詞臣都是棟樑材。專求近密同參輔，皇嗣初看聽讀來。

樂章依韻俯成編，欲聽新詞禁宇傳。曲裏字難相借問，隨時切註脚花箋。

金井高梧舞戲圭，露盤承潤曉淒淒。深宮不是清秋景，昨夜寒蛩漸漸啼。

蟾光秋半倍嬋娟，河漢潛微瑩碧天。樓上美人貪醉賞，曉鐘聲斷遂經年。

都府新儀置六曹，壯威京尹勢增豪。屢空囹圄人知化，典憲從中力不勞。

新月彎彎挂碧空，嬪嬙爭拜望圓穹。倚欄長是躊躇久，應想姮娥在桂宮。

翠蓮秋盛覆池塘，緑柄風摇一派香。欲結珍苞供勝賞，隨時均錫到蘭房。

龍德營修已慶成，秘扃齊潔奉三清。餘田增輯成嘉致，千百樓臺紺瓦明。

杏褪殘花點碧輕，融怡天氣雨初晴。仙姿門草春園裏，時聽妖嬈笑語聲。

初夏圓荷點翠錢，螭頭清溜玉濺濺。惜芳歸處隨雕輦，半醉嬪嬙墮珥鈿。

桃作香腮玉作膚，飄飄雲縷曳衣裾。婦功奇麗皆能事，一種心勤是讀書。

清晨簾卷碧堂前，淡薄梳妝結道緣。漸染化風忘外欲，歡聲頻誦《葛覃》篇。

集英親殿策才豪，盈廡紛紛盡雪袍。禮樂問題人罕記，就迂黼座繼蘭膏。

三五良宵皓月圓，蘭釭寶炬萬家燃。樓臺總在冰壺裏，今見蓬瀛不夜天。

桃葉基春二月中，滿庭芽蘖順年豐。欲令九禁知群卉，蒙被坤輿造化功。

刺花彈篋紫檀弓，何處星丸入苑中。驚起流鶯花裏去，紛紛如雨落殘紅。

早朝人待九門開，躍馬傳呼恣往回。班列舊稱人盡曉，驚聞符寶外郎來。

御製新規寶墨香，蟠龍紋裏字成行。臣鄰近密方宣賜，圓餅均盛小絳囊。

龍舟艤岸簇樓臺，蘭棹輕飛兩翅開。擊鼓鳴鐃颭旗幟，早來觀賞暮方回。

浴兒三日慶成均，寶帶龍衣賜近臣。駿馬金鞍新遴選，先令羈控過延春。

詔令敷宣每自書，朝廷遵稟不迂疏。禁垣歷歲多收得，高閣珍藏倚碧虛。

雲母屏山翡翠簾，綉衣圍住百花簾。晨光旋透輕烟冷，寶帳蘭姿起未忺。

臘中仙賞起華英，高聳雲鼇徹太清。預占春樓無限景，更聽風度管弦聲。

兩行親劄寄霜紈，圓柄均裝七寶檀。殿記宣和書四字，禁中傳得作榮觀。

女兒妝束效男兒，峭窄羅衫稱玉肌。盡是真珠勻絡縫，唐中簇帶萬花枝。

金波如畫麗彤庭，夜寂無人傍玉寧。惟有直更宮女伴，呼時方始近鸞㟪。
鳳口金爐鏤葉花，高低曲折勢交加。新春品制名三傑，四和濃薰不足夸。
上元芳景自熙怡，暇日因成數句詩。特賜府中看不泯，嬉游均及庶民知。
今歲閩中別貢茶，翔龍萬壽占春芽。初開寶篋新香滿，分賜師垣政府家。
一局平分出四邊，到窩仍與度關先。終朝打馬爲娱樂，不顧頻輸萬億錢。
畫艦閑登錦纜開，蘭橈飛迅水縈回。籠頭爍爍紅旗動，驚起沙鷗抄岸來。
清和景物稱游遨，金屋亭亭瑞日高。節物應時來別院，合中連絡進櫻桃。
杏子成丹乳燕飛，柳條摇曳拂漣漪。瑶宫露井殘紅滿，惆悵晴空欲暮時。
滿架酴醿旖旎香，小庭方沼戲鴛鴦。蘭房祇慕承恩澤，愈學時宜百巧妝。
高麗新貢欲還朝，舟御東回一水遥。祖餞國門仍賜樂，屢傳恩語下層霄。
鞦韆影裏笑相迎，蕙圃蘭畦恣擷英。薄暮歸來春意倦，芝堂閑聽碾茶聲。
㟪山掩翠敞華堂，巧燕初歸揀畫梁。寂坐安閑忘俗慮，益知仙府晝何長。
雲華重輯疊層峰，寶構高櫰萃彩虹。環碧對池臨翠圃，一溝春水遠相通。
琳庭節物樂無涯，又是餘寒易歲華。昨夜雪晴天氣好，後園初進蠟梅花。
旋題玉額起層樓，三閣圖書集校酬。近日得增新碧榜，顯謨相繼繕徽猷。

秘殿初生瑞竹雙，碧欄干外玉墀傍。連柯并幹扶疏葉，帶月縈風興味長。

白檀象戲小盤平，牙子金書字更明。夜静綺窗輝絳蠟，玉容相對綏移聲。

朝班翼翼布鴛行。　三衛嚴森殿砌傍。遴選親勛先許進，校員多是補中郎。

閶闔朝來禁鑰開，傳郵躍馬度香街。封章通進言三捷，從爾威風滿國懷。

九重城闕壯端門，霽色榮光瑞景分。一望葱葱佳氣裏，樓臺常恐礙行雲。

嬪娥閑較選仙圖，争到天宮意自娱。堂印碧油常占得，更無憂恐入酆都。

宗祀元堂羽衛還，大庭齋夕駐鳴鑾。平明復賜端門赦，争看金鷄立巨盤。

十花金盞勸仙娥，乘興追歡酒量過。燭影四圍深夜裏，分明紅玉醉顔酡。

紅藥欄邊晚吹輕，玉肌人醉擷芳英。春衫旖旎香難已，却羨東風大有情。

小雨飛輕助燕泥，萬花零落柳垂堤。紫清官裏人稀到，廊上雙雙孔雀棲。

宴殿匀將蜀錦鋪，花明金赫麗簪裾。舞裀全似朝霞散，十二金鸞面玉除。

每將兢慎保丕基，頻歲多男已應期。欲問榮昌在何事，春中禖燕滿彤闈。

象蹋冰盤四面凉，風摇槐影醮蓮塘。玉顔一枕遊仙夢，誰覺炎天畏日長。

日暖風和殿宇深，高花修竹囀閑禽。宫娥携手臨丹檻，喜看文鴛戲水心。

送臘自然時序應，頒春嘗與邇遐同。福隨新歲知陽德，慶協斯男誕禁中。

三十六宮春信早，鬱葱佳氣艷陽天。莫將舊事論新事，盡道今年勝去年。

朝來和氣已氤氳，碧瓦朱甍照眼新。永晝更添蓮漏水，晴曦容與蕊宮春。

池面冰開漾緑波，枝頭花朵蹙紅羅。東風信有芳菲意，應爲今年樂事多。

蓬萊宮殿五雲低，廣内樓臺草色齊。憂在進賢忘寤寐，曉妝長是未鳴鷄。

梅心透粉傍瓊梳，柳眼回青裊玉除。雨露不偏金穴貴，六宮春曉念《關雎》。

日上觚棱氣鬱葱，露華猶冷玉芙蓉。錦幃綉幕風光暖，瓊葉珠花影漸重。

黄頭進酒鬥醇濃，問有均頒不啓封。向晚聞呼裝尚醞，雙瓶環繞小金龍。

化成金碧拱雕楹，四序開筵率有程。安福殿階連綉帟，内人常按鼓簫聲。

螺鈿珠璣寶合裝，琉璃甕裹建芽香。兔毫連盞烹雲液，能解紅顔入醉鄉。

元夕風光屬太平，燭龍銜耀照嚴城。鼇峰屹立通明觀，絳炬宵輝上下明。

酒入金鍾灩灩平，暗偷全在夾盤盛。宮嬪捧勸知分別，相顧潛聞笑語聲。

唐畫名工品格殊，搜求争進入皇居。金題玉躞分倫類，區別妍媸細字書。

翰林文府擇良工，心畫諸家一一通。《無逸》《孝經》書座右，邇英到徹畫屏風。

新樣梳妝巧畫眉，窄衣纖體最相宜。一時趨向多情逸，小閣幽窗静弈棋。

藻幄春深夜不寒，蘭缸耿耿照幈巒。太平絲管通宵按，祥瑞封章隱几看。

寒食風光淑景時，宮娥裝束鬥珠璣。呼盧盡日隨朋侶，將掩嚴闈始欲歸。

晝漏聲催篆縷殘，碧墀幽寂晝堂寬。九嬪相習敦詩訓，爭把《關雎》諷味看。

玉關馳走捷章來，鄯廓洮湟萬里開。閶闔通衢人意樂，爭看宣撫凱歌回。

春日循常擊土牛，香泥分去競珍收。三農以此占豐瘠，應是宮娥暗有求。

鼎殿崇修大器安，因時嚴享至誠殫。零零甘露符昌福，金玉沾濡拭不乾。

機杼年來入禁垣，素絲初織未成端。遍呼御府令均玩，方識農家力最難。

錦幈誰染楚峰青，依約唯無澗水聲。麗質閑觀攲縷枕，高堂雲杳夢難成。

曉色輕陰四幕低，如膏小雨密霏霏。傳宣儀仗通廊立，唯恐沾濡近御衣。

慶成宮宇亘修梁，偉頌聲文出玉堂。近日屢經親述作，懽然中分仰宸章。

麻紙初新詔墨乾，金蓮未剪燭花殘。珠簾不隔霜華月，應比人間分外寒。

太皇生日最尊嚴，獻壽宮中未五更。天子捧觴仍再拜，寶慈侍立到天明。

平明彩仗幸琳宮，紫府仙童下九重。整頓瓏璁時駐馬，畫工暗地貌真容。

對御分排紫錦班，内家新樣挽雲鬟。中官宣試霓裳舞，紅袖翩翻飛燕般。

弱柳飄飄意甚顛，無端牽住小花鈿。樓中阿監遥相覷，應繪□圖拱御前。

夏日龍池小宴開，輕綃霧縠試新裁。酒闌齊逐采蓮去，隔浦鴛鴦個個猜。

金題玉蹕燦星光，御劄紛紛雜紫黄。宣索女官三十六，就中誰是校書郎。《全宋詩》卷一四九一—一四九三，册26，第17043—17061頁

宫詞四首

李　郱

緑樹鶯啼春夢覺，樓外鷄人唱清曉。深紅淺白競東風，爲憐滿眼枝枝好。
舞袖何年絡臂韝，蛛絲網斷玉搔頭。羊車一去空餘竹，紈扇相看不到秋。
鮫綃泪滴鴛鴦冷，月上欄杆照孤影。躑躅開花過粉墻，轆轤汲水敲金井。
妾意長如鳳管寒，君恩不學縷衣寬。漢家公主歌黄鵠，猶有琵琶馬上彈。《全宋詩》卷一六四六，册29，第18435頁

同前四首

吴百生

妙選昭陽進，羞花妒六宫。行階蓮落地，隨御柳含風。按舞天光近，徵歌燭影紅。夜深金殿合，環珮月明中。

阿嬌金屋閉，群玉奉龍轝。夜色明光酒，春風長信裾。傳宣嚴仗合，應侍冶容虛。笑簇嫣然地，名花總不如。

鈞樂雲中動，鑾輿天上行。百花齊醉日，孤月獨明更。玉漏頻催酒，金爐細結甍。春秋有常幸，日日調清平。

中使貿明催，珠宮寶扇回。髻雲雙鳳擁，歌雪百花堆。競立微殊寵，群趨望獨魁。壽陽春夜額，貼盡一庭梅。《全宋詩》卷一八六九，册33，第20906頁

同前三十三首

曹勛

鬱葱佳氣轉春風，五色雲低駐玉龍。紫府清都天不遠，翹鵶渾在翠微中。

南山迎座曉雲開，閶闔風遲絶點埃。受職百神知有象，會稽春色過江來。

護聖軍容簇仗齊，雲屯甲馬耀春曦。行知蹴踏胡塵静，十萬吞江午飲時。

平治逆虜拯吾民，都督親行號令新。仍詔克戎恩寵異，牙牌御劄賜功臣。

聽政勤勞撫萬方，暫留行殿駐錢塘。已將輪對規行事，更向龍床閲諫章。

法書點畫久非真，上聖傳真妙入神。鳳翥龍盤時降出，二王應望屬車塵。

今年臘日近春繁，帝意深憂氣未暄。益恐吾民有饑凍，太倉連發賑元元。

山迴江回地少塵，方州桃李不成春，要知駐蹕非閒暇，看取君王蘇遠民。自注：蘇遠民，御製詩中語。

蘭亭久已昧精粗，睿藻傳模字一如。莫更堅珉求定本，且瞻奎畫看臨書。

元正不賀自清衷，睿札頻頒念兩宮。天相吉音來自北，便知孝悌與天通。

女裳緣飾麗青紅，俗競浮華廢百工。聖意與民敦儉素，盡除金翠復淳風。

潮隨春漲雪千尋，南越山藏暗浪深。欲識錢塘兩回汛，便如萬國奉君心。

滔天逆黨作兵端，坐致酋渠詔意寬。咸與惟新皆赤子，釋囚盡復漢衣冠。

中興仁澤浹華夷，則百斯男自可知。例詔高禖祭春社，掖庭應已夢熊羆。

拱北星辰静守心，暫清警蹕鳳凰深。蕭條梅柳春如許，可復風烟比上林。

連年逆虜斷侵凌，聖運當天日正升。頂相如山知美讖，紹隆火德即中興。

澤國春非上苑同，近郊花木漫青紅。今知聖化敦風俗，不許移根入禁中。

寬恤從來只陸沉，丁寧今始慰人心。聖情更欲民孚信，親御雲章下詔音。

射殿從容御六鈞，飛星白羽駭臣鄰。莫驚壓盡天山箭，自昔羌胡畏聖神。

溥綏聖澤浙江湄，風轉行宮赤羽旗。責己但書農本詔，乘春豈有宴遊詩。

嗣歲龐恩浹九垓，熙熙人物詠春臺。行知大業同文軌，今見蕭曹佐漢來。
東風拂拂到行朝，剪綵膺時下絳霄。不但劍歌隨騎曲，行須儀鳳舞雲韶。
務農春詔將臣宣，欲翳禾麻變有年。聖意且耕仍且戰，稍令諸道作屯田。
升陽宮裏雪初消，便覺春風裊柳條。新醖嘈嘈瀉輕碧，盡分和氣浹狐貂。
碧甲紅芽物象新，天聲震耀仰堯仁。只應露布來非晚，移蹕中原爛漫春。
三年不廢策儒宗，清問圖回自九重。不特賜書榮進士，聖君政本道中庸。
六宮上直試羅衣，未聽鞭聲等駕時。且趁曉閑臨御札，官家常是下朝遲。
天德同符立極恩，紹興億載撫維坤。今年頒曆更名賜，大定中區號統元。
江淮控制接荆蠻，銷患無形仗衛閑。藹藹東風符帝利，新春先到鳳凰山。
聖德隆昌紀紹興，稍馴逆虜會清明。須知不待黄河報，自有天威靖太平。
湖山風月鎖葱葱，渙號春回萬國同。因使吴人沾聖澤，一齊翻入棹歌中。
上聖憂勞昔未聞，看花豈復御佳辰。內人聞道頻相語，不見秋千已幾春。
天開黄道日華明，細細南薰下太清。宮殿雲扶龍虎氣，樓臺風轉管弦聲。

《全宋詩》卷一八九三，冊33，第21166—21168頁

同前

王予可

水曲朱門漪漾漫，一簾花雨月波寒。金閨背襯鴛鴦冷，春困鞦韆立畫干。《全宋詩》卷二〇四六，册 37，第 22991 頁

同前

陸　游

秋露蕭蕭洗秋月，夢斷陳宫白銀闕。臨春結綺底處所，回首已成狐兔穴。《全宋詩》卷二二三八，册 41，第 25720 頁

同前二首

徐　照

睡眼蒙茸帶宿醒，起來階下探春晴。滿身花露聽鶯久，禁鼓重新打六更。

懶臨妝架索朱綿，上得高臺失寶鈿。内屋深屏多畫杏，有誰獨喜畫雙蓮。《全宋詩》卷二六七二，

册50,第31400頁

同前

楊皇后

瑞日曈曨散曉紅,乾元萬國珮丁東。紫宸北使班纔退,百辟同趨德壽宫。
元宵時雨賞宫梅,恭請光堯壽聖來。醉裏君王扶上輦,鑾輿半仗點燈回。
柳枝挾雨握新緑,桃蕊含風破小紅。天上春光偏得早,嵯峨宫殿五雲中。
春風淡淡水淙淙,携伴尋芳過小杠。惱殺野塘閑送目,鴛鴦無數各雙雙。
溶溶太液碧波翻,雲外樓臺日月閑。春到漢宫三十六,爲分和氣到人間。
曉窗生白已鶯啼,啼在宫花第幾枝。烟斷獸爐香未絶,曲房朱户夢回時。
剪剪輕風二月天,柳絲飄颺倍堪憐。静憑雕檻渾無事,細數穿花燕影偏。
一簾小雨怯春寒,禁御深沉白晝閑。滿地落花紅不掃,黄鸝枝上語綿蠻。
上林花木正芳菲,内裏争傳御製詞。春賦新翻入宫調,美人群唱捧瑶卮。
海棠花裏奏琵琶,沉碧池邊醉九霞。禁御融融春日静,五雲深護帝王家。
後院深沉景物幽,奇花名竹弄春柔。翠華經歲無遊幸,多少亭臺廢不修。

天申聖節禮非常，躬率群臣上壽觴。天子捧盤仍再拜，侍中宣達近龍床。

水殿鈎簾四面風，荷花簇錦照人紅。吾皇一曲薰弦罷，萬俗泠泠解愠中。

繞堤翠柳忘憂草，夾岸紅葵安石榴。御水一溝清徹底，晚涼時泛小龍舟。

薰風宫殿日長時，静運天機一局棋。國手人人饒處着，須知聖算出新奇。

宫殿鈎簾看水晶，時當三伏熾炎蒸。翰林學士知誰直，今日傳宣與賜冰。

雲影低涵柏子池，秋聲輕度萬年枝。要知玉宇涼多少，正在觀書乙夜時。

瑣窗宫漏滴銅壺，午夢驚回落井梧。風遞樂聲來玉宇，日移花影上金鋪。

銀燭瑶觥競上元，娟娟西月正當軒。棚頭忽唤歌新曲，宛轉餘音出紫垣。

迎春燕子尾纖纖，拂柳穿花掠翠檐。聞道蕊官三十六，美人争爲卷珠簾。原注：此三首今刻無名氏。

落絮濛濛立夏天，樓前槐樹影初圓。傳聞紫殿深深處，别有薰風入舜弦。

紫禁仙輿詰旦來，旌旗遥倚望春臺。不知庭霰今朝下，疑是林花昨夜開。

涼生水殿樂聲遊，釣得金鱗上御鈎。聖德至仁元不殺，指揮皆放小池頭。

涼秋結束鬥炎新，宣入毬場尚未明。一朵紅雲黄蓋底，千官下馬起居聲。

秋高風動角弓鳴，臂健常嫌斗力輕。玉陛纔傳看御箭，中心雙中謝恩聲。

思賢夢寢過商宗，右武崇儒帝道隆。總覽權綱求治理，群臣臧否疏屏風。

用人論理見宸衷，賞罰刑威合至公。天下監司二千石，姓名都在御屏中。

家傳筆法學光堯，聖草真行説兩朝。天縱自然成一體，謾夸虎步與龍跳。

泛索坤寧日一羊，自從正位控辭章。好生躬儉超千古，風化宮嬪只淡妝。

蘭徑香銷玉輦踪，梨花不肯負春風。綠窗深鎖無人見，自碾朱砂養守宮。原注：或刻顧濟。

缺月流光入綺疏，金壺傳箭夢回初。秦臺彩鳳無消息，桂影空閒十二除。

輦路青苔雨後深，銅魚雙鑰晝沉沉。詞臣還有相如在，不得當時買賦金。原注：或刻甘立。

擊鞠由來豈作嬉，不忘鞍馬是神機。牽繮絶尾施新巧，背打星毬一點飛。

黄鳥驚眠曙色開，慵梳鬟髻意徘徊。君王早御延英殿，頻唤宮人上直來。

宮槐映日翠陰濃，薄暑應難到九重。節近賜衣争試巧，彩絲新樣起盤龍。

角黍冰盤餖飣裝，酒闌昌歜泛瑶觴。近臣夸賜金書扇，御侍争傳佩帶香。

忽地君王喜氣濃，秋千高挂百花叢。阿誰能逞翻飛態，便得稱雄女隊中。

新翻歌譜甚能奇，宣索蕊官入管吹。按拍未諧争共笑，含羞無語自凝思。

一朵榴花插鬢鴉，君王長得笑時夸。内家衫子新番出，淺色新裁艾虎紗。

夭桃稚柳恣春妍，鎮日呼群嬉水邊。忽地上棚宣進入，祗承未慣怕争前。

簾幙深深四面垂，清和天氣漏聲遲。宮中閣裏催繅繭，要趁親蠶作五絲。
歲歲蠶忙麥熟時，密令中使視郊圻。歸來奏罷天顔悦，喜阜吾民鼓玉徽。
内園昨夜報花開，中外喧傳玉輦來。遥望紅妝撩亂處，人人争獻萬年杯。
阿姊携儂近紫薇，蕊官承寵鬥芳菲。綉幃獨自裁新錦，怕見花間雙蝶飛。
好花開遍玉欄杆，挈伴拖橈淺水灘。但笑紅霞映池面，不知嬌面早先丹。
小小宫娥近水居，雕楣綉額映清渠。忽然携伴憑低檻，好是雙蓮出水初。
日日尋春不見春，弓鞋踏破小除芸。棚頭宣入紅妝隊，春在金樽已十分。
海棠移向小窗栽，高疊盆山合復開。將見紅葩鬥新艷，君王應爲探花來。
遥夜焚香禮□□，桂花叢裏展文茵。長空月浸星河影，鸂鶒驚寒頻唤人。
小樣龍盤集翠毬，金羈緩控五花騮。綉旗高處鈞天奏，御棒先過第一籌。《全宋詩》卷二七七九，冊53，第32889—32892頁

同前一百首

岳珂

詩序曰：「宫詞自唐以來有之。如王建，則世托近幸；花蕊，則身處宫闈。故其所述，

皆耳聞目見。後之效其體者，徒想像而言，未必近似，反流於褻俚者多矣。珂幼好其詞，嘗擬采其音律以肆于毫簡。竊謂苟匪止乎禮義，有以寓諷諫、美形容，均爲無益。而困於公㝵，有志未遂。比因棠湖綸釣之暇，適猶子規從軍自汴歸，誦言宫殿、鍾簴儼然猶在。慨想東都盛際，文物典章之偉觀，聖君賢臣之懿範，瞭然在目。輒用其體，成一百首，以示《黍離》宗周之未忘。其間事核文詳，監今陳古，固有不待美刺而足以具文見意者。輶軒下采，或者轉而上徹乙夜之觀，庶幾有補於萬一云。」按，《樂府詩集》無此題，然詩序曰「輶軒下采，或者轉而上徹乙夜之觀，庶幾有補於萬一云」，有望朝廷采納之意，當屬新樂府辭，故予收録，置張耒同題詩後。

五色雲烟覆帝城，御溝流水接金明。曉來珂繖沙堤鬧，萬歲聲中賀太平。
一朵祥雲捧赭袍，九天春色醉仙桃。教坊度曲聲嗺酒，折檻雙瞻舞袖高。
天街御膳寫臣封，隨例朝朝進六宫。後苑日高催泛索，茶床擎出綉雲龍。
五夜鐘聲上直時，焚香重熨早朝衣。裹頭殿直催排立，等候君王出木圍。
雉扇雙分識聖顔，紫宸上閤正催班。退朝花底紛歸騎，春在金門萬柳間。
内省催班立御廊，紫宸朝退侍君王。尚宫直筆呈章奏，一縷金猊繞殿香。

黎明新火下龍墀，御柳青烟冷食時。别殿焚香催賜宴，傳宣教進謝恩詩。

端辰帖子縷黄金，詞苑題來禁籞深。共道萬方欣解愠，南風已奏舜鳴琴。

太液沉雲冷寢菰，宫簾卷月挂珊瑚。插天樓殿凉如洗，好是承平七夕圖。

銀罌翠筦恰冬時，近臘金門賜口脂。無數槐籠擎積雪，日華漸上萬年枝。

上黨王師未凱旋，鸞旗黄鉞正行邊。紅塵一騎傳天使，爲送宫中則劇錢。

六師夜撤廣陵圍，積甲蕪城一樣齊。淮海衹今清徹底，更留京觀築鯨鯢。

夜深雪壓内門前，一榻還驚四壁天。上相傳觴妻擁炭，歸來鼾息頓安眠。

闕門雙鳳鑄黄金，柳色宫溝轉緑陰。闢盡四門繩樣直，萬方同見一人心。

驥騄雙馳挽六鈞，一枝花蕊委紅塵。相輝樓下空排馬，徒見寧王奉太真。

奎躔五緯驗連珠，瑞紀人文啓聖符。一札鐵衣天下誦，千山黑處起金烏。

駕前校獵起封狐，御箭親彎金僕姑。萬騎嵩呼開電笑，吾皇神武古今無。

轔轔車馬送降酋，紗帽重瞳伏御樓。三度金門聽露布，今晨又見下升州。

雒壇爟火夜升烟，鹵簿如雲綉色鮮。萬姓歡呼還感泣，此生重遇太平年。

尚方絶製别精鏐，寶帶親傳鎮庫收。二十八條真紫磨，人間那識紫雲樓。

并汾簞食望親征，儒館詩歌繼有聲。黄纖登臺城夜啓，參旗不展泰階平。

侍宴群儒立絳都，太清樓下望金輿。御前棗刻親摹寫，手賜新鐫古法書。

燕臺膽落夏臺臣，萬國衣冠拱帝宸。更把文風兼教雨，一時浄洗舊邊塵。

十里金明貫寶津，鴨頭新緑水粼粼。玉卮齊獻堯階壽，柳色花光一樣春。

金門内使走天街，當殿親收宰相才。一榜盡除州別駕，謝恩未了杏園開。

升龍門内屋千楹，玉宇金題映紫庭。卷帙異書三十萬，至今光彩勁奎星。

龍鸞騫舞寫宸章，秘閣交輝白玉堂。格是帝中稱第一，不交合作羨鍾王。

金根載耜赴齋宫，曉日東郊望六龍。肯爲三推便回輦，直須終畝勸耕農。

乾元朵殿立黄麾，淳化新行入閤儀。鳴佩聲摇珠網近，夔龍先集鳳凰池。

近僚三館集簪緌，後苑千花簇水涯。御網紅絲躍金鯉，龍韜更待釣璜師。

綉旗城上展黄龍，萬歲歡傳萬壘同。霹靂一聲妖彗殞，捷書清曙入行宫。

五原塞上款呼韓，春草新迷拜將壇。從此車書三萬里，邊臣日日奏平安。

屬車望幸隘東方，珠帢金吾夾道旁。却笑甿黎驚鹵簿，只知官是緑衣郎。

紫金泥檢看東封，邊燧沉烟歲屢豐。一曲步虚傳御製，緑章初奏玉清宫。

龍鱗鸞路祀汾脽，玉檢重開焕上儀。莫詫漢家躬武節，祇今千里亘旌旗。

注輦衣冠聽九臚，周家王會看新圖。儀鸞扇筤瞻朝退，掃得金蓮撒殿珠。

宮簾匝地晝陰移，紅拂金壺殿脚隨。玉鳳墜釵心暗卜，聖情有喜近臣知。

内家傳奏走金貂，不待君王退早朝。親見雲開天一笑，袖將犀果賜臣僚。

外庭公事近金稀，琅鈕金跗試墨池。清景殿前春晝永，百篇書事寫新詩。

東華銀榜麗卿雲，資善新開列近臣。昨夜清臺占上瑞，樂章已奏月重輪。

昭陽殿裏兩枝春，萼萼曾承雨露恩。自是百王無聖斷，氈車雙出内東門。

天章閣下午陰移，十事封章奏玉墀。帝賚一夔兼一卨，爲時扶立太平基。

清曉鳴鞭下禁除，迎陽紅日耀金鋪。輔臣賜坐宣儒館，同閱觀文鑒古圖。

塞垣戰罷五單于，北驛吹塵捧國書。欲識天聲震夷貊，契丹新進九龍車。

旄頭闟戟奉皮軒，禽獻三驅禮意存。未向長楊搏熊虎，先看萬騎獵楊村。

玉階授鉞借前籌，上相提兵破貝州。騎火照山催召馹，紫宸殿上啓金甌。

把麻宣讀趁朝參，百辟争傳兩相銜。便覺太平元有象，肯教夢卜羨商巖。

狄家天使夜行邊，穆卜親占百字錢。五嶺共看蕃落馬，便將時雨洗蠻烟。

治定功成第四朝，八音純繹度英韶。儀凰舞獸今千載，還見安安似帝堯。

合宫復古肇精禋，心學重開聖制新。廣殿邃嚴金作榜，自將明德逆三神。

玉輦三朝奉至尊，并開朱邸傍金門。緑車日日朝慈壽，親見含飴慶弄孫。

轔轔翟輅八鑾鳴，佐餕瑶池奉玉觥。一事百王元未有，聖人仍是聖人甥。

後元富庶冠西京，萬國謳歌仰聖明。恭儉斷知元不改，太平天子法周成。

氈厦鴻儒彯侍纓，百年豐芑燕承平。上方親述先朝志，黄纖清晨下邇英。

仙源瓜瓞慶綿綿，玉葉金枝億萬年。天意睦親流聖澤，已增宫院講書員。

新渠瀰瀰漾波深，千里桑麻藹碧陰。喜動天顔古循吏，催教增秩賜黄金。

聖心如鏡静蟬蜎，欲仗元龜監已然。通志一編新進御，漢宫五夜剪金蓮。

天都萬騎集生羌，大順城頭赤白囊。一鏃狂酋驚褫魄，夜來弧矢直天狼。

治平嘉祐闡重光，熉幄龍鱗綉黼張。聖德共知天與子，觚壇爟火拜新陽。

道山雲氣隔塵埃，制詔中書選茂才。藜照何須煩太一，要觀數世育臺萊。

先傳陜右定天都，西域新來汗血駒。舊府折衝三十六，盡依銅虎鑄兵符。

池上繁紅沁曙霞，喧天簫吹教坊家。龍舟近晚傳回輦，催進姚黄一朵花。

露布銀臺聽捷鈴，把呈御藥屬頭廳。早朝見説天顔喜，新復河西十二城。

丁丁爆漏滴金壺，璧筦龍煤薦玉蜍。燈火闌珊歌舞散，睿思殿裏答邊書。

真珠鞍轡蹙雙龍，西母頒來慶壽宫。聞道先朝開國日，降王曾服尚方工。

曲臺稱制會群儒，郊廟休疑聚訟殊。却笑執經俟臨决，枉教白虎議西都。

鴉山凌曉度先鋒，泣穴鼯鼪已滅蹤。天子聖明知萬里，歸徠州下拆泥封。

萬里燕雲慮正深，赭袍衿甲被黄金。思文聖主師文母，猶待瑶池禀玉音。

令僕初開政事廳，内前車馬沸升平。翠華先幸尚書省，讀遍周官四摺屏。

樂府仙韶奏九成，披香别殿瑞烟凝。紫雲不待傳新曲，春在瑶臺第一層。

宰相初除司馬家，正衙昨日聽宣麻。京都百萬人歡喜，争築新堤十里沙。

寶慈殿裏百花香，慈德宫前春晝長。紅繖龍輿尊聖瑞，三宫同捧萬年觴。

綉裳畫衮地垂雲，風動槐龍舞玉宸。鈴索不摇鍾漏永，驪珠滿袖寵詞臣。

鬼章夜縛下洮城，祝册先朝永裕陵。二聖止戈元有指，未教狡穴盡秋鷹。

貂冠駘背侍龍顔，前殿師臣第一班。坐使皇基增九鼎，得賢應許繼南山。

洛京韞櫝起儒珍，進講忠規德日新。禁苑金絲舞垂柳，萬方已被發生仁。

鳳儀魚躍更龍拏，傳寶猶矜趙璧瑕。一夜神光照東井，天教景命屬天家。

宫樣新裝錦襭鮮，都人争服孟家蟬。天心誰識開真瑞，待見中興第十傳。

今年下詔復河湟，峽路王師出省章。已報龍支新拓境，更開屬國處降羌。

未央樓殿倚天開，東北偏高是月臺。馳道都人渾慣識，星毬争指大家來。

壽星頻見大河清，宫殿金芝産九莖。樂府詞臣初應制，敕催院使按新聲。

瑞雲擎出捧珠龍，十二時堂建合宮。禮樂頒常同正朔，要令聲教混華戎。
午夜紅光照禁中，貢金鑄鼎效神工。群臣稱瑞頻騰奏，又見祥雲鶴舞空。
大晟新頒雅樂名，鈞天九奏雜英莖。君王元是身爲度，何待龍門聽水聲。
翠麓連綿氣屬天，岧嶢艮嶽繞芝田。瑞禽可是曾迎駕，萬歲山頭識静鞭。
神霄九府絢雲霞，寶籙仙衣御絳紗。擲火流鈴傳帝蹕，蕊珠殿裏降菁華。
□宮壁柱帶金缸，複道横虹結綺窗。半道牙牌奏人辦，御舟纔過□□□。
宣曲長楊御宿邊，期門齪立内門前。主人不解占星象，猶識紅條白玉拳。
殿前舞罷聽傳宣，新學霓裳小絳仙。取賜合同教請寶，御書新樣鑄金錢。
鰲山彩綈聳仙峰，萬盞華燈寶籙宮。金字大書雙鳳闕，宣和衆樂與民同。
追成栗玉□□冠，綱綴紅絲七寶襴。□□宮前看進輦，天旋地□□□歡。
折檻朱雲諫未休，一封曾斬佞臣頭。猶憐不及先朝議，遺恨山河繞雍州。
圜場望幸絶長楊，汴水塵高御柳黄。萬姓争傳天子聖，新來有旨罷鷹坊。
黄門紫詔下蒿萊，一札風雷衆正開。四海傾心比葵藿，黄金已報築燕臺。
三更内省奏邊機，閤子門頭等御批。坐待報籌呼絳幘，上陽曉色已多時。
詔旨今年法祖宗，御前無復舊斜封。震雷驚落奸邪膽，見説崇山放四凶。

群才錯落彙征初，猶是仁皇四世儲。履坦幽人已逢吉，更無學術自荆舒。
金花詔紙夜封芹，首録先朝社稷臣。貫日精忠格天業，狂胡勿謂漢無人。
金城十仞據陽池，三鎮高肩死不隨。自是天恩浹肌髓，不關左衽限戎夷。
鬱葱佳氣藹南都，共識强華赤伏符。地紀已占江渡馬，天心定見屋流烏。《全宋詩》卷二九七三，册56，第35402頁

卷一五四　宋新樂府辭二三

宫詞

陳　昉

桂影婆娑玉殿凉，風傳花漏夜聲長。内人亦有思仙者，月下吹簫引鳳皇。《全宋詩》卷三〇二〇，册57，第35980頁

同前四首

劉克莊

出海新蟾玉半鈎，風翻荷蕩起棲鷗。女郎定有穿針約，偷看明河記立秋。

凉殿吹笙露滿天，木犀花發月初圓。君王少御珊瑚枕，多就宫人玉臂眠。

一夜秋風入碧梧，蟬聲永巷月華孤。幾回夢裏羊車過，又是銀床轉轆轤。

先帝宫人總道妝，遥瞻陵柏泪成行。舊恩恰似薔薇水，滴在羅衣到死香。《全宋詩》卷三〇三三，册58，第36147頁

同前二首

許棐

臥聽羊車輥夜雷，知從誰處燕酣回。蟾光也解君王意，隔個簾櫳不入來。

同入宮來幾許人，因何遣妾護長門。雲鬟半脱香腮瘦，却愛菱花鏡子昏。《全宋詩》卷三〇八九，册59，第36847頁

同前

胡仲弓

漢宫春色傍黄昏，曾謁金門奉至尊。月上海棠人寂寂，焚香百拜感皇恩。

垂楊枝上喜遷鶯，梅子黄時雨乍晴。幾陳薰風穿玉殿，真珠簾内有歡聲。

錫宴山亭車馬回，三千宫女醉蓬萊。繞池游唱逍遥樂，自折紅蓮一朵來。

深夜遊宫玉漏遲，侵晨鶯囀上林時。無端蝶戀花心動，揺落東風第一枝。

夜合花開笑語聲，敢將薄幸訴衷情。祝君聖壽千秋歲，妾願年年引駕行。

美人戚氏出椒房，金縷衣成八寶裝。夜静綺羅香度處，瑶臺月下滿庭芳。

瑶花飛處憶瑶姬，一日傾杯十二時。青玉案前呵凍手，推窗自塑雪獅兒。
通宵銀燭影摇紅，坐對孤鸞伴守宫。空有婦人嬌態在，眼兒薄媚怨春風。
桂枝香裏立多時，忽晃傳言玉女來。報道太清歌未徹，何妨愛月夜眠遲。
一自長門芳草生，六宫怕見柳梢青。玉樓春盡君王懶，大小《梁州》不忍聽。《全宋詩》卷三三三五，册63，第39807頁

同前

林　洪

金殿當頭紫閣重，仙人掌上玉芙蓉。太平天子朝元日，五色雲車駕六龍。《全宋詩》卷三三九四，册64，第40392頁

同前

陳允平

三十六宫春漏長，隔簾時送御樓香。倚籠盡日教鸚鵡，爲我君前説斷腸。《全宋詩》卷三五一六，册67，第41992頁

同前

葛起耕

銀漏疏風透玉屏，碧梧枝上雨三更。依稀似寫華清恨，雲冷香銷夢不成。《全宋詩》卷三五二二，册 67，第 42059 頁

同前

楊公遠

燕語鶯啼日正長，六宫桃李鬧春光。妾身雖未承恩澤，却喜君恩澤萬方。《全宋詩》卷三五二三，册 67，第 42065 頁

同前十首

張樞

詩末引宋周密《浩然齋雅談》曰：「張樞踐歘朱華，爲宣詞令、閤門簿書，詳知朝儀典故。其姑縉雲夫人，承恩穆陵，因得出入九禁，備見一時宫中燕幸之事。嘗賦宫詞七十首，

盡載當時盛際，非其他想像而爲者。今摭其十於此。」

堯殿融春大宴開，山呼纔了樂聲催。侍臣宣勸君恩重，宰相親王對舉杯。

觀堂鐘響待催班，步入朱廊十二間。宣坐賜茶開講席，花磚咫尺對天顔。

月籠梅影夜深時，白玉排簫索獨吹。傳得官家暗宣賜，黄金約臂翠花枝。

翠枝斜插滴金花，特髻低蟠貼水荷。應奉人多宣唤少，海棠花下看飛梭。

笙歌散後歸深院，花柳陰中過曲廊。静掩金鋪三十六，黄昏處處爇衙香。

燦錦堂西過夕陽，水風吹起芰荷香。内監催掃池邊地，準備官家納晚凉。

晚凉開院近中秋，香染金風倚桂樓。花月新篇初唱徹，内人傳旨索歌頭。自注：穆陵製《花月篇》。

銀篝乍艶參差竹，玉軸新調尺合弦。奏罷六幺花十八，水晶簾底賜金錢。

回廊隔樹簾簾卷，曲水穿橋路路通。禁漏滴斜花外日，御香薫暖柳邊風。

紫閣深嚴邃殿西，書林飛白揭宸奎。黄封繳進升平奏，直筆夫人看内批。《全宋詩》卷三五二五，册 67，第 42132—42133 頁

同前八首

周密

十仞雕墻千步廊，宫槐簇簇柳行行。落花已被春分付，紫禁門深又夕陽。

寂寂長門白日長，容華銷盡不成妝。深深下却鮫綃帳，怕引楊花入綉床。

舜殿薰風拂五弦，午陰斜轉御廊前。幾多長養生成意，盡入吾皇解愠篇。

蓊蓊輕寒入夾衣，夜深不語倚金扉。珠簾半下疏疏雨，聽得笙歌小殿歸。

沈沈禁漏蠟花殘，侍宴歸時午夜闌。新燕乍來人獨睡，夜夜風雨作新寒。

宫梅千樹照瑶池，香玉浮春泛寶卮。喜聽梨園新口號，後宫今日命昭儀。

排當初開喜雪筵，近臣表賀玉墀前。君王最念三邊冷，賞賜全支内庫錢。

雁霜寒透水晶簾，燭短香殘不喜添。忍負玉樓今夜月，寶箏閑理十三弦。《全宋詩》卷三五五九，册67，第42535頁

同前

吴龍翰

舞罷霓裳寶髻垂，桃花扇底暖風吹。夜深内殿重開宴，手撚燈花畫翠眉。《全宋詩》卷三五八七，册68，第42878頁

同前

王　鎡

一處承恩宴舞衣，六宫甲帳冷珠璣。夜深聽得笙歌響，知是君王步輦歸。《全宋詩》卷三六〇九，册68，第43221頁

同前

黄　庚

按，《全元詩》册一九亦收黄庚此詩，元代卷不復録。

聞説君王御宴回，宫人留鑰内門開。琵琶撥盡黄昏月，不見花間鳳輦來。《全宋詩》卷三六三八，册69，第43606頁

同前

宋无

按，《全元詩》册一九亦收宋无此詩，元代卷不復録。清顧嗣立《元詩選》亦録，題作《宫詞二首》。其一詩後有小注曰：「宋思陵時，有菊夫人善歌舞，爲仙韶院第一，既而稱疾告歸。一日，宫中曲舞不稱旨，提舉官奏曰『此非菊部頭不可。』於是宣唤再入。」①

月照芙蓉水殿秋，仙韶一曲奏《凉州》。高皇尚愛梨園舞，宣索當年菊部頭。

條脱金寒翠袖冰，羊車夢裏轆轤聲。薰爐宿得沈香火，暖却春纖暖玉笙。《全宋詩》卷三七二三，册71，第44773頁

① [清] 顧嗣立編《元詩選》初集，中華書局，1987年版，第1287頁。

同前

林龍遠

桃李六宫寂，君王幸石渠。臨鸞悔梳洗，女色不如書。《全宋詩》卷三七四九，册72，第45215頁

集句宫詞

李清照

按，此皆爲殘句。

猶將歌扇向人遮。
水晶山枕象牙床。
彩雲易散月長虧。
幾多深恨斷人腸。
羅衣消盡恁時香。
閒愁也似月明多。

直送凄凉到畫屏。《全宋詩》卷一六〇二，册 28，第 18008 頁

和御製宮詞

許安仁

輕寒惨惨透衾羅，玉箭銅壺漏水多。常是未明供御服，夢回頻問夜如何。《全宋詩》卷一二八三，册 22，第 14517 頁

宮詞補遺

武衍

梨花風動玉闌香，春色沈沈鎖建章。唯有落紅官不禁，儘教飛舞出宮墻。

牡丹春籞正穠華，有旨今年不賞花。剪落金盤三百朵，内批分賜近臣家。《全宋詩》卷三二六八，册 62，第 38965 頁

古宫詞十首

劉克莊

未聞求故劍，别有獻明璫。妾意憨如昔，君心苦不常。自注：《洛神賦》：獻江南之明璫。

猶將金買賦，萬一帝回心。妒亦常情爾，長門譴太深。

無人漏言語，紅葉是良媒。溝水通宫苑，泠泠去復回。

不論妾心赤，惟看妾臂紅。年年花鳥使，選色進深宫。自注：唐人詩云：中擗庭前棗，教郎見赤心。

君王不終惠，留妾在空臺。繐帳渾如舊，何曾奏伎來。

如何熊犯蹕，僅有一昭儀。玉輦臨前殿，方陳角觝嬉。

簫聲猶裊裊，舞袖忽凄凄。何必關山遠，凉風在殿西。

方喜人懷裏，安知棄篋中。君恩如紈扇，惟恐值秋風。

不如文惠妾，垂泪記前朝。八代更相禪，休文北面蕭。

安知時態薄，偏妒入宫人。妾性尤柔順，相看滿面春。《全宋詩》卷三〇七五，册58，第36689—36690頁

漢宮詞

司馬光

苜蓿花猶短，昌蒲葉未齊。更衣過柏谷，走馬宿棠梨。逆旅聊懷璽，田間共鬥鷄。猶思飲雲露，高舉出虹蜺。《全宋詩》卷五〇二，册 9，第 6081 頁

同前

周紫芝

按，周紫芝《太倉稊米集》置此詩於「樂府」類。

漢宫五月多南風，宫槐覆砌花陰濃。彤庭破曉瑞霧薄，寶檻茙葵迎日紅。池面鷄頭青蹙衄，菖蒲有花池水緑。殿閣風清白日長，五絲結彩獻君王。漢皇年來新受籙，自篆天書辟邪毒。六宫此日多歡娱，就中何人恩寵殊。黄金釵横絳囊小，争帶君王親寫符。《全宋詩》卷一四九七，册 26，第 17092 頁

同前三首

曹勛

按，曹勛《松隱集》置此詩于「古樂府」類。

夜漏沉沉度建章，千門萬户鎖深房。入宫不識君王面，猶被傍人妒曉妝。

鳷鵲樓高百尺墻，墻高元不礙笙簧。君王對面如天遠，可笑梅娘不自量。

費盡千金寫玉容，冀承恩幸寵深宫。妾心未改君心改，不及夭桃媚曉風。《全宋詩》卷一八八〇，册33，第21061頁

擬漢宫詞三首

陳師道

葉葉霜林著意紅，翩翩行騎語墻東。黄金擬買《長門賦》，未信君恩屬畫工。

月與秋期特地圓，花隨人意作春妍。却因姊弟争珠鳳，更欲君王意外憐。

帳底吹烟香自薰，鏡前含笑意生春。經年不道君恩薄，却是恩深更誤人。《全宋詩》卷一一一四，

冊 19，第 12648 頁

吴宫詞

張　嵲

新妝間花光，口脂雜蕊氣。相對兩生春，停杯自成醉。高歌白苧舞西施，半夜雨來宫錦移。明日重來歌舞地，宫水浮花繞宫樹。《全宋詩》卷一八四〇，冊 32，第 20487 頁

楚宫詞三首

曹　勛

按，曹勛《松隱集》置此詩于「古樂府」類。

憶昔君王初選時，侍兒邀寵學蛾眉。而今棄置同衰草，不及章臺楊柳枝。

坐待鷄鳴報早朝，那知别殿困笙簫。妾身恨不爲鸚鵡，猶恃君王顧盼驕。

庭下茸茸碧草齊，不知桃李竞芳菲。自從侍妾承恩後，忘着迎春金縷衣。《全宋詩》卷一八八〇，冊 33，第 21061 頁

唐宫詞補遺

宋　无

按，《全元詩》册一九亦收宋无此詩，元代卷不復録。

海内升平服四夷，遠邦貢物盡珍奇。近頒手詔俱停罷，獨許南方進荔枝。
罷朝輕輦駐花邊，催唤黄門住静鞭。三十六宫人笑語，上前争索洗兒錢。
昭陽仙仗五雲中，遥聽笙簫起碧空。夜半月明人望幸，君王自在廣寒宫。
宫娥隨駕蜀山回，春日還從内苑來。聞道上皇憂寢食，御前休報海棠開。《全宋詩》卷三七二三，册71，第44771頁

夔州永安宫詞

項安世

許昌門外驅霆靂，玉筯驚抛夜無迹。五花驕馬雲作蹄，飛渡檀溪人未識。大隄八月陰風起，葉落花黄心欲死。山枯石裂見蒼龍，三十六鱗纔赴水。逢逢搥鼓上瞿塘，老瞞落筆三川忙。

蓬萊一夜兩鼇死，血殷海水天無光。自注：謂關、張也。金戈鐵馬宫前道，龍旗未卷君王老。當時玉座醉春桃，今日銅駝泣秋草。從來兩髀雕鞍側，不爲兒曹謍玉食。生將一死答將軍，死用一生酬相國。喬家小郎名賞音，玉房花貌空沉吟。自注：公瑾欲以宫室子女留之于吴。吴娃解掩夫差面，難繫劉郎一寸心。《全宋詩》卷二三七〇，册 44，第 27230—27231 頁

行宫詞

釋元肇

一片紅雲擁不開，天津橋上久徘徊。當時未了中興業，應待君王法駕來。《全宋詩》卷三〇九二，册 59，第 36929 頁

卷一五五　宋新樂府辭二四

四時宫詞各一首

許棐

因見落花心覺悟，薄羅襟上泪痕乾。容顔縱似花枝好，能得君王幾門看。
碧玉凉梳落枕邊，懶梳雙鬢學新蟬。恩情不及班姬扇，縱是炎天亦棄捐。
凉夜誰同玉簟眠，湘皮冷浸一枝蓮。君王不學中秋月，處處分身處處圓。
雪壓長門消未盡，夜衾堆盡舊宫羅。鴛鴦瓦下垂冰箸，未抵思君玉箸多。《全宋詩》卷三〇八九，册59，第36848頁

同前

方一夔

按，《全元詩》册一四亦收此詩，作方夔詩，元代卷不復録。

陽和不解遍深宫，黯黯春愁佇立中。歲給買花藏笥篋，夕香拜月散簾櫳。鏤金巧勝匀如剪，縐縠中單薄似空。一曲紫簫吹徹後，薔薇幾度老春風。

披香簾卷幾斜暉，别殿承恩似覺稀。風蔭影摇陰欲轉，露蟬聲徹暑猶微。肉痕淺印丹砂血，手迹新裁白紵衣。例賜扇紈長棄却，雙雙羞看彩鸞飛。

七夕閑登乞巧樓，屬車隱隱認宸遊。幾行宫樹女墻月，一闋庭花御苑秋。戲展花箋圖蛺蝶，强拈彩線候牽牛。轆轤聲斷屏山冷，一夜寒蛩替説愁。

手撚梅花暗斷魂，十年柘館未承恩。曾催奏曲臨妝閣，暫出行香到寢園。月照金鋪關永夜，雪浮銀礫耿黄昏。并州剪就釵梁燕，又逐年華作上元。《全宋詩》卷三五三六，册67，第42288頁

效宫詞體上文太師十絶

范純仁

三紀中書更有誰，致君堯舜似皋夔。頻年力請方歸第，天子臨軒册太師。

太師還政異尋常，前殿鋪張册禮忙。入對誰知年八十，身輕拜舞謝吾皇。

吾皇重喜見儀形，對御排場結彩棚。纔見罷時先賜宴，御前親勸一金觥。

上前一飲釂金觥，侍宴群公喜且驚。吕尚鬻熊今復見，神仙不必在蓬瀛。

蓬瀛聞説有仙居，甲第園林想亦如。繞圃琅玕抽翠竹，平流瑟瑟走清渠。

清渠瀉水灌東田，十頃方塘不種蓮。白鳥往來明鏡裏，畫船安穩坐青天。

天上雖傳周伯星，應期爲瑞有常經。未如全享康寧福，訪水尋山到處行。

行樂心清日日添，詩豪酒健獨能兼。從容對客忘威重，自是天真不是謙。

謙虚久已得民心。三尹西都惠愛深。一自安車朝闕去，萬人側耳聽歸音。

歸日天恩賜畫船，傾城士女盡迎觀。園家連夜驚鈎籠，爲趁明朝獻牡丹。《全宋詩》卷六二四，册11，第7445—7446頁

效宫詞體

戴昺

楊柳萬絲堆怨緒，丁香百結鎖愁腸。小桃先得東皇寵，莫妒東風過海棠。《全宋詩》卷三〇九八，册59，第36989頁

旱謡

張　耒

按，《樂府詩集》無此題，然《張耒集》置之于「古樂府歌辭」類，故予收録。

七月不雨井水渾，孤城烈日風揚塵。楚天萬里無纖雲，旱氣塞空日晝昏。土龍蜥蜴竟無神，田中水車聲相聞。努力踏車莫厭勤，但憂水勢傷禾根。道傍執送者何人，稻塍争水殺厥鄰。五湖七澤水不貧，正賴老龍一屈伸。《全宋詩》卷一一五六，册20，第13044頁

貽潘邠老有序

張　耒

詩序曰：「予居柯山西，潘邠老居東。九月十一日往過之，逕蔬圃，坐修誠堂竹間。歸飲於黿蟬之間，殊有佳興，作雜言貽之。」按，《樂府詩集》無此題，然《張耒集》置之于「古樂府歌辭」類，故予收録。

有屋可以讀書，有竹可以忘憂。采庭之菊香有餘，烹園之蔬甘且柔。賢哉二子，又復何求。鬼不爾責，人不爾仇。沽酒可飲，江魚可羞。又安用列鼎食珍、佩印封侯？我居柯西，相隔一里，可以杖履朝往而夕遊。必未厭我乞醯與借馬，但只恐勤君赤脚與露頭。不然將吾顔子簞食瓢飲屢空之樂，又欲翻董生清明玉杯繁露之春秋。《全宋詩》卷一一五六，册 20，第 13045 頁

醉中雜言　張耒

按，《樂府詩集》無此題，然《張耒集》置之于「古樂府歌辭」類，故予收録。

老人攀花復藉草，春力着人如醉倒。未容作計試留春，東風已與人俱老。東君惜春不惜花，千紅萬紫委泥沙。已教白日張錦綉，更欲平地興雲霞。我欲呼客無酒肉，摘花插頭悲髪禿。安得釀酒萬甕屠千羊，花間醉飽踏春陽。《全宋詩》卷一一五六，册 20，第 13045 頁

惠别

張耒

按，《樂府詩集》無此題，然《張耒集》置之于「古樂府歌辭」類，故予收録。

洞簫奏兮瑶瑟御，日不足兮繼以夜。吾寧獨此湛樂兮，嘉予美之宜修。披浮雲出明月兮，揮衆星不與謀。既成言以命予兮，顧永予之光明。豈獨謂不然兮，托東風以惠聲。嗟言獨何容易兮，有傾身者鬼神。中懷著而必見兮，卷蘭舌而交信。予雖不執子明燭兮，光輝其舍予。兩相審者不媒兮，予既獲子於鼻息。舒子聲以歌兮，鳳凰將聞而振羽。結子佩而起舞兮，星斗視子而上下。獨翩翩其不可留兮，君之居可知而不可得。春水涣涣兮，予獨飲君河之曲。烏鳴群飛兮，其下芳草。柳舒舒其可攬結兮，桃李始就其膏沐。行者懷兮别者思，酌君酒兮壽君以不衰。撫君舟之悠然兮，將浩渺以浮航。三江震澤兮，舟師告憊而一息。引日星之煌煌兮，吾獨望子於南極。想子其下兮，鼓聖濤而鞭蛟龍。使宓妃不敢巧笑兮，皇英斂衽而來從。南風之來兮，入予裾悦余心。獨條暢而清婉兮，曰是爲故人之風。《全宋詩》卷一一五七，册20，第13046頁

愬魃并序

張耒

詩序曰："壽安夏旱，麥且死，民憂之，無所不禱。雲既興，輒有大風擊去之。間而雨塵，不辨人物，類有物爲之者。張子考於《詩》，以爲旱之神曰魃。意者魃爲之乎？作《愬魃詞》。"按，《樂府詩集》無此題，然《張耒集》置之于"古樂府歌辭"類，故予收録。

帝治下土兮遠於民，撫御萬方兮周無垠。物類億千兮莽蓁蓁，出入日月兮運星辰。廣必有容兮潛奸昏，不上愬兮帝曷聞。歲庚申兮斗建巳，句逾十兮雨不施。秀者燋兮實者悴，麥莽莽兮不出塊。舊穀既没兮待新以食，奪其所望兮民憂以惑。舍耒而兵兮奪攘剽賊，急不知慮兮求生頃刻。民幸帝兮詔雲師，氣朝升兮斂陽暉。孰鼓風兮震川嶽，上者揚兮旁者剥。雲雖仁兮不得施，野童童兮草木摧。孰揚塵兮蔽朝日，紛霏霏兮冒萬物。昏迷蒙兮浩恍惚，瞭者瞀兮失南北。瘞根莖兮腐葩實，世慘錯兮澤蓬焞。霍霍然兮侵萬室，飄雨塵兮以旦以夕。民曰誰爲兮尸是有物，其名曰魃兮旱是司。惡潤忌澤兮盜陽威，淫視槁木兮疾華滋，憎飽妒飫兮幸民饑。亢不伏兮風以助之，慘懷柔茂兮塵埃是吹。來炎火兮爛煒煌，馭回禄兮驂畢方。朱旂旐兮絳帷裳，坦無畏兮樂洋洋。朋疫癘兮友疾殃，徒甚劇兮党甚強。慢帝威兮分害戕，竊祠禱兮傲軀攘。民賴帝仁兮以衣以食，上帝孔昭兮愬無禍責。幸帝震怒兮降魃罪疾，無俾在世兮幽沉深溺。雷伐鼓兮電揚旂，雨卷壑兮雲張帷。泛游澤兮湛甘滋，充槁瘠兮奮枯萎。禾黍茂兮蔬果肥，歲既登兮民飽嬉。康帝民兮恩甚思，幽斯魃兮有無期。《全宋詩》卷一一五七，册20，第13047頁

叙雨有序

張耒

詩序曰："福昌之民，有禱旱於西山者，取山之泉一勺祠之，不數日而雨。邑民言旱歲取水以祠輒應，且其取之者，非特福昌也。張子神之，作歌以揚之。"按，《樂府詩集》無此題，然《張耒集》置之于"古樂府歌辭"類，故予收録。

西山之泉兮洌以清，淳注萬古兮無虧盈。應龍蟠守兮謹防扃，有神司之兮帥群靈。神君曷處兮山之穹，雲郛霧闕兮都邃宫。騰駕逸景兮馭清風，上友仙聖兮佑帝躬。惟今之旱兮非神曷愬，家無餘糧兮麥不庇雨。土飄塵揚兮迷行錯步，魃威孔張兮熾莫予禦。挹水一勺兮薦羔豚，曷求於水兮神實憑。土有蔬兮林有實，芼馨香兮葅芳鬱。神我饗兮臨我堂，酌芝醑兮御椒漿。

巫甚衹兮時甚良，哀我疾兮降我祥。神君仁兮念下民，撫民災兮號帝閽。帝念神君兮詔雨官，叱馭六龍兮奮互飛。鶱掣飛電兮鼓雷震，俾霈爾澤兮正無限。山靈川怪兮更騰奔，角毛羽鬣兮爛鱗鱗。前幢後旆兮玄雙輪，椎轟喧呵兮翻乾坤。神龍九鬣兮雜蛟鯤，瞠眼飛涎兮翻鱷鼉。伏潛羲和兮止星辰，一洒萬里兮傾河津。妖風失威兮斂以奔，魃濡厥裳兮伏以蹲。槁蘇焦澤兮息惔焚，優渥潤沃兮無涯垠。菽蕣詵詵兮奮裳紳，秋種既即兮農則勤。既足而止兮披霧昏，朝陽清明兮斂遊塵。功成不居兮駕歸雲，空山寥寥兮夜無聞。靈泉幽幽兮湛奫淪，竭誠莫報兮仁哉君。《全宋詩》卷一一五七，册 20，第 13048 頁

按，《樂府詩集》無此題，然《張耒集》置之于「古樂府歌辭」類，故予收録。

友山

張　耒

張子官於福昌，塊然獨居，無與爲友。賓客不至，遺朋失舊。經時閉門，終日鉗口。出無與游，居無與就。誰同我食，誰酌我酒。歸守妻孥，出對厮走。駕言出遊，田童野叟。氣否莫交，情包不剖。塞聰蔽明，盤足袖手。披書閲簡，眩目疲肘。厭然成痼，不可針灸。於是張子，滌慮

除煩。披庭掃堂，枕手而眠。恍若有遇，有神降焉。曰我實哀汝，獨無友朋。我有教告，子乎我聽。凡世之人，百愚一賢。古昔所嘆，非獨今然。得賢與朋，善固無儷。賢不可得，將愚與比。友賢實難，幸然後值。不幸友愚，與無孰利。諂笑傾辟，韜情晦實。測心獻計，因隙投策。口是腹非，面歌背泣。友若此者，實繁孔多。曷若不見，目清耳和。我復告子，真友之實。爾遵我言，友胡有竭。人物雖殊，可友同焉。賜爾以友，其名曰山。居汝左右，在汝北焉。端不汝去，澹兮絶言。春麗夏繁，秋疏冬瘦。霞霧融明，風馳雨驟。孤楫横奔，牢屯巧鏤。傲岸軒昂，清華潤秀。對食臨眠，排堂入牖。效技汝前，雖勞不疚。山有佳泉，多灌爾囿。歷石懸空，泠泠清漱。如聞妙音，濯煩浴垢。不猶愈乎卑議庸讀，過耳增瀸，入心善煩者乎？山有修竹，汝園是植。静麗明鮮，端虚正直。如彼正人，揚言發色。微風散碧，宵月鏤白。不猶愈乎市兒塵顏，敧眉鼓吻，佞笑浮言，工爲媚悦，善佞曲拳者乎？山有喬木，聳立而峙。端無媚姿，若對正士。障雨蔽暍，千人所芘。微飆披拂，吹奏竽籟。不猶愈乎蠕蠕鼠輩，女黠兒嬌，奴趨妾拜者乎？山有好鳥，清喉麗羽。引嘯長鳴，群呼迭語。夜管風弦，哀簧怨柱。不猶愈乎巷歌里舞，促縮跳梁，顛妖淫污，父子不施，棄禮忘數者乎？如前實繁，言胡可殫。汝與之樂，右攀左援。曷爲孑孑，瘠寐嗟嘆。張子再拜，受言永懷。解累亡憂，心通志開。高山巖巖，流水潺潺。竹茂木翹，鳥鳴琅然。如前夷齊，而後閔顔。吾何爲乎，浩然其間。《全宋詩》卷一一五七，册20，第13048頁

種菊有序

張　耒

詩序曰：「張子病，目眩而視昏，醫有勸食菊者，春夏食葉，秋冬食花。張子以爲菊華於草木變衰之際，而又功足以禦疾，類有德君子。因求而植諸庭焉。」按，《樂府詩集》無此題，然《張耒集》置之于「古樂府歌辭」類，故予收録。

何馨香之芬敷兮，昌緑葉而紫莖。是其名爲菊兮，爰植予之中庭。性清平而不躁兮，味甘爽而充烹。當秋露之慘凄兮，舒煌煌之華英。色正而麗兮，氣芬以清。純静秀潔兮，族茂群榮。采食以時兮，天和以寧。穎輕竅達兮，瞳子清明。散敗流濁兮，風宣滯行。仙聖所餌兮，屏除臭腥。久嗜不廢兮，將延爾齡。嗟予生兮，蹇薄煩冥。憂饑畏寒兮，微禄以生。終曷歸兮，山林是營。膏粱鼎食兮，方丈縱横。炙熊之蹯兮，龍醢羊羹。彼得有命兮，吾奚爾榮。惟兹佳菊兮，野實以生。采擷咀食兮，薦俎盈登。求之孔易兮，世焉莫争。我有久疾兮，壅塞煩昏。支節堅痹兮，氣閼於元。憊不能支兮，外壅中乾。疥癬得志兮，蟯蛔伏蟠。餐華秋冬兮，食葉春夏。集新易故兮，爾功是假。寧康我軀兮，骨節堅良。産和剔戾兮，其樂洋洋。反華於玄兮，易瘦以强。

忘生絶俗兮，深潛遠藏。驂駕雲霧兮，呼吸太陽。招友彭咸兮，御風以翔。吁嗟此菊兮，吾於爾望。《全宋詩》卷一一五七，册20，第13049頁

逐蛇 有序

張耒

詩序曰："福昌官居，北負山爲堂。有大蛇穴堂北，時下飲堂南水中。人皆以爲神，見者不敢逐，或禱祠焉。張子曰：『是吾居也，蛇安得而處之？且蛇爾，安有所謂神者？』作此逐之。"按，《樂府詩集》無此題，然《張耒集》置之于"古樂府歌辭"類，故予收録。

嗟堯之時兮大水滂，横潰四海兮包陵岡。蕩流涌汩兮周無防，龍騰蛇奔兮嬉以狂。腥鱗頑鬣兮更披猖，城居穴處兮亂厥常。頳蟲糾結兮肆害戕，陸盤淵據兮傲不臧。朋屯黨集兮蕃以昌，穿穴噬嚙兮民盡傷。下民既病兮帝弗康，黄熊幽殛兮羽山陽。乃命伯禹兮行四方，乘高趨卑兮陵復航。鑿山疏源兮導河江，萬水下走兮來洋洋。經畫九野兮興農桑，驅龍放蛇兮屏諸荒。焚山燎野兮無遺芒，野巢窟居兮保厥疆。敢有弗率兮斷爾吭，伯益作志兮稽妖祥。帝虞耄勤兮黜予商，天授神禹兮夏是王。九牧作貢兮金鑑鍠，大冶鼓鑄兮騰精鋩。巖巖九鼎峙且剛，

奇形詭質兮走與翔。鱗毛羽倮兮雜短長，求情抉態兮幽微彰。制馭百怪兮嚴紀綱，獸蟲人鬼兮安其鄉。殊宮別域兮異存亡，曷爲兹蛇兮宅我居。妖頑堅老兮傲驅除，深潛居此兮坦無虞。下飲我沼兮稍林株，朱眸丹舌兮玄鱗膚。恍惚遽速兮疑有無，居者畏避兮行者徐。險奪我圃兮駭我徒，盗竊祭禱兮欺群愚。我咨爾蛇兮潛山而穴野，陰蟠遠伏兮與人乎異舍。冬居夏游兮時以行，食爾之食兮朋爾朋。僭亂我居兮常失經，叛棄爾守兮帝有刑。胡昏與頑兮居以寧，自爲不寧兮邀割烹。荒戾天理兮悖聖程，我宥爾愆兮逐爾行，亟舍故處兮遐以征。南山之幽兮雲霧冥，草木薈蔚兮嶮不平。爾徒實繁兮食惟爾盈，捕取不至兮居無與争。汝生孔遂兮壽綿爾齡，物違其常兮禍之所集。豐狐晝游兮冬裘以白，黿厭淵處兮吉凶是卜。虎不畏人兮皮包戈戟，矜險恃孽兮其終鮮克。我言孔昭兮語汝以理，日吉時良兮汝遄以逝。《全宋詩》卷一一五七，册20，第13050頁

登高

張耒

按，《樂府詩集》無此題，然《張耒集》置之于「古樂府歌辭」類，故予收録。

懷不展兮居無聊，默誶語兮浩長謡。寫我心兮登彼高，陟萬仞兮捫九霄。命清風兮披浮雲，瞰四荒兮視天垠。大海蕩潏兮潛龍鯤，吐吞日月兮制明昏。醖釀元氣兮函星辰，羽載四海兮芥浮坤。四嶽列峙兮嵩中蹲，牽連脈絡兮子復孫。草蔓木布兮升降如朋，障南蔽北兮東散西分。如掌列塊兮盤羅豆樽，黄流中貫兮發源崑崙。東騖大海兮縈如繚紳，南方炎炎兮火之所宅。朱鳥屹峙兮丹膺絳翮，騫飛以翔兮煇煌爛赫。從擁萬羽兮紛羅羽翼，煌煌尊嚴兮有斗在北。升降玉都兮運量帝側，呼吸陰陽兮秉持禍福。真仙逍遥兮澹不可挹，西有王母兮戴勝穴居，壽歷萬古兮忘終泯初。超遼恍惚兮獨與道俱，驂友日月兮群靈走趨。既又左而東顧兮觀大明之始生，震沸九淵兮麗天升精。披攘群陰兮重幽昭明，有神司馭兮朱裳絳纓。呼造物以致問兮吾將考乎太初，彼天地其孰始兮日與月其代除。四荒漫其何極兮人胡爲而中居，火何爲而南宅兮水孰使其在北。安知東之主生兮西配刑而主殺，斗建寅而氣分兮疇爲四時之消息。世徒知其已然兮遂推類而立説，彼厥初其誰造兮孰布施而殊别。抑其不得不然兮或者私智之所設，將忽然而自爾兮遂已成而不可絶。造物爲余究察兮曰此曷可以言陳而意悉，彼混沌之一氣兮吾不知誰合而爲一。忽洞達而兩分兮夫亦安知其誰闢，爰升清而降濁兮水赴陰而火陽。東升氣而敷生兮西或成而害戕，强名之曰自然兮曷足以究其必至。謂不得不然者愈疏兮尚安取於私智，莊周誕而妄推兮夏革愚而臆對。世號予曰造物兮予亦曷有所主尸，苟待予而後造兮彼造予者復誰。姑置之而勿校兮任萬物之自成，游小智於太初兮何異夏蟲之語冰。曠任之而勿疑兮萬里會而一平，夫何造物者開予兮神飄飄而不居。我將赴而遠遊兮招神聖以爲徒，騰九螭之奔輪兮追飛電而攬奔風。周萬里於一息兮堂西極而有九區，叩玉闕之九關兮覲上帝於絳都。酌瑶尊之芳酒兮招赤松而友彭祖，既錫我以難老兮黜嗜而襲靈虚。爰侑我以秘藥兮合千籥而吹萬竽。樂吾心之洋洋兮舒五體之與與。降復還於我室兮聊彌日而一娱。《全宋詩》卷一一五七，册20，第13051頁

哭下殤

張　耒

詩序曰：「下殤者何？吾兒也。兒生慧淑，父母有所戒，輒絶不爲。性仁，不傷物，處其曹恂恂也。年七歲，得驚疾，醫之不得其方而死。作此以哭之。」按，《樂府詩集》無此題，然《張耒集》置之于「古樂府歌辭」類，故予收録。

醫之不得其方耶？抑其命有短長耶？獨爾能使吾悲若此耶？抑爲父者皆愛其子耶？蒼顱夷額，秀眉清目，今其存亡，其猶有鬼也。使無物，則吾復何思。其尚有知也，則夫荒屋野寺，風

霜雨露，食息誰汝視也。《全宋詩》卷一一五七，册20，第13053頁

吹臺曲

周紫芝

按，《樂府詩集》無此題，然周紫芝《太倉稊米集》置之於「樂府」類，故予收録。又，《全宋詩》卷二八四二又收作趙師秀詩，題辭皆同，兹不復録。

天門玉鑰雙龍開，霓旌羽蓋天上來。管弦嘈雜入霄漢，美人侍燕黄金臺。羽觴行酒歡未足，燕姬成行列紅玉。梁王半醉起更衣，夜按玉簫親度曲。曲終舉袂俱争妍，拜舞樽前稱萬年。三山玉女朝群仙，當時弄玉飛上天，至今臺下草如烟。《全宋詩》卷一四九六，册26，第17082頁

越臺曲

周紫芝

按，《樂府詩集》無此題，然周紫芝《太倉稊米集》置之於「樂府」類，故予收録。《全宋詩》卷一一八八又作周邦彦詩，題辭皆同，兹不復録。

玉顔如花越王女，自小嬌癡不歌舞。嫁作江南國主妃，日日思歸泪如雨。江南江北梅子黄，潮頭夜漲秦淮江。江邊雨多地卑濕，旋築高臺勻曉妝。千艘命載越中土，喜見越人仍越語。人生脚踏鄉土難，無復歸心越中去。高臺何易傾，曲池亦復平。越姬一去向千載，不見此臺空有名。《全宋詩》卷一四九六，册26，第17082頁

卷一五六　宋新樂府辭二五

五雜組

孔平仲

按，《樂府詩集》無此題。宋鄭樵《通志二十略·樂略一》「雜曲六曲」有《五雜組曲》。周紫芝《太倉稊米集》置之於「樂府」類。宋人多有同題詩作，范成大《五雜組》詩序稱之爲「古樂府」，則《五雜組》當爲樂府舊題，宋人所作應爲新辭，當屬新樂府辭。宋人同題之作，均予收録。

五雜組，垂衣裳。往復來，就桀湯。不獲已，剪夏商。
五雜組，封社土。往復來，使遼虜。不獲已，拜陽虎。
五雜組，慶雲聚。往復來，東西渡。不獲已，再娶婦。
五雜組，花木春。往復來，江湖人。不獲已，議和親。
五雜組，錦綉段。往復來，隨陽雁。不獲已，猶仕宦。

五雜組，朝霞明。往復來，車馬行。不獲已，方用兵。《全宋詩》卷九三〇，册16，第10961頁

同前二首

陸　游

五雜組，山雉羽。往復還，江頭路。不得已，貴臣去。

五雜組，機上綺。往復還，冶遊子。不得已，富兒死。《全宋詩》卷二一八二，册39，第24849頁

同前

周紫芝

五雜俎，壟頭水。往復來，玉關騎。不得已，從士子。

五雜俎，雲際翮。往復來，長安陌。不得已，千里客。

五雜俎，夜茫茫。往復來，雁南翔。不得已，思故鄉。《全宋詩》卷一四九六，册26，第17083頁

同前四首并序

范成大

詩序曰：「古樂府有《五雜組》及《兩頭纖纖》，殆類酒令。孔平仲最愛作此以爲詩戲，亦效之。」

五雜組，同心結。往復來，當窗月。不得已，話離別。

五雜組，流蘇縷。往復來，臨行語。不得已，上馬去。

五雜組，回文機。往復來，錦梭飛。不得已，獨畫眉。

五雜組，彩絲針。往復來，鳥投林。不得已，夢孤衾。《全宋詩》卷二二五二，册41，第25844頁

同前

唐庚

五雜俎，水中魚。去復還，天上凫。不獲已，轅下駒。

五雜俎，名利地。去復還，塵埃轡。不獲已，貧而仕。《全宋詩》卷一三二三，册23，第15019頁

同前三首

戴表元

按，《全元詩》册一二亦收戴表元此詩，元代卷不復録。又，其三《全宋詩》失收，今據《全元詩》收録，仍置本卷。《全元詩》有題注曰：「此凡三章，刻本只載二章，脱末章，今補。」①

五雜俎，金花綾。往復來，官路程。不獲已，始歸耕。

五雜俎，斑斕衣。往復來，反哺兒。不獲已，爲人師。《全宋詩》卷三六四四，册69，第43709頁

五雜組，羅綉襦。往復來，駟馬車。不獲已，學著書。《全元詩》，册12，第225頁

① 《全元詩》，册12，第225頁。

再賦五雜組四首

范成大

五雜組，綬若若。往復來，大車鐸。不得已，去丘壑。
五雜組，侯門戟。往復來，道上檄。不得已，天涯客。
五雜組，漢旌旆。往復來，賓鴻字。不得已，餐氈使。
五雜組，非烟雲。往復來，朝馬塵。不得已，嬰龍鱗。《全宋詩》卷二二五二，册 41，第 25844 頁

荔枝香

周紫芝

按，《樂府詩集》無此題，宋鄭樵《通志二十略·樂略一》列入「唐七朝五十五曲」。周紫芝《太倉稊米集》置之於「樂府」類。唐袁郊《甘澤謡》載《荔枝香》乃貴妃生辰梨園小部所奏新曲，《新唐書·禮樂志》所載同。宋人蔡襄《梨園小部》詩序曰：「梨園法部更置小部音聲三十餘人，帝幸驪山，楊貴妃生日，命小部張樂長生殿，因奏新曲，未有名，會南方進荔枝，因名《荔枝香》。」詩曰：「傾宫晨起傳輕妝，山殿生風夏日長。小部新聲落天上，

無人知是荔枝香。」①程公許《涪州荔子園行和友人韻》詩末自注曰：「舊詩話以杜牧之『一騎紅塵』之詩，謂明皇以十月幸華清，荔枝熟時未嘗在驪山。然咸通中袁郊作《甘澤謡》載許雲封所得《荔枝香》笛曲云：天寶十四年六月一日，貴妃誕辰，駕幸驪山，命小部奏樂長生殿，求曲未有名，會南海獻荔枝，因名《荔枝香》。則知荔枝熟時嘗在驪山，小杜詩乃傳信也。」②《荔枝香》既爲唐宫廷演奏之新曲，其辭當屬新樂府辭無疑。宋沈作喆《寓簡》曰：「衡山南嶽祠宫舊多遺迹。徽宗政和間，新作燕樂，搜訪古曲遺聲，聞宫廟有唐時樂曲，自昔秘藏，詔使上之。得《黄帝鹽》《荔支香》二譜。《黄帝鹽》，本交趾來獻，其聲古樸，棄不用；而《荔支香》，音節韶美，遂入燕樂，施用此曲。蓋明皇爲太真妃生日，樂成，命梨園小部奏之長生殿。會南方進荔支，因以爲名者也。中原破後，此聲不復存矣。」③宋人又有《荔枝歌》《荔子歌》《荔支嘆》，或出於此，亦予收録。

①《全宋詩》卷三九一，册7，第4814頁。
②《全宋詩》卷二九八八，册57，第15538頁。
③［宋］沈作喆纂《寓簡》卷八，叢書集成初編，册296，中華書局，1985年版，第67—68頁。

千秋節當八月五，御樓捲簾看馬舞。黄衫玉帶分兩行，綉衣宫人擊雷鼓。梨園法曲凄且清，相傳猶是隋家聲。宜春北院蛾眉小，初按新聲未有名。侍女焚香跪瑶席，更看真妃作生日。恰值南方驛使來，旋采風枝露猶濕。當時盛事人争傳，荔枝香曲是新翻。宫中行樂事亦秘，此曲不許人間聞。馬嵬夢斷香塵息，滿山荔子無人摘。却歸西内冷如冰，一聽遺音泪空滴。《全宋詩》卷一四九六，册 26，第 17083 頁

荔枝歌

陳　襄

番禺地僻嵐烟鎖，萬樹纍纍産嘉果。漢宫墜落金莖露，秦城散起驪山火。炎炎六月朱明天，映日仙枝紅欲燃。自古清芬不能遏，留得嘉名爲椹仙。上皇西去楊妃死，蠻海迢迢千萬里。華清宫闕閴無人，南來不見紅塵起。至今榮植遍閩州，離離朱實繁星稠。一日爲君空變色，千里憑誰速置郵。可憐錦幄神仙侣，爲飲凝漿滌煩暑。綺筵不惜十千錢，酩酊秦樓桂花醑。秦樓女子綉羅裳，鳳簫嗚咽流宫商。醉歌一曲荔枝香，席上少年皆斷腸。《全宋詩》卷四一二，册 8，第 5074 頁

荔子歌

劉子翬

炎精孕秀多靈植。荔子佳名聞自昔。絳囊剖雪出雕盤，尋常百果無顔色。閩天六月雨初晴，星火熒煌曜川澤。欻如彩鳳戲翱翔，爛若彤雲堆翕赩。中郎裁品三十二，陳紫方紅冠流匹。鹽蒸蜜漬尚絶倫，啄鮮窄羡南飛翼。我聞二和全盛時，貢輸不減開元日。涪州距雍已雲遠，况此奔馳來海側。綉衣中使動輶車，黄紙封林遍阡陌。浮航走轍空四郡，妙品人間無復得。似聞供御只纖毫，往往盡入公侯宅。驪山廢苑孤兔静，艮岳新宫鼙鼓急。繁華今古共凄凉，繞樹行吟悲野客。西風刮地戰塵昏，一聽胡笳雙泪滴。《全宋詩》卷一九一三，册 34，第 21357—21358 頁

荔支嘆

蘇　軾

十里一置飛塵灰，五里一堠兵火催。顛阬僕谷相枕藉，知是荔支龍眼來。飛車跨山鶻横海，風枝露葉如新采。宫中美人一破顔，驚塵濺血流千載。永元荔支來交州，天寶歲貢取之涪。至今欲食林甫肉，無人舉觴酹伯游。自注：漢永元中交州進荔支龍眼，十里一置，五里一堠，奔騰死亡，罹猛獸毒蟲

之害者無數。唐羌字伯游，爲臨武長，上書言狀，和帝罷之。唐天寶中蓋取涪州荔支，自子午谷路進入。我願天公憐赤子，莫生尤物爲瘡痏。雨順風調百穀登，民不饑寒爲上瑞。君不見武夷溪邊粟粒芽，前丁後蔡相籠加。自注：大小龍茶始於丁晉公，而成於蔡君謨。歐陽永叔聞君謨進小龍團，驚嘆曰：「君謨士人也，何至作此事！」爭新買寵各出意，今年鬥品充官茶。自注：今年閩小監司乞進鬥茶，許之。吾君所乏豈此物，致養口體何陋耶。洛陽相君忠孝家，可憐亦進姚黄花。自注：洛陽貢花自錢惟演始。《全宋詩》卷八二二，册14，第9516頁

金銅歌并引

周紫芝

詩引曰：「漢武帝作金銅仙人以承露盤。魏明帝青龍間，詔以車西取。及臨載，仙人乃潸然泪下。唐詩人李長吉作歌以哀之，杜牧之爲賀作集序，獨於是詩有取焉。予因讀長吉詩，愛其奇古，然味牧之所謂其於騷人感刺怨懟之意無得而有焉。乃爲續賦，以系樂府之末。」按，《樂府詩集》無此題，然周紫芝《太倉稊米集》置之於「樂府」類，故予收録。宋人又有《金銅仙人辭漢歌》，亦予收録。

武皇開疆三萬里，滇池初穿柏梁起。更鑄仙人承露盤，萬歲千秋奉天子。當時謾説卯金刀，誰知更有當塗高。銅雀臺高阿瞞死，八方才人鬧如蟻。玉井綺欄心未厭，猶取金仙著前殿。金仙辭漢憶漢主，登車殷勤垂玉筯。獨捧金盤出故宫，回頭忍看咸陽樹。魏宫群臣眼親見，朝著魏冠暮歸晉。可憐長安肉食兒，不如頑銅猶有知。《全宋詩》卷一四九六，册26，第17084頁

金銅仙人辭漢歌

艾性夫

按，《全元詩》册一九亦收艾性夫此詩，元代卷不復録。

劍光瀝盡文成血，野鳥啼墮樓居月。茂陵玉碗土花青，不注天漿餐玉屑。金仙百尺寒亭亭，千人萬人挽不行。委身只識秋風客，肯與漢賊求長生。柏梁臺邊鬼摇扇，露盤驚破銅花片。孤瞠泣斷灞城秋，兩漢正無忠義傳。《全宋詩》卷三七〇一，册70，第44425頁

續金銅仙人辭漢歌

于石

題注曰：「魏明帝遣宫官西取長安漢武帝承露盤，置洛陽。仙人臨載，乃潸然泣下，俄而盤折，銅人重，遂不能致。唐李長吉賦《金銅仙人辭漢歌》，辭未能達意，因作後歌以廣之。」按，《全元詩》册一三亦收于石此詩，元代卷不復録。

漢皇鋭意求神仙，神仙之效何茫然。蓬萊弱水不可到，且立宫中承露盤。饑餐玉屑不堪飽，誰謂有方能却老。人生修短數在天，多慾未必能延年。秋風吹老茂陵樹，年年空滴金莖露。建章宫闕隨烟塵，塊然屹立惟銅人。宫官西來果何意，一朝辭漢將歸魏。吁嗟銅人如有知，口不能言惟泪垂。自從曹氏盗神器，父子相傳已三世。漢宫故物無一存，汝獨猶能感舊恩。凄然照影臨渭水，一折銅人扶不起。寧爲棄物委道傍，不忍漂泊離故鄉。迢迢東望洛城路，回首長安愁日暮。長安繁華非昔時，洛陽寥落誰復悲。漢魏興亡何日了，長見銅人卧秋草。《全宋詩》卷三六七六，册70，第44129頁

秋蘭詞

周紫芝

按，《樂府詩集》無此題，然周紫芝《太倉稊米集》置之於「樂府」類，故予收録。

藝蘭當九畹，蘭生香滿路。紉君身上衣，光明奪縑素。孤芳一衰歇，凋零濕秋露。佩服得君子，亦足慰遲暮。采摘良不辭，新枝忽成故。向來桃李場，紅顔照當户。紛紛自芳菲，榮枯復誰顧。《全宋詩》卷一四九六，册26，第17086頁

金錯刀

周紫芝

按，漢張衡《四愁詩》云：「美人贈我金錯刀，何以報之英瓊瑶。」①《樂府詩集・雜曲歌辭》有僧貫休《夜夜曲》云：「蟪蛄切切風騷騷，芙蓉噴香蟾蜍高。孤燈耿耿征婦勞，更深撲

① 逯欽立《先秦漢魏晉南北朝詩》漢詩卷六，中華書局，1983年版，第180頁。

落金錯刀。」①《金錯刀》蓋出於此。又，馮延巳《陽春集》有《金錯刀》，明胡震亨《唐音癸籤·樂通二》「唐曲」亦見録，題下小注曰：「一名《醉瑶瑟》。」②周紫芝《太倉稊米集》置此詩於「樂府」類，故予收録。宋人又有《金錯刀行》，當出於此，亦予收録。

美人臨曉鏡，睡足含春嬌。手持白玉尺，睥睨金錯刀。欲將雙彩鳳，對飛宫錦袍。誰知游冶郎，經年事遊遨。但知山上山，不説大刀頭。君看良家子，盡屬六郡豪。一朝著鎧甲，萬里隨炊刁。家人剪春衫，欲寄道里遥。緘封望絶塞，蓬首時自搔。蕩子會當歸，行人日儦儦。别去隔生死，不保夕與朝。寄言樓中婦，清泪且當收。猶勝作征衣，遠寄邊城秋。《全宋詩》卷一四九六，册26，第17086頁

① 《樂府詩集》卷七六，第807頁。
② 《唐音癸籤》卷一三，第144頁。

同前

畢仲游

傾囊倒篋皆珍怪，中有如刀兩大錢。不是美新能制作，爲憐今近一千年。《全宋詩》卷一〇四二，册18，第11940頁

金錯刀行

陸　游

黄金錯刀白玉裝，夜穿窗扉出光芒。丈夫五十功未立，提刀獨立顧八荒。京華結交盡奇士，意氣相期共生死。千年史策耻無名，一片丹心報天子。爾來從軍天漢濱，南山曉雪玉嶙峋。嗚呼楚雖三户能亡秦，豈有堂堂中國空無人。《全宋詩》卷二一五七，册39，第24337頁

同前

蘇　泂

黄金錯刀白玉環，蘚花古血寒斑斑。皇天生物有深意，入樹伐石無堅頑。丈夫意氣豈兒

女，事變虧成爭一縷。拔天動地風雨來，環響刀鳴夜飛去。世間萬事須乘時，古來失意多傷悲。嗚呼寶刀在手無能爲，不知去後鬱鬱令人思。《全宋詩》卷二八四四，册 54，第 33889 頁

隋渠行

周紫芝

按，《樂府詩集》無此題，然周紫芝《太倉稊米集》置之於「樂府」類，故予收録。

黄榆落盡河水冰，隋渠兩岸無人行。雪花漫天大如掌，北風吹馬南人驚。縣官藏冰避炎熱，健兒鑿冰手流血。安得身隨花石官，當路誰人敢呵喝。黄流千里凍徹底，舳艫相仍凍銜尾。天公便合回陽和，桃花水暖流春波。望春樓上天顔喜，齊聲爭唱《紇那歌》。《全宋詩》卷一四九六，册 26，第 17087 頁

五男父

周紫芝

按，《樂府詩集》無此題，然周紫芝《太倉稊米集》置之於「樂府」類，故予收録。

白頭垂垂五男父，一生辛勤立門户。五男炊白割紅鮮，阿翁采薪供五男。悲風慘慘寒日暮，翁入采山遭猛虎。猛虎磨牙卧道邊，五男持戟誰敢前。《全宋詩》卷一四九六，册26，第17088頁

魔軍行

周紫芝

按，《樂府詩集》無此題，然周紫芝《太倉稊米集》置之於「樂府」類，故予收録。

五嶺南來山最多，驅軍日涉千陂陀。山中食菜不食肉，十室九家俱事魔。縣官給錢捕魔鬼，八萬魔軍同日起。將軍新破强虜回，馬前班劍如流水。生斬妖精拔羽幢，傳首天庭藳街死。當時平田作戰場，至今遺骼無人藏。舊居雖在人不見，破屋蕭蕭圍短墻。《全宋詩》卷一四九六，册26，第17088頁

野婦行

周紫芝

按，《樂府詩集》無此題，然周紫芝《太倉稊米集》置之於「樂府」類，故予收録。

新安野婦雙鬢垂，紅膏塗靨深畫眉。青襜兩幅不掩骭，赤脚一雙深染泥。餉耕如賓有翁媪，頭戴銀冠相媚好。銀冠猶是嫁時妝，馬上不知人絶倒。長年相見無别離，竟死不識愁眉啼。紅顏暗逐春光老，暮櫛常隨落日低。秋娘一尺春風髻，下蔡陽城盡風靡。傾城可愛亦可憐，野婦誰知有西子。《全宋詩》卷一四九六，册26，第17088頁

輸粟行

周紫芝

按，《樂府詩集》無此題，然周紫芝《太倉稊米集》置之於「樂府」類，故予收録。

天寒村落家家忙，飯牛獲稻催滌場。燎薪炊黍呼婦子，夜半舂粟輸官倉。大兒擔囊小負橐，掃廩傾囷不須惡。縣胥里正不到門，了得官租舉家樂。去年有米不願餘，今年米白要如珠。路傍老人拍手笑，盡道官兵嫌米粗。良農養兵與胡競，胡騎不來自亡命。田家終歲負耕縻，十農養得一兵肥。一兵唱亂千兵隨，千家一炬無孑遺。莫養兵，養兵殺人人不知。《全宋詩》卷一四九六，册26，第17088頁

卷一五七　宋新樂府辭二六

寒食曲

周紫芝

按，《樂府詩集》無此題，然周紫芝《太倉稊米集》置之於「樂府」類，故予收録。

三月江南好春色，買酒家家作寒食。男呼女唤俱出遊，扶路醉歸歡樂極。街頭盡日無人行，多在山村少在城。踏歌賽願一時了，上冢歸來聞笑聲。豈料如今一百五，畫戟滿城椎戰鼓。子孫半作泉下人，薄酒不澆山上土。死者已往生者存，隨分歡娛各兒女。烹魚裹菜當盤飧，花作紅妝鳥歌舞。君不見江南江北多戰場，去年白骨無人藏。《全宋詩》卷一四九六，册26，第17089頁

同前

周文璞

今年寒食好天色，遊人踏青行不極。尋山不憚千里遠，往往啼號濕松柏。一杯纔酹墳上

土，祇就墳前便歌舞。故鄉自有懊惱聲，插腰羊皮小番鼓。吁嗟悲歡一餉間，但恨死人不能語。君不見北客紛紛俱落南，先冢盡被胡塵漫。影堂逢節具飲食，魂魄夜行溪谷山。《全宋詩》卷二八三四，册 54，第 33744 頁

木芙蓉歌

周紫芝

按，《樂府詩集》無此題，然周紫芝《太倉稊米集》置之於「樂府」類，故予收録。

吴江十月霜華淺，秋空無雲霜日暖。芭蕉樹暗簾幕垂，木芙蓉開紅婉婉。銀床露重梧葉飛，金錢掃地秋蘭萎。無人自對秋風笑，黄菊葵花不同調。慢緑妖紅解醉人，徐娘未老秋娘少。少年時節歡樂多，紅蓮影落秋江波。若耶女兒白如玉，夜半采蓮聞棹歌。驚風吹浪鴛鴦起，回頭日月飛梭裏。對花不飲今蹉跎，泪濕秋風當奈何。《全宋詩》卷一四九六，册 26，第 17089 頁

雍門行

周紫芝

按，《樂府詩集》無此題，然周紫芝《太倉稊米集》置之於「樂府」類，故予收録。

憶昔長安晝閉門，胡兵四面如雲屯。嗣皇明聖日月出，盡劃宿蠹清妖氛。黄門急詔忽夜下，驛騎四出争馳奔。明朝都人看傳首，賀客縱横各持酒。利劍空膏六貴人，富貴回頭信何有。一身成粉骨成塵，當時近前丞相嗔。高臺曲池已荆棘，援琴誰作雍門吟。自注：六貴人謂蔡攸等。

《全宋詩》卷一四九六，册26，第17089頁

艨艟行

周紫芝

按，《樂府詩集》無此題，然周紫芝《太倉稊米集》置之於「樂府」類，故予收録。

漢作樓船三百尺，江南父老何曾識。船頭擊鼓轉紅旗，船尾踏車人不知。君王英略似漢

武，要挽江心射蛟弩。天戈指日殄匈奴，先遣偏舟下江浦。三年血滿秋江紅，洞庭摇落悲秋風。漫山栅水作城寨，逆氣不腥河伯宫。驚濤卷地噴飛雪，艨艟一出千艘空。將軍自駕木城去，莫嘆龍驤作阿童。《全宋詩》卷一四九七，册26，第17090頁

五谿道中見群牛蔽野問之容州來感其道里之遠乃作短歌以補樂府之闕

周紫芝

按，《樂府詩集》無此題，然周紫芝《太倉稊米集》置之於「樂府」類，故予收録。

淮田一廢不復秋，五夫扶犁當一牛。番兵大入郡不守，青稟未熟官來收。狐狸晝嘯荆棘裏，此事最貽廊廟憂。羽檄徵牛牛蔽野，問言萬里來容州。容州價賤苦易得，四蹄纔堪一劍易。來時草青今草黄，道路既遠多死傷。沙場草淺食不飽，夕陽時見烏銜創。江北江南幾阡陌，幾牛能滿千家倉。願言田父各努力，會見西風禾黍長。將軍官大馬亦壯，肯使胡兒窺漢疆。《全宋詩》卷一四九七，册26，第17090頁

黥奴行

范瓊　周紫芝

按，《樂府詩集》無此題，然周紫芝《太倉稊米集》置之於「樂府」類，故予收録。

山西驍將真黥奴，兩斛笑彎金僕姑。偶然浮雲變蒼狗，身騎高馬稱金吾。胡兵倉黄忽南渡，地黑天昏兩龍去。賊臣僭僞誰適從，將軍一呵百官懼。仗劍前驅趣翠華，路人辟易空回顧。至今願返河陽狩，荆棘艱難窘天步。未懸北闕新頭顱，猶帶安西舊都護。前年縱兵肥水頭，横尸千里行人愁。帳前騎士勇如虎，帳下嬌娥雙臉羞。槀街流血天忽怒，小兒跳樑健兒舞。寄語盧龍與范陽，中書相公今尚父，慎勿更如奴跋扈。《全宋詩》卷一四九七，册26，第17090頁

秣陵行

宇文粹中　周紫芝

詩末自注曰：「此詩末章歸美李綱」。按，《樂府詩集》無此題，然周紫芝《太倉稊米集》置之於「樂府」類，故予收録。

秣陵城門夜不開，城頭椎鼓鳴春雷。緋衣擎火燎民屋，萬井一炬飛紅埃。道傍横尸人不識，血流但見秦淮赤。府中官吏一百人，盡取姓名書罪籍。元戎被執不得歸，賊坐黄堂縱呵斥。明朝傳檄下九州，九州牧伯不敢收。可笑官軍櫜羽箭，環視走卒攖城樓。將軍樓船下巫峽，膽落雙旌俱卷甲。日梟五十三頭顱，一戰何曾短兵接。今年新起故將軍，灞陵醉尉勿浪嗔。文致太平武定亂，非渠誰復清風塵。《全宋詩》卷一四九七，册26，第17091頁

射鹿行

周紫芝

按，《樂府詩集》無此題，然周紫芝《太倉稊米集》置之於「樂府」類，故予收録。

白羽紅旌繞山麓，争向山南射奔鹿。獵夫舉網常苦辛，誰寢其皮食其肉。腹中着子初成斑，梅花碎點真珠圓。雙桃壓髻玉簪短，去作誰家頭上冠。貴家金多逐時好，尚蹙蛾眉嫌不早。一皮可直三萬錢，競作苞苴當珍寶。大者有茸胎有紋，舉無遺族如何冤。玉纓瓊弁者誰子，始作此俑知非賢。徐本注：楚子玉爲瓊弁玉纓，以鹿子皮爲之，此冠是也。見僖公二十八年。《全宋詩》卷一四九七，册26，第17091頁

督耨詞

周紫芝

按，《樂府詩集》無此題，然周紫芝《太倉稊米集》置之於「樂府」類，故予收録。

十里一候明抄校、金本作堠五里置，渡海梯山來萬里。賜入長安卿相家，夜暖金猊香徹髓。瓊香入骨作曉酲，斗帳燒烟隔秋水。青娥添火窗欲明，紅錦薰衣人未起。梅花不用波律來，零藿何勞香傳記。蘭閨半掩春晝長，參差吹竹羅紅妝。令君一去三日香，更遣小兒縫紫囊。夜來賓客滿高堂，誰家有女嫁韓郎。《全宋詩》卷一四九七，册26，第17091頁

牛女行

周紫芝

按，《樂府詩集》無此題，然周紫芝《太倉稊米集》置之於「樂府」類，故予收録。

天孫曉織雲錦章，跂彼終日成七襄。含情倚杼長脈脈，靈河南北遥相望。天風吹衣香冉

冉，烏鵲梁成月華淺。青童侍女驂翔鸞，玉闕瓊樓降華幰。明朝修渚曠清容，歸期苦短歡期遠。昔離今聚自有期，天帝令嚴何敢違。猶勝姮娥竊仙藥，一入廣寒無嫁時。《全宋詩》卷一四九七，册 26，第 17092 頁

雙鵠飛行

周紫芝

按，《樂府詩集》無此題，然周紫芝《太倉稊米集》置之於「樂府」類，故予收録。

憶昔江鄉遭亂離，兩翁避地雙鵠飛。一鵠南翔一鵠北，北鵠墮地南鵠棲。天長地遠去不返，巢傾卵覆令人悲。去年賊兵初聚黨，今歲王師方解圍。春陵萬户纔有幾，駱谷一家空獨歸。歸尋故里不知處，白骨支撑滿塗路。城西有屋無人居，城東有地無屋廬。彷佛相從舊遊處，泪棲雙睫還欷歔。《全宋詩》卷一四九七，册 26，第 17092 頁

燕銜柏行

周紫芝

按,《樂府詩集》無此題,然周紫芝《太倉稊米集》置之於「樂府」類,故予收録。

雙燕何時來瀚海,寄巢修椽巢不改。春深巢穩初養雛,雙雛引頸仰哺呼。雄將雌出雙雛孤,雛危墮地聲呱呱。雌隨雄歸見雛泣,主人將雛納其室。雙雛脱死翅欲開,玄衣素臆去復來。明年主人開壽燕,畫鼓停撾歌舞遍。雙雛傍席争回旋,共銜青柏置樽前。口不能言對以臆,再拜壽君如柏年。《全宋詩》卷一四九七,册26,第17092頁

石婦行二首

周紫芝

題注曰:「俗呼望夫石,在當塗。」按,《樂府詩集》無此題,然周紫芝《太倉稊米集》置之於「樂府」類,故予收録。

貞婦生江南，少小稱豐穠。委身事良人，相與歡笑同。良人去不返，兩鬢常蓬鬆。謂言有膏沐，未識誰爲容。日日上山望，水遠山複重。藁砧竟不來，望望終無窮。一朝化作石，僵立由天公。天公表堅貞，令與山始終。仙衣綉蘚暈，寶髻摇花叢。滔滔日月逝，此石存高峰。清名閲千古，勁節摩蒼穹。恨無采詩官，作詩頌遺踪。用之邦國間，庶以消淫風。

生男有閨房，莫娶青樓倡。生女事姑嫜，莫嫁游冶郎。倡家從人無定準，遊子一去忘故鄉。山頭義婦無人識，踴身上山生死隔。人將此婦作石看，不信此心元是石。相從豈復無它人，髧彼兩髦真我特。江流可盡山可平，不盡悠悠千古情。早知郎去無消息，悔不將身事尾生。《全宋詩》卷一四九七，册 26，第 17093 頁

擬燕趙多佳人

周紫芝

按，《樂府詩集》無此題，然周紫芝《太倉稊米集》置之於「樂府」類，故予收録。

沙丘有餘風，趙女多跕躧。自注：音洗。燕丹養勇士，後宫出女子。至今餘倡優，吹彈滿都市。佳人北方來，傾城盡風靡。妙舞縈纖腰，清歌發皓齒。一歌四座歡，再歌賓客起。回眸與

目成，哀弦忍重理？願爲雙飛燕，與君共棲止。人生不行樂，歲月如流水。《全宋詩》卷一四九七，册26，第17094頁

倡樓詞

周紫芝

按，《樂府詩集》無此題，然周紫芝《太倉稊米集》置之於「樂府」類，故予收録。

桃李艷春風，榮華照京洛。九陌飛香塵，朱樓響弦索。美人倚修欄，青娥卷珠箔。白面誰家郎，巴商載金橐。大艑何岢峨，繫舟樓下泊。哀彈雜清歌，日日樓中樂。謂言如江流，偕老有盟約。一朝買嬋娟，蟬鬢輕梳掠。情從新人歡，恩與舊人薄。去年與青棠，今年贈芍藥。人生有榮謝，曾不待衰落。倡女不嫁人，深心失期約。《全宋詩》卷一四九七，册26，第17095頁

霽月謡

周紫芝

題注曰：「和羅仲共效李長吉。」按，《樂府詩集》無此題，然周紫芝《太倉稊米集》置之

於「樂府」類，故予收録。

江鼉吹浪江水急，雷師鞭鼓旌旗濕。黑風駕雨霹靂鳴，怒龍拏空半天立。須臾陰雲空四垂，廣寒殿冷風披披。玉觴燕罷王母歸，紅鸞簇扇香霧飛。《全宋詩》卷一四九七，册 26，第 17096 頁

插秧歌

周紫芝

題注曰：「和羅仲共效王建作。」按，《樂府詩集》無此題，然周紫芝《太倉稊米集》置之於「樂府」類，故予收録。

田中水滿風凄凄，青秧没壟村路迷。家家趁水秧稻畦，共唱俚歌聲調齊。樹頭幽鳥聲剥啄，半雨半晴雲漠漠。五白草斑誰敢閑，農夫餉田翁自作。去年兩經群盗來，婦兒垂泣翁更哀。蠶蔟燒盡不成繭，陵陂宿麥無根荄。今年插秧憂夏旱，旱得雨時兵復亂。官軍捕賊何時平，處處村村聞鼓聲。《全宋詩》卷一四九七，册 26，第 17096 頁

同前

鄭樵

漠漠兮水田，裊裊兮輕烟。布穀啼兮人比肩，縱横兮陌阡。《全宋詩》卷一九四九，册 34，第 21786 頁

同前

楊萬里

田夫拋秧田婦接，小兒拔秧大兒插。笠是兜鍪蓑是甲，雨從頭上濕到胛。喚渠朝餐歇半霎，低頭折腰只不答。秧根未牢蒔未匝，照管鵝兒與雛鴨。《全宋詩》卷二二八七，册 42，第 26246 頁

同前

劉學箕

農夫戢戢清波闊，秧稻茸茸森石髪。父兒呼喚手拔齊，千把萬把根連泥。四更乘月躅隴陌，曉烟漸散東方白。歸來吃得飯一盂，擔到田頭汗似珠。蹲身擘叢種入土，不問朝昏與亭午。肌膚剥裂肉起皮，烈日纔陰又風雨。秋收幸值歲稍豐，穀賤無錢私債重。連忙變轉了官賦，霜

雪凍餓愁窮冬。吁嗟四民天地間，服田力穡良獨艱。寄言安坐西方輩，汝飽不慚吾厚顔。《全宋詩》卷二七八二，册53，第32917頁

夏四月渴雨恐害布種代鄉鄰作插秧歌

陸　游

浸種二月初，插秧四月中。小舟載秧把，往來疾於鴻。吴鹽雪花白，村酒粥面濃。長歌相贈答，宛轉含豳風。日暮飛槳歸，小市鼓鼕鼕。起居問尊老，勤儉教兒童。何人采此謡，爲我告相公。不必賜民租，但願常年豐。《全宋詩》卷二一八二，册39，第24860頁

楚語爲屈平作

曹　勛

按，《樂府詩集》無此題，然曹勛《松隱集》置之于「古樂府」類，故予收録。

瞻荆潁兮盤盤，悲淮流兮潺湲。彼何人兮獨安，此何人兮獨難。悼哲人之不反兮，抗靈轡于江干。《全宋詩》卷一八七八，册33，第21039頁

孔子泣顔回　曹勛

按，《樂府詩集》無此題，然曹勛《松隱集》置之于「古樂府」類，故予收録。

噫嘻吁，天歟人歟，回也抑亦子之命歟？而其或者天實使之喪予？何仁者之不壽，而中道之棄兮？噫嘻吁，回歟回歟，其吾道之窮歟？《全宋詩》卷一八七八，册33，第21039頁

孔子泣麟歌　曹勛

按，《樂府詩集》無此題，然曹勛《松隱集》置之于「古樂府」類，故予收録。

吁嗟乎麟兮麟兮，汝曷來之遲兮？唐虞不作兮湯武非，來者不可見兮而往者不可追。吁嗟乎麟兮，非吾之傷兮，而其誰汝爲？《全宋詩》卷一八七八，册33，第21039頁

待旦吟二首

曹　勛

按,《樂府詩集》無此題,然曹勛《松隱集》置之于「古樂府」類,故予收録。

彼幽人兮何所思,憂耿耿兮天一涯。舉家親屬散百草,關山萬里難追隨。更長不寐聽鳴柝,寒風蕭瑟如凄悲。安得此身有羽翼,脱然避地能孤飛。中宵起坐待明發,悄悄側身聽晨鷄。

纏綿冰雪陰風寒,松竹半死相摧殘。巖居谷飲蔽荆棘,藤蘿委地難躋攀。猛虎志大自羈束,易飽不及狐兔安。鷄鳴起舞亦漫興,扣角辛苦真可嘆。堯禹既往小白死,烏乎吾道何由還?幽憂輾轉不成卧,安得日出開重關。《全宋詩》卷一八七八,册33,第21041頁

静夜吟

曹　勛

按,《樂府詩集》無此題,然曹勛《松隱集》置之于「古樂府」類,故予收録。

靜夜何所爲，坐對一枝燭。俯仰徒四隅，歲宴靡儲粟。春耕乏良疇，秋獲罔芻菽。念至輒自營，一飯常不足。晚食已多幸，况敢望粱肉。上無官守累，下無征斂促。燕坐樂行餘，自足無多欲。寄語當塗士，吾腰未能曲。《全宋詩》卷一八七八，册33，第21041頁

除夜吟

曹　勛

按，《樂府詩集》無此題，然曹勛《松隱集》置之于「古樂府」類，故予收録。宋人又有《除夜行》，或出於此，亦予收録。

鼕鼕夜漏嚴軍鼓，鼓聲入雲雲欲舞。寒風颵飀頑無聲，野色埋光暗塵土。梅花隨臘散胡笳，胡笳曉色明春圃。春風直莫媚新聲，聲斷梅花還作主。《全宋詩》卷一八七八，册33，第21041頁

甲辰除夜吟

范成大

一年三百六十日，日日三椽卧衰疾。旁人揶揄還嘆咨，問我如何度四時。我言平生老行李，蓐食趁程中夜起。當時想像閉門閑，弱水迢迢三萬里。如今因病得疏慵，脚底關山如夢中。

重簾複幕白晝静，户外車馬從西東。若問四時何以度，念定更無新與故。瓶花開落紀春冬，窗紙昏明認朝暮。行年六十是明朝，不暇自憐聊自嘲。婪尾三杯錫一楪，從今身健齒牙牢。《全宋詩》卷二二六六，册 41，第 25985 頁

除夜行贈大梁劉集卿

戴表元

按，戴表元此詩《全宋詩》失收，今據《全元詩》收録，仍置本卷。

去年蘇州見除夜，蘆岸野火紅千架。博盆爆竹隔船聞，冰上兒童跳復怕。今年除夜在明州，對酒欲歌窮壓頭。長爐促膝兄弟語，衝寒更上臨江樓。人生行藏何可必，肌皺肉繭無休日。開篷一笑得劉郎，俯仰塵容坐中失。嗚呼除夜百年尚未多，壯士一遇難蹉跎。請君自飲我自歌，如此除夜相逢何。《全元詩》，册 12，第 180 頁

長夜吟并序

曹勛

詩序曰：「昔魏公子信陵君招賢下士，救垂亡之趙，挫虎狼之秦，連諸侯之師，西嚮以報，秦人固守鼠伏而不敢出。安釐王畏公子之賢，遂罷公子兵。公子恐近禍，因與賓客爲長夜之飲。余悲公子之志，作《長夜吟》以申之。」按，《樂府詩集》無此題，然曹勛《松隱集》置之于「古樂府」類，故予收録。

舜枯槁，堯瘠癯，益稷播藝躬耕鋤，神禹勤瘁勞體膚。子孫放廢等庸奴，一身辛苦逾匹夫。孔子稱大聖，顏子稱大儒。寢席不暇暖，簞瓢困窮廬。盜跖飽人肉，列鼎吹笙竽。莊蹻肆淫虐，玉食驅華車。人生貴得意，孰識賢與愚。白日沉西山，烟藹低平蕪。悲風攪原隰，勁氣摧高梧。歌鐘滿前庭，賓客羅簪裾。侍女艷流景，芳澤揚通衢。珍肴如丘山，美酒如江湖。賢聖苟如此，不醉將何如。

智士名不足，愚夫樂有餘。况復冬夜長，風雪迷通衢。美人邀我飲，清酒開玉壺。明眸艷紅燭，流盼光四隅。縈風轉修袂，逸響緣綺疏。龍香滿珠閣，蘭氣生羅襦。遺簪復墮珥，笑語相

迎扶。回頭問公子，不醉將何如。《全宋詩》卷一八七八，册33，第21042頁

同前

許彦國

南鄰燈火冷，三起愁夜永。北鄰歌未終，已驚初日紅。不知晝夜誰主管，一種春宵有長短。

《全宋詩》卷一〇九三，册18，第12400頁

苦雨吟

曹勛

按，《樂府詩集》無此題，然曹勛《松隱集》置之于「古樂府」類，故予收録。宋人又有《苦雨行》或出於此，亦予收録。

巫山埋空曉光没，寒入風聲散蕭瑟。滴瀝深摧十二峰，峽江漲白洗青壁。群陰寂寂蔽陽烏，摇蕩春愁滿南國。何當羲御駐中天，爲我驅除風雨黑。蜚廉先驅走寰宇，列缺揮鞭起龍虎。鬱儀頓轡潛海隅，九野冥冥暗風雨。饑鳶跕翅墮曾穹，軍鼓無聲如擊缶。青苔緑砌上高堂，檐

溜侵窗入烟霧。南山山叟桂爲薪，四海横流阻行路。安有王春四百八十時，蕭蕭風雨迷朝暮。我願得媧皇煉石補此破漏天，令三光繼明，萬物可睹，免使百萬億蒼生憔悴困泥土。《全宋詩》卷一八七八，册33，第21042頁

苦雨吟十首呈同官諸丈

吴　潛

舊雨連今雨，南鳩喚北鳩。聲聲腸寸斷，點點泪交流。歷耳風來處，凝眸天盡頭。衷情如此苦，造物亦憐不。

自春爰及夏，多雨少曾晴。積壓兼旬潦，瀰漫四澤盈。稚苗憂冒没，矮岸恐頹傾。急遣洪賓佐，代余省爾氓。

洪穴堤凡九，泄水注之江。荷鍤來如織，奔湍去若撞。雨聲雖斷續，潦勢已賓降。想見魚秧泛，沙汀白鳥雙。

早晚遣長鬚，行田西北隅。稻禾都旺否，廬舍莫淹無。高仰爲何碶，低窪是某都。水痕如退落，分寸要相符。

正直三神列，慈悲一佛尊。須知真實念，是謂吉祥門。巨浸旋歸壑，頑雲漸散屯。更憑驅

日馭，揮霍照乾坤。

田官決水歸，喜若潰重圍。晚種禾頭出，新耘稻本肥。已如雲氣勃，只恨日光稀。安得驅夸父，搪開萬里輝。

海鄉多下田，潢潦易纏綿。雲脚晚希露，天心朝望穿。壤蚯方惡出，穴蟻又憂遷。翻覆陰晴證，愁腸日幾旋。

連朝雨水淹，燕寢似窮閻。無處可就燥，何時得附炎。頻占季主卦，屢乞鮑君籤。千里人知否，心香日夜添。

五鼓立中庭，疏星一二明。轉頭雲復合，移步雨還傾。感召雖人事，怨咨奈物情。號空猶未應，隱痛痛無聲。

老守最憂農，往來思慮忡。半時半刻裏，一飯一茶中。饑溺真猶己，恫瘝在厥躬。天高元聽下，一念豈難通。《全宋詩》卷三一五七，册 60，第 37887—37888 頁

苦雨行

郭祥正

陰風黑塞雲漫漫，虛空晝夜騰波瀾。群龍淫怒煩神官，銀河源源來未乾。日月暗行天豈

安，地下萬物泥潦汍。角鷹快鶻摧羽翰，小魚爲鳳蛙爲鸞。君子有憂心盤盤，欲上問天造化端。蒼天無路不可干，哀歌空屋聲何酸。《全宋詩》卷七五四，册13，第8787頁

苦雨行并序

方回

詩序曰：「丁亥五月初三日夏至，雨已月餘。初四、五、六粗晴，初七夜復大雨，至十三日晝夜不止。初六米價十二券，初十至十七券，十二至二十券。市絶糴，民初争食麵，尋亦無之。」按，《全元詩》册六亦收方回此詩，元代卷不復録。

泥污后土踰月餘，四月雨至五月初。七日七夜復不止，錢王舊城市無米。城中之民不饑死，亦恐城外盜賊起。東鄰高樓吹玉笙，前呵大馬方横行。委巷比門絶朝飯，酒壚日征七百萬。

自注：十貫爲萬錢。《全宋詩》卷三四九三，册66，第41616頁

後苦雨行

方回

詩序曰：「五月十四日，爲雨八晝夜，三橋官河水溢登街。予數日不下樓，糴於市則無，借於人，不答。」按，《全元詩》册六亦收方回此詩，元代卷不復録。

七晝夜雨可已否，五更屋角萬馬走。擊碎屋瓦如拳然，三橋街中人乘船。五斗陳米已萬錢，糴且無之矧借旃。一檐十蛛不成網，億萬萬喙饑可想。乘夜飛蟲蚊愈多，蘇湖秀州秧奈何。

《全宋詩》卷三四九三，册66，第41616—41617頁

續苦雨行二首

方回

詩序曰：「雨遂，至九日，得米一斗。鄰翁爲告糴，夜密致之，恐群輩攘刼也。」按，《全元詩》册六亦收方回此詩，元代卷不復録。

龍至六爻爲亢龍，三三爲九其數窮。三日爲霖今九日，便晴田事亦無及。全吴富庶推第一，誰信杭州無米糴。鄰翁耳語某所有，夜持布囊分一斗。老夫但笑不敢嗔，堯九年水無饑民。

憶昔壬午杭火時，焚户四萬七千奇。焮死暍死横道路，所幸米平民不饑。火災而止猶自可，大雨水災甚於火。海化桑田田復海，龍茹倮蟲規作醢。定嗔網罟欲取償，稍借人充魚鱉餒。

《全宋詩》卷三四九三，册 66，第 41617 頁

甲戌八月武康安吉水禍甚慘人畜田廬漂没殆盡賦苦雨行以紀一時之實

周　密

雷車推翻電車折，龍鬣勞勞滴清血。羲和愁抱赤烏眠，陽侯怒蹴秋潢裂。風寒田火夜不明，桔槔椎鼓聲彭彭。家家捄田如捄死，處處防隴如防城。丁男凍餒弱女泣，今歲催苗如火急。一家命寄一田中，何敢辭勞嘆沾濕。四山溢湧地軸浮，潮聲半夜移桃州。千家井邑類飄葉，啾啾赤子生魚頭。大田積沙高數尺，南陌東阡了難識。死者沉湘魂莫招，生者無家歸不得。呼天不聞地不知，縣官不恤將告誰。與其飢死在溝壑，不若漂死隨蛟螭。何人發廪講荒政，殘天急

捄生民命。拯溺誰無孟氏心，裹飯空憐子桑病。恭惟在位皆聖賢，等閑鍊石能補天。轉移風俗在俄頃，不歌苦雨歌豐年。《全宋詩》卷三五六一，册67，第42567頁

空謡吟

曹勛

按，《樂府詩集》無此題，然曹勛《松隱集》置之于「古樂府」類，故予收録。

抗轡躡飛景，携手仰員羅。空謡發新聲，群響隨節和。瓊音動虚籟，神宇凌高歌。偃蓋滄浪宫，整襟翔玉華。流目厭塵袂，軒冕卑泥沙。咄咄樊籠子，胡不餐朝霞。他年一抔土，得失奚足夸。舍生失天爵，擾擾真蓬麻。《全宋詩》卷一八七八，册33，第21043頁

長吟續短吟

曹勛

按，《樂府詩集》無此題，然曹勛《松隱集》置之于「古樂府」類，故予收録。

桐花葉密春風老，長門路暗迷芳草。螢燭流輝露濕光，蟾蜍景落莎鷄曉。金烏出谷上蟠桃，别院笙簫歌未了。九華烟滿醉楊妃，樊姬静聽鷄聲悄。舊人直莫妬新人，别有蛾眉更妍巧。

《全宋詩》卷一八七八，册33，第21043頁

卷一五九　宋新樂府辭二八

迷樓歌二首

按，《樂府詩集》無此題，然曹勛《松隱集》置之于「古樂府」類，故予收録。

曹　勛

項升出南國，技巧多淫思。草圖獻天子，賞激嘉宏規。瑰材蔽江海，斤斧成風雷。千人扶一棟，萬棟高巍巍。飛鴻歷層檐，雲雨生階墀。五彩間金玉，百和雜塗泥。仙葩粲楹栱，七寶裝雲楣。一房百家産，萬户羅東西。龍銷開寶幄，簾幕垂珠璣。光景艷流日，樓閣低天維。笙簫動虚籟，弦管明歌姬。撞鐘擊鼓恣行樂，牙檣錦纜環江堤。天長地久有時盡，君王此樂無時衰。詎知變故起倉卒，不悟人迷樓不迷。

君不見秦皇愛阿房，死葬驪山側。煬帝愛迷樓，死葬迷樓北。乃知生者魂，即是死者魄。生死在迷樓，一死良自得。只應來夢兒，夜夜猶相憶。《全宋詩》卷一八七八，册33，第21045頁

楚狂接輿歌

曹　勛

《論語·微子》曰：「楚狂接輿歌而過孔子曰：『鳳兮鳳兮，何德之衰？往者不可諫，來者猶可追。已而已而！今之從政者殆而！』」①《楚狂接輿歌》當出於此。按，《樂府詩集》無此題，然曹勛《松隱集》置之于「古樂府」類，故予收録。

世謂夷齊以爲溷兮，指箕子而爲愚。既采薇以餓死兮，又被髮而爲奴。鏌鋣見棄於鉛刀兮，魚目寳於隋珠。彼蜂蛭之隱微兮，安能語神獄而觀清都。已乎已乎，無爲察察而辨璠璵與碱砆。《全宋詩》卷一八七八，册33，第21045頁

---

① ［魏］何晏集解，［宋］邢昺疏《論語注疏》卷一八，《十三經注疏》，第2529頁。

嘉游歌

曹　勛

宋鄭樵《通志二十略·樂略一》「行樂十八曲」曰：「《嘉遊》，亦曰《喜春遊》。」①《嘉遊歌》當出於此。按，《樂府詩集》無此題，然曹勛《松隱集》置之于「古樂府」類，故予收録。

紫殿香風暖，珠簾璧月斜。閣中調寶瑟，門外駐羊車。《全宋詩》卷一八七八，册33，第21046頁

元丹歌贈會稽陳處士

曹　勛

按，《樂府詩集》無此題。唐李白《元丹丘歌》曰：「元丹丘，愛神仙。朝飲潁川之清流，暮還嵩岑之紫烟，三十六峰長周旋。長周旋，躡星虹，身騎飛龍耳生風，橫河跨海與

---

①《通志二十略》，第914頁。

天通，我知爾遊心無窮。」①蓋爲此題所本。又，曹勛《松隱集》置此詩于「古樂府」類，故予收録。

塵波溢目深溟渤，往古來今空出没。喜君相見話丹經，起我淩雲惡阡陌。我生素乏兒女姿，面上巉巖聳山骨。少年避地東海隅，架竹編茅剪荆棘。白雲爲我開山容，清風爲我翔真域。旋屬群寇迫敺攘，淬出青萍閉丹室。風塵澒洞十餘年，靈府芝田漸蕪没。逢君踪迹類秋蓬，遺我刀圭延歲月。何當橫槊静寰區，同子山居論丹訣。《全宋詩》卷一八七八，册33，第21046頁

涇溪行

曹勛

按，《樂府詩集》無此題，然曹勛《松隱集》置之于「古樂府」類，故予收録。

涇溪之水兮，猶可以方舟。涇溪之人兮，不可以同游。涇溪之阻兮，猶可以爲梁。涇溪之

① 《全唐詩》卷一六六，第1717頁。

險兮，石嶝吾廥。涇溪之水兮，猶可以徒涉。涇溪之人兮，不可以相接。《全宋詩》卷一八七九，册33，第21051頁

青漢謡

曹勛

按，《樂府詩集》無此題，然曹勛《松隱集》置之于「古樂府」類，故予收録。

鼓策飛晨華，翅轡玄景阿。雲裾動星漢，流彩鳴玉珂。茗苕拂青靄，俛仰窺員羅。群真儼龍駕，拊節揚空歌。靈風翔玉京，音響生雲和。飛軒出閶闔，紫霄高峨峨。覽極不知疲，垂足濯天河。抵掌談羲黄，歷世由經過。下盼塵波中，穢濁真棄帑。胡爲戀浮境，出没相纏紆。秦陵一抔土，神室生葭蘆。商山高崔嵬，名與四皓俱。歸來邈雲漢，璧月流綺疏。悠然動清興，何必騎鯨魚。《全宋詩》卷一八七九，册33，第21053頁

夢仙謡

曹　勛

按，《樂府詩集》無此題，然曹勛《松隱集》置之于「古樂府」類，故予收録。

夢入蓬萊宫，岧嶢聳朱閣。靈風翔紫烟，靄鬱生羅幕。鸞鳳棲瑶林，咀嚼瑶華蕚。老龍戲滄洲，噴濤蕩鱗角。朱户翳霄暉，翠殿開晴廓。中有神仙人，緩步鏘金鐸。顔貌盛芙蓉，舉止何綽約。引我丹霞房，玉漿金罍酌。更賜琅玕膏，笑談同飲啄。仙童供蟠桃，盛以朱雲絡。坐看移三山，驚波沸五嶽。下顧塵埃徒，奔走赴陵壑。真人執我手，殷勤相付托。若到紅塵中，莫染紅塵濁。他年須是早歸來，奉迎當遣遼東鶴。《全宋詩》卷一八七九，册33，第21053頁

同前并引

歐陽澈

詩序曰：「良臣拉僕醉於臨川巽溪閣，江山勝槪，一目殆盡。滿飲巨觴，惟恐告竭。酒酣興發，倡狂不知所如往。爛游花柳，適有奇遇，灑然非塵土之境。醒而思之，怳如夢覺。

噫，浮生荏苒，特一夢耳！而於夢之中適有好夢焉，豈容於默默。作《夢仙謡》以紀其盛事云。知其夢者，按汝鳳藻以繼韻否。」

寥陽洞口風烟好，枯木槎牙撑雲島。重重金鎖繞嬋娟，滿地落花常不掃。蕭郎聞説已乘鸞，空餘九轉燒丹竈。烟霞截斷絶非塵，凡夫踪迹無由到。高陽有客携佳侣，訪異尋幽豁襟抱，瓊樓飲散恣歡遊，誤入蓬壺如夢覺。雲關初叩闃無人，松梢鶴唳如驚報。須臾奓户迎者誰，吴宫女兒面凝脂。指點蘭堂篆烟裊，珠箔玲瓏宰地垂。高擎翠袖輕輕卷，半露妖嬈素蓮臉。嫣然一笑啓檀唇，唤我躋堂語聲軟。相隨環坐一軒秋，旋列杯盤供雅宴。倚風仙蕊似有情，競吐芳苞噴香遠。朝雲一段下陽臺，綽約標容塵世鮮。黛眉輕拂遠山青，明眸斜盼秋波剪。蘭柔柳弱不禁風，睡起芙蓉香體顫。櫻桃綏啓歌貫珠，夕陽花外流鶯囀。曲終低語愈含情，自訴芳心猶未展。苞藏惟恐泄真香，尋常嬌怯羞鶯燕。爲憐坐客俱多才，拚羞試許求相見。嫣然若有惜花情，願丐錦章鐫琬琰。温柔惠性已無雙，更聽斯言真絶艷。放懷卷白不暫停，酷嫌鸚鵡杯中淺。醉玉頽山卧綺窗，秋水一床凝角簟。悠颺好夢入巫峰，洩洩融融興正濃。蘧然驚覺一何有，點綴餘霞散眼封。依約餘香雖滿袂，行雲縹緲已無踪。壺中天地古來有，默想風物遥應同。我聞劉阮曾迷路，武陵邂逅如花女。靈丹咀嚼頓輕身，脱洗紅塵已仙去。又聞仙去有蕭防，曾耦雙成飲玉漿。一朝誤入華陽洞，于飛終許學鸞凰。仙凡異境無憑據，每笑前聞但虚語。豈意親逢事偶符，始信人間有奇遇。歸來燈火欲黄昏，隱几無聊暗追慕。濡毫試作夢仙謡，端欲夢魂重默愬。兩宋本作悟。《全宋詩》卷一八五〇，册32，第20662頁

同前并引

劉子翬

詩引曰：「劉致明夢與七客游仙，胡原仲與焉，其事甚異。致明清修純實，非夸誕人也，因爲作謡以記之。他時二人凌太虚誦此謡，當懷所謂病翁者耶。」

鵝子峰前波色清，劉郎看山無俗情。癯儒自昔有仙骨，夜夢體飛如葉輕。雲中不識朝天路，雙童導我凌空去。側身度巖隈，盤盤復回回。倏然意往形不礙，石窟蘚竇俄天開。乘槎夜泛牛女渡，鞭鸞曉入金銀臺。花深不逢人，時聞佩環聲。仙翁睡起方結襪，見客坦易無崖垠。旁擊蒙冀垂矜，叩妙獲一言。七情汩心心憒昏，窒欲如水澄其源。臼中吹咀藥，手撮仍見分。有泠泠泉，三漱乃盡吞。駐紅却白非難事，貪生慮死真愚計。當時同遊七姓俱，但記古月成胡字。塵緣未斷不得留，海風吹過蓬瀛洲。覺來窗户冥曚曉，玉鏡晶晶墮松杪。《全宋詩》卷一九一四，

册34，第21363—21364頁

同前

薛季宣

詩跋曰：「陶潛、伍安貧記黄道真誤入桃花源事，世傳以爲仙，或曰非也。近人有夢遊仍夕者，道所聞見，爲作《夢仙謡》。乾道三年孟秋幾望翼日記。」按，薛季宣《浪語集》置之於「樂府」類。

長城役罷驪山起，秦人斷念還居里。一呼或化爲侯王，避之却是神仙子。漢家宫殿生荆棘，桃源千樹長春色。花香破鼻桃離離，只在人間人不知。夢中有客曾一到，屋舍衣裳殊草草。狗彘鷄豚還治生，若度流年不知老。南華斫壁連天起，人家庭户多流水。紅碧夭桃百種花，不似凡間錦和綺。仙人容貌閑且都，居處雖貧樂有餘。老子桃紅入雙臉，皤然只有銀爲須。仙家女兒多茜衣，桃花宜面葉宜眉。離宫茅舍略相似，别有譙麗璇爲題。仙君名氏猶屬秦，許由往往陪遊人。老人石上問行客，傳今幾世秦之君。爲言天下方南北，人鹿千齡經幾得。嗟説來時桃始華，桃子而今未成核。祖龍往日親曾見，六合連兵事攻戰。北城紫塞南陸梁，傾貲未足供輸挽。誠知黔首無聊生，側目有誅正視刑。剖心不獨商王受，當時論殺諸儒生。我本何辜一何幸，避役離鄉共亡命。石髓藥苗聊解飢，經年陡覺儕仙聖。訊今丞相胡爲者，振古如今同土苴。驚起城頭角調哀，頓覺令人小天下。秦政求仙徒爾爲，避秦役夫能至之。還知道可無心得，學道有心無乃癡。自注：事異於《桃花源記》者，皆夢中聞見爾。《全宋詩》卷二四七五，册46，第28704頁

步月謡二首

曹勛

按，《樂府詩集》無此題，然曹勛《松隱集》均置之于「古樂府」類，故予收録。

太清天宇清且高，皎然冰鑒懸層霄。絳河水淺閶風息，蟾光度景摇金鼇。仙人縱駕游八極，鳳簫軟吹鳴嘈嘈。星宫月殿風馬遠，珠華露濕旌旄冷。還虚按轡窺塵寰，波裏三山銀浪卷。《全宋詩》卷一八七九，册33，第21053頁

琅玕轉景蒼虯立，露脚斜飛冷光濕。人歸芳草恨苕苕，劍珮生寒秋水澀。離離箕斗正相望，交流帳合金波入。風前摇袂思沉沉，雷雲不動蛟龍蟄。《全宋詩》卷一八七九，册33，第21055頁

游仙謡

曹　勛

按，《樂府詩集》無此題，然曹勛《松隱集》置之于「古樂府」類，故予收録。

羽蓋承流景，飆輪泛紫霞。前旌絳霄隊，駐節王母家。真童發清謡，雲表翔哀笳。樓臺上清漢，服彩明朱華。萬春若朝菌，歡樂庯可涯。瑶席未終宴，零落蟠桃花。《全宋詩》卷一八七九，册33，第21054頁

小游仙三首

曹　勛

按，《遊仙詩》漢時即見，今存《古遊仙詩》二句：「帶我瓊瑶佩，飡我沆瀣漿。」①見録於逯欽立《先秦漢魏晉南北朝詩》。魏晉以降，詩人多有製作，曹勛擬之，且《松隱集》置此詩

① 《先秦漢魏晉南北朝詩》漢詩卷一二，第344頁。

于「古樂府」類，故予收録。

九霄風静夜沉沉，仙籟虚徐度玉音。好是太真歌未闋，飛烟遥上鬱華林。
十二層城倚閬風，金臺珠樹鬱葱葱。遥瞻玉室藏書府，萬仞飛光散曉紅。
摇曳空歌上玉清，飛烟冉冉拂仙纓。龍軿已過黄金闕，致肅門郎識姓名。《全宋詩》卷一八八二，册33，第21074頁

同前

釋行海

青鳥銜書徧海涯，香風不返五雲車。可憐夜夜瑶池月，空照蟠桃一樹花。《全宋詩》卷三四七五，册66，第41375頁

同前七首

周　密

金母雲耕宴紫樓，露寒仙掌漢宫秋。笑渠劉徹無仙骨，種得桃成已白頭。

紫霧彤雲滃九關，玉庭侵曉引仙班。東皇奏罷回寅疏，放散春光下世間。
西池宴罷夜深歸，風露森森濕羽衣。雲外鳳皇棲未穩，一聲鐵笛又驚飛。
抛了天官作散仙，却來雲外種瓊田。洞中日月無拘管，閑引青龍耕翠烟。
一徑松花滿路香，琤琤玉杵搗玄霜。有時騎鶴月中去，流水白雲生晚凉。
一笛吹雲鶴夜歸，九天清露冷仙衣。琪花千樹風零落，應去人間作雪飛。
碧海沉沉海上山，山頭樓觀五雲間。人間方士多無賴，故把釵鈿戲阿環。《全宋詩》卷三五五七，册67，第42516頁

小游仙詞

武　衍

天風吹上碧嶙峋，鸞鶴聲清草木薰。金闕玉樓行欲遍，却携明月出紅雲。《全宋詩》卷三二六九，册62，第38974頁

游仙四首

曹勛

按，《樂府詩集》無此題，然曹勛《松隱集》置之于「古樂府」類，故予收録。宋人又有《遊仙篇》《游仙曲》《遊仙詞》《遊仙詠》，當出於此，亦予收録。

天河水冷烟波渺，流水無聲銀浪小。白榆歷歷映瑶沙，白露凄清下雲表。扶疏丹桂落紅英，片片紅霞散瑶草。月中桂子空傳名，散在人間無處討。仙翁呼童收紫芝，紫芝肥嫩光離離。遺英殘蕚墜無數，仙鶴飲啄時鳴飛。仙人種玉耕雲隈，倚雲横笛學鳳吹。須臾羲御崦嵫没，相呼拍手騎龍歸。

飛轡絡絶景，訪我同心人。解駕三秀嶺，濯足玉華津。晤言會良契，携手凌高晨。揚旌出閶闔，羽節趣群真。入宴明霞館，回輧過始青。音靈散空洞，逸響縈雲營。倏忽九萬里，流目低蓬瀛。玉妃款清話，偃蓋希林庭。顧彼簪纓客，寵辱勞汝形。神仙有真訣，胡不希長齡。

嚴駕發滄浪，行樂從所之。方諸款青童，隱景朝鬱儀。流金戒前導，玉節紛葳蕤。運策乘飛電，揚旌耀彩霓。斑龍承倒景，蠖略翔紫微。命我發金策，受事臨西垂。白帝啓真籙，斟酌合四時。解帶清商館，置酒璇淵池。高酣發空謡，群響凄以悲。海水變蒼陸，翻覆如奕棋。咄叱紅塵子，役役何所爲。

駕景絡絶響，游目低陰虹。靈光轉修袂，羽節飄晨風。抗手辭金母，偃蓋東華宫。高仙發空謡，逸響飛九重。霞觴艷流日，疊舞歌玉童。緣雲上虚籟，笑語鏗洪鐘。海水屢清淺，倏忽欣再逢。不惜暫遊詣，情款無初終。歡餘促歸軫，攝轡翔斑龍。投閑憩三素，保績崇真功。《全宋詩》卷一八八二，册 33，第 21079 頁

同前五首

陸　游

飄飄鸞鶴杳難攀，萬里東遊海上山。應有世人遥稽首，紫簫餘調落雲間。

鳳舞鸞歌宴蕊宫，碧桃花下醉千鍾。紅塵謫滿重歸去，花未開殘宴未終。

玄圃春風賜宴時，雙成獨奏玉參差。侍晨飲釂虚皇喜，一段龍綃索進詩。

初珥金貂謁紫皇，仙班最近玉爐香。爲憐未慣層霄冷，獨賜流霞九醖觴。

玉殿吹笙第一仙，花前奏罷色凄然。憶曾偷學春愁曲，謫在人間五百年。《全宋詩》卷二一六八，册39，第24591—24592頁

同前

鄒登龍

人命如朝露，壽非金石堅。安得傅六翮，飄飄凌紫烟。夕夢一道士，羽衣何翩躚。邀我與之去，同上扶桑巔。道遇青童君，授以東華篇。讀之三百遍，忽若骨已仙。道士復謂我，玄訣未可傳。賜我以瓊漿，飲之享遐年。明發寂無睹，孤鶴翔九天。《全宋詩》卷二九三八，册56，第35017頁

同前一首

劉克莊

懶爲隨駕處士，寧作閉門隱君。自注：秦系有「春風與閉門」之句。跨青牛導紫氣，乘黄鶴上白雲。《全宋詩》卷三〇七八，册58，第36725頁

同前六首

嚴　羽

秋澗夜瑟瑟，月露明團團。褰衣步澗月，忽見雙飛鸞。上有騰空仙，天風飄佩環。清歌映巖谷，粲若玉煉顔。願升緑雲去，隨君向仙關。咽食長不老，何用思人間。

憶讀玲瓏篇，來往虛皇閣。空見白芙蓉，秋風幾凋落。昨逢紫陽君，共有丹臺約。下視塵埃中，冠纓縛猨玃。世事行若此，悠悠復何托。

五老出東南，崔嵬相間隔。清晨登絶頂，處處仙人迹。朱霞散九光，巖谷好顔色。回首空澄湖，黄濤正喧擊。石上弦素琴，神歡心自清。仙童三四人，忽來左右聽。嘹嘹誦金書，勸我餐瑶瓊。贈我一玉麈，邀我凌雲行。舍琴與之去，恍惚在蓬瀛。

朝别簡寂觀，夜行石徑溪。溪光照厓緑，月色正相宜。石上三道士，頎然好丰姿。手弄金光草，或把珊瑚枝。馮風招素手，賜我一玉卮。嘆我事遠遊，蕭颯朱顔衰。長林孤月落，羽蓋何葳蕤。童童乘之去，棄我忽若遺。明發闃無睹，但有青鼯啼。

翩翩南來雲，如飛百雙鶴。我行忽見之，眇然意欣樂。五峰何峻秀，靈草生垠蕚。願乘此雲去，去煉黄金藥。千載儻來歸，不復見城郭。

瀑布好明月，上有石梁横。矯首望東海，正見蟾蜍生。揚輝天漢閑，下照篷丘城。桂實幾凋落，姮娥空聞名。咄哉玉斧子，不如白兔精。靈藥不服食，執柯獨何成。迢迢彩雲外，誰吹白玉笙。竦身一長聽，了若出寰瀛。《全宋詩》卷三一一五，册59，第37201—37202頁

同前

釋文珦

吾嫌人世隘，忻同古仙伍。寂爾契冲虚，與之相爾汝。晨多遊玉清，夕每憩園圃。身已外乾坤，飄飄自遐舉。

結交真仙徒，倏然凌太清。體與虚無合，心同日月明。逍遥龍鳳駕，縹緲雲霓旌。豈知區中人，狗苟復蠅營。

喧囂非所事，靈府自怡神。食每吸丹景，飲常漱玄津。洞覽周八極，内照唯一真。體妙含至精，希微難具陳。

高升洞陽界，論道太常前。與彼群仙遊，一夕千萬年。眼中屢曾見，滄海爲桑田。時同宴玉醴，廣樂聽鈞天。

超然塵垢外，元化實希夷。吾生有道骨，中心常慕之。感通影響然，高真不遐遺。導我歸

帝鄉，雲輧共委蛇。青峰萬仞高，雲路多盤紆。松柏冬不凋，懸溜成石膚。上有逍遥天，元心與道俱。長揖謝塵凡，放情常晏如。唯服玉石脂，千年貌不枯。命我登仙壇，壇名號玄都。天風起西極，日月生東隅。神仙遞升降，鸞鶴相號呼。拍肩友洪崖，揮手招麻姑。流目極昭曠，使我隘九區。山中有至樂，功名焉足圖。《全宋詩》卷三三一七，册 63，第 39532 頁

同前

詹　琦

弱齡秉永向，撰念遊蓬瀛。騰蓋玄圃臺，投轡赤霞城。紫府五香馥，丹丘四照縈。班龍何夭矯，青鳳來相迎。道逢王子喬，手曳芙蓉旌。靈風襲霓裳，邀我謁瑶京。天帝坐叢霄，群仙列兩楹。羽節自飄揚，衆樂鏘然鳴。授我金龜秘，錫我玉室名。渴漱沆瀣漿，饑餌橘樹英。忘形思入玄，道在豈求贏。流覺神驅盡，逍遥雲翮輕。棗花千歲結，桃核萬年成。海水揚塵竭，天衣拂石平。祈年本無分，望仙徒自營。寄謝樊籠士，那知遺世情。《全宋詩》卷三四七六，册 66，第 41389 頁

友人楚孟德過余縱言及神仙余謂之無孟德謂之有伊人也非誕妄者蓋有以知之矣然余俗士終疑之故作游仙曲五章以佐戲笑云

司馬光

神仙謂無還似有，秦漢可憐空白首。會須一躡青雲梯，與子同祛千古疑。

仙術有無終未知，眼看白髮亂如絲。何時得接浮丘袂，滄海横飛萬餘里。

若士北遊窮地角，還食蛤蜊養龜殼。盧敖凡骨不能飛，今朝九陔何處期。

仙家不似人間歡，瑶漿琅菜青玉盤。乘醉東游憩陽谷，酒瓢閑挂扶桑木。

梔師知子能操舟，穩過茫茫滄海流。白浪駕天千萬里，真令挂骨長鯨齒。《全宋詩》卷五〇二，册9，第6084—6085頁

游仙二章上范殿撰潔庵先生

程公許

風埃曀八表，濤瀾浩無涯。岧嶢崑崙峰，高與星緯排。真人撫元運，太虚以爲家。控轡下碧落，蜚步凌紫霞。周覽興未已，歸憩誰與偕。喬松撫瑶瑟，偓佺薦瓊花。鼉鼊睨塵世，腐鼠紛

攫拏。迢遥五雲佩，蕩漾八月槎。我欲往從之，層雲不可階。素心耿相照，退當三月齋。空山學仙子，幽獨性成癖。誰令一念差，失脚塵網密。隨緣玩泡影，隱思曉繼夕。了了三生夢，掣電了無迹。豈不志遠遊，誰爲傳羽翼。抱關覘紫氣，跪履問黄石。静慮儻冥契，玄機詎難入。縞髮古仙公，遺世而獨立。惝恍如有遇，一言曰守一。引臂許相從，長生托瑶籍。《全宋詩》卷二九八六，册 57，第 35512—35513 頁

游仙篇

翁卷

旭日升太虚，流光到萌芽。旁有五雲氣，焕爛含精華。所願服食之，躋身眇長霞。帶我清泠佩，飛我欻忽車。寧爲世間游，世道紛以拏。三山不足期，千齡詎云賒。悟彼勞生人，無異芳春花。《全宋詩》卷二六七三，册 50，第 31405—31406 頁

游仙曲

陳允平

中秋月正明，夜半飛紫瓊。拂袖天上去，攬衣朝太清。縹緲黄金闕，迢遥白玉京。離離百

寶幢，裊裊九華旌。簫韶起碧落，散花飄群英。翱翔鸞鶴舞，清澈雲璈聲。淩淩九霄寒，風露薄青冥。弱水三萬里，仙路眇蓬瀛。不赴瑶池宴，相約董雙成。吹笙騎鳳凰，飛上芙蓉城。《全宋詩》卷三五一七，册 67，第 41998 頁

遊仙詞三十三首

王　鎡

紫雲繚繞玉城開，張許真人入奏臺。大帝正簽雷雨事，寶函捧出又回來。

金鐘三響紫微宫，玉樹烟飄輦路風。彩鳳已銜仙詔去，九天朝罷五雲中。

寶花如雨落龍樓，上界遥觀下界秋。金鳳一聲天欲曉，銀河光趁月西流。

月斜天路曉風清，縹緲雲開見五城。無數小仙參闕罷，相逢只是説長生。

龍樓鳳閣起霞光，闕下排班待玉皇。惟有欒巴來得晚，瀟身猶帶酒痕香。

百萬仙兵護帝車，寶光雲篆自成書。龐劉元在天醫院，雷祖時差過玉虚。

瑶階晴日弄輕紅，掃地湘童立曉風。金鎖沉沉春洞寂，玉琴聲出落花中。

緑鬢毛姑翠羽衣，口中猶自説秦時。瓊絲小筥無人見，藏有麟洲五色芝。

扁上金書洞府名，沉沉珠樹彩雲輕。碧桃風卷簫聲去，弄玉乘鸞看月明。

醉歸紫府月流光，霞色仙衣散異香。閑把玉簫吹一曲，九天風露欲飛霜。
玉蕊亭邊集翠娥，琅璈聲和萬年歌。月斜酒散天風冷，鸞鶴翩蹮渡絳河。
珊瑚老樹百花開，玉色靈泉滴翠崖。彈罷瑶琴黄鶴至，紫泥濕透藕絲鞋。
懶向東溟釣碧波，醉時自唱太平歌。銀竿插在靈河畔，閑把龍鬚作玉蓑。
昨夜三清醮罷遲，步虚聲逐翠雲飛。小仙自向人間去，留得青詞袖裏歸。
西母瑶池宫殿高，夜明簾卷玉絲縧。隔雲聽得東方笑，三度曾偷碧樹桃。
全家童女在雲邊，都是人間得道仙。甲子無窮春不老，研金寫盡蕊珠篇。
夜半瑶宫上會開，龍車聲軋鳳飛來。演窮靈寶玄元法，大梵天仙帶月回。
看了金書看水流，剛風吹鬢不知秋。碧瞳仙過天河去，戲擘雲衣作彩舟。
朝罷群仙退玉墀，天風吹縐六銖衣。左慈閑戲神仙術，五色霞杯繞洞飛。
偶巡三島過瀛洲，閑把新絛繫海虬。忽報詞臣當直日，靈風吹到五雲樓。
游遍蓬萊到水都，龍宫書請注龍書。月明長嘯獨歸去，海上行乘赤鯉魚。
金光倒射玉樓臺，海上仙人采藥回。花下閒談尸解事，葛翁忽跨白驢來。
華山九節玉菖蒲，千度秋風葉不枯。洞裏久餐松乳餍，秦人還識此根無。
三尸魄重藥難醫，一個丹瓢一劍飛。歷盡大羅天下路，無人肯吃又藏歸。

靈液長流滿地香，洞中多是散仙房。金爐煮就金精汁，欲獻元君未敢嘗。
天詔旌陽上玉宮，功成鷄犬亦無踪。獨留鐵柱難飛去，要鎖東溟老毒龍。
飛佩乘風海上游，麟洲有路透炎州。仙人養就千年鼠，時采長毛織火裘。
金甲雷丁出巽宮，丹幢翠節擁靈童。五更飛去雌雄劍，一夜鹽池碧水紅。
仙令王喬面玉墀，天香薰透緑荷衣。誰知脚底青絲舄，化作雙鳧傍日飛。
龍腦包薰滿洞香，韓湘酒熟在瑶缸。幾番醉怕春雲暖，閑却鮫綃紫石窗。
天花子落月中樓，香滿三千世界秋。下有老人常斫樹，至今玉斧不曾修。
修成功行滿三千，或在人間或在天。留下九還丹一粒，城南老樹得升仙。
月娥樹上赤花香，羽帳瓊樓子夜長。玉兔白蛙身不老，水銀一臼結玄霜。《全宋詩》卷三六〇九，

冊68，第43224—43225頁

清晨謡二首

曹勛

按，《樂府詩集》無此題，然曹勛《松隱集》置之于「古樂府」類，故予收録。

通夕抱寒衾，冥冥暗風雨。披衣待平明，起履步庭蕪。遥遥望扶桑，延目上洲渚。陰風驅層雲，屯積亘山阜。草木纏凄悲，杲日霾天步。林鳥雜亂飛，修塗限商賈。松竹互摧折，鴟鴞肆翔舞。四海揚驚濤，鯨鯢競吞吐。誰云天地寬，宛足隘環堵。殊乖夙昔心，塊坐闃無語。遲遲覽衿帶，櫛沐正冠屨。姑以勤余生，疏剔治園圃。清晨勞寤歌，無乃思湯武。

陽烏出谷升蟠木，冪冪寒烟斂修竹。狐狸竄伏不敢鳴，魑魅深潛翳林麓。荷鋤田父下東皋，金馬門開轉華轂。何當羲御駐中天，赫赫明明光萬國。《全宋詩》卷一八七九，册33，第21055頁

陽春謡

曹　勛

按，《樂府詩集》無此題，然曹勛《松隱集》置之于「古樂府」類，故予收録。

臨東皇，萬物昌。君陶唐，宣重光。臣皋夔，熙元良。協三辰，撫萬方，物無夭札人無傷。人無傷，緊元良。錫以景福滋瀼瀼，吾君欣欣兮臻樂康。《全宋詩》卷一八七九，册33，第21054頁

深夜謡二首

曹勛

按,《樂府詩集》無此題,然曹勛《松隱集》置之于「古樂府」類,故予收録。

月影移鳷鵲,鑪香滿建章。君王駐琱輦,宫女出彤房。仙樂浮雲漢,笙歌遶畫梁。按圖皆國色,何處是高唐。

花落春猶在,人存事已非。草侵迎仗路,塵滿舊熏衣。獨立空憐影,當歌但斂眉。羞見長門月,曾同步輦歸。《全宋詩》卷一八七九,册33,第21055頁

山中謡

曹勛

按,《樂府詩集》無此題,然曹勛《松隱集》置之于「古樂府」類,故予收録。宋人又有《山中曲》,或出於此,亦予收録。

山中之樂何由説，知者不言言者拙。紅塵飛盡散松風，獨酌寒泉弄明月。《全宋詩》卷一八七九，册33，第21055頁

山中曲擬張司業

謝翱

按，《全元詩》册一四亦收謝翶此詩，元代卷不復録。

夕烟沉，曙烟起，野爨濕茫茫，空竿弄塵水。栟櫚遥倚西南雲，生葉團團如車輪。桑弓蓬矢半刀筆，去者送盡無來人。捫蘿慟哭衫袖冷，白首空回掃山影。《全宋詩》卷三六八九，册70，第44291頁

山中曲

艾性夫

按，《全元詩》册一九亦收艾性夫此詩，元代卷不復録。

久雨作惡春事老，乍晴可人山路長。紫冰摇摇菌耳濕，黄雪糝糝松花香。

深山無人風自語，古澗觸石泉争鳴。殘花時墮一兩片，好鳥忽啼三五聲。《全宋詩》卷三七〇一，册70，第44429頁

青苔篇

曹　勛

按，《樂府詩集》無此題，然曹勛《松隱集》置之于「古樂府」類，故予收録。

陵陸變滄海，復作清淺流。扶疏蕊淵桂，先驚蒲柳秋。姑蘇臺未乾，坐見麋鹿遊。秦皇正遊覽，黄屋指沙丘。乃知晞朝露，不必潛蛟虯。桀跖豈庸陋，比德慚蜉蝣。夷齊苦葵藿，垂譽賢伊周。貧賤未必汙，邪辟深可羞。愚智混生死，善惡觀其由。昧死尚役役，身外滋旁求。君不見當年梨園歌舞人，歌聲未歇生白頭。及時游衍且行樂，莫教日入辭高樓。請君試誦青苔篇，令君一誦忘百憂。《全宋詩》卷一八八〇，册33，第21056頁

攀龍引

曹　勛

漢王充《論衡·道虛篇》曰：「儒書言：黄帝采首山銅，鑄鼎於荆山下。鼎既成，有龍垂胡髯，下迎黄帝。黄帝上騎龍，群臣、後宫從上七十餘人，龍乃上去。餘小臣不得上，乃悉持龍髯。龍髯拔，墮黄帝之弓，百姓仰望黄帝既上天，乃抱其弓與龍胡髯吁號。故後世因其處曰『鼎湖』，其弓曰『烏號』。」①蓋爲《攀龍引》所本。按，《樂府詩集》無此題，然曹勛《松隱集》置之于「古樂府」類，故予收録。

鑄神鼎兮荆之陽，鼎成兮賓帝鄉。君乘龍兮龍高翔，臣攀龍兮龍髯短。龍髯短，接君之衣兮，臣不敢以手挽。君棄臣兮臣將疇依，臣慟哭兮君不知。君不知兮可奈何，風雨慘慘兮荆山之阿。《全宋詩》卷一八八〇，册33，第21057頁

① [漢] 王充《論衡》卷七，上海古籍出版社，1990年版，第70頁。

鳳凰曲

曹　勛

按，《樂府詩集》無此題，然曹勛《松隱集》置之于「古樂府」類，故予收録。宋人李新《冬》曰：「坐歌《鳳凰曲》，心馳千里道。歌聲徒繞梁，誰知此懷抱。」①則《鳳凰曲》宋時可歌。

帝子學鳳吹，逸響縈回風。雙飛翔紫霞，駕景凌輕虹。戢影入青靄，聲斷彩雲空。《全宋詩》卷一八八〇，册33，第21060頁

① 《全宋詩》卷一二五三，册21，第14156頁。

卷一六一　宋新樂府辭三〇

花月詞

曹勛

按，《樂府詩集》無此題，然曹勛《松隱集》置之于「古樂府」類，故予收録。

花光露重春烟濕，鶴去瑶臺人佇立。坐見欄干月脚西，景入長門金鎖澀。花開直莫媚春風，春風代謝如呼吸。《全宋詩》卷一八八〇，册33，第21061頁

春閨怨

曹勛

按，《玉臺新詠》有吴孜《春閨怨》一首、王僧孺《春閨有怨》一首，或爲曹勛此詩所本，《松隱集》置之于「古樂府」類，故予收録。宋人又有《春閨詞》，當出於此，亦予收録。

著意綉鴛鴦，雙雙戲小塘。綉罷無心看，楊花滿綉床。《全宋詩》卷一八八〇，册33，第21062頁

同前三首

周行己

春盡遼陽無信來，花奩鸞鏡滿塵埃。黄鶯恰恰驚人夢，欲到郎邊却麽回。

深院無人簾幕垂，漫裁白紵作春衣。停針忽憶當年事，羞見梁間燕子飛。

燕子引雛來去飛，楊花漠漠草萋萋。窗前睡起渾無緒，倚遍欄干日又西。《全宋詩》卷一二七二，册22，第14377—14378頁

同前

吴惟信

細柳輕烟鎖畫樓，樓中人去水長流。琵琶聲斷梅花落，别是春風一種愁。《全宋詩》卷三一〇六，册59，第37058頁

同前

周　密

斜立倚東風，雙眉對春怯。何處卜歸期，花邊數飛蝶。《全宋詩》卷三五五七，册67，第42515頁

春閨怨效唐才調集體

張紹文

楊柳和烟翠不分，東風吹雨上離樽。鵾弦調急難藏恨，燕子樓高易斷魂。錦字書成春夢遠，玉壺泪滿夜燈昏。馬蹄想過長亭路，細與蕭郎認去痕。《全宋詩》卷三六六二，册70，第43981頁

春閨詞

真山民

愁鎖眉尖未肯消，何心更待兩蛾嬌。一春螺黛渾無用，付與東風染柳條。《全宋詩》卷三四三四，册65，第40886頁

同前　　謝翱

按，《全元詩》册一四亦收謝翱此詩，元代卷不復録。

秋閨怨　　曹勛

手觸殘紅頭懶梳，香隨蝴蝶上衣裾。暖風吹睡無言語，又向床頭看夢書。《全宋詩》卷三六九二，册70，第44329頁

按，《玉臺新詠》有王僧孺、何遜《秋閨怨》各一首，或爲曹勛此詩所本，《松隱集》置之于「古樂府」類。又，宋鄭樵《通志二十略·樂略一》「怨思二十五曲」有《秋閨怨》，故予收録。宋人又有《秋閨詞》，當出於此，亦予收録。

憂勤番作妬，險詖自爲才。趙瑟弦初絶，秦箏曲更哀。蛛網羅妝鑑，庭蕪暗玉階。聽鷄雖

自誤，辭輦却成非。猶謝昭陽月，時來照寢衣。《全宋詩》卷一八八〇，册 33，第 21063 頁

同前

林希逸

簾幕低垂夜漏深，秋蟲唧唧相悲吟。回紋織罷空彈泪，未必君心似妾心。《全宋詩》卷三一一八，册 59，第 37230 頁

秋閨詞

周紫芝

按，周紫芝《太倉稊米集》置之於「樂府」類。

西風動簾幕，蟋蟀鳴高堂。蔓草濕零露，秋閨知夜長。佳人掩朱户，背燭解羅裳。願言鴛鴦夢，雙飛入方塘。清影横疏櫺，奈此明月光。依依照長夜，炯炯明愁腸。不恨郎不歸，恨月入我床。披衣復起坐，嚬翠挑殘缸。開緘取素書，解結羅帶傍。一讀再三嘆，再讀泪數行。終夜不成寢，曙色忽滿窗。雖云有膏沐，誰能理晨妝。《全宋詩》卷一四九七，册 26，第 17095 頁

閨怨

曹勛

按，南朝至唐《閨怨》甚多，《樂府詩集》未見收録。然宋鄭樵《通志二十略·樂略一》「怨思二十五曲」有《閨怨》，且曹勛《松隱集》置之于「古樂府」類，故予收録。宋人又有《幽閨怨》，當出於此，亦予收録。

頭上百寶釵，終身不相失。唯有鴛鴦席，承歡難可畢。《全宋詩》卷一八八〇，册33，第21063頁

同前二首

司馬槱

銷盡輕寒不自禁，新愁唯向静中深。尋常曾入三更夢，咫尺空論萬里心。人去鳳幃雲漠漠，雁回珠箔日沉沉。春風洞口花長在，只許劉郎一度尋。

綉簾珠箔一重重，十里香風入眼濃。鏡合紫鸞來有信，雲深青鳥去無踪。楚王臺下尋常見，宋玉墻頭取次逢。可惜好花攀折盡，飄零芳蕊付游蜂。《全宋詩》卷一二七四，册22，第14387頁

同前　唐庚

芳草繞池緑，天涯人未歸。春來更消瘦，渾欲不勝衣。《全宋詩》卷一三二六，册 23，第 15046 頁

同前　許必勝

房櫳微雨過，蟲思草根深。門外青苔色，無人閑到今。換衫依暮冷，開鏡倚秋心。别意猶能在，應來夢裏尋。《全宋詩》卷二〇五九，册 37，第 23225 頁

同前　姜特立

别恨迢迢千里餘，天涯何處覓音書。花間羞見雙雙蝶，水上愁尋六六魚。《全宋詩》卷二一四二，册 38，第 24160 頁

同前五首

許棐

眉鎖從春不暫開，懶移心事向妝臺。恩情恰似殘花片，去逐東流更不回。
別後相思瘦玉肌，不堪重著看花衣。恨君得似梁間燕，社日辭家社日歸。
月引庭花影上窗，悶和簪朵卧空床。春寒翠被無人共，閑却熏爐一字香。
離愁一點濃如黛，强把金篦掃不開。新月幾番呈巧樣，薄情夫婿未歸來。
小院東風去住中，春愁元不隔簾櫳。自家顔色凋零盡，却對花枝惜墮紅。《全宋詩》卷三〇八九，冊 59，第 36845 頁

同前

嚴羽

昨夜中秋月，含愁顧影頻。空留可憐影，不見可憐人。
欲作遼陽夢，愁多自不成。錯嫌烏臼鳥，半夜隔窗鳴。《全宋詩》卷三一一五，冊 59，第 37184—37185 頁

同前

俞桂

鳳幃曉起鬢鬅松，枕肉初生酒暈紅。一把柳絲挪在手，沉吟無語對春風。

誰憐人去鎖朱樓，終日憑欄只帶愁。燕子也知人薄幸，飛來略不傍簾鈎。《全宋詩》卷三二七五，册62，第39039頁

同前

胡仲弓

君居楚尾妾吴頭，咫尺天涯作許愁。多謝有情江上月，夜深分照兩家樓。

别後妝臺鏡懶開，倚門日日望書來。西風吹過衡陽雁，雁已歸回郎未回。《全宋詩》卷三三三五，册63，第39812頁

同前

舒岳祥

一春心事許誰同，金鑰無聲柳絮風。怪得枕中黄鳥唤，不知窗外海棠紅。回廊曲徑入荷花，斜隱珠簾半面遮，欲綉鴛鴦嫌未似，且拋針線理琵琶。能把玉簫傳遠意，難將彩筆寫秋光。翠屏金鴨芙蓉冷，夢短却嫌秋夜長。貯雪成酥飣玉盤，勸郎抄取一匙餐。金針指冷愁花凍，侍婢添香却夜寒。《全宋詩》卷三四四三，册65，第41020頁

同前江右旅邸壁上詩

無名氏

有約未歸蠶結局，小軒空度牡丹春。夜來揀盡鴛鴦繭，留織春衫寄遠人。《全宋詩》卷三七五六，册72，第45296頁

擬古閨怨三首

王　炎

爲郎縫春衣，春盡郎未歸。羞見庭下花，一雙胡蝶飛。

良人久在外，想像裁香羅。放下金粟尺，無言顰翠蛾。

花開復花謝，墮在藩溷邊。不惜花落盡，惜無長少年。《全宋詩》卷二五五九，册48，第29690頁

幽閨怨

曹　勛

按，曹勛《松隱集》置之于「古樂府」類，故予收録。

妾年十五從良人，良人待旦驅從軍。至今遠戍燕山北，但見春歸秋草碧。年年塞雁去還來，深院無人空緑苔。《全宋詩》卷一八八〇，册33，第21063頁

遺所思

曹　勛

按，《樂府詩集·相和歌辭》《飲馬長城窟行》古辭曰：「青青河畔草，綿綿思遠道。遠道不可思，宿昔夢見之。夢見在我傍，忽覺在他鄉。他鄉各異縣，輾轉不相見。枯桑知天風，海水知天寒。入門各自媚，誰肯相爲言。客從遠方來，遺我雙鯉魚。呼兒烹鯉魚，中有尺素書。長跪讀素書，書中竟何如？上言加餐飯，下言長相憶。」①蓋爲此題所本。宋鄭樵《通志二十略·樂略一》列此題於「怨思二十五曲」，曹勛《松隱集》置之于「古樂府」類，故予收録。

君行既云遠，我思日以長。思君無所遺，寶帶雙鴛鴦。鴛鴦不相失，錦翼游方塘。副之玳瑁簪，同心復同房。上有金蓮花，莖葉相扶將。下有并根藕，藕絲百尺長。同緘尺素書，封以紫錦囊。上言長相憶，下言莫相忘。努力加餐飯，歸來花正芳。《全宋詩》卷一八八〇，册33，第21064頁

---

①《樂府詩集》卷三八，第436頁。

天陰望鍾山

曹勛

按，《樂府詩集》無此題，然曹勛《松隱集》置之于「古樂府」類，故予收録。

塵土不滿眼，飛鴻入無倪。摇情望鍾山，巖壑移東西。荆榛蔽青靄，上下紛冥迷。昔人去已遠，草堂懷烟霏。此意竟何往，緬懷誰與追。胡爲命駕一登覽，誅除氛祲褰雲旂。《全宋詩》卷一八八一，册33，第21065頁

京口有歸燕

曹勛

按，《樂府詩集》無此題，然曹勛《松隱集》置之于「古樂府」類，故予收録。

春烟晝白春草緑，春水溶溶曲江曲。吴宫梁苑盡灰飛，胡馬驕嘶銜苜蓿。蕭條南國悶春愁，章臺瑶室今茅屋。中原民庶被氈裘，萬室無人皆鼠伏。子歸何處定安巢，楚幕雖多易傾覆。

感君爲君思建章，萬户朱門綴珠玉。當時天下尚無爲，今日悲凉變何速。感君歌，爲君哭，汾陽已死淮陰族。沉沉壯士聽晨鷄，豺狼當路食人肉。燕齊鄒魯化腥膻，番人走馬鳴轒轒。《全宋詩》卷一八八一，册33，第21066頁

人生不長好

曹　勛

按，《樂府詩集》無此題，然曹勛《松隱集》置之于「古樂府」類，故予收録。

人生不長好，倏忽如蕣英。臨觴莫辭醉，既醉莫願醒。但識醉中理，無欲醒時名。夷齊猶餓死，誰復哀屈平。陵谷尚遷滅，況乃期促齡。已焉謝消長，得失秋毫輕。《全宋詩》卷一八八一，册33，第21066頁

姑蘇臺上月并序

曹　勛

詩序曰：「按《吴越春秋》，姑蘇臺高，見三百里，下有長洲之苑。予往年訪其遺址，有

石橋廣數丈，其長里許，其水通三江、長洲、洞庭。臺基依山，傍有僧寺云。」按，《樂府詩集》無此題，然曹勛《松隱集》置之于「古樂府」類，故予收録。

姑蘇臺上月，倒景浮天河。石梁卧長洲，垂虹躍金波。叢薄散蘭麝，水底流笙歌。歌聲未斷樽前舞，越兵夜入三江浦。吴王沉醉未及醒，不知身已爲降虜。響屧廊前珠翠横，采香徑裏喧鼙鼓。西施和泪下珠樓，回首吴宫隔烟霧。姑蘇臺殿變秋蓬，荆棘沾衣泣寒露。至今風月動凄凉，餘址石橋尚如故。《全宋詩》卷一八八一，册33，第21066頁

迢迢高樓入紫烟

曹勛

按，《樂府詩集》無此題，然曹勛《松隱集》置之于「古樂府」類，故予收録。

迢迢高樓入紫烟，上連阿閣巢青鸞。青鸞飛飛不復返，朱甍碧瓦空般般。而今燕雀互棲止，便便飽逸嗤鷹鸇。黄金臺廢燕昭死，嗟嗟誰復旌遺賢。《全宋詩》卷一八八一，册33，第21067頁

床前帳并序

曹勛

詩序曰：「晉平虜將軍劉勛妻王宋，既嫁二十餘年，劉悦山陽司馬氏女，以宋无子出之，宋於道中作《床前帳》以自傷。」按，《樂府詩集》無此題，然曹勛《松隱集》置之于「古樂府」類。又，宋鄭樵《通志二十略·樂略一》「佳麗四十七曲」有《劉勛妻》，①據詩序，曹勛《床前帳》或出於此，故予收録。

蜀錦床前帳，四角垂香囊。上有合歡帶，下有雙鴛鴦。鴛鴦一分散，不得同所將。棄捐篋笥裏，誰惜舊時香。《全宋詩》卷一八八一，册33，第21069頁

① 《通志二十略》，第915頁。

荆門道

曹勛

按，《樂府詩集》無此題，然曹勛《松隱集》置之于「古樂府」類，故予收録。

荆門道，在何許，萬里迢迢入南楚。故人何事未歸來，滿目豺狼路多阻。路多阻兮可奈何，矍鑠廉公亦奚取。期君終日醉如泥，賢似靈均醒時語。《全宋詩》卷一八八一，册33，第21071頁

懷長沙

曹　勛

按，《樂府詩集》無此題，然曹勛《松隱集》置之于「古樂府」類，故予收録。

有若人兮眇何所，投蘭袂兮江之滸。杜蘅約席兮桂柏爲宇，胡爲乎終年而在兹。前有沅湘之深水兮，後有岳麓之重阻。聊逍遥於山阿，可以避歲寒之風雨。《全宋詩》卷一八八一，册 33，第 21072 頁

莫獨行

曹　勛

按，《樂府詩集》無此題，曹然勛《松隱集》置之于「古樂府」類，故予收録。又，《全元詩》册一七亦録，作元人曹伯啓詩，題辭皆同，元代卷不復録。

莫獨行，風雨慘慘兮夜不得明。道有石阪兮，使汝車敗而馬驚。山有猛虎兮水多暴鯨。任重塗遠兮無欲速其小程。莫獨行，莫獨行，聊可以俟同志之友生。《全宋詩》卷一八八一，册33，第21073頁

古戰場

曹勛

按，《樂府詩集》無此題，然曹勛《松隱集》置之于「古樂府」類，故予收録。

烟冥露重霜風號，聲悲色慘侵征袍。據鞍顧盼度沙磧，縱横白骨餘殘燒。舉鞭遲留問田父，彼將欲語先折腰。泣云畔寇昔據此，老夫父子服弓刀。將軍下令起丘甲，法嚴勢迫無所逃。攻城奪險數十戰，民殘兵弊夷梟巢。當時二子没於陣，老夫幸免甘無聊。匹夫僭亂起阡陌，禍延千里俱嗷嗷。官私所殺盡民吏，坐令骨肉相征鏖。唯餘將軍封萬户，士卒戰死埋蓬蒿。至今野火遍昏黑，天陰鬼哭聲嘈嘈。《全宋詩》卷一八八二，册33，第21074頁

同前

張堯同

自昔干戈地，城空草自荒。漁樵懷舊事，何敢議興亡。《全宋詩》卷二九五二，册 56，第 35176 頁

春光好

曹勛

按，唐崔令欽《教坊記》記盛唐教坊曲有此曲。唐南卓《羯鼓録》載唐玄宗曾以羯鼓曲奏《春光好》，後入詞調。曹勛擬之，《松隱集》置之于「古樂府」類，故予收録。

十年不見春光好，胡人馬齧長安草。長安草盡人已空，宫館園林迹如掃。東都西洛暗兵塵，晝引狐狸上黄道。長淮水淺吴山低，戍邊時巡無已時。無已時，萋萋草緑胡馬肥。濠城短小不蔽眼，况復瑣屑游芳菲。何當仗劍從神武，晴春甲馬争光輝。《全宋詩》卷一八八二，册 33，第 21075 頁

送春歸

曹勛

按，白居易元和十一年曾作《送春歸》，抒遷謫之怨。① 曹勛取其題，發風景不殊而山河有異之嘆。《松隱集》置之于「古樂府」類，故予收録。

送春歸，在何處。禾黍正離離，江城匝屯戍。楊花零亂點旌旗，天涯芳草連雲暮。舊園桃李遍荊棘，故國樓臺盡狐兔。衣冠不見洛陽花，胡馬猶嘶漢宫樹。吴江水緑吴山青，春到春歸別有情。柳色迎人下關塞，隨軍萬里清胡塵。黄金臺榭未埋没，當年勿謂秦無人。《全宋詩》卷一八八二，册 33，第 21075 頁

① 《白居易集箋校》卷一二，第 648 頁。

怨遥夜

曹 勛

按，唐張九齡《望月懷遠》曰：「海上生明月，天涯共此時。情人怨遥夜，竟夕起相思。」①或爲此題所本。曹勛《松隱集》置之于「古樂府」類，故予收録。

六龍滅景兮疾如馳，結鄰曭㬹兮沉海涯。飛霜烈烈以襲物兮，其容慘慄。陰風凜凜而薄人兮，其聲凄悲。祥鸞伏竄兮，鴟梟號呼。哲人永嘆以哀吟兮，貪夫適其覬覦。彼庭燎之不吾遭兮，良卷懷而鬱紆。勞歌三發兮，晨鷄未旦。使我耿耿以慼憂兮，獨輾轉而向隅。《全宋詩》卷一八八二，册33，第21075頁

① 《全唐詩》卷四八，第591頁。

歲將暮并序

曹勛

題注曰：「時自虜中歸。」詩序曰：「歲律將暮，我行獨勞。家無餘儲，晨昏不贍。性多愚鄙，拙於治生。拊己興懷，歌以自傷云。」按，《樂府詩集》無此題，然曹勛《松隱集》置之于「古樂府」類，故予收録。

歲將暮，歲將暮，靡靡行人不歸去。不歸去，道路長，道路長兮復限我以石阪羊腸。山多喬木兮不能爲吾之棟梁，水多深阻兮不能爲吾之舟航。徒頓駕以獨宿兮，趨風雨於晨裝。眇佳人兮余懷，期遥集於扶桑。《全宋詩》卷一八八二，册33，第21076頁

隋堤草

曹勛

按，《樂府詩集》有白居易新樂府辭《隋堤柳》，曹勛此題或爲擬作。《松隱集》置之于「古樂府」類，故予收録。

綿綿隋堤草，草色翠如茵。梧桐間桃李，穠艷驕陽春。楊柳垂金堤，拂舞無纖塵。行人不敢折，守吏嚴呵嗔。大業一崩隕，九廟猶荆榛。隋堤草與木，采斫雜樵薪。秋風號枯枝，野火燒陳根。園林宮館尚禾黍，草木於爾何足論。《全宋詩》卷一八八二，册33，第21076頁

蔓草長并序

曹勛

詩序曰：「余所寓之室前，有喬木一本，葛蔓延冪其上。感物興懷，有《蔓草長》以風焉。」按，《樂府詩集》無此題，然曹勛《松隱集》置之于「古樂府」類，故予收録。

蔓草長，摇風緣砌凌高堂。萋萋密葉護葱蒨，漙漙湛露滋瀼瀼。下有徑寸蘭，委靡塗秋霜。依憑既失所，不及菰與蔣。托身肯媚附喬木，持芳自潔凝幽香。蔓草長，因緣從爾摩蒼蒼。一朝喬木夭斤斧，掘根削株貽汝殃。《全宋詩》卷一八八二，册33，第21076頁

悲采薇

曹勛

《史記・伯夷列傳》曰：「武王已平殷亂，天下宗周，而伯夷、叔齊耻之，義不食周粟，隱於首陽山，采薇而食之。及餓且死，作歌。其辭曰：『登彼西山兮，采其薇矣。以暴易暴兮，不知其非矣。神農、虞、夏，忽焉没兮，我安適歸矣？于嗟徂兮，命之衰矣！』遂餓死於首陽山。」①蓋爲此題所本。曹勛《松隱集》置之于「古樂府」類，故予收録。

昔辭萬乘寵，潔己歸其仁。强諫非矯訐，所守懷真淳。邈矣思唐虞，去去迹已陳。夏禹且不讓，叔世良悲辛。采薇歌西山，獨往誰與鄰。激節不少渝，終始無緇磷。優入聖人域，清風高隱淪。嗟嗟首陽山，今飛胡馬塵。况乃匪湯武，吾子勞諄諄。已而復已而，緬默思良辰。《全宋詩》卷一八八二，册33，第21077頁

① 《史記》卷六一，第2123頁。

感秋蘭

曹　勛

按，《樂府詩集》無此題，然曹勛《松隱集》置之于「古樂府」類，故予收録。

雲何爲兮深山，水何爲兮幽谷。匪雜佩于華裾，耻見珍於流俗。噫嘻，疑枳棘與荆榛，不辭榮於秋緑。《全宋詩》卷一八八二，册33，第21077頁

哀孤鴻

曹　勛

題注曰：「江上書事。」按，《樂府詩集》無此題，然曹勛《松隱集》置之于「古樂府」類，故予收録。

哀孤鴻，孤鴻杳何所。堅冰合洞庭，積雪滿南楚。吊影破寒空，凄凉宿烟雨。上林衰草暗池塘，衡岳居人雜豺虎。縣官下詔收箭工，繒繳高張求勁羽。稻粱粒粒盡輸軍，飲啄號呼困秋

浦。至今燕代滿胡兒，每欲歸飛畏弓弩。畏弓弩，誰能爲我驅胡虜。胡虜驅除漢道昌，一身雖困忘辛苦。《全宋詩》卷一八八二，册33，第21078頁

天上月

曹勛

按，《樂府詩集》無此題，然曹勛《松隱集》置之于「古樂府」類，故予收録。

皎皎天上月，隨人如有情。何當背銀燭，棄我如絶纓。《全宋詩》卷一八八二，册33，第21078頁

同前

劉翰

春冰一片浄無瑕，萬里清光遍海涯。欲與常娥移桂樹，月中先合種梅花。《全宋詩》卷二四一二，册45，第27842頁

高樓月

曹勛

按，《樂府詩集》無此題，然曹勛《松隱集》置之于「古樂府」類，故予收録。

高樓月，倒景入闌干。人眠綺窗影，月在青雲端。相攀不可得，空成簾幕寒。《全宋詩》卷一八八二，册33，第21078頁

懷遠

曹勛

按，《樂府詩集》無此題，然曹勛《松隱集》置之于「古樂府」類，故予收録。

有美人兮隔千里，彼不來兮我獨止。吴江木落又經年，壯士悲聲寒易水。《全宋詩》卷一八八二，册33，第21080頁

同前

李彌遜

去年別懷玉，山净覺秋高。歲月頻思夢，江湖多怨濤。無書寄風翼，有鬢着霜毛。獨立寒汀暮，忘言正鬱陶。《全宋詩》卷一七一一，册30，第19273頁

同前

劉子翬

樓北樓南烟岫遮，水光秋色澹無涯。風驚枯葦連汀雨，霜著寒楓滿樹花。故人悠悠絶雙鯉，别恨耿耿聞悲笳。索居懷抱向誰寫，古調一吟青鬢華。《全宋詩》卷一九二〇，册34，第21430頁

秋色

曹勛

按，《樂府詩集》無此題，然曹勛《松隱集》置之于「古樂府」類，故予收録。宋詩以《秋色》爲題者甚多，本卷止録題旨近曹勛《秋色》者。

空烟翔水裔，海月飛冰輪。大旆連天山，羽校羅秋旻。霜輝明縞練，彩錯光鱗鱗。一掃龍庭空，海宇無纖塵。《全宋詩》卷一八八二，册33，第21080頁

同前二首

黄　庚

其一題注曰：「山陰詩社中選。」按，《全元詩》册一九亦收黄庚此詩，元代卷不復録。

憑高望不極，望斷動愁情。落日凄凉處，西風點染成。丹楓明野驛，白水浸江城。馬上人回首，戎戎黯客程。《全宋詩》卷三六三六，册69，第43559頁

虹影界開微慘淡，雁痕點破更凄清。一番雨過天容碧，盡是西風染得成。《全宋詩》卷三六三八，册69，第43611—43612頁

黄鶴并序

曹　勛

詩序曰：「古樂府有其名而亡其詞。」按，曹勛《松隱集》置之于「古樂府」類，故予收録。

宋人又有《黄鶴謡》，或出於此，亦予收録。

子晉升真後，茅君謁帝初。靈風翔羽葆，舒轡聳雲裾。凌虚前虎節，方駕後龍輿。平旦辭龜嶺，禺中過鳳虚。故里頻遷改，山川遽有無。當時武昌水，清淺轉城隅。《全宋詩》卷一八八二，册33，第21081頁

黄鶴謡寄吴季謙侍郎時季謙自德安入城予適以使事在鄂

岳　珂

廬山白鶴歸來雙，縞衣素袂玄爲裳。翅如車輪夜横江，風聲曾走淮淝羌。戛然長鳴下柴桑，芝田啄粒遥相望。何人網羅倏高張，上決雲漢旁八荒。一隨鵬鶡鶩遠翔，低頭不肯謀稻粱。一罹罝弋沮澤旁，局身筠籠翅摧藏。鸚鵡洲畔葭葦鄉，水雲蒼蒼江茫茫。九皋欲聞聲不揚，回顧鷗鷺羞顔行。忽聞緱笙度宫商，紅塵俯視有底忙。磯頭刷羽今正黄，欲搥此樓呼酒狂。《全宋詩》卷二九六五，册56，第35330頁

有雪

曹　勛

題注曰：「時冬無冰，春大雪。」按，《樂府詩集》無此題，然曹勛《松隱集》置之于「古樂府」類，故予收録。

有雪有雪何不時，號令無乃乖其宜。玄冥失職變常燠，草木不黄流不澌。群蟄開張動平陸，廣野宮闕騰蛟螭。方今春王布仁政，育養萬物如嬰兒。爾何干職助陰沴，致使造物無威儀。四序平分佐天吏，物色消長隨指揮。元綱既絶亂箕斗，五行顛倒盈縮虧。安得調元按天步，太微受事三光齊。璇璣不愆四七正，時歌玉燭滋黔黎。爾之不職有常律，司辰執僇歸攝提。願得唐虞二八一十六相佐天子，雷風時至無錯迷。《全宋詩》卷一八八二，册 33，第 21081 頁

卷一六三　宋新樂府辭三二

太祖皇帝師次陳橋受天命協人情爲聖皇武

崔敦禮

按，《樂府詩集》無此題，然崔敦禮《宫教集》置之于「樂章」類，故予收録。

聖皇武，憯顯幽。震逾恭，翼微周。帝下顧，民噢咻。糜沸鼎，泛横流。否其復，飛龍秋。挽天弧，建神矛。振汨陳，遏虔劉。滂然施，鴻祐休。熯以濡，羸者瘳。御皇極，凝前旒。遍臚歡，蕩岱丘。

右聖皇武二十二句。　《全宋詩》卷二一〇六，册38，第23773頁

劉鋹僭號嶺南虐其民潘美伐之俘以獻爲猛虎攫

崔敦禮

按，《樂府詩集》無此題，然崔敦禮《宫教集》置之于「樂章」類，故予收録。

猛虎攫，噬海隅。跨嶠綿嶺，環爲爐。流膏解節，民畢屠。帝怒惠顧，思往蘇。授以虓將，施天誅。長驅無垠，抵其郛。手援炎歊，吹以濡。長纓繫頸，來纍纍。撑骸膾肉，窮凶徒。觀城告社，咸嗟歔。

右猛虎攫二十句。　《全宋詩》卷二一〇六，册 38，第 23773 頁

李煜不朝伐之煜降江南平爲震雷薄矣

崔敦禮

按，《樂府詩集》無此題，然崔敦禮《宫教集》置之于「樂章」類，故予收録。

震雷薄矣，胡蠅之營。彌江負淮，陝天險矣。寧曰我盡臣度，肅恭威靈。宇宙混同，一方阻。皇明建靈旗，下巨舳。震威而懷，靡事戕戮。王師如翰，至則速。風湖雷磕，奄其覆。哀哀逆儔，維喙乞降。檦車青蓋，朝帝鄉。妖氛殺翳，旋披攘。膏痿腥腴，德澤滂。凱旋金聲，奏洋洋。煇燿萬國，俱向方。

右震雷薄矣二十八句。　《全宋詩》卷二一〇六，册 38，第 23773 頁

太白遠遊

崔敦禮

題注曰：「《太白遠遊》者，崔敦禮所作也。太白在天寶間，當高力士、楊國忠之徒用事，不能俛首以同俗，浮游四方，浪迹自肆。詠歌之際，類多托配仙人，與俱遊戲，周歷天下。放意寥廓，無所不至。然太白豈無意於世者？憂思憤鬱，假以自適，其屈原《遠遊》之意歟？敦禮游當塗，吊青山之墓，因集其言，檃括爲楚詞，命曰《太白遠遊》云。」按，《樂府詩集》無此題，然崔敦禮《宫教集》置之於「歌詞」類，故予收録。

人間不可以托兮，《悲清秋》。信長風而雲行。《游泰山》。浩漫其將何之兮，《尋范居士》。悵飄忽而徂征。《淮陰書懷》。天生材以有用兮，《將進酒》。思逢時而經綸。《梁甫吟》。苦恩疏而媒勞兮，《答裴侍御》。坐長嘆以撫膺。《蜀道難》。鷄聚族以争食兮，鳳孤飛而無鄰。《鳴皋歌》。璚草隱於深谷兮，層丘蔽以蒼榛。《古風》。騂騮拳跼而不得食兮，蹇驢得志以鳴春。《答友人》。蝘蜓嘲龍兮魚目混珍，嫫母衣錦兮西施負薪。《鳴皋歌》。世道有此翻覆兮，《感秋》。誰察余之堅貞。《雪讒》。塊獨處此幽默兮，《鳴皋歌》。乃黽息而虬蟠。《孟少府書》。不曠蕩以縱適兮，何拘攣以守常。《大鵬賦》。將倚劍乎天外兮，欲挂弓於扶桑。《孟少府書》。以倥傯而爲巢兮，以虛無而爲場。《大鵬賦》。運以大風之舉兮，假以摩天之翔。《楊右相書》。前期浩乎漫漫兮，《敬亭山》。浮四海而横八荒。《孟少府書》。赤玉舄以東上兮，烟蒼蒼其逢山。《古風》。逢羽人於天門兮，方瞳好其容顔。遺我書以鳥迹兮，讀不閑而三嘆。《游泰山》。偶然值乎青童兮，緑髪雙雙其雲鬟。笑我學仙之晚兮，蹉跎凋乎朱顔。《游泰山》。玉女飄飄而下兮，遺我以流霞之杯。稽首拜而自愧兮，棄世何其悠哉。《游泰山》。隨風恣其飄揚兮，《古風》。不知東走之迷。《贈范金卿》。忽撫己而自笑兮，《古風》。問南登之路岐。《灞陵行》。采姹女於江華兮，收河車於清溪。《送權十一》。卧香爐以餐霞兮，《書懷》。窺石鏡而心清。遥見仙人於彩雲兮，把芙蓉於玉京。期汗漫於九垓兮，接盧敖於太清。《廬山謡》。乘興任夫所適兮，《叙舊》。鳴騶忽其西馳。《送劉副使》。栽若木於西海兮，《上雲樂》。采瓊蕊乎崑山。《古風》。揖叔卿於雲臺兮，恍惚凌乎紫冥。《古風》。飲玉漿於丹丘兮，備灑掃以明星。《西嶽雲臺歌》。赤松借予以白鹿兮，挾兩龍以相從。《古風》。傳秘訣於韓衆兮，精誠與夫天通。《登天柱石》。西上既窮其登攀兮，《登太白峰》。雲飄然而無心。《酬王司馬》。八極可以神遊兮，賦大鵬於北溟。激三千以崛起兮，向九萬而迅征。《大鵬賦》。訪廣成於至道兮，聞大塊之幽居。掇玄珠於赤水兮，天下不知其所如。《大獵》。凌原作登，據《永樂大典》改雲霄以直上兮，《南軒松》。入無窮而遺形。《登天柱石》。騎日月而羽化兮，翼鴛鸞而雲行。《敬亭山》。出宇宙之寥廓兮，《孟少府》。羾閶闔之峥嶸。《大鵬賦》。載原作戴，據《永樂大典》改。長雲之河車兮，《飛龍引》。十二樓與五城。《書懷》。登真朝於玉皇兮，《贈從弟》。賜瓊漿以玉杯。《古風》。聽天語之察察兮，《明堂賦》。廓如雲而天開。《葉和尚贊》。天地同乎枯槁兮，《宋少府》。生世如乎轉蓬。《效古》。君子化爲猿鶴兮，小人或爲沙蟲。《古風》。營營爲何所求兮，鷄鳴趨乎四關。《古風》。十步而九太行兮，《望瓦屋山》。世路多乎險艱。《古風》。傳其語以銘骨兮，《古風》。永願辭於人間。《望廬山》。忽魂悸以魄動兮，《遊天姥》。即歸路而長嘆。《獻當塗宰》。轉天車於六龍兮，《贈裴十七》。雲駢下而飄翩。《春日行》。風爲馬兮霓爲裳，《遊天姥》。靡星旃兮《大獵賦》。回鸞車。《游天姥》。燭龍銜光以照物兮，列缺揮鞭而啓途。欻翳景以横翥兮，逆高天以下垂。《大鵬賦》。望四海兮何漫漫，《古風》。長相思兮在長安。《長相思》。復長劍而歸來兮，《寄丹丘子》。謁九重之天門。《贈從弟》。白日照吾之精誠兮，《梁甫吟》。效剖膽而輸肝。《行路難》。吐峥嶸之高論兮，開浩蕩之奇言。《大鵬賦》。所謂代馬不思乎越兮，越禽不戀乎燕。《古風》。流波思其舊浦兮，落葉墜於本根者也。《謝赴行在表》。

《全宋詩》卷二一〇六，册 38，第 23774 頁

太白招魂

崔敦禮

題注曰：「《太白招魂》者，崔敦禮所作也。敦禮既作《遠遊》，又念太白自知不容於時，

益傲放不羈，以自昏穢。時無宋玉，不能作《招魂》之辭，以復其精神而風其上。徒於詠歌之際，外陳四方之惡，内述長安之盛。憂時愛主，有屈原《大招》之遺風。吁其悲夫！因集其言，檃括爲些語，謂之《太白招魂》云。」按，《樂府詩集》無此題，然崔敦禮《宫教集》置之於「歌詞」類，故予收録。

予爲謫仙兮，《憶賀監》。薄遊人間。《送張祖序》。傲岸不諧兮，《答友人》。世路艱難。《古風》。折芳洲之瑶華兮，《寄情人》。采瓊蕊入乎崑山。《古風》。愁長安之不見兮，《登鳳凰臺》。坐拂劍而長嘆。《送竇司馬》。魂一去而欲斷兮，與春風而飄揚。《惜餘春賦》。飄揚其竟何托兮，《古風》。造化爲之悲傷。《古風》。於是帝命巫陽，《招魂辭》。若有一人，《愁陽春賦》。神氣黯然，《恨賦》。精魂飛散，《李長史書》。遲爾歸旋。《送二季》。乃下招曰：魂兮歸徠，無東無西，無南無北些。《大招辭》。碧海之東，長鯨濆涌，不可以涉些。《古有所思》。揚波噴雲，蔽天鬐鬣些。《古風》。齒若雪山，挂骨於其間些。《公無渡河》。歸徠，《招魂辭》。去無還些。《遠别離》。魂兮無南，《招魂辭》。南山白額，窮奇貙貙些。牙若劍錯，鬣如叢竿些。口呑殳鋋，目極槍櫓些。《大獵賦》。歸徠，《招魂辭》。飼豺虎些。《古風》。魂兮無西，《招魂辭》。西當太白，横絶峨嵋些。地崩山摧，天梯鈎連些。峥嶸崔嵬，朝虎夕蛇些。磨牙吮血，殺人如麻些。《蜀道難》。歸徠，《招魂辭》。行路難些。《樂府》。魂兮無北，《招魂辭》。北緣太行，嶝道峻盤些。馬足蹶側，車輪摧岡些。氣毒劍戟，嚴風裂裳些。《北上行》。歸徠，《招魂辭》。北上苦些。《北上行》。魂兮歸來，君無上天些。《招魂辭》。天鼓砰訇，雷震帝旁些。投壺玉女，笑開電光些。風雨之起，倏爍晦冥些。《梁父吟》。犬吠九關，殺人以憤其精魂些。《書情》。歸徠，《招魂辭》。天路何因些。《酬崔司户》。魂兮歸徠，君無下此幽都些。《招魂辭》。閉影潛魂，《恨賦》。遺迹九泉些。《望瓦屋山》。劍輪湯鑊，猛火熾然些。《大鐘銘》。疑山炎崑，苦海滔天些。《尊勝幢頌》。歸徠，《招魂辭》。保吾生些。《秋賦》。魂兮歸徠，《招魂辭》。還故鄉些。《古風》。高樓甲第，連青山些。《南都行》。飛楹磊砢，栱夤緣些。雲楣橫綺，桷攢欒些。皓壁晝朗，朱甍鮮些。《明堂賦》。金窗綉户，朱箔懸些。《散花樓》。魂兮歸徠，《招魂辭》。列珍羞些。《汪氏別集》。月光素盤，飯彫胡些。《宿荀媪家》。魯酒琥珀，紫錦魚些。《酬中都小吏》。白酒新熟，黄鷄肥些。《別兒童》。山盤秋蔬，薦霜梨些。《尋范居士》。吴鹽如花，皎白雪些。玉盤楊梅，爲君設些。《梁園吟》。魂兮歸徠，《招魂辭》。恣歡謔些。《將進酒》。南國美人，芙蓉灼灼些。《古風》。洛浦宓妃，飄飄飛雪些。《感春》。長干吴兒，艷星月些。《趙女辭》。西施東鄰，秀蛾眉些。《效古》。一笑雙璧，歌千金些。《古風》。琅玕綺食，鴛鴦衾些。《寄遠》。博山爐中，香火沉些。《陽叛兒》。魂兮歸徠，《招魂辭》。醉壺觴些。《早春》。青娥對燭，儼成行些。《贈江夏太守》。玉童兩兩，吹紫笙些。《古風》。佳人當窗，彈鳴箏些。《春日》。玉壺美酒，清若空些。看朱成碧，顔始紅些。《前有樽酒》。連呼五白，行六博些。《梁園吟》。赤鷄白狗，賭梨栗些。《行路難》。半酣呼鷹，揮鳴鞘些。《行行且游獵》。金鞍龍馬，花雪毛些。霜劍切玉，明珠袍些。《白馬篇》。魂兮歸徠，《招魂辭》。入長安些。《東巡歌》。清都玉樹，瑶臺春些。《擬古》。萬姓聚舞，歌太平些。《春日行》。伐鼓槌鐘，啓重城些。日照萬户，簪裾明些。騎吹颯沓，引公卿些。《鼓吹入朝曲》。白日紫暉，運權衡些。《古風》。倒海凌山，索月采蓀些。《書情》。文質炳焕，羅星旻些。《古風》。魂兮歸徠，《招魂辭》。樂不可言些。《飛龍引》。亂曰：長相思兮在長安，絡緯秋啼兮金井欄。《長相思》。望夫君兮安極，我沉吟兮嘆息。《劍歌賦》。懷洞庭兮悲瀟湘，《惜餘春賦》。把瑶草兮思何堪。念佳期兮莫展，每爲恨兮不淺。同上。荷花落兮江色秋，秋風裊裊夜悠悠。《悲清秋賦》。魂兮歸徠，《招魂辭》。謝遠遊。《江上秋懷》。《全宋詩》卷二一〇六，册 38，第 23776 頁

九序

崔敦禮

題注曰：「《九序》者，崔敦禮所作也。敦禮居江東，江東之民好祠信鬼，有楚之遺風。歌樂鼓舞，獨無楚人凄惋之詞以侑祀事。因訪其地，作爲《九序》之歌，上以陳事神之敬，下以見修身行己之志云。」按，《樂府詩集》無此題，然崔敦禮《宫教集》置之於「歌詞」類，故予收録。

春日兮繁鮮，車闐闐兮句曲天。絙瑟兮拊鼓，滿芳菲兮瓊筵。朝霞爲羞兮沆瀣爲醴，瑤華玉饌兮錯雜而陳前。靈之來兮赤城空，駕白鶴兮御清風。群仙從兮哆哆，雲晻曖兮車隆隆。靈之去兮返太清，騎日月兮朝紫皇。下視九州兮塵泱茫，五嶽俎豆兮四溟杯觴。製瓊琚兮余衣，集芳蓀兮余裳。荷佩兮離離，蘭旌兮揚揚。欲往從兮未得，望夫君兮彷徨。《全宋詩》卷二一〇六，册 38，第 23778 頁

正曜

崔敦禮

按，《樂府詩集》無此題，然崔敦禮《宫教集》置之於「歌詞」類，故予收録。

若有人兮水中央，魚鱗衣兮白霓裳。荃橈兮桂旗，欲女迎兮風薄之。神之駕兮兩龍，驂白黿兮蛟螭從。朝余陟兮三山，夕濟兮牛渚。神不來兮夷猶，使我心兮苦復苦。濯纓兮姑溪，結佩兮采石。誠不已兮幽通，信不墜兮物格。若有臨兮風飈飈，作莫雨兮愁江皋。神交兮意接，來不言兮去無迹。倏雨歇兮雲收，山青青兮水悠悠。《全宋詩》卷二一〇六，册 38，第 23778 頁

華陽洞天

崔敦禮

按，《樂府詩集》無此題，然崔敦禮《宫教集》置此題於「歌詞」類，故予收録。

雲冥冥兮疊嶂，君獨立兮山之上。石嶝險兮水道寒，思夫君兮未敢言。無言兮皇皇，山阿之人兮告我以不難。木樛蔚兮下俯，石避礙兮行旁。余冠兮巍巍，余步兮逶遲。俛首非吾之願兮，斜徑其將安之。朝騁望兮昭亭，夕宿兮雙溪。網蕙茝兮爲蓋，葺蓀蘅兮爲車。欲騰駕兮高翔，恍導余兮上隮。揭北斗兮奠椒漿，籔南箕兮羞瓊蕊。靈欣欣兮顧余，亶正直兮爲神予。《全宋詩》卷二一〇六，册 38，第 23778 頁

中水府

崔敦禮

按，《樂府詩集》無此題，然崔敦禮《宫教集》置之於「歌詞」類，故予收録。

泛泛兮吾舟，沛吾乘兮東流。東流兮何之，有美人兮天一涯。烟杳杳兮南徐，雲連連兮北固。海何爲兮清明，江何爲兮流注。彼美人兮山之曲，鎮龍關兮轉陰軸。約束海若兮呵水馮，夏不苦雨兮冬不疾風。汙邪穰穰兮海沂阜豐，我民報事兮罔有不恭。采秀實兮山巔，擷芳馨兮澗底。霜秈兮水芒，蕙肴羞兮椒糈。神之格兮樂享，惚蜿蜿兮來止。《全宋詩》卷二一〇六，册38，第23779頁

下水府

崔敦禮

按，《樂府詩集》無此題，然崔敦禮《宫教集》置之於「歌詞」類，故予收録。

鍾山崒兮江之湄，藥爲祀兮辛夷祠。神乘白馬兮執素羽，朝與日出兮莫雲歸。噫嗟兮明神，烈烈兮用光。生乎疾盗兮奮不顧死，死焉助順兮赫然發靈。湛清尊兮明水，揚玉桴兮扣雷鼓。扣鼓兮如何，我欲言兮泪滂沱。懭有妖兮蟠中土，雜蘅皋兮穢蘭宇。豺豕兮人居，猰貐兮室廬。願神我福兮我祥，舉長矢兮射天狼。使河洛兮回波，令岱華兮還光。山蒼蒼兮水湯湯，神之威兮儼不忘。刳肝爲辭兮瀝血，陳神之聽兮聞不聞。《全宋詩》卷二一〇六，册38，第23779頁

田間辭三首

崔敦禮

按，《樂府詩集》無此題，然崔敦禮《宫教集》置之於「歌詞」類，故予收録。

朝余往兮東疇，景翳翳兮雲油油。牛驅耕兮載泥重，鞭不前兮挽犁用。歲云暮兮暮維何，倉庚鳴兮布穀和。疾吾耜兮固吾耒，趣甘澤兮及時播。

我耕兮我田，雨浪浪兮雷填填。水漫漫兮種不下，出門見水兮泪滂沱。惠我晴兮疾耕而耨，螟敗之兮穎弗得秀。嗚呼，我無時違兮時不我予。時不予兮奈何，蹇無忘兮吾事。

數稻兮登場，牽牛兮入屋。噭咷兮田家，歡迎兮稚子。三年力耕兮今逢年，庾則實兮庖有鮮。草藉兮陶盤，豳吹兮土鼓。握牛兮誰歌，和之兮余舞。樂復樂兮歲晏，冰雪集兮堂下。時亹亹兮不再，蓀何爲兮田野。《全宋詩》卷二一〇六，册38，第23779頁

北山之英

崔敦禮

按，《樂府詩集》無此題，然崔敦禮《宫教集》置之於「歌詞」類，故予收録。

强敵驕兮晉多壘，忽登山兮望廷尉。風霾兮殺氣昏，突槍櫑兮亂鈎陳。予君麾兮從君鉞，戰陵西兮捍溪栅。虹食壘兮火焚旂，公之死兮去如歸。公有子兮憤争先，勇没地兮羞戴天。父死忠兮子死孝，令名揚兮日月照。物有始兮豈無終，得所歸兮孰如公。喜幸生兮畏義死，語昵昵兮顧妻子。草木盡兮糞土委，聞高風兮汗流趾。《全宋詩》卷二一〇六，册38，第23780頁

兩頭纖纖

孔平仲

按，《樂府詩集》無此題，宋鄭樵《通志二十略·樂略一》列入「雜體六曲」。范成大有同題詩，自序謂之「古樂府」，則此詩當屬舊題新辭。宋人同題之作，均予收録。

兩頭纖纖新月眉，半白半黑對客棋。膈膈膊膊拊翼鷄，磊磊落落飣坐梨。

兩頭纖纖織婦梭，半白半黑雪没靴。膈膈膊膊鼓腹歌，磊磊落落金印多。

兩頭纖纖棗子核，半白半黑紙上墨。膈膈膊膊手趁拍，磊磊落落山頭石。

兩頭纖纖柳葉書，半白半黑鷺間烏。膈膈膊膊失水魚，磊磊落落大丈夫。

兩頭纖纖新采菱，半白半黑玉汙蠅。膈膈膊膊馬踏冰，磊磊落落枝壓橙。《全宋詩》卷九三〇，册 16，第 10961 頁

同前二首

范成大

范成大《五雜俎四首》詩序曰：「古樂府有《五雜組》及《兩頭纖纖》，殆類酒令。孔平仲最愛作此以爲詩戲，亦效之。」①

兩頭纖纖探官繭，半白半黑鶴鼇緣。膈膈膊膊上帖箭，磊磊落落封侯面。

① 《全宋詩》卷二二五二，册 41，第 25844 頁。

兩頭纖纖小秤衡，半白半黑月未明。腷腷膊膊扣户聲，磊磊落落金盤冰。《全宋詩》卷二二五二，册41，第25844頁

同前

張舜民

兩頭纖纖織女梭，半白半黑右軍鵝。腷腷膊膊石子坡，磊磊落落大風歌。

兩頭纖纖繭絹絲，半白半黑蠅蠹之。腷腷膊膊母赴兒，磊磊落落忠臣詞。［清］張英、王士禎等纂《御定淵鑒類函》卷一九八，景印文淵閣四庫全書，册987，臺灣商務印書館，1986年版，第176頁

侯婦嘆三首

薛季宣

按，《樂府詩集》無此題，然薛季宣《浪語集》置之於「樂府」類，故予收録。

侯婦匡坐嘆，蕩子新賜册。先自薄恩私，嬪嬙幾巾幗。

莫作侯家婦，鳲鳩理清瑟。幾許白頭人，同心綰同室。

侯婦且勿嘆，金玉多滿堂。蛾眉不讓人，當奈薄情郎。《全宋詩》卷二四七五，册46，第28695頁

惜花引

薛季宣

詩序曰：「七月廿四日將旦，夢遊廢圃作，遺忘數句，枕上足成之，頗與前年《春草曲》同意。辭旨凄怨，殆非嘉祥之讖。走素不曉音調，亦不知何章曲也。」按，《樂府詩集》無此題，然薛季宣《浪語集》置之於「樂府」類，故予收録。

廢圃晨遊，舊觀歷歷。三徑已荒蕪，歌酒地，悄悄無人迹。爲山傾仄，支柱皆名石。桃李無言，爲人岑寂。早緑暗紅稀春去也，嘆繁華難覓。落花如積，誰與東風惜。《全宋詩》卷二四七五，册46，第28697頁

秋空辭

薛季宣

按，《樂府詩集》無此題，然薛季宣《浪語集》置之於「樂府」類，故予收録。

秋空净無瑕，耿耿挂明月。有人捉月試騰身，騰身直上黄金闕。黄金宮闕高嵯峨，駢頭從目相誰何。仙人顧之拍手笑，使我言語能多囉。言語多囉還有考，天公何言固無口。秦書趙史欺我哉，紫氣充庭是天道。通明廣殿凝非雲，日月照曜如環循。蝦蟆老鴉恣吞啖，我欲叱之神羊嗔。夢中將謂天難知，夢回塵事故依依。天大故能成變化，覺夢不勞評是非。《全宋詩》卷二四七五，册46，第28698頁

擬古

薛季宣

按，《樂府詩集》無此題，然薛季宣《浪語集》置之於「樂府」類，故予收録。

春飛紫燕秋飛鴻，雙成阿母長相逢。誰家窈窕窺緑窗，藕花菡萏清池風。璧璫翡翠雙明月，寶釵玉釧衣如雪。年可四三當有情，語音嬌軟疑卿卿。天公一笑回金電，不似當初不相見。《全宋詩》卷二四七五，册46，第28698頁

戚戚復戚戚

薛季宣

按,《樂府詩集》無此題,然薛季宣《浪語集》置之於「樂府」類,故予收録。

戚戚復戚戚,如此春意闌。紅梨褪深暈,青梅結微酸。向之一淒慘,飢腸廢朝餐。姮娥五圓缺,美人隔雲端。衷情叵自禁,陡覺衣頻寬。芳菲日雕謝,動作不遑安。咄哉黄栗留,接翮語何繁。小鳥得于飛,而我别所歡。夜來風雨惡,中唐水漫漫。故鄉貧亦好,楚客日南冠。男兒志四方,愧此柳下官。安得買山錢,静處把釣竿。高懷未易償,歸有道路曼。匡坐作遐想,心體胡自胖。行行大刀頭,無生話團欒。《全宋詩》卷二四七五,册46,第28700頁

石上可種麻

薛季宣

題注曰：「今曲。」按，《樂府詩集》無此題，然薛季宣《浪語集》置之於「樂府」類，故予收録。

石上可生麻，麻生豈成畦。嫁婿得蕩子，猶如太常妻。我作少年行，長安走新街。長安三月春，桃李百花開。平康諸女兒，艷麗驚寒梅。蛾眉門連娟，佳期不須媒。投我以木瓜，當歌共傳杯。歌聲繫懷抱，知君在空閨。期我以立春，清明未云來。應作憶秦郎，高樓寄徘徊。鸞膠世苦無，斷續何當諧。閨中儻相憶，薰風有時回。《全宋詩》卷二四七五，册 46，第 28701 頁

春蘭有真意

薛季宣

按，《樂府詩集》無此題，然薛季宣《浪語集》置之於「樂府」類，故予收録。

春蘭有真意，窮居在中谷。端不爲人香，無言自幽獨。我家甌浦東，筠扇鎖修竹。頎然彼粲者，夭翹散餘馥。五年客異縣，對眼囂塵俗。百華盡妖艷，信美非吾族。延陵慗遊豫，佳期未云卜。同心弗我忘，迎人見青目。雖微九畹滋，風動情亦篤。當門謂應鉏，吾當爲之哭。《全宋詩》卷二四七五，册46，第28701頁

七哀

薛季宣

按，魏晉以降，作《七哀詩》者，殆非一人，未以樂府稱。然《樂府詩集·相和歌辭》之《怨詩行》解題引《古今樂録》曰：「《怨詩行》歌東阿王『明月照高樓』一篇。」①而「明月照高樓」乃曹植《七哀詩》首句，知曹植《七哀詩》曾入樂府。唐吴兢《樂府古題要解》曰：「《七哀》起於漢末。如曹植『明月照高樓』、王仲宣『南登霸陵岸』，皆《七哀》之一也。」②宋鄭樵

---

① 《樂府詩集》卷四一，第476頁。

② 《樂府古題要解》卷下，《歷代詩話續編》，第59頁。

《通志二十略·樂略一》將《七哀》列入「怨思二十五曲」。① 薛季宣此詩有跋曰：「曹植《七哀》詩，托興于夫婦，寫其離愁羈思、俯仰感切之意，所謂七哀也。説《文選》者猥曰：『子建爲漢末征役婦人作，以七哀爲痛、爲義、爲感、爲怨、爲耳目聞見、爲口嘆、爲鼻酸而哀。』末學所未詳也，因擬詩而知其趣，故書。」且《浪語集》置之於「樂府」類，故予收録。

秋風生夕凉，吹我東閣帷。中有宕子婦，清歌寄愁思。爲問愁何爲，良人長別離。銀釭吊隻影，霜雪堅自持。君爲黄河流，妾作月桂枝。東西各異道，邂逅不可期。願爲衣下裳，結束隨君衣。君衣何當披，十年守空閨。《全宋詩》卷二四七五，册46，第28701頁

菊冬榮

薛季宣

按，《樂府詩集》無此題，然薛季宣《浪語集》置之於「樂府」類，故予收録。

① 《通志二十略》，第916頁。

時乎時乎，去去如車轂之運行。瞥然過目無留停，追隨無及不我待。東籬菊花無秏，迤邐真到陽冬始敷榮。落落離離硑磂，蔓衍布丘阪。碧爲之葉紫其莖，争妍騁媚芬芳吐。如金如玉之繁英，含霜萬顆好顔色。節雖可尚時難并，惟重陽日月二九之嘉會。此時抱一符乾貞，年年閭里交相慶。賓朋相將相唤，携手登高陵。采茱插鬢款終日，揉挪碎蕊滿琖浮醁醽。乃今候遲閏冬孟，其如金烏自飛毚走踁。黄華從此後期拆，枉教陶令舒手望穿兩眼睛。殊不見甲茁與芽萌，花誠細事足多惜，時良不遇令我傷衷情。聖王作應五百歲，文昌歿既三千齡。中間賢君苦無輔，唐宗世民周宗榮。孔丘無位皆汲汲，到頭畢竟嗟無成。應如此花時來不吐穎，過期無用還叢生。叢生失時又無用，蹉跎畢世空冥冥。於嗟後聖不時作，使人雨泪雰零零。不如及花開，香醪但時傾。莫教花瘁後，有辜負花名。《全宋詩》卷二四七五，册46，第28702頁

武陵行

薛季宣

按，《樂府詩集》無此題，然薛季宣《浪語集》置之於「樂府」類，故予收録。

秦君植木咸陽市，秦民血作東流水。秦風薄惡法秋荼，秦郊行人半無趾。祖龍虎視吞六

雄，漆城隱隱陵雲起。驪山甘休營阿房，匹夫奮臂爲侯王。重瞳隆準騁逐鹿，非冬積白何雪霜。至人知幾忍徒死，競遵大路逃彼方。從兹不復通上國，不知戈鋋不見德。耕田鑿井自希夷，安居守分無餘職。抱孫養子樂天年，羲皇何遠今其域。自從别祖來避秦，無文不記幾世人。曹劉典午任强弱，歷年六百何紛紜。山中既絶中原路，從更百代猶無聞。武陵野人事漁釣，獨遊沅溪忘故道。泝流探得桃花源，舍舟洞口窮幽討。洞中逸民忻見之，共嗟遺事詢其老。爲言上世絶塵由，殺鷄命酒争獻酬。具聞闤内戰争事，始知違俗爲優遊。鄙夫何知尚懷土，怱怱須别還中州。塵心已萌淳樸散，桃源咫尺仙凡判。還求不得曰仙鄉，寧知死生無少閑，相望如隔一世間。到今沅山色蒼蒼，流水滔滔花泛泛。《全宋詩》卷二四七五，册 46，第 28703 頁

貴遊行

薛季宣

按，《樂府詩集》無此題，然薛季宣《浪語集》置之於「樂府」類，故予收録。

沙堤大蓋何穹窿，底人佩玉鞍蒙狨。傔如熊虎馬游龍，誰何出入咸陽宫。笑刀刳體顔芙蓉，步趨持重爲雍容。諸侯爰統掌百工，調元爲職裨九重。萬錢一食聲鼓鐘，猶言下箸終無從。

異時糠噉腸不充，家徒壁立其室蓬。抄撮語麗文雕蟲，繪爲綉句欺南宫。不分菽麥儔知儂，且無萬卷澆胸中。脂韋婞婀陳小忠，竭民膏髓自爲功。榻前觸事惟迎逢，肯思責難始爲恭。君王謂賢拜三公，門如沸湯賄賂通。財侔縣官邑侯封，積金猶欲齊灊峦。家有錢爐非範銅，賣官鬻獄揚成風。後房的爍燕支紅，皆民女婦來無踪。有憂失得常忡忡，殺賢賊能摧英雄。汲將同類塞要衝，害苗之心饒蝗螽。忽彎射羿逢蒙弓，怡然自得豁心胸。黯如抹漆何赤衷，問人自欺吒匪躬。高自標置人盲聾，言立便擬稱儒宗。學禪逃俗坐談空，元非友朋相磨礱。世間將謂無軻雄，言出波流土與農。却矜巧宦官既穹，笑伊魯儒嗟道窮。那知達人節青松，眎而土苴及蛆蟲。古今異時理道同，奸邪未必皆令終。君不見晉朝失國隳金墉，爲奴爲虜豈惟懷湣巡北戎。《全宋詩》卷二四七五，册46，第28704頁

谷里章

薛季宣

按，《樂府詩集》無此題，然薛季宣《浪語集》置之於「樂府」類，故予收録。

上有青山，下有滄洲。步有回波，面有紅流。吞吐風雲，呼吸觜昴。審能處之可銷憂。退

谷中人帶笭箵，山中繚繞茅舍旁，寒泉之流激琅琅。雙石西峰我在東，無情鈎加此漫郎，性情荒浪氣志剛。東鄰之人揮鈎車，胎鰾孤鰈浪屋加。鈎綸相投不遑舍，聱齖會懾歸吾家。我蓑我笠聊自娱，没溺愧彼鄰舍漁。沙門招提宅谷西，金仙宫殿雲漢齊。撞鐘擊磬禮耶毗，子欲詣之持清齋。個中有人坐無爲，飢餐困眠氣答酡。撫掌咍然笑呵呵，吾昏將奈此子何。漫歌八曲音清泠，風高水寒三嘆聲。勿哦大洞修黄庭，谷中之樂寔難名。長江北來，樊水流東，樊山水曲大回中。鯈鯈之魚泳油洋，鈎舟漁人鼓鳴榔。浩歌一闋清滄浪，終焉無求漫相忘。大江之東叢石起，谽谺聚石江鳴水。小回中間浪不惡，釣臺嵯峨瞰城郭。去來客船是中泊，漫成二闋回中曲。豪人仲謀當漢衰，建安之際鼎祚移。江淮萬里吴帝之，冕旒十二龍卷垂。輅車華蓋日月旗，荒墟之中不可求。宫室故處春草青，長刀大劍可治生。我先田老相次耕，大夫勸相歌三成。江北洲，西陽國，蕪城桑柘彌阡陌。婦可力蠶身力穡，四歌不用愁衣食。一元大武牽何之，良田附郭吴東陲，牧童田父麻單衣。叔閑修治木駃騠，從吾真者真吾兒。西陽罷田飽飯嘻，五歌六歌神自怡。李甥叔静蕩兩槳，弱翁將船欲安往。大回小回閑釣魚，送客便擬酣醺如。酒徒之誚謂浪名，世俗交加漫不聽。行無惡客相逢迎，醉歌七終將八成。杯樽杯湖上杯亭，浪翁杯飲醉少醒。嬉然自打舴艋行，菰蒲芰荷出青萍，仰天大笑風泠泠。杯湖西南爲退谷，壽藤纍纍縈壽木。涓泉奔注匯樊曲，醉耳琤琮亂鳴玉。城中友生綰銅墨，身備四殊攸好德。窪樽日醉主與客，挾以石門天地窄。杯湖退谷人好遊，可厭之類乃所羞。忽焉草木成高丘，此遊此泛生幽憂。淵明之風繼者誰，士源孟子接武來。嚴霜皓雪春風熙，倒置日月寒温移。來游者子充良知，子能得之可勿疑。此道不迂不回遹，子能識之可遊佚。勉强行之今是古，谷中之人君踵武。狂生作此谷里章，意追浪叟俱商羊。松風颸飀蘭草香，與君壽考終不忘。《全宋詩》卷二四七五，册 46，第 28705 頁

暮之春六章章五句

陳傅良

題注曰：「先生有堂曰暮春，御翰扁榜。」按，《樂府詩集》無此題，然陳傅良《止齋集》置之於「歌辭」類，故予收録。

暮之春兮物維其嘉，乾際兮坤涯。母將雛兮彼實者華，魚在藻兮燕子還于故家，今者不樂兮云何。

暮之春兮風日與柔，桑女兮南疇。相爾夏畦兮悲秋，斫冰兮長夜無裘，今者不樂兮何求。

暮之春兮雍雍熙熙，堯裳兮舜衣。五弦之琴兮一夔，曾不知結繩與秉鉞兮何時，瞻言千載兮忽焉其遠而。

山有龜蒙兮水有沂，天未喪斯文兮在兹。二三子兮皇皇欲何之，鼓瑟兮爲誰，舍此兮吾將安歸？

止齋兮年年，室環堵兮兩山有川。鷗鷺巢檐兮圓荷田田，豈無芳草兮杜鵑，世微孔子兮獨抱乎韋編。

雲漢之章兮光燭天，朝宗兮列仙。胡歸晚兮病骨拳然，與客歌商兮忘食與眠，點爾何如兮吾未知其孰賢。《全宋詩》卷二五二七，册47，第29218頁

妝樓怨并序

王　炎

詩序曰：「曾開府有内嬖二人，置之别第。曾死，夫人逐之，扃其門。無爲王宰，曾客也，爲賦《妝樓怨》。蜀人韓毅伯賡之。毅伯過臨湘，話其事，因出詩稿，炎亦賦一篇。」按，《樂府詩集》無此題，然王炎《雙溪類稿》置之於「樂府」類，故予收録。

長安甲第凝丹碧，門外如雲珠履客。主人對客懶將迎，别有洞天雙國色。簾幃不動春風香，乃翁但醉流霞觴。緑絲垂地細君惜，從今可老温柔鄉。歡樂短，憂恨長，鳳飛何在遺其凰。

不言不笑念恩怨，明月無情窺象床。春暖花枝啼曉露，此身今是花無主。可憐高冢卧麒麟，不許畫樓棲燕子。《全宋詩》卷二五五九，册 48，第 29690 頁

行子吟二首

嚴　羽

宋嚴羽《滄浪詩話・詩辨》曰：「樂府俱備諸體，兼統衆名也。有琴操……有謡……曰吟……曰詞……曰引……曰詠，曰曲……曰篇……曰唱……曰弄……曰長調，曰短調，有四聲，有八病，又有以嘆名者……以愁名者……以哀名者……以怨名者……以思名者……以樂名者。」①則嚴羽視「琴操、謡、吟、引」皆爲樂府之名，其《滄浪集》亦以「操、吟、引、謡」類其詩，則入此數類者皆樂府詩也。此數類輯録之法，凡與《樂府詩集》十二類之題名相同者，循題各歸其類，餘則收入本卷。

行子在江海，飄飄無固踪。有如芒碭野，朔風卷飛蓬。朔風無休時，飛蓬日千里。散落天

① 《滄浪詩話校釋》，第 72 頁。

地間，寧復有歸理。胡雁西北來，一叫三徘徊。何時別沙漠，昨夜宿陽臺。同群一相失，羽翮常低摧。人物有殊性，奈何罹此哀。

昨夜客游初，結交重豪邁。高冠湛盧劍，志若輕四海。白首悔前圖，蹉跎天一隅。寒冬劍門道，失路空躊躇。深林聚貙虎，絶壁號猩鼯。雪深車軸折，征馬驚啼呼。何當返故處，餐黍居田廬。泪下不能去，腸轉如轆轤。《全宋詩》卷三一一六，册59，第37206頁

還山吟留别城南諸公

嚴　羽

日暮望寒山，悵然歸思發。如何山中客，屢看城頭月。山中月明女蘿秋，石磴潺湲瀉碧流。巖猨久别應惆悵，澗鳥相呼亦共愁。城南故人與我好，令我忘却歸山道。昨夜西窗夢到家，忽驚千嶂芝花老。朝來舟子促辭君，回首空江語尚聞。别後莫嗟難見面，相思只望嶺頭雲。《全宋詩》卷三一一六，册59，第37207頁

孺子臺吟

嚴　羽

去年醉與東湖別，欲上衡湘泛秋月。君家留我却邅回，悵望還成阻修闊。西山縹緲翠屏開，復憶滕王倒玉杯。經過始識洪崖井，調笑重登孺子臺。臺前呼酒折荷花，水浄烟明散落霞。舉杯失笑君何在，望斷行雲空咄嗟。故人別後還愁緒，此都不是余留處。興來目送海邊鴻，歸心挂在閩溪樹。路逢估客有情人，因得題詩一寄君。大鵬正展圖南翼，空有相思隔海雲。《全宋詩》卷三一一六，册59，第37207頁

夢游廬山謡示同志

嚴　羽

昨夜月落西窗陰，倦推石枕憑素琴。身居紅塵不自覺，夢入廬山深復深。廬山深處在何許，五老仙人邀我語。眉如秀雪顔桃花，酌酒相酣坐箕踞。明河九派倒西來，石梁巉絶古道開。五公握手向我笑，下見劫火揚塵灰。獨騎一鹿窮縈回，窅然醉蹋青錦苔。松風號嘈何清哀，湍飛瀑卷萬壑雷。忽然驚起迷所向，四座已失黄崔嵬。披衣彷徨還太息，我與世途何所屑。亂世

茫茫飛蠓蠛，囊中別有金膏訣。須君之行當何時，共向丹崖卧松雪。《全宋詩》卷三一一六，册59，第37208頁

錢塘潮歌送吴子才赴禮部

嚴　羽

海潮之來自古昔，天下詭觀稱錢塘。東南王氣實在此，勢與造化爲低昂。觀其映日始一線，何處群鷺紛然翔。漸聞鼓聲震原野，疑是三軍嚣陣行。銀城天際忽過眼，卷蹴厚地何倉皇。餘波已去灑月窟，怒氣猶自吹扶桑。百川倒流號呼洶，天吴河伯神皆竦。海上長人出水驚，巨鼇辟易三山動。廣陵之濤安可比，吴客雄夸徒爲爾。請君看此憑江樓，載酒無勞棹小舟。湖上百花春蕩目，笙簫聒我非清遊。洪濤萬里壯可吞，筆底颯颯洪濤奔。願持忠憤愬明主，一第於君何足論。錢塘日邊雲氣多，君之行兮莫蹉跎。教人臨期奈别何，贈君錢塘海潮歌。《全宋詩》卷三一一六，册59，第37208頁

送戴式之歸天台歌

嚴　羽

吾聞天台華頂連石橋，石橋巉絶横烟霄。下有滄溟萬折之波濤，上有赤城千丈之霞標。峰懸磴斷杳莫測，中有石屏古仙客。吟窺混沌愁天公，醉飲扶桑泣龍伯。適來何事遊人間，飄飖八極尋名山。三花樹下一相見，笑我蕭颯風沙顔。手持玉杯酌我酒，付我新詩五百首。共結天邊汗漫遊，重論方外雲霞友。海内詩名今數誰，群賢翕沓争相推。胸襟浩蕩氣蕭爽，豁如洞庭笠澤月。寒空萬里雲開時，人生聚散何超忽，愁折瑶華贈君别。君騎白鹿歸仙山，我亦扁舟向吴越。明日憑高一望君，江花滿眼愁氛氲。天長地闊不可見，空有相思寄海雲。《全宋詩》卷三一一六，册 59，第 37208 頁

雷斧歌

嚴　羽

穹崖之上，層峰之巔，神光夜半光燭天。山僧夢裏忽驚起，有物墜地聲填然。峰頭巨石似開劈，鬼物散走如飆旋。山僧曉見不敢取，有客識之爲雷斧，持歸摩挲色蒼古。匣中往往出雲

氣，窗外時時起風雨。吾聞陰陽之氣相搏爲雷霆，變化翕欻常杳冥。非若革鼉考擊之爲聲，不知此斧何從形。乃是比干之心，朱雲之舌。一片忠憤氣，蟠鬱天地間。千載長不滅，造化爲爐巧鎔結。嗟哉指佞之草不復生，群奸睚眦紛縱横。大弓寶玉争竊取，豈懼鬼責并天刑。我欲乘雲朝帝所，大叫天關排九虎。乞將此斧借小臣，叩頭問天天更許。《全宋詩》卷三一一六，册59，第37209頁

步瀛橋樂章

胡次焱

詩序曰：「伏以地雄盤谷，偉哉源之深而流之長；橋侈步瀛，免爾深則厲而淺則揭。落日青龍低卧水，秋風烏鵲起填河。不愁平地風波，賴有擎天柱石。一鄉之利，百賈所棲。恭惟材大棟梁，望隆椿桂。稽諸家世，蓋文定之有寅、宏；論其文章，則老泉之與軾、轍。謹取予于一介，能毁譽之兩忘。義重軫饑，仁形拯溺。慨中市之略彴，已逐奔溪；將下流之盤渦，寧免病涉。自捐鵝眼，一力鳩工。鯨鯢背，螮蝀腰，直通南北東西路；黄金壁，丹砂柱，好賞風花雪月天。榱桷如飛，楯檻似畫。盤旋十頃玻璃水，約束兩行楊柳堤。望而見者，誦昌黎之詩，非舡非閣；遊乎上者，哦坡翁之句，若堂若闈。行者歌，負者休，不怕淋

頭之雨；往者過，來者續，聿多人迹之霜。且取前輩步瀛之名，爰勵後生拾芥之志。是知津矣，可謂仁乎！載惟合席之賢，亶是濟川之彦。十八學士，行從文館之遊；三百英雄，即豫瓊林之宴。群賢至，少長集，未饒曲水流觴；太守醉，賓客歡，自有釀泉爲酒。今之日，紅蓼蒼洲飛白鷺，緑槐高柳叫玄蟬。水可濯纓，風乎振袂。喚取琉璃簞，卧吞琥珀鍾。待聽襄陽小兒争唱銅堤之曲，却請茂林賦客濃題駟馬之書。共夸文鷁清遊，可吝彩虹佳句。詩曰……」①按，《樂府詩集》無此題，然胡次焱《梅巖文集》置之于「樂章」類，故予收録。

跨海虹霓浸不收，植楹鯢背聳于樓。直通兩岸東西路，横截一溪上下流。網羅學士唐天子，管領英雄張狀頭。醉墨淋漓題柱上，與君從此步瀛洲。《全宋詩》卷三五三九，册67，第42309頁

① [宋] 胡次焱《梅岩文集》卷二，清文淵閣四庫全書，册1188，臺灣商務印書館，1986年版，第543頁。

卷一六五　宋新樂府辭三四

迎春花

晏　殊

按，《樂府詩集》無此題，然該曲見於唐崔令欽《教坊記》，故予收録。

淺艷侔鶯羽，纖條結兔絲。偏凌早春發，應誚衆芳遲。《全宋詩》卷一七一，册3，第1945頁

同前三首

劉　敞

按，《全宋詩》卷四九六亦收其三，作王珪「失題」詩。

穠李繁桃刮眼明，東風先入九重城。黄花翠蔓無人顧，浪得迎春世上名。

沈沈華省鎖紅塵，忽地花枝覺歲新。爲問名園最深處，不知迎得幾多春。《全宋詩》卷四八九，册

9，第5923頁

華省當時緑鬢郎，金樽美酒醉紅芳。今日對花不成飲，春愁已與草俱長。《全宋詩》卷四九〇，册9，第5936頁

同前

韋驤

欺梅壓柳肯相然，佳號迎春豈浪傳。細葉茸茸垂緑髮，繁英璨璨簇金鈿。先時不入林鶯妬，晚節唯容露菊鮮。綉在羅衣真有趣，不將紅紫累嬋娟。《全宋詩》卷七三一，册13，第8529頁

同前

曹彦約

錦作薰籠越樣新，迎春猶及送還春。花時色與香如此，花後娟娟更可人。睡入華胥日未曛，博山何在寶香聞。覺來但有南窗静，葉瘦花肥醉錦薰。《全宋詩》卷二七三二，册51，第32188頁

同前

董嗣杲

按，《全元詩》册十亦收董嗣杲此詩，元代卷不復録。

破寒乘暖迓東皇，簇定剛條爛熳黄。野艷飄摇金雀嫩，露叢勾引蜜蜂狂。萬千花事從頭起，九十韶光有底忙。歲歲陽和先占取，等閒排日趲群芳。《全宋詩》卷三五七三，册68，第42728頁

剪春羅

許及之

按，《樂府詩集》無此題，然該曲見於唐崔令欽《教坊記》，故予收録。

天亦費機巧，紅葩剪似匀。丁寧弄刀女，故故莫争新。《全宋詩》卷二四五六，册46，第28414頁

同前

陳　藻

隨時宫女逐流波，尚有精魂在處多。待到百花零落盡，從頭子細剪春羅。《全宋詩》卷二六六八，册50，第31332頁

戲和正仲賦剪春羅二首

舒岳祥

按，此詩其一原題作《剪春羅》，其二原題作《又戲和正仲賦剪春羅》，舒岳祥詩再無題作《剪春羅》者，據此揆之，二詩均爲正仲《剪春羅》之和詩，故擬加今題。又，《全元詩》册三亦收舒岳祥此詩，元代卷不復録。

誰裁婺女輕羅段，我有并州快剪刀。色似山丹殊少肉，形如石竹亦多毫。胭脂初褪黄先露，蝴蝶纔成翅未高。欲向小窗成扇面，世無陶縝倩誰描。

昔時剪綵聊爲假，今見裁羅却是真。葉底彩窠本機户，花邊線草是針人。獨客書齋思拆

補，静姝綉閣學縫紉。晚花開遍幽畦草，石竹山丹及麗春。《全宋詩》卷三四四一，册 65，第 40991—40992 頁

木蘭花

鄭　獬

按，《樂府詩集》無此題，然該曲見於唐崔令欽《教坊記》，故予收録。《全宋詩》卷二〇八二又作洪适詩，題作「木蘭」。

未識春風面，先聞樂府名。洗妝濃出塞，進艇客登瀛。《全宋詩》卷五八六，册 10，第 6897 頁

同前

衛宗武

頗費東君巧，晚春纔有芳。森森紫毫束，艶艶粉囊張。凡木難仝譜，猗蘭祇有香。花名傳樂府，雅調更悠揚。《全宋詩》卷三三一二，册 63，第 39464 頁

同前

董嗣杲

按，《全元詩》册十亦收董嗣杲此詩，元代卷不復録。

弄粉調紅抹野姿，寂寥誰抱遠書思。妝凝彩日含朱粉，艷染光霞拆紫絲。守戍自知身是女，發祥誰見樹生芝。晚橈歌斷何人望，遺得天隨醉後詩。《全宋詩》卷三五七三，册 68，第 42719 頁

菩薩蠻殘句

楊億

宋阮閱《詩話總龜》曰：「世傳盧絳夢女子唱《菩薩蠻》云：『眉黛遠山攢，芭蕉生暮寒。』此詞人能道之。楊大年云云。未知孰是。」①按，《樂府詩集》無此題，然該曲見於唐崔令欽《教坊記》，故予收録。

---

①《詩話總龜》卷六，第 71 頁。

獨自憑闌干，衣襟生暮寒。《全宋詩》卷一二二，册3，第1421頁

召伯停舟辟雨　　陳　造

題注曰：「去年是日之山陽，辟雨繁梁，作《菩薩蠻》云。」

窗度荷芰風，舟艤鴛鴦浦。落帆憩篙師，辟此白淙雨。長征取愜快，留滯不云苦。適喜縣麻勢，爲盪鑠石暑。去年舟繫柳，卧看虹飲渚。龍公會事發，尚記跳珠語。崎嶇不諧俗，似爲龍所予。一杯酬新涼，開瓶先酹汝。《全宋詩》卷二四二二，册45，第27955頁

八拍蠻　　孫光憲

按，《樂府詩集》無此題，然該曲見於唐崔令欽《教坊記》，故予收録。

孔雀尾拖金線長，怕人飛起入丁香。越女沙頭争拾翠，相呼歸去背斜陽。《全宋詩》卷三，册1，

第51頁

次韻映山紅

洪咨夔

按，《樂府詩集》無此題，然《映山紅》見録于唐崔令欽《教坊記》，故予收録。

燧人鑽榆出新烟，烟光濕雨山蒼然。黄鸝怯寒噤未語，有喙三尺惟啼鵑。血流染花不知數，赤霞爛熳横丹天。前山後山列錦障，上澗下澗敷金蓮。海棠無香許流亞，石榴有艷疑姻連。目光遠送空翠表，勝處正在繁芳邊。七香寶車果安在，東風老去空華顛。《全宋詩》卷二八九三，册55，第34540—34541頁

映山紅

袁甫

山花無數笑春風，臨水精神迥不同。喚作映山風味短，看來恰似映溪紅。《全宋詩》卷三〇一一，册57，第35865頁

鸜鵒杯

胡　宿

按,《樂府詩集》無此題,然該曲見於唐崔令欽《教坊記》,故予收録。

介族生螭蚌,杯形肖隴禽。曾經良匠手,見愛主人心。置在金樽側,來從珠水潯。自注:陸機薦戴若思曰:明珠大貝,生於江鬱之潯。願爲仁者壽,再拜莫辭深。《全宋詩》卷一八〇,册4,第2060頁

古塞曲

釋惠崇

按,《樂府詩集》無此題,然宋鄭樵《通志二十略·樂略第一》「遺聲」下列入「征戍十五曲」,且其《遺聲序論》曰:「遺聲者,逸詩之流也。今以義類相從,分二十五正門,二十附門,總四百十八曲,無非雅言幽思,當采其目,以俟可考。今采其詩,以入系聲樂府。」①則

①《通志二十略》,第912頁。

《古塞曲》爲系聲樂府。《樂府詩集·新樂府辭》有唐元結《系樂府》，則《古塞曲》亦當爲新樂府。

邊烽久不息，戍鼓何鼜鼜。五月無青草，滂沱流斷冰。胡兒昧形勝，漢騎恣憑陵。出號朔風起，受降沙壘崩。樓煩已納款，天意□威棱。歸佩封侯印，喧然世所稱。《全宋詩》卷一二六，册3，第1465頁

邊思

胡宿

按，《樂府詩集》無此題，然宋鄭樵《通志二十略·樂略第一》列入「征戍十五曲」，故予收録。

勁氣初折膠，奔書聞插羽。寒金刁斗鳴，夕火兜零舉。霜威畫角雄，月思清笳苦。驃騎出鏖兵，輕車前確虜。一鼓繫名王，三捷獻英主。天山挂雕弓，玉塞休强弩。龍額近封侯，華堂盛歌舞。《全宋詩》卷一七九，册4，第2055頁

同前

沈遼

西風方折膠，戍兵出已屢。赤藏候騎歸，翩翩如鳥羽。犬羊舊巢穴，不遠横山路。漢將知爲誰，三軍倚全護。上賴天子聖，邊方無門捕。運籌有餘略，雕弓射狐兔。何謝蒼頭公，回爲兒女顧。《全宋詩》卷七二〇，册 12，第 8327 頁

同前二首

釋文珦

少年爲遠戍，兩鬢已鬖鬖。百戰功誰賞，空閨信不來。鄉關成夢境，邊月是愁媒。聽徹胡笳曲，寒聲轉更哀。《全宋詩》卷三三二〇，册 63，第 39584 頁

十年辛苦戍邊城，朔漠漫漫萬里平。厭聽胡兒吹曉角，聲聲都是斷腸聲。

胡雁南翔已盡回，閨中不見寄書來。窮荒二月無青草，長對東風賦七哀。《全宋詩》卷三三二五，册 63，第 39655 頁

美人一章寄徐秉園

于石

按，《樂府詩集》無此題，然宋鄭樵《通志二十略·樂略一》「佳麗四十七曲」有《美人》，故予收録。宋人又有《美人曲》《美人行》，或出於此，亦予收録。

有美人兮天一方，弭絳節兮擷瓊芳。瑶環瑜珥鏘琳琅，修竹蕭蕭翠袖長。芝宫芙館椒爲堂，青瑣窗户白玉床。一笑滿酌天瓢漿，簸弄驪龍明月光。欲往從之路茫茫，愛而不見空彷徨。安得騎麟鞭鳳凰，飛霞翩翩高頡頏。白雲縹緲遥相望，憑誰寄取雙瓊璫。《全宋詩》卷三六七六，册70，第44128頁

美人

沈雲卿

十三學綉傍金窗，十六梳頭壓大拜。色比昭陽人第一，才同江夏士無雙。《全宋詩》卷三七五六，册72，第45301頁

同前

石延年

按，此爲殘句。

孔雀羅衫窄窄裁，珠襦微露鳳頭鞋。《全宋詩》卷一七六，册3，第2010頁

美人曲

周行己

按，《全宋詩》卷二六八二又作張鎡詩，題辭皆同，兹不復録。

美人娟娟似秋月，宫中女兒嫉欲殺。惡言忽入恩愛移，自是君王不情察。深宫夜冷調秦箏，曲曲翻成哀怨聲。願得風吹落君耳，回心照妾相思情。《全宋詩》卷一二七三，册22，第14382頁

次李公謹美人行見寄

洪咨夔

梨花深寂楊花閑，雨鳩晴鳩兩關關。越王樓下春事繁，有美一人心獨丹。欲往從之厚我顔，無綉段兮爲君懽。子規夜嗥斗闌干，江草碧色江波漫。芙蓉城頭芳露乾，有美一人擁朝寒。欲往從之髀肉酸，無桂棹兮揚君瀾。牛頭撥雲尋懶殘，牛背落日人空還。短笻尚點湘妃斑，好春未必天能慳。東風到處如家山，白髮相對毋永嘆。荼蘼結架三百間，爲君醉倒驕旁觀。《全宋詩》卷二八九二，册55，第34509頁

怨别二首

郭祥正

按，《樂府詩集》無此題，然宋鄭樵《通志二十略·樂略一》列入「别離十九曲」，故予收録。

渡江君别妾，恨不如桃葉。桃葉解隨君，渡江不用楫。妾既不得隨，渡江楫如飛。自憐妾

命薄，江頭還獨歸。一步一回首，碧雲凝落暉。空將盈掬泪，和粉灑羅衣。自注：古詩云桃葉復桃葉，渡江不用楫。

團扇不遮面，欲君永相見。胡爲忽別妾，船逐南風便。君行妾獨處，妾復誰爲主。正似晚春花，零落隨風雨。有情頻寄書，莫令書更疏。却羨路旁草，到處逢君車。自注：古詩云團扇復團扇，團扇遮人面。相見不相親，不如不相見。《全宋詩》卷七六六，册 13，第 8894 頁

離怨

吴龍翰

按，《樂府詩集》無此題，宋鄭樵《通志二十略・樂略一》「別離十九曲」曰：「《離怨》，一作《雜怨》。」①故予收録。

楊柳如少年，春風吹得老。朝爲白雪花，暮爲浮萍草。明月照妾夫，夜夜關山道。明月分半光，照妾顔色好。空閨一十年，芳容秋葉槁。寶馬嘶，妾夫歸，對鏡畫眉雙泪垂。前日夫誤

① 《通志二十略》，第 916 頁。

妾，原作娶，據名賢集改。今日妾誤夫，妾貌不如夫去時。《全宋詩》卷三五九一，册68，第42901頁

雜怨二首

毛直方

按，《全元詩》册一二亦收毛直方此詩，元代卷不復録。

種蓮恨不早，得藕常苦遲。誰知心中事，久已落懷思。

花開能夜合，草發解宜男。對花今有恨，見草祇應慚。《全宋詩》卷三六三九，册69，第43620頁

卷一六六　宋新樂府辭三五

答劉成父四愁詩

王令

倦客維揚每自悲，有時雙泪等閒垂。眼前所識皆庸我，天下爲憂可語誰。把臂便嫌逢子晚，開縢乃見起予詩。卷舒萬徹吟千遍，明本作過。此後多應手有胝。《全宋詩》卷七〇五，册12，第8175頁

擬杜甫玉華宫

梅堯臣

按，《樂府詩集》無此題，然宋鄭樵《通志二十略・樂略一》列入「宫苑十九曲」，故予收録。

松深溪色古，中有鼯鼠鳴。廢殿不知年，但與蒼崖平。鬼火出空屋，未繼華燭明。暗泉發

虚竇，似作哀弦鳴。黄金不變土，玉質空令名。當時從輿輦，石馬埋棘荆。獨來感舊物，煎懷如沸羹。區區人世間，誰免此虧盈。《全宋詩》卷二四九，册5，第2975頁

玉華宫用杜子美韻

李綱

阿房但遺基，銅爵亦飄瓦。兹宫製何朝，棟宇妙天下。溪山最清絶，畫手不可寫。于今黍離離，客過泪如灑。乃知營宫殿，徒以業力假。起滅猶浮漚，聚散齊一馬。如何世間士，天運欲持把。此理貫古今，宜有知之者。《全宋詩》卷一五五五，册27，第17660頁

故連昌宫

邵雍

按，《樂府詩集》無此題，然宋鄭樵《通志二十略·樂略一》列入「宫苑十九曲」，故予收録。

洛水來西南，昌水來西北。二水合流處，宫墻有遺壁。行人徒想像，往事皆陳迹。空餘女

几山，正對三鄉驛。《全宋詩》卷三六三，册7，第4474頁

連昌宮

張耒

欲問興亡已慘顔，桑田滄海變人間。無情野水青春在，不動南山白日閑。伐木清溪寒剥啄，鳴禽高柳曉緡蠻。蛾眉皓齒終黄土，誰道仙宫有使還。《全宋詩》卷一一七〇，册20，第13213頁

凌雲臺

李中立

題注曰：「臺在州城隅，俯臨川水。」按，《樂府詩集》無此題，宋鄭樵《通志二十略·樂略一》列入「宫苑十九曲」，故予收録。

山圍平野四回環，天迥臺高眼界寬。雲漏殘陽明遠岫，濤翻急雨漲前灘。一川勝趣四時好，千里雄風三伏寒。誰見凌雲清絶處，夜涼空翠濕闌干。《全宋詩》卷三七七七，册72，第45577頁

東海

華鎮

按,《樂府詩集》無此題,然宋鄭樵《通志二十略·樂略一》列入「山水二十四曲」,故予收録。宋人又有《東海曲》,當出於此,亦予收録。

誰謂滄溟遠,吾家曲檻東。靈潮隨月長,積水與天通。白鳥長沙外,青峰薄霧中。星槎在何處,屈指待秋風。《全宋詩》卷一〇八四,册18,第12320頁

東海曲

李新

鑑湖摇碧冷吞吴,虎丘雪樹紛瓊株。破霧冰輪薄雲母,河漢微茫星有無。清輝浩渺夫差國,爽氣横空凝夜白。古石寒生萬丈光,飛虹遠射徐卿宅。徐卿世有玉麒麟,長吟鳳語城南客。東海蟠桃紅復紅,千年消息倚春風。《全宋詩》卷一二五四,册21,第14161頁

日暮望涇水

徐珩

按，《樂府詩集》無此題，然宋鄭樵《通志二十略・樂略一》列入「山水二十四曲」，故予收録。

導源經隴阪，屬汭貫嬴都。下瀨波常急，回圻溜亦紆。毒流秦卒斃，泥糞漢田腴。獨有迷津客，懷歸軫暮途。《全宋詩》卷二〇五〇，册37，第23050頁

鴛鴦

祖無擇

按，《樂府詩集》無此題，然宋鄭樵《通志二十略・樂略一》列入「鳥獸二十一曲」，故予收録。

水宿雲飛無定期，雄雌兩兩鎮相隨。到頭不會天何意，却使人生有別離。《全宋詩》卷三五八，册

7，第 4427 頁

同前

曹組

蘋洲花嶼接江湖，頭白成雙得自如。春院有時描一對，日長消盡綉工夫。《全宋詩》卷一七九一，册 31，第 19979 頁

同前

王質

詩序曰：「身麻褐，雜花點，如鴨而小，稍長。夜傍灘岸，雌雄交頸即成睡，賦性好思。」按，此詩爲王質《水友辭》其一。

鴛鴦，鴛鴦，一雌一雄春水鄉。□□所思在何方，葡萄顔色桃花香。溪南岸，溪北岸，且住中流莫相伴。嗚呼此友兮堪同調，烟浄波明影可照。《全宋詩》卷二四九八，册 46，第 28878 頁

寓言

梅堯臣

按，《樂府詩集》無此題，然宋鄭樵《通志二十略・樂略一》列入「雜體六曲」，故予收録。

寒燈不照遠，光止一室明。小人不慮遠，義止目前榮。燈既無久焰，人亦無久情。誰言結明月，明月豈長盈。《全宋詩》卷二三八，册5，第2765頁

同前

劉敞

感豫常出異，禦寇哀壺丘。好大固累己，巢父笑許由。東海有意怠，飛飛何所求。縱軀天地間，細故紛悠悠。願言不死鄉，可與賢達游。《全宋詩》卷四六七，册9，第5660頁

同前十七首

王安石

詵詵古之士，出必見禮樂。群遊與群飲，仁義待揚摧。心疲歌舞荒，耳聒米鹽濁。所以後世賢，絶俗乃爲學。

不得君子居，而與小人遊。疵瑕不相摩，況乃禍釁稠。高語不敢出，鄙辭强顏酬。始云避世患，自覺日已偷。如傅一齊人，以萬楚人咻。云復學齊言，定復不可求。仁義多在野，欲從苦淹留。不悲道難行，所悲累身修。

周公歌七月，耕稼乃王術。宣王追祖宗，考牧與宫室。甘棠能聽訟，召伯聖人匹。後生論常高，於世復何實。

婚喪孰不供，貸錢免爾縈。耕收孰不給，傾粟助之生。物贏我收之，物窘出使營。後世不務此，區區挫兼并。

貞觀業萬世，經營豈非艱。其子一摇之，宗廟靈幾殫。開元始聰明，一眚奔岷山。功高後毁易，德薄人存難。

言失於須臾，百世不可除。行失几席間，惡名滿八區。百年養不足，一日毁有餘。諒彼耻不仁，戒哉惟厥初。

鐘鼓非樂本，本末猶相因。仁濤入人深，孟子言之醇。如何貞觀君，從古同隋陳。風俗不粹美，惜哉世無臣。

遊鯨厭海濁，出戲清江湄。風濤助翻騰，網罟不敢窺。失身洲渚間，螻蟻乘其機。物大苦易窮，一窮無所歸。

猛虎卧草間，群烏張本作鳥從噪之。萬物忌强梁，寧獨以其私。虎終機械得，烏張本作鳥亦彈丸隨。山鷄不忤物，默與鳳凰期。《全宋詩》卷五四七，册10，第6546頁

太虛無實可追尋，葉落松枝謾古今。若見桃花生聖解，不疑還自有疑心。

本來無物使人疑，却爲參禪買得癡。聞道無情能説法，面墻終日妄尋思。《全宋詩》卷五七一，册10，第6742頁

父母子所養，子肥父母充。欲富摧其子，惜哉術之窮。霸者擅一方，窘彼足自豐。四海皆吾家，奈何不知農。

小夫謹利害，不講義與仁。讀書疑夷齊，古豈有此人。其才一莛芒，所欲勢萬鈞。求多卒自困，餘禍及生民。

瞢瞢俗所共，察察與世違。違世有百善，一疵惡皆歸。就求無所得，猶以好名譏。彼哉負

且乘，能使正日微。始就詩賦科，雕鐫久才成。一朝復棄之，刀筆事刑名。中材蔽末學，斯道苦難明。忽貴不自期，何施就升平。明者好自蔽，況乃知我匹。每行悔其然，所見定萬一。不求攻爾短，欲議世之失。耘而舍其田，辛苦亦何實。好樂世所共，欲禁安能舍。孰能開其淫，要在習以雅。毆人必如己，墨子見何寡。惜哉後世音，至美不如野。《全宋詩》卷五七六，册10，第6771頁

同前一絶

蘇　籀

輶眇豈任勝婦職，春暾桃蓓未敷蓮。月娥宫額噫神護，旖旎仙舲托使旃。《全宋詩》卷一七六六，册31，第19665頁

同前三首

陸　游

濟劇人才易，扶顛力量難。爲謀須遠大，守節要堅完。氣與秋天杳，胸吞夢澤寬。方知至危地，自有泰山安。

出仕謝招麾，堪家美蕨薇。深居全素志，大路息危機。世變生呼吸，人情忽細微。床頭《周易》在，舍此欲安歸。

山海三家市，風烟五畝園。藜羹均玉食，茅屋陋朱門。耕釣此身老，乾坤吾道尊。故交淪落盡，至理與誰論。《全宋詩》卷二二〇一，册40，第25164頁

同前二首

蘇　泂

精神遍八方，一散或爲風。堂堂世之人，奈何總虛空。我無騰化術，正爾不能從，回視恍兮惚，老子其猶龍。

函關度青牛，生在空桑中。藁砧未刀頭，妾身變山峰。三年化爲碧，是血本來紅。古來埋

直氣，曾見吐長虹。《全宋詩》卷二八四三，册54，第33866頁

同前三首

劉克莊

夢裏依稀若在傍，安知覺後忽他鄉。裁成出戍衣封去，挑就回紋錦寄將。多謝舊官留破鏡，半爲蕩子守空房。偶逢女伴悲酸嘆，不似披緇意味長。《全宋詩》卷三〇七六，册58，第36694頁

生有縫春諷，死無封禪書。不須求大手，吾自表幽墟。《全宋詩》卷三〇七六，册58，第36700頁

赤肉團終當敗壞，臭皮袋死尚貪癡。生憎銅鏡催白髮，殘着珠襦待赤眉。高築迷樓愁鬼瞰，多爲疑冢怕人知。吾評裸葬尤堅久，來往何曾挂一絲。自注：張□□云：紅紅白白莫相謾，無限真人赤肉團。敗壞不知猪狗相，只今便作死尸看。《全宋詩》卷三〇八〇，册58，第36748頁

同前

趙孟堅

詡詡言詞巷陌兒，傾心反目易安危。可嗟香盡蝶猶戀，誰謂機萌鷗不知。寥落丹青秋後扇，縱横黑白局中棋。料應主意非疏賈，其奈難祛絳灌疑。《全宋詩》卷三二四一，册61，第38680頁

按,《全元詩》册三亦收舒岳祥此詩,元代卷不復録。

同前

舒岳祥

妾家有高樓,高高入青天。欲作萬丈梯,倚空無攀援。良人在萬里,一去幾經年。長路與天接,舉足躡星躔。妾欲尋夫婿,解甲投戈鋋。携手上雲霓,真到天河壖。牽牛與織女,不知妾相憐。姮娥惠神藥,燕婉成天仙。

昔有貴公子,聞鶴九皋禽。其先本胎化,棲止必瑶林。遣使三往聘,致之千黄金。清唳復善舞,節奏合瑶琴。日給費魚米,延之如玳簪。銜杯爲主壽,千歲無遐心。有客爲主謀,禽荒可傾國。此物非潔清,其志本貪冒。遺矢玉階陰,吞腥金塘側。當以禽養禽,毋令食人食。主人頷其言,從此成捐斥。蕭條風雨晨,蹭蹬霜雪夕。鶴將辭主去,顧視亦凄惻。謂客君少留,行當蹈吾迹。客亦慘不樂,相看泪沾臆。《全宋詩》卷三四三五,册 65,第 40889 頁

同前

宋之才

按,《全元詩》册六五亦收宋之才此詩,然據潘猛補《從温州地方文獻訂補〈全元詩〉》,①宋之才乃宋時平陽人,字庭佐,號雲海,政和八年(1118年)進士。《全元詩》誤收其詩。又,此詩《全宋詩》未收,故據《全元詩》補入宋代卷。

獸有善觸邪,草有能指佞。獸草非有心,不移本天性。臣而加是冠,俾爾效端鯁。如何不稱服,觸指反忠正。吾欲取二物,參植列臺省。一令邪佞徒,從此亟深屏。風雨晦冥夜,鷄鳴有常聲。霜雪枯萬榦,松柏不改青。内守初已定,外變終難更。若人束勢利,浮沉無定情。俯仰效桔槔,低昂甚權衡。反出木鳥下,徒爲萬物靈。《全元詩》,册65,第140頁

① 潘猛補《從温州地方文獻訂補〈全元詩〉》,《温州大學學報》2017年第2期。

羅嗊曲

宋　无

按,《樂府詩集》無此題,然明胡震亨《唐音癸籤・樂通二》列入「唐曲」,故予收録。又,《全元詩》册一九亦收宋无此詩,元代卷不復録。

玉井荷花碧,中藏偶意深。緑房千萬菂,多少可憐心。《全宋詩》卷三七二三,册71,第44757頁

浣紗婦

舒岳祥

按,《樂府詩集》無此題,然明胡震亨《唐音癸籤・樂通二》「唐曲」有《浣紗女》,宋人《浣紗婦》《浣紗曲》,或出於此,故予收録。

修竹柴門向山路,晴日滿谿春欲莫。浣紗少婦不知寒,兩脚如霜下灘去。少年閑倚青梅樹。《全元詩》,册3,第264頁

浣紗曲

艾性夫

浣紗如妾心，皎然照冰雪。秋聲入絡緯，炯炯織霜月。裁衣嫁作梁鴻婦，白髮相看如此布。不學西施矜媚嫵，妝成欲覓君王顧。忘却土城山下路，貪向銅龍溪邊住。明朝吴騎猛如虎，獻入娃宫作俘虜。含羞短製衣楚楚，忍學翩翩鶴翎舞。土城山，西施浣紗處。

《全元詩》，册 19，第 132 頁

樂府續集·遼代卷

卷一六七　遼郊廟歌辭　燕射歌辭　鼓吹曲辭　横吹曲辭　相和歌辭　清商曲辭　舞曲歌辭　琴曲歌辭　雜曲歌辭　近代曲辭

郊廟歌辭

元脱脱《遼史·樂志》曰："遼闕郊廟禮，無頌樂。"①又曰："唐《十二和》樂，遼初用之：《豫和》祀天神，《順和》祭地祇，《永和》享宗廟，《肅和》登歌奠玉帛，《雍和》入俎接神，《壽和》酌獻飲神，《太和》節升降，《舒和》節出入，《昭和》舉酒，《休和》以飯，《正和》皇后受册以行，《承和》太子以行。遼《十二安》樂：初，梁改唐《十二和》樂爲《九慶》樂，後唐建唐宗廟，仍用《十二和》樂，晉改爲《十二同》樂。《遼雜禮》：『天子出入，奏《隆安》；太子行，奏《貞安》。』則是遼嘗改樂名矣。餘十《安》樂名缺。遼雅樂歌辭，文闕不具；八音器數，大抵因唐之舊。八

① [元] 脱脱《遼史》卷五四，中華書局，1974 年版，第 883 頁。

音：金鏄、鍾。石球、磬。絲琴、瑟。竹籥、簫、篴。匏笙、竽。土壎。革鼓、鼗。木柷、敔。十二律用周黍尺九寸管，空徑三分爲本。道宗大康中，詔行秬黍所定升斗，嘗定律矣。其法大抵用古律焉。」①《遼志》既云「遼雅樂歌辭，文闕不具」，則本卷遼郊廟歌辭付之闕如。

燕射歌辭

宴饗嘉會競射之事，遼亦有之。其禮或非源出中土，然其事以樂侑之，則與中土略同。《遼史·樂志》曰：「遼有國樂，有雅樂，有大樂，有散樂，有鐃歌、横吹樂。」②宴饗朝會所用者，國樂、雅樂、大樂、散樂也。其雅樂、大樂、散樂，皆得自後晉，多爲唐樂之遺。《遼史·樂志》録各樂行用頗詳，今撮抄如下：

國樂：「是夜，皇帝燕飲，用國樂。七月十三日，皇帝出行宫三十里卓帳。十四日設宴，應從諸軍隨各部落動樂。十五日中元，大宴，用漢樂。春飛放杏堝，皇帝射獲頭鵝，薦

---

① 《遼史》卷五四，第 884—885 頁。

② 《遼史》卷五四，第 881 頁。

廟燕飲，樂工數十人執小樂器侑酒。」①另見外使藩酋，或用其國之樂，非遼樂府所習。

雅樂：「大同元年，太宗自汴將還，得晉太常樂譜、宫懸、樂架，委所司先赴中京……唐《十二和》樂，遼初用之……《太和》節升降，《舒和》節出入，《昭和》舉酒，《休和》以飯，《正和》皇后受册以行，《承和》太子以行。」②雅樂多用於册禮：「聖宗太平元年，尊號册禮：設宫懸於殿庭，舉麾位在殿第三重西階之上，協律郎各入就舉麾位，太常博士引太常卿引皇帝。將仗動，協律郎舉麾，太樂令令撞黄鐘之鐘，左右鐘皆應。工人舉柷，樂作；皇帝即御坐，扇合，樂止。王公入門，樂作；至位，樂止。通事舍人引押册大臣，初動，樂作；置册殿前香案訖，就位，樂止。舁册官奉册，初動，樂作；升殿，置册御坐前，就西墉北上位，樂止。大臣上殿，樂作；至殿欄内位，樂止。大臣降殿階，樂作；復位，樂止。王公三品以上出，樂作；太常博士引太常卿，太常卿引皇帝降御坐入閤，樂止。」③又云：「聖宗統和元年，册承天皇太后，設宫懸、簨虡，太樂工、協律郎入。太后儀衛動，舉麾，《太和》樂

①《遼史》卷五四，第 882 頁。
②《遼史》卷五四，第 883—884 頁。
③《遼史》卷五四，第 883 頁。

作；太樂令、太常卿導引升御坐，簾捲，樂止。文武三品以上入，《舒和》樂作；至位，樂止。皇帝入門，《雍和》樂作；至殿前位，樂止。宰相押册，皇帝隨册，樂作；至殿前置册於案，樂止。翰林學士、大將軍舁册，樂作；置御坐前，樂止。丞相上殿，樂作；至讀册位，樂止。皇帝下殿，樂作；至位，樂止。太后宣答訖，樂作；皇帝至西閣，樂止。親王、丞相上殿，樂作；退班出，樂止。下簾，樂作；皇太后入内，樂止。」①又云：「册皇太子儀：太子初入門，《貞安》之樂作。册禮樂工次第：四隅各置建鼓一虡，樂工各一人；宫懸每面九虡，每虡樂工一人；樂虡近北置柷、敔各一，樂工各一人；樂虡内坐部樂工，左右各一百二人；樂虡西南武舞六十四人，執小旗二人；樂虡東南文舞六十四人，執小旗二人；協律郎二人；太樂令一人。」②宋雅樂以「安」名，遼亦有《貞安》，或亦間雜以宋樂也。

大樂：「用之朝廷，别於雅樂者，謂之大樂。晉高祖使馮道、劉煦册應天太后、太宗皇帝，其聲器、工官與法駕，同歸於遼。」③大樂多用於册禮、上壽儀。「聖宗統和元年，册承天

① 《遼史》卷五四，第 883—884 頁。
② 《遼史》卷五四，第 884 頁。
③ 《遼史》卷五四，第 885 頁。

皇太后，童子弟子隊樂引太后輦至金鑾門。」①「天祚皇帝天慶元年上壽儀：皇帝出東閤，鳴鞭，樂作；簾捲，扇開，樂止。太尉執臺，分班，太樂令舉麾，樂作；皇帝飲酒訖，樂止。應坐臣僚東西外殿，太樂令引堂上，樂升。大臣執臺，太樂令奏舉觴，登歌，樂作；飲訖，樂止。行臣僚酒遍，太樂令奏巡周，舉麾，樂作；飲訖，樂止。太常卿進御食，太樂令奏食遍，樂作；《文舞》入，三變，引出，樂止。次進酒，行臣僚酒，舉觴，巡周，樂作；飲訖，樂止。次進食，食遍，樂作；《武舞》入，三變，引出，樂止。扇合，簾下，鳴鞭，樂作；皇帝入西閤，樂止。」②《遼史·樂志》記大樂器曰：「本唐太宗《七德》《九功》之樂。武后毁唐宗廟，《七德》《九功》樂舞遂亡，自後宗廟用隋《文》《武》二舞。朝廷用高宗《景雲》樂代之，元會，第一奏《景雲》樂舞。杜佑《通典》已稱諸樂并亡，唯《景雲》樂舞僅存。唐末、五代板蕩之餘，在者希矣。遼國大樂，晉代所傳。《雜禮》雖見坐部樂工左右各一百二人，蓋亦以《景雲》遺工充坐部；其坐、立部樂，自唐已亡，可考者唯《景雲》四部樂舞而已。玉磬，方響，搊箏，筑，卧箜篌，大箜篌，小箜篌，大琵琶，小琵琶，大五弦，小五弦，吹葉，大笙，小笙，觱篥，簫，銅鈸，

---

①《遼史》卷五四，第885頁。

②《遼史》卷五四，第885—886頁。

長笛，尺八笛，短笛。以上皆一人。毛員鼓，連鼗鼓，貝。以上皆二人，餘每器工一人。歌二人，舞二十人，分四部：《景雲》舞八人，《慶雲》樂舞四人，《破陣》樂舞四人，《承天》樂舞四人。」①記大樂調曰：「雅樂有七音，大樂亦有七聲，謂之七旦：一曰娑陁力，平聲；二曰鷄識，長聲；三曰沙識，質直聲；四曰沙侯加濫，應聲；五曰沙臘，應和聲；六曰般贍，五聲；七曰俟利篷，觓牛聲。自隋以來，樂府取其聲，四旦二十八調爲大樂。娑陁力旦：正宫，高宫，中吕宫，道調宫，南吕宫，仙吕宫，黄鐘宫。鷄識旦：越調，大食調，高大食調，雙調，小食調，歇指調，林鐘商調。沙識旦：大食角，高大食角，雙角，小食角，歇指角，林鐘角，越角。般涉旦：中吕調，正平調，高平調，仙吕調，黄鐘調，般涉調，高般涉調。右四旦二十八調，不用黍律，以琵琶弦叶之。皆從濁至清，迭更其聲，下益濁，上益清。七七四十九調，餘二十一調失其傳。蓋出《九部》樂之《龜兹部》云。」②記大樂聲曰：「各調之中，度曲協音，其聲凡十，曰：五、凡、工、尺、上、一、四、六、勾、合，近十二雅律，於律吕各闕其一，

① 《遼史》卷五四，第 886—888 頁。
② 《遼史》卷五四，第 888—891 頁。

猶雅音之不及商也。」①

散樂：「殷人作靡靡之樂，其聲往而不反，流爲鄭、衛之聲。秦、漢之間，秦、楚聲作，鄭、衛寖亡。漢武帝以李延年典樂府，稍用西凉之聲。今之散樂，俳優、歌舞雜進，往往漢樂府之遺聲。晉天福三年，遣劉煦以伶官來歸，遼有散樂，蓋由此矣。」②皇帝生辰及曲宴宋使曾用之。「皇帝生辰樂次：酒一行，觱篥起，歌。酒二行，歌，手伎入。酒三行，琵琶獨彈。餅、茶、致語。食入，雜劇進。酒四行（闕）。酒五行，笙獨吹，鼓笛進。酒六行，筝獨彈，築毬。酒七行，歌曲破，角抵。」③「曲宴宋國使樂次：酒一行，觱篥起，歌。酒二行，歌。酒三行，歌，手伎入。酒四行，琵琶獨彈。餅、茶、致語。食入，雜劇進。酒五行（闕）。酒六行，笙獨吹，合《法曲》。酒七行，筝獨彈。酒八行，歌，擊架樂。酒九行，歌，角抵。」④張舜民《畫墁録》亦記遼宴宋國使曰：「北人待南人，禮數皆約毫末。工伎皆自幽涿遺發之帳

---

①《遼史》卷五四，第891頁。
②《遼史》卷五四，第891頁。
③《遼史》卷五四，第891—892頁。
④《遼史》卷五四，第892—893頁。

前，人以爲勞。樂列三百餘人，節奏訛舛，舞者更無回旋，止於頓挫、伸縮手足而已。角抵以倒地爲勝，不倒爲負，兩人相持終日，欲倒不可得。又物如小額，通蔽其乳，脱若褫露之，則兩手覆面而走，深以爲耻也。」①散樂器有「觱篥、簫、笛、笙、琵琶、五弦、箜篌、箏、方響、杖鼓、第二鼓、第三鼓、腰鼓、大鼓、鞚、拍板」。② 今存内蒙古赤峰遼墓壁畫散樂圖，樂隊八人，皆漢服，冠襆頭。前四人短衣，長褲；後三人長衣，衣緣上掖至腰間；末一人短衣。衣皆灰白，圓領，緊袖，腰繫帶，脚部漫漶，似著麻鞋。八人各吹觱篥、笙、横笛、簫，基本腰鼓、大鼓、起舞，擊拍板。③ 又河北宣化遼張世卿墓東壁散樂圖，樂隊十二人。前排五人，吹觱篥者一、吹笙者一、吹簫者一、擊腰鼓者一、擊大鼓者一；後排六人，打拍板者一、彈琵琶者一、吹横笛者二、擊腰鼓者一、吹十二管排簫者一。隊有一低矮舞者，應節而舞。樂工及舞者皆襆頭、長袍、高靴。④

① [宋] 張舜民《畫墁録》，叢書集成初編本，中華書局，1991 年版，第 3 頁。
② 《遼史》卷五四，第 893 頁。
③ 項春松《遼寧昭烏達地區發現的遼墓繪畫資料》，《文物》1979 年第 6 期。
④ 河北省文物管理處等《河北宣化遼壁畫墓發掘簡報》，《文物》1975 年第 8 期。

《遼史・樂志》曰："「遼雅樂歌辭，文闕不具。」非唯雅樂，他樂亦未見著録，本卷亦付闕如。

鼓吹曲辭

據《遼雜禮》，朝會設熊羆十二案，法駕有前後兩部鼓吹，百官鹵簿亦有鼓吹樂。① 《遼史・樂志》記鼓吹樂部曰："「前部：鼓吹令二人、掆鼓十二、金鉦十二、大鼓百二十、長鳴百二十、鐃十二、鼓十二、歌二十四、管二十四、簫二十四、笳二十四。後部：鼓吹丞二人、大角百二十、羽葆十二、鼓十二、管二十四、簫二十四、鐃十二、鼓十二、簫二十四、笳二十四。右前後鼓吹，行則導駕奏之，朝會則列仗，設而不奏。」② 其樂名今可知者，惟《單于復小弄》一曲。《宋會要輯稿・蕃夷》曰："「契丹每行軍，常令五十人吹大螺。螺如五升器，其聲重

① 《遼史》卷五四，第 893 頁。
② 《遼史》卷五四，第 893—895 頁。

濁奮厲，大率如調角。其曲名《單于復小弄》。」①其辭未見著録。

橫吹曲辭

《遼史·樂志》曰：「橫吹亦軍樂，與鼓吹分部而同用，皆屬鼓吹令。」②又記其樂部曰：「前部：大橫吹百二十、節鼓二、笛二十四、觱篥二十四、笳二十四、桃皮觱篥二十四、掆鼓十二、金鉦十二、小鼓百二十、中鳴百二十、羽葆十二、鼓十二、管二十四、簫二十四、笳二十四。後部：小橫吹百二十四、笛二十四、簫二十四、觱篥二十四、桃皮觱篥二十四。」③又曰：「百官鼓吹、橫吹樂，自四品以上，各有增損。見《儀衛志》。」④其辭未見著録。

---

① 《宋會要輯稿》，第 9724 頁。
② 《遼史》卷五四，第 895 頁。
③ 《遼史》卷五四，第 895—897 頁。
④ 《遼史》卷五四，第 897 頁。

相和歌辭

遼無相和歌辭。

清商曲辭

遼無清商曲辭。

舞曲歌辭

《遼史·樂志》記皇太子册禮，灼然有《文》《武》二舞之迹。其文曰：「册禮樂工次第：四隅各置建鼓一虡，樂工各一人；宫懸每面九虡，每虡樂工一人；樂虡近北置柷、敔各一，樂工各一人；樂虡内坐部樂工，左右各一百二人；樂虡西南《武舞》六十四人，執小旗二人；樂虡東南《文舞》六十四人，執小旗二人；協律郎二人；太樂令一人。」①又上壽儀亦有之：「天祚皇帝天慶元年上壽儀……太常卿進御食，太樂令奏食遍，樂作；《文舞》入，三變，引出，樂止。次進酒，行臣僚酒，舉觴，巡周，樂作；飲訖，樂止。次進食，食遍，樂作；《武舞》入，三變，引出，樂止。扇合，簾下，鳴鞭，樂作；皇帝入西閣，樂止。」②又曰：「《雜禮》雖見坐部樂工左右各一百二人，蓋亦以《景雲》遺工充坐部；其坐、立部樂，自唐已亡，可考者唯《景雲》四部樂舞而已。……舞二十人，分四部：《景雲》舞八人，《慶雲》樂舞四人，《破陣》樂舞四人，《承天》樂舞四人。」③其舞者之數，似較中土爲少。歌辭亦不見載。

琴曲歌辭

撫琴之事，遼亦有之。其時琴書，今可知者有耶律直魯《纂古琴譜》五卷及耶律智《雅

---

① 《遼史》卷五四，第 884 頁。
② 《遼史》卷五四，第 885—886 頁。
③ 《遼史》卷五四，第 885—888 頁。

音琴譜》四卷二種，《纂古》論前代琴式、琴論、指法，并録宫音琴譜八，曰《洞天》《陽春》《高山》《流水》《圯橋》《鷗鷺》《崆峒引》《歸來曲》，商音琴譜七，曰《墨子》《白雪》《風雷引》《秋江夜泊》《静觀吟》《夏峰歌》《釋談章》。《雅音》録琴曲二十，曰《春怨》《蒼梧怨》《列子御風》《平沙》《良宵引》《塗山》《樵歌》《爛柯行》《山居吟》《洞庭秋思》《佩蘭》《秋怨》《參同歌》《春曉吟》《神化引》《大雅》《安樂窩》《離騷》《瀟湘水雲》《飛鳴吟》。據此可知遼時琴事，然其辭亦不見載。

雜曲歌辭

遼無雜曲歌辭。

近代曲辭

遼無近代曲辭。

卷一六八　遼雜歌謡辭　新樂府辭

雜歌謡辭

遼立國凡二百一十八年，君臣雖不乏嗜詩好樂者，然篇什留存甚少，《全遼金詩》所録止百餘首。《契丹國志》稱聖宗耶律隆緒「御製曲百餘首」，①今止傳《傳國璽》詩一及《題樂天詩》殘句。《遼史·樂志》稱「聲亡書逸」，②亦可嘆也。雜歌謡辭今可見者，止存十餘首。

鶴野縣命名歌

元脱脱《遼史·地理志》曰：「鶴野縣。本漢居就縣地，渤海爲鷄山縣。昔丁令威家

---

① ［宋］葉隆禮撰，賈敬顔、林榮貴點校《契丹國志》卷七，中華書局，1974 年版，第 72 頁。

② 《遼史》卷五四，第 881 頁。

此，去家千年，化鶴來歸，集於華表柱，以咮畫表云……户一千二百。」①按，《增訂遼詩話》亦收此詩，題作《鶴野縣命名歌》，②本卷從之。

有鳥有鳥丁令威，去家千年今來歸，城郭雖是人民非，何不學仙冢纍纍。《遼史》卷三八，第457頁

武定軍百姓爲楊佶歌

《遼史・楊佶傳》曰：「楊佶，字正叔，南京人。幼穎悟異常，讀書自能成句，識者奇之。弱冠，聲名籍甚。統和二十四年，舉進士第一，歷校書郎、大理正。開泰六年，轉儀曹郎，典掌書命，加諫議大夫。出知易州，治尚清簡，徵發期會必信。入爲大理少卿。累遷翰林學士，文章號得體。八年，燕地饑疫，民多流殍，以佶同知南京留守事，發倉廩，振乏絶，貧民鬻子者計傭而出之。宋遣梅詢賀千齡節，詔佶迎送，多唱酬，詢每見稱賞。復爲翰林學士。

---

①《遼史》卷三八，第457頁。

② 蔣祖怡、張滌雲整理《全遼詩話》，岳麓書社，1992年版，第218頁。

重熙元年，升翰林學士承旨。丁母憂，起復工部尚書。歷忠順軍節度使，朔、武等州觀察、處置使，天德軍節度使，加特進檢校太師、同中書門下平章事，復拜參知政事，兼知南院樞密使。十五年，出爲武定軍節度使。境内亢旱，苗稼將槁。視事之夕，雨澤沾足。百姓歌曰……」①《古謡諺》《全遼金詩》均收此詩，前者題作《武定軍百姓爲楊佶歌》，②後者題作《喜雨歌》，③本卷從前者。

何以蘇我？上天降雨。誰其撫我？楊公爲主。《遼史》卷八九，第1353頁

諷諫歌

宋葉隆禮《契丹國志・海濱王文妃傳》曰：「海濱王文妃，本渤海大氏人。幼選入宫，

---

① 《遼史》卷八九，第1352—1353頁。
② ［清］杜文瀾輯，周紹良校點《古謡諺》卷一三，中華書局，1958年版，第252頁。
③ 閻鳳梧、康金聲編《全遼金詩》，山西古籍出版社，1999年版，第26頁。

聰慧閑雅，詳重寡言。天祚登位，册爲文妃，生晋王。文妃自少時工文墨，善歌詩，見女真之禍日日侵迫，而天祚醉心畋遊，不以爲意，一時忠臣多所疏斥，時作歌詩以諷諫，曾有歌云……詞多不備載，其諷切不避權貴如此。又曾作詠史詩云：『丞相朝來劍佩鳴，千官側目寂無聲。養成外患嗟何及，禍盡忠臣罰不明。親戚并居藩翰位，私門潛蓄爪牙兵。可憐昔代秦天子，猶向宫中望太平。』其詩之感烈有如此者，天祚見而銜之。」①元脱脱《遼史·天祚文妃蕭氏傳》曰：「天祚文妃蕭氏，小字瑟瑟，國舅大父房之女。乾統初，帝幸耶律撻葛第，見而悦之，匿宫中數月。皇太叔和魯斡勸帝以禮選納，三年冬，立爲文妃。生蜀國公主、晋王敖盧斡，尤被寵幸。以柴册，加號承翼。善歌詩。女直亂作，日見侵迫。帝畋遊不恤，忠臣多被疏斥。妃作歌諷諫，其詞曰……又歌曰……天祚見而銜之。播遷以來，郡縣所失幾半，上頗有倦勤之意。諸皇子敖盧斡最賢，素有人望。元后兄蕭奉先深忌之，誣南軍都統余覩謀立晋王，以妃與聞，賜死。」②按，《全遼金詩》亦據《契丹國志》收録二詩，其一

① 《契丹國志》卷一三，第 166—167 頁。
② 《遼史》卷七一，第 1206—1207 頁。

題作《諷諫歌》，其二題作《詠史》。① 然據《遼史》所載本事，兩首均當作《諷諫歌》。因《契丹國志》早於《遼史》，故本卷從《契丹國志》，止收《諷諫歌》，不收《詠史》。

莫嗟塞上暗紅塵，莫傷多難畏女真。不如塞却奸邪路，選取好人。直是卧薪而嘗膽，激壯士之捐身。便可以朝清漠北，夕枕燕雲。《契丹國志》卷一三，第166—167頁

倚欄歌

明錢希言《遼邸紀聞》曰：「遼王後宫中，往往有抑鬱致死者。今沙橋門外宫人斜，即群姬埋香處。每陰寒晦黑，過者聞紅愁緑慘之聲。近有少年子乘醉蹋月，迷入空宫，經素香亭下，覩一美人，霓裳練裙，倚闌而歌曰……歌竟，杳然不見。」② 按，《古謡諺》《全遼金

① 《全遼金詩》，第72頁。
② 《古謡諺》卷九〇，第972—973頁。

詩》均收此詩，前者題作《遼王故宫美人吟》，後者題作《倚欄歌》，①本卷從後者。

明月滿空階，梧桐落如雨。凉颸襲人衣，不知秋幾許。《全遼金詩》，第89頁

臻蓬蓬歌

宋江萬里《宣政雜録》曰：「宣和初，收復燕山，以歸於朝。金民來居京師，其俗有《臻蓬蓬歌》，每扣鼓和『臻蓬蓬』之音爲節而舞，人無不喜聞其聲而效之者。其歌……」②

臻蓬蓬，外頭花花裏頭空。但看明年正二月，滿城不見主人翁。《全遼金詩》，第84頁

① 《全遼金詩》，第89頁。
② 《全宋筆記》，第7編，册8，第5—6頁。

伎者歌

宋江萬里《宣政雜録》曰：「宣和初，收復燕山，以歸於朝。金民來居京師……又其伎有以數丈長竿繫椅於梢，伎者坐椅上，少頃，下投於尖刀所圍小棘坑中，無偏頗之失。未投時，念詩……此亦虜讖而召禍，可怪。」①按，此詩本事緊隨《臻蓬蓬歌》，故《全遼詩話》將其置於《臻蓬蓬歌》本事中，未曾單列。《遼詩紀事》又將二詩分列，本事亦分置，前者題作《臻蓬蓬歌》，後者題作《伎者歌》。本卷從《遼詩紀事》。

百尺竿頭望九州，前人田土後人收。後人收得休歡喜，更有收人在後頭。陳衍輯《遼詩紀事》卷一一，楊家駱主編《歷代詩史長編》，鼎文書局，1971 年版，第 103 頁

---

①《全宋筆記》，第 7 編，册 8，第 5—6 頁。

小人歌

宋錢世昭《錢氏私志》曰：「燕北風俗，不問士庶，皆自稱『小人』。宣和間，有遼國右金吾衛上將軍韓正歸朝，授檢校少保節度使，與諸兄同正任班，對中人以上説話即稱『小人』，中人以下即稱『我家』。每日到漏舍誦《天童經》數十遍，其聲朗朗然。且云：『對天童豈可稱我？』自『皇天生我』，皆改爲『小人』，云……前後二十餘句，應稱『我』字，皆改爲『小人』。誦畢，讚嘆云：『這天童極靈聖！』王才元少師云：『若無靈聖，如何持得許多小人？然「小人有母，皆嘗小人之食」，小人之稱，其來古矣。施之於經，是可笑也。』」①

皇天生小人，皇地載小人。日月照小人，北斗輔小人。《錢氏私志》，景印文淵閣四庫全書，册 1036，第 665 頁

---

① [宋] 錢世昭《錢氏私志》，景印文淵閣四庫全書，册 1036，第 665 頁。

三藏

清王士禎《居易録》引《高麗史》曰：「《三藏》《蛇龍》二歌。忠烈王狎群小，選官妓、女巫有姿色者，籍置宮中，時人歌之，其詞古拙，有捉搦遺意，録之……」①

三藏寺裏點燈去，有社主兮執吾手。倘此言兮出寺外，謂上座兮是汝語。《居易録》卷八，景印文淵閣四庫全書，册869，第405頁

蛇龍歌

有蛇含龍尾，聞過太山岑。岑人各一語，斟酌在兩心。《居易録》卷八，景印文淵閣四庫全書，册869，第405頁

① [清] 王士禎《居易録》卷八，景印文淵閣四庫全書，册869，第405頁。

遼土河童謡

《遼史·太祖淳欽皇后述律氏傳》曰：「太祖淳欽皇后述律氏，諱平，小字月理朵。其先回鶻人糯思，生魏寧舍利，魏寧生慎思梅里，慎思生婆姑梅里，婆姑娶匀德恝王女，生后於契丹右大部。婆姑名月椀，仕遥輦氏爲阿札割只。后簡重果斷，有雄略。嘗至遼、土二河之會，有女子乘青牛車，倉卒避路，忽不見。未幾，童謡曰……蓋諺謂地祇爲青牛嫗云。」①《全遼文》《全遼金詩》均收此詩，題作《童謡》。《古謡諺》亦收，題作《遼土河童謡》，②本卷從之。

青牛嫗，曾避路。《遼史》卷七一，第1199頁

① 《遼史》卷七一，第1199頁。
② 《古謡諺》卷一三，第252頁。

新樂府辭

遼之新樂府辭，止見一首。

塞上

趙延壽

按，趙延壽先仕後唐，繼仕遼，其事《舊五代史》《遼史》均載。《遼史・趙延壽傳》曰：「趙延壽，本姓劉，恒山人。父邧，令蓨。梁開平初，滄州節度使劉守文陷蓨，其稗將趙德鈞獲延壽，養以爲子。少美容貌，好書史。唐明宗先以女妻之，及即位，封其女爲興平公主，拜延壽駙馬都尉、樞密使。明宗子從榮恃權跋扈，内外莫不震懾，延壽求補外避之，出爲宣武軍節度使。清泰初，加魯國公，復爲樞密使，鎮許州。石敬瑭發兵太原，唐遣張敬達往討。會敬達敗，保晉安寨，延壽與德鈞往救，聞晉安已破，走團栢峪。太宗追及，延壽與其父俱降。明年，德鈞卒，以延壽爲幽州節度使，封燕王。及改幽州爲南京，遷留守，總山南事。天顯末，以延壽妻在晉，詔取之以歸。自是益自激昂圖報。會同初，帝幸其第，加政事令。六年冬，晉人背盟，帝親征，延壽爲先鋒，下貝州，授魏、博等州節度使，封魏王。敗晉軍於南樂，獲其將賽項羽。軍元城，晉將李守貞、高行周率兵來逆，破之。至頓丘，會大霖雨，帝欲班師，延壽諫曰：「晉軍屯河濱，不敢出戰，若徑入澶州，奪其橋，則晉不足平。」上然之。適晉軍先歸澶州，高行周至析城，延壽將輕兵逆戰；上親督騎士突其陣，敵遂潰。師還，留延壽徇貝、冀、深三州。八年，再伐晉，晉主遣延壽族人趙行實以書來招。時晉人堅壁不出，延壽紿曰：『我陷虜久，寧忘父母之邦？若以軍逆，我即歸。』晉人以爲然，遣杜重威率兵迎之。延壽至滹沱河，據中渡橋，與晉軍力戰，手殺其將王清，兩軍相拒。太宗潛由他渡濟，留延壽與耶律朔古據橋，敵不能奪，屢敗之，杜重威掃厥衆降。上喜，賜延壽龍鳳赭袍，且曰：『漢兵皆爾所有，爾宜親往撫慰。』延壽至營，杜重威、李守貞迎謁馬首。」①此詩《全唐詩》《全遼金詩》均載。《全唐詩》卷七三七題作《塞上》，《全遼金詩》題作《失題》，《遼詩紀事》題作《虜廷感賦》。宋李昉《太平廣記》曰：「延壽將家子，幼習武略，即戎之暇，時復以篇什爲意，亦甚有雅致。嘗在虜庭賦詩曰……南人聞者，往往傳之。」②《虜廷感賦》

① 《遼史》卷七六，第1247—1248頁。

② 《太平廣記》卷二〇〇，第1508頁。

蓋源於此。因詩詠塞上風物，故本卷題名從《全唐詩》。

黄沙風捲半空抛，雲重陰山雪滿郊。探水人回移帳就，射雕箭落著弓抄。鳥逢霜果飢還啄，馬渡冰河渴自跑。占得高原肥草地，夜深生火折林梢。《全遼金詩》，第15頁

樂府續集·金代卷

卷一六九　金郊廟歌辭一

《金史·禮志》曰：「金人之入汴也，時宋承平日久，典章禮樂粲然備具。金人既悉收其圖籍，載其車輅、法物、儀仗而北，時方事軍旅，未遑講也。既而即會寧建宗社，庶事草創。皇統間，熙宗巡幸析津，始乘金輅，導儀衛，陳鼓吹，其觀聽赫然一新，而宗社朝會之禮亦次第舉行矣。」①《金史·樂志》曰：「金初得宋，始有金石之樂，然而未盡其美也。及乎大定、明昌之際，日修月葺，粲然大備。」②則金之禮樂，於得宋之後，赫然而變，遂稱大備。

金之郊廟，大、中祀皆用雅樂，隸太常。自大定十一年議後，其曲名以「寧」爲一系，祭天祫享，升降飲福，其名稍異。元之郊祀亦沿用之。載金之郊廟禮者，有世宗朝《金纂修雜録》四百餘卷、《大金集禮》四十卷、禮官張暐與子行簡私著《自公紀》。《大金集禮》今存，

① [元] 脱脱《金史》卷二八，中華書局，1975 年版，第 691 頁。
② 《金史》卷三九，第 881 頁。

《四庫全書總目》謂可藥《金志》闕失多矣。

本卷所輯歌辭，均出《金史》《全金詩》，題下多有解題，以明撰作之由及行用程式。

郊祀樂歌

《金史·樂志》曰：「大定十一年，太常議：『按《唐會要》舊制，南北郊宫縣用二十架，周、漢、魏、晉、宋、齊六朝及唐《開元》、宋《開寶禮》，其數皆同。《宋會要》用三十六架，《五禮新儀》用四十八架，其數多，似乎太侈。今擬《太常因革禮》，天子宫縣之樂三十六簴，宗廟與殿庭同，郊丘則二十簴，宜用宫縣二十架，登歌編鐘、編磬各一簴……皇統九年拜天用《乾寧之曲》，今圜丘降神固可就用。今太廟祫享，皇帝升降行止奏《昌寧之曲》，迎俎奏《豐寧之曲》，酌獻、舞出入奏《肅寧之曲》，飲福奏《福寧之曲》，宋《開寶禮》亦可就用。餘有郊祀曲名，皇帝入中壝、奠玉幣、迎俎、酌獻、舞出入樂曲，宜皆以「寧」字製名。』遂命學士院撰焉。皇帝入中壝奏《昌寧之曲》，降神、送神奏《乾寧之曲》，昊天上帝奏《洪寧之曲》，皇地祇奏《坤寧之曲》，配位奏《永寧之曲》，飲福奏《福寧之曲》，升降、望燎、出入大小次，并與入中壝同，餘載儀注及樂章。」①

皇帝入中壝，宮縣黃鐘宮《昌寧之曲》凡步武同

衮服穆穆，臨於中壝。瞻言圜壇，皇皇后帝。禋祀肇稱，馨香維德。爰暨百神，於昭受職。

降神，宮縣《乾寧之曲》《仁豐道洽之舞》圜鐘爲宮，黃鐘爲角，太蔟爲徵，姑洗爲羽。圜鐘三奏，黃鐘、太蔟、姑洗皆一奏，詞并同。

我金之興，皇天錫羨。惟神之休，爰茲郊見。有玉其禮，有牲其薦。將受厥明，來寧來燕。

皇帝盥洗，宮縣黃鐘宮《昌寧之曲》

因天事天，惇宗將禮。爰飭攸司，奉時罍洗。挹彼注茲，迺升壇陛。先事而虔，神勞豈弟。

---

①《金史》卷三九，第884—885頁。

皇帝升壇，登歌大吕宫《昌寧之曲》

相在國南，崇崇其趾。烝哉皇王，維時莅止。至誠通神，克禋克祀。於萬斯年，昊天其子。

昊天上帝，奠玉幣，登歌大吕宫《洪寧之曲》

穆穆君王，有嚴有翼。珮環鏘然，圜壇是陟。嘉德升聞，馨非黍稷。高明降監，百神受職。

皇地祇，《坤寧之曲》

肅敬明祇，躬行奠贄。其贄維何？黄琮制幣。從祀群靈，咸秩厥位。惟皇能饗，允集熙事。

配位太祖皇帝，《永寧之曲》

肇舉明禋，皇天后土。皇祖武元，爰作神主。功昭耆定，歌以大吕。綏我思成，有秩斯祜。

司徒迎俎，宫縣黄鐘宫《豐寧之曲》

穆穆皇皇，天子躬祀。群臣相之，罔不敬止。俎豆畢陳，物其嘉矣。馨香始升，明神燕喜。

昊天上帝，酌獻，登歌大吕宫《嘉寧之曲》

郊禋展敬，昭事上靈。太尊在席，有醑斯馨。酌言獻之，靈其醉止。福禄來宜，以答明祀。

皇地祇，《泰寧之曲》

衮服穆穆，臨彼泰折。於昭神宫，埋幣瘞血。爰稱匏爵，斟言薦潔。方輿常安，扶我帝業。

配位太祖皇帝，《燕寧之曲》

烝哉高后，肇迪丕基。功與天合，配天以推。薦時清旨，孔肅其儀。來寧來燕，福禄綏之。

文舞退，武舞進，宫縣黄鐘宫《咸寧之曲》

奉祀郊丘，《雲門》變舞。進秉朱干，停揮翟羽。於昭睿文，復肖聖武。無疆維烈，天子受祜。

亞終獻，宫縣黄鐘宫《咸寧之曲》《功成治定之舞》

掃地南郊，天神以俟。於皇君王，克禋克祀。交於神明，玄酒陶器。誠心靖純，非貴食味。

皇帝飲福，登歌大吕宫《福寧之曲》

所以承天，無過乎質。天其祐之，惟精惟一。泰尊爰挹，馨香薦德。惠我無疆，子孫千億。

徹豆，登歌大吕宫《豐寧之曲》

大禮爰陳，爲豆孔碩。肅肅其容，於顯百辟。皇靈降監，馨聞在德。明禋斯成，孚休罔極。

送神，宫縣圜鐘宫《乾寧之曲》

赫赫上帝，臨監禋祀。居然來歆，昭答祖配。圜壇四成，神安其位。升歌贊送，天人悦喜。

《金史》卷三九《樂志》，第893—895頁

方丘樂歌

《金史・禮志》曰：「方丘儀。齋戒：祭前三日質明，有司設三獻以下行事官位於尚書省。初獻南面，監祭御史位於西，東向，監禮博士位於東，西向，俱北上。司徒亞、終獻位於南，北向。次光禄卿、太常卿，次第一等分獻官，司天監，次第二等分獻官、光禄丞、郊社令、大樂令、良醞令、廩犧令、司尊彝，次内壝内外分獻官、太祝官、奉禮郎、協律郎、諸執事官，就位，立定。次禮直官引初獻就位，初獻讀誓曰：『今年五月幾日夏至，祭皇地祇於方丘，所有攝官，各揚其職。其或不敬，國有常刑。』讀畢，禮直官贊：『七品以下官先退。』餘官對拜，訖，退。散齋二日，宿於正寢，治事如故。齋禁并如郊祀。守壝門兵衛與大樂工人，俱清齋一宿。行禮官前期習儀於祠所。

「陳設：祭前三日，所司設三獻官以下行事執事官次於外壝東門之外，道南，北向，西上，隨地之宜。又設饌幕於内壝東門之外，道北南向。

「祭前二日，所司設兵衛，各服其服，守衛壝門，每門二人。大樂令帥其屬，設登歌之樂於壇上，如郊祀。郊社令帥其屬，掃除壇之上下，爲瘞坎在内壝外之壬地。

「祭前一日，司天監、郊社令各服其服，帥其屬，升設皇地祇神座於壇上北方，南向，席以槁秸。又設配位神座於東方，西向，席以蒲越。又設神州地祇神座於壇之第一等東南方，席以槁秸。又設五神、五官、嶽鎮海瀆二十九座於第二等階之間，各依方位。又設崑崙、山林川澤二十一座於内壝之内，又設丘陵墳衍原隰三十座於内壝外，席皆以莞。

「又設神位版，各於座首……省牲器：祭前一日午後八刻，去壇二百步禁止行者。未後二刻，郊社令帥其屬，掃除壇之上下。司尊與奉禮郎，帥執事者以祭器入，設於位。郊社令陳玉幣於篚。未後三刻，廪犧令與諸太祝、祝史，以牲就省位。禮直官、贊者分引太常卿，光禄卿、丞，監禮、祭，太官令等詣内壝東門外省牲位。其視滌濯、告潔、省牲饌，并同郊祀。俱畢，廪犧令、諸太祝、祝史以次牽牲詣厨，授太官令。次引光禄卿以下詣厨，省鼎鑊，視滌溉，乃還齋所。晡後一刻，太官令帥宰人以鸞刀割牲，祝史各取毛血，實以豆，置於饌幔。遂烹牲，又祝史取瘞血貯於盤。

「奠玉幣：祭日丑前五刻，獻官以下行事官，各服其服。有司設神位版，陳玉幣，實籩豆簠簋尊罍，俟監祭、監禮按視壇之上下，乃徹去蓋冪。大樂令帥工人，及奉禮郎、贊者先入。禮直官、贊者分引分獻官以下，監祭、監禮、諸大祝、祝史、齋郎與執事者，入自南壝東門，當壇南，重行，北向，西上，立定。奉禮郎贊：『拜。』獻官以下皆再拜，訖，以次分引各就壇陛上下位。次引監祭、監禮按視壇之上下，訖，退復位。

「禮直官分引三獻官以下行事官俱入就位。行禮官皆自南壝東門入。禮直官進立初獻之左，白曰：『有司謹具，請行事。』退復位。協律郎高舉笏，執麾者舉麾，俯伏，興。工鼓柷，樂作《坤寧之曲》，八成，偃麾，戛敔，樂止。俟太常卿瘞血，訖，奉禮郎贊：『拜。』在位者皆再拜。又贊：『諸執事者各就位。』禮直官引諸執事各就其位俟。太祝跪取玉幣於篚，立於尊所。諸位太祝亦各取玉幣立於尊所。

「禮直官引初獻詣盥洗位，樂作《肅寧之曲》。至位，北向立，樂止。搢笏，盥手，帨手，執笏，詣壇，樂作《肅寧之曲》。凡初獻升降，皆作《肅寧之曲》。升自卯階，至壇，樂止。詣皇地祇神座前，北向立，樂作《靜寧之曲》。搢笏，跪。太祝加玉於幣，西向跪以授初獻。初獻受玉幣奠訖，執笏，俯伏，興，再拜，訖，樂止。次詣配位神座前，東向立，樂作《億寧之曲》，奠幣如上儀，樂止。降自卯陛，樂作，復位，樂止。

「初獻將奠配位之幣，贊者引第一等分獻官詣盥洗位，搢笏，盥手，帨手，執笏，由卯陛詣神州地祇神座前，搢笏，跪。太祝以玉幣授分獻官，分獻官受玉幣，奠訖，執笏，俯伏，興，再拜，訖，退。

「初，第一分獻官將升，贊者引第二分獻官詣盥洗位，盥手、帨手，執笏，各由其陛升，唯不由午陛，詣於首位神座前，奠幣如上儀。餘以次祝史、齋郎助奠訖，各引還位。初獻奠幣將畢，祝史奉毛血豆，各由午陛升，諸太祝迎於壇上，進奠於正、配位神座前，太祝與祝史俱退，立於尊所。

……

「禮直官引初獻官詣盥洗位，樂作。至位，樂止。北向立，搢笏，盥手、帨手，執笏，詣爵洗位。至位，北向立，搢笏，洗爵，拭爵以授執事者。執笏，詣壇，樂作。升自卯陛，至壇上，樂止。詣皇地祇酌尊所，西向立。執事者以爵授初獻。初獻搢笏，執爵。司尊舉冪，良醖令跪酌太尊之泛齊，酌訖，初獻以爵授執事者，執笏，詣皇地祇神座前，北向立，搢笏，跪。執事者以爵授初獻，初獻執爵，三祭酒於茅苴，奠爵（三獻奠爵，皆執事者受以興），執笏，俯伏，興，少退，跪，樂止。舉祝官跪，對舉祝版。讀祝，太祝東向跪，讀祝訖，俯伏，興。舉祝奠版於案，再拜，興。

「次詣配位酌尊所，執事者以爵授初獻，初獻搢笏，執爵。司尊舉冪，良醖令跪酌著尊之泛齊，樂作太蔟宫《保寧之曲》。初獻以爵授執事者，執笏，詣配位神座前，東向立，搢笏，跪。執事者以爵授初獻，初獻執爵，三奠酒於茅苴。奠爵，執笏，俯伏，興。少退，跪，樂止。讀祝，訖，樂作，就拜，興，拜，興。降自卯陛，讀祝、舉祝官俱從，樂作，復位，樂止。

「次引亞獻詣盥洗位，北向立，搢笏，盥手，帨手。執笏，詣爵洗位，北向立，搢笏，洗爵，拭爵授執事者。執笏，升自卯陛，詣皇地祇酌尊所，西向立。執事者以爵授亞獻。亞獻搢笏執爵，司尊舉冪，良醞令酌著尊之醴齊，酌訖，以爵授執事者，執笏，詣皇地祇神座前，北向立，搢笏，跪。執事以爵授亞獻，亞獻執爵，三祭酒於茅苴，奠爵，執笏，俯伏，興，少退，再拜。次詣配位酌獻如上儀，唯酌犧尊爲異。樂止，降復位。

「次引終獻詣盥洗位，盥手，帨手，洗爵，拭爵，以爵授執事者，升壇。正位，酌犧尊之盎齊，配位，酌象尊之醴齊，奠獻并如亞獻之儀。禮畢，降復位。

「初，終獻將升，贊者引第一等分獻官詣盥洗位，搢笏，盥手，帨手，洗爵，拭爵，以爵授執事者。執笏，詣神州地祇酌尊所，搢笏，執事者以爵授獻官。獻官執爵，執事者酌太尊之泛齊，酌訖，以爵授執事者。進詣神座前，搢笏，跪，執事者以爵授獻官，獻官執爵，三祭酒於茅苴，奠爵，俯伏，興，少退，跪，再拜，訖，還位。初，第一等分獻官將升，贊者分引第二等分獻官詣盥洗位，搢笏，盥手，帨手，執笏詣酌尊所，執事以爵授分獻官，分獻酌以授執事者，進詣首位神座前，奠獻并如上儀。祝史、齋郎以次助奠，訖，各引還位。諸獻俱畢，諸太祝進徹籩豆，籩豆各一，少移故處。樂作《豐寧之曲》，卒徹，樂止。奉禮官贊曰：『賜胙。』衆官再拜，樂作，一成，止。

「初，送神樂止，引初獻官詣望瘞位，樂作太蔟宫《肅寧之曲》，至位，南向立，樂止。初，在位官將拜，諸太祝、祝史各奉篚進詣神座前，玉幣，從祭神州地祇以下，并以俎載牲體，并取黍稷飯爵酒，各由其陛降壇，北詣瘞坎，實於坎中，又以從祭之位禮幣皆從瘞，禮直官曰：『可瘞。』東西六行，置土半坎，禮直官贊：『禮畢。』引初獻出，禮官贊者各引祭官及監祭、監禮、太祝以下，俱復壇南，北向立定，奉禮郎贊曰：『再拜。』監祭以下皆再拜，訖，奉禮以下及工人以次出。光禄卿以胙奉進，監祭、監禮展視。其祝版燔於齋坊。」①

迎神，《鎮寧之曲》林鐘宫再奏，太蔟角再奏，姑洗徵再奏，南吕羽再奏，詞同。

至哉坤儀，萬彙資生。稱物平施，流謙變盈。禮修泰折，祭極精誠。皇皇靈眷，永奠寰瀛。

初獻盥洗，太蔟宫《肅寧之曲》

禮有五經，無先祭禮。即時伸虔，惟時盥洗。品物吉蠲，威儀濟濟。錫之純嘏，來歆愷悌。

① 《金史》卷二九，第711—721頁。

初獻升壇，應鐘宮《肅寧之曲》

無疆之德，至哉坤元。沉潛剛克，資生實蕃。方丘之儀，惟敬無文。神其來思，時歆薦殷。

初獻奠玉幣，太蔟宮《億寧之曲》

禮行方澤，文物備舉。惟皇地祇，昭假來下。奠瘞玉帛，純誠内著。神保是享，陟降斯祜。

司徒捧俎，太蔟宮《豐寧之曲》

四階秩儀，壇於方澤。昭事皇祇，即陰以墌。潔肆於祊，孔嘉且碩。神其福之，如幾如式。

正位酌獻，太蔟宮《溥寧之曲》

蕩蕩坤德，物無不載。柔順利貞，含洪光大。籩豆既陳，金石斯在。四海永寧，福禄攸介。

配位酌獻配太宗也，**太蔟宮《保寧之曲》**

詞闕。

亞終獻升壇，太蔟宮《咸寧之曲》

卓彼嘉壇，奠玉方澤。百辟祗肅，八音純繹。祀事孔明，柔祇感格。

徹豆，應鐘宮《豐寧之曲》

修理方丘，吉蠲是宜。籩豆静嘉，登於有司。芬芬馨香，來享來儀。郊儀將終，聲歌徹之。

送神，林鐘宮《鎮寧之曲》

因地方丘，濟濟多儀。樂成八變，靈祇格思。薦餘徹豆，神貺昭垂。億萬斯年，永祐丕基。

詣望燎位，太蔟宮《肅寧之曲》詞同升壇

《金史》卷三九《樂志》，第895—896頁

卷一七〇　金郊廟歌辭二

宗廟樂歌

《金史·樂志》曰：「宗廟。皇帝入門，宫縣以無射宫，升殿，登歌以夾鐘，皆奏《昌寧之曲》。迎神、送神奏《來寧之曲》，九成。天德二年，晨裸畢，還小次，方奏迎神曲。大定十一年，朝享，奏依《開元》《開寶禮》，至版位，即奏黄鐘宫三、大吕角二、太蔟徵二、應鐘羽二，曲詞皆同。進俎，奏《豐寧之曲》。酌獻，宫縣奏無射《大元之曲》。諸室之曲，德帝曰《大熙》，安帝曰《大安》，獻祖曰《大昭》，昭祖曰《大成》，景祖曰《大昌》，世祖曰《大武》，肅宗曰《大明》，穆宗曰《大章》，康宗曰《大康》，太祖曰《大定》，太宗曰《大惠》，熙宗曰《大同》，睿宗曰《大和》，昭德皇后廟曰《儀坤》，世宗曰《大鈞》，顯宗曰《大寧》，章宗曰《大隆》，宣宗曰《大慶》。皇帝還板位及亞終獻，皆奏無射宫《肅寧之曲》。飲福，登歌奏夾鐘宫《福寧之曲》。徹豆，奏《豐寧之曲》，皆用無射宫。」①《金史·樂志》校勘記曰：「『禘祫親饗』，據本志文例，此句上當有『宗廟樂歌』四字。」「『究馴俗嬍』，『究』疑是『宄』字之誤。」②

禘祫親饗，皇帝入門，宫縣無射宫《昌寧之曲》出、入步武，同。

惟時升平，禮儀肇興。鳴鑾至止，穆穆造庭。百辟卿士，恪謹迎承。恭款祖考，神宇攸寧。

皇帝升殿，登歌夾鐘宫《昌寧之曲》升階及將還板位，皆同登歌。

笙鏞既陳，罍樽在户。升降有容，惟規惟矩。恭敬明神，上儀交舉。永言保之，承天之祜。

皇帝盥洗，宫縣無射宫《昌寧之曲》

惟水之功，潔净精微。洗爵奠斝，於德有輝。皇皇穆穆，宗廟之威。宜其感格，福祉交歸。

---

①《金史》卷三九，第885頁。
②《金史》卷四〇，第919頁。

皇帝降階，宮縣無射宮《昌寧之曲》

於皇神宮，象天清明。有來肅肅，相維公卿。禮儀卒度，君子攸寧。孔時孔惠，綏我思成。

迎神，宮縣《來寧之曲》黄鐘宫三奏，大吕角二奏，大蔟徵二奏，應鐘羽二奏，詞同。

八音克諧，百禮具舉。明德維清，至誠永慕。神之格思，雲軿風馭。來止來臨，千祀燕處。

司徒引俎，宮縣無射宮《豐寧之曲》

維牲維犧，齊明致祠。我將我享，吉蠲奉之。博碩肥腯，神嗜爲宜。千秋歆此，永綏黔黎。

始祖酌獻，宮縣無射宮《大元之曲》

惟酒既清，惟殽既馨。苾芬孝祀，在廟之庭。羞於皇祖，來燕來寧。象功昭德，先祖是聽。

德皇帝，《大熙之曲》

萬方欣戴，鴻業創基。瑶源垂裕，綿瓞重熙。式崇毖祀，爰考成規。籩豆有楚，益臻皇儀。

安皇帝，《大安之曲》

爰圖造邦，載德其昌。皇儀允穆，誕集嘉祥。明誠昭格，積厚流光。秖嚴清廟，鐘石琅琅。

獻祖，《大昭之曲》

惟聖興邦，經始之初。鳩民化俗，還定攸居。迪德純儉，志規遠圖。時哉顯祀，精誠有孚。

昭祖，《大成之曲》

天啓璇源，貽慶定基。率義爲勇，施德爲威。耀武拓境，功烈巍巍。永昌皇祚，均福黔黎。

景祖，《大昌之曲》

丕顯鴻烈，基緒隆昌。聖期誕集，邦宇斯張。尊嚴廟祏，昭格休祥。煌煌縟典，億載彌光。

世祖，《大武之曲》

桓桓伐功，天監其明。惟威震疊，惟德綏寧。神策無遺，鴻圖以興。會孫孝祀，遹昭厥成。

肅宗，《大明之曲》

於皇神人，武烈文謨。左右世祖，懷柔掃除。威震遐邇，化漸蟲魚。垂光綿永，成帝之孚。

穆宗，《大章之曲》

烝哉文祖，欽聖弘淵。慈愛忠信，典策昭然。歆此明祀，繁祉綿綿。時純熙矣，流慶萬年。

康宗，《大康之曲》

惟明惟聽，曄曄神功。儀刑世業，昭格上穹。持盈孝孫，薦芳斯豐。錫我祉福，皇化益隆。

太祖，《大定之曲》

功超殷周，德配唐虞。天人協應，平統寰區。開祥垂裕，肇基永圖。明明天子，敬承典謨。

太宗，《大惠之曲》

巍巍德鴻，無爲端扆。祚承神功，究馴俗黐。清宫緝熙，孝祡時祀。欽奠羞誠，犧樽嘉旨。

熙宗，《大同之曲》

昭顯令德，神基丕承。對越在天，享用躋升。於穆清廟，來燕來寧。神其醉止，惟欽克誠。

睿宗，《大和之曲》

皇祖開基，周武殷湯。猗歟聖考，嗣德彌光。啓佑洪緒，長發其祥。嚴恭廟享，萬世烝嘗。

世宗，《大鈞之曲》

神之來思，肅登於堂。裸圭有瓚，秬鬯芬芳。巍巍先功，啓祐無疆。萬年肆祀，孝心不忘。

顯宗，《大寧之曲》

於皇神宫，有嚴惟清。吉蠲孝祀，惟神之寧。對越在天，綏我思誠。敷祐億年，邦家之慶。

章宗，《大隆之曲》

兩紀踐阼，萬方寧康。文經天地，武服遐荒。禮備制定，德隆業昌。居歆典祀，億載無疆。

宣宗，《大慶之曲》

猗歟聖皇，三代之英。功光先后，德被群生。牲粢惟馨，鼓鐘其鏗。神兮來思，歆於克誠。

文舞退，武舞進，宮縣無射宮《肅寧之曲》

明明先皇，神武維揚。開基垂統，萬世無疆。干戚象功，威儀有光。神保是饗，昭哉降康。

亞終獻，無射宮《肅寧之曲》

涓辰之休，昭祀惟恭。威儀陟降，惟禮是從。籩豆靜嘉，於論鼓鐘。惟皇受祉，監斯德容。

皇帝飲福，登歌夾鐘宮《福寧之曲》

犧牲充潔，粢盛馨香。來格來享，精神用彰。飲此純禧，簡簡穰穰。文明天子，萬壽無疆。

徹豆，登歌夾鐘宮《豐寧之曲》

孝祀肅睦，明德以薦。樂奏九成，禮終三獻。百辟卿士，進徹以時。小大稽首，神保聿歸。

送神，宮縣黃鐘宮《來寧之曲》

潔兹牛羊，清兹酒醴。三獻攸終，神既燕喜。神之去兮，載錫繁祉。萬壽無疆，永保禋祀。

《金史》卷四〇《樂志》，第899—903頁

郊祀前，朝享太廟樂歌

《金史・樂志》校勘記曰：「『黄鐘宫三奏』，原脱『宫』字。按本書卷三〇朝享儀，朝享太廟，『宫縣奏《來寧之曲》，以黄鐘爲宫』，本卷上文『禘祫親饗』，『迎神，宫縣《來寧之曲》。黄鐘宫三奏』。今據補。」「登歌夾鐘宫福寧之曲」，原脱『宫』字。按上文『禘祫親饗』，『皇帝飲福，登歌夾鐘宫《福寧之曲》』。今據補。」①

① 《金史》卷四〇，第919頁。

皇帝入門，宮縣無射宮《昌寧之曲》

郊將升禋，廟當告虔。錫鑾戾止，孝實奉先。祀事斯舉，有序無愆。祇見祖考，神意歡然。

皇帝升殿，登歌夾鐘宮《昌寧之曲》

皇皇天子，升自阼階。奠見祖禰，肅然有懷。百禮已洽，八音克諧。既昌且寧，萬福咨來。

迎神，宮縣《來寧之曲》黄鐘宫三奏，大吕角二奏，太蔟徵二奏，應鐘羽二奏，詞同。

以實應天，報本反始。潔粢豐盛，禮先肆祀。風馬雲車，神之吊矣。來止來宜，而燕翼子。

皇帝盥洗，宮縣無射宮《昌寧之曲》

有水於罍，有巾於篚。帨手拭爵，圭衮有煒。玄酒大羹，德馨維菲。萬年昌寧，皇皇負扆。

皇帝升階，宮縣無射宮《昌寧之曲》降階，同。

巍巍京師，有嚴神宮。聖主戾止，多士雲從。來享來獻，肅肅其容。將昭大報，庸示推崇。

司徒奉俎，宫縣無射宫《豐寧之曲》

陳其犧牲，惟純與精。苾芬孝祀，於昭克誠。不疾瘯蠡，或剥或亨。洋洋在上，以交神明。

始祖酌獻，宫縣《大元之曲》

猗歟初基，兆我王迹。其命維新，貽謀丕赫。綿綿瓜瓞，國步日闢。堂構之成，焜煌今昔。

獻祖，《大昭之曲》

以聖繼興，成王之孚。民從其化，咸奠攸居。清廟觀德，猗歟偉歟。金石備樂，以奉神娱。

昭祖，《大成之曲》

東夷不庭，皇祖震怒。神武削平，貽厥聖緒。猶室有基，垣墉乃樹。億萬斯年，天保孔固。

景祖，《大昌之曲》

於皇藝祖，其智如神。修法施令，百度惟新。疆宇日廣，海隅咸賓。功高德厚，耀耀震震。

世祖，《大武之曲》

於皇先王，昭假於天。長駕遠馭，麾斥無前。王業猶生，孫謀有傳。圓壇展禮，敢先告虔。

肅宗，《大明之曲》

猗歟前人，簡惠昭融。相我世祖，成兹伐功。敷佑來葉，帝圖其隆。將修熙事，先款神宫。

穆宗，《大章之曲》

仁慈忠信，惟祖之休。功光岐下，迹掩商丘。言瞻清廟，懷想前修。神其來格，歆兹庶羞。

康宗，《大康之曲》

猗歟前王，惠我無疆。儀刑典法，日靖四方。永言孝思，於乎不忘。昭告大祀，祗率舊章。

太祖，《大定之曲》

天生聰明，俾乂蒸人。惟此二國，爲我驅民。撻彼威武，萬邦咸賓。明昭大報，推而配神。

太宗，《大惠之曲》

維清緝熙，於昭明德。我其收之，駿奔萬國。南郊肇修，大典增飾。清廟吉蠲，純禧申錫。

睿宗，《大和之曲》

維時祖功，肇開神基。昭哉聖考，其德增輝。上動天監，明命攸歸。謀貽翼子，無疆之辭。

文舞退，武舞進，宫縣《肅寧之曲》

先皇開基，比迹殷湯。功加天下，武德彌光。容舞象成，干戈戚揚。於昭報本，懷哉不忘。

亞終獻，宫縣《肅寧之曲》

於皇宗祊，朝獻維時。芬芬酒醴，棣棣威儀。誠則有餘，神之格思。神孫千億，神其相之。

皇帝飲福，登歌夾鐘宫《福寧之曲》

皇皇穆穆，丕承丕基。躬親於禋，載肅載祇。對越在天，神歆其誠。於以飲酒，如川之增。

徹豆，登歌夾鍾宮《豐寧之曲》

物維其時，既豐且旨。苾苾德馨，或將或肆。神之居歆，洽於百禮。於萬斯年，穰穰介祉。

送神，宮縣黄鐘宮《來寧之曲》

濟濟多儀，皇皇雅奏。獻終反爵，薦餘徹豆。神監昭回，有秩斯祐。無疆之福，申錫厥後。

《金史》卷四〇《樂志》，第903—906頁

卷一七一　金郊廟歌辭三

昭德皇后別廟，郊祀前薦享，登歌樂曲

《金史・禮志》曰：「大定二年，有司援唐典，昭德皇后合立別廟，擬於太廟内垣東北起建，從之。三年十月七日，太廟祫享，升祔睿宗皇帝并昭德皇后，神主同時制造題寫，奉詣殿庭，謁畢祔於祖姑欽仁皇后之左，享祀畢，奉主還本廟。十二月二十一日，臘享，禮官言：『唐禮，別廟薦享皆準太廟一室之儀，伏恐今廟享畢已過質明，請別差官攝祭。』制可。後以殿制小，又於太廟之東別建一位。十二年八月，廟成，正殿三間，東西各空半間，以兩間爲室，從西一間西壁上安置祏室。廟置一便門，與太廟相通。仍以舊殿爲册寶殿，祏室奏毀。

「十三年六月二十一日，奏告太廟，祭告別廟。二十三日，奉安，用前祫享過廟儀。有司言當用鹵簿，以廟相去不遠，參酌擬用清道二人，次團扇二人，次職掌八人，次衙官二十六人爲十三重，供奉官充。次腰輿，輿士一十六人，傘子二人，次團扇十四爲七重，方扇四，

次排列職掌六人，燭籠十對，輦官并錦襖盤裹。仍令皇太子率百官行禮。

「前一日，行事執事官就祠所清齋一宿，仍習儀。執事者視醴饌，太廟令帥其屬掃除廟之內外。禮直官設皇太子西向位，執事官位皇太子後，近南，西向，各依品從立。監祭，殿西階下東向立。及親王百官位於廟庭，北向，西上，又設祝案於神位之右，設尊彝之位於左，各加勺、冪、坫。又設祭器，皆藉以席，左一籩實以鹿脯，右一豆實以鹿臡。又設盥洗、爵洗位於橫街之南稍東。罍在洗東，加勺。篚在洗西，南肆，實以巾。執罍篚者位於其後。太廟令又設神位於室內北墉下，當户南向。設直几一、黼扆一、莞席一、繅席一、次席二、紫綾厚褥一、紫綾蒙褥一并幄帳等，諸物并如舊廟之儀。又設望燎位於西神門外之北，設燎柴於位之北，預掘瘞坎於燎所，所司陳儀衛於舊廟門之外。

「奉安日未明二刻，所司進方扇燭籠於舊廟殿門外，設腰輿一、傘一於殿階之下，南向。質明，皇太子公服乘馬，本宮官屬導從，至廟門外下馬，步入廟門，至幕。次引親王百官常服由廟門入，於殿庭北向西上、重行立定。次引皇太子於百官前絶席位立，贊者曰：『再拜。』皆再拜。宫闈令升殿，捧昭德皇后神主置於座，贊者曰：『再拜。』皆再拜。

「次引內常侍北向俯伏，跪奏：『請昭德皇后神主奉安於新廟，降殿升輿。』奏訖，俯伏，興。捧几內侍先捧几匱跪置於輿，又宫闈令接神主，內侍前引，跪置於輿上几後，覆以紅羅帕。内常侍已下分左右前引，皇太子步自舊廟先從行，親王次之，百官分左右後從，儀衛導從，至别廟殿下北向。内常侍於腰輿前俯伏，興，跪奏：『請降輿升殿。』内侍捧几匱前，宫闈令捧接神主升殿，置於座。禮直官引皇太子以下親王百官入殿庭，北向西上、重行立，皇太子在絶席立，禮直官贊曰：『再拜。』皆再拜。又贊曰：『行事官各就位。』禮直官引皇太子西向位立定。禮直官少前贊曰：『有司謹具，請行事。』即引皇太子就盥洗位，北向，搢笏，盥手，帨手，執笏。詣爵洗位，北向立，搢笏，洗爵，拭爵以授執事者。執笏，升，詣酒尊所，西向立，執事者以爵授皇太子，搢笏，執爵。執事者舉冪酌酒，皇太子以爵授執事者，詣神位前北向，搢笏，跪。執事者以爵授皇太子，執爵三祭酒，反爵於坫，執笏，俯伏，興，少立。

「次引太祝、舉祝官詣讀祝位東北向，舉祝官跪舉祝版，太祝跪讀祝，訖，置祝於案，俯伏，興。舉祝官皆却立北向。贊者曰：『再拜。』皇太子就兩拜，降階復位。舉祝、讀祝官後從，復本位。禮直官曰：『再拜。』在位者皆再拜。宫闈令納神主於室，贊者曰：『再拜。』皆再拜，禮畢，退。署令闔廟門，瘞祝於坎，儀物各還所司。

「十一年，郊祀前一日朝享，與太廟同日，用登歌樂，行三獻禮，有司攝事。

「二十六年，敕别建昭德皇后影廟於太廟内。有司言：『宜建殿三間，南面一屋三門，垣周以甓，外垣置靈星門一，神厨及西房各三間。然禮無廟中别建影廟之例，今皇后廟西有隙地，廣三十四步，袤五十四步，可以興建。』制可。仍於正南别創正門，門以坤儀爲名。仍留舊有便門，遇禘祫祔享由之。每歲五享并影廟行禮於正南門出入。又於廟外起齋廊房二十三間。」①

初獻盥洗，夷則宫《肅寧之曲》

神無常享，時歆精誠。惟誠惟潔，感通神明。先事盥滌，注兹清泠。巾篚既奠，尊彝薦馨。

初獻升、降殿，中吕宫《嘉寧之曲》

有來肅肅，登降以敬。粲粲袨服，鏘鏘佩聲。金石節奏，既協且平。其儀不忒，乃終有慶。

① 《金史》卷三三，第797—799頁。

司徒奉俎，奏夷則宮《豐寧之曲》

馨我黍稷，潔我牲牷。降升有節，薦是吉蠲。工祝致告，威儀肅然。神之弔矣，元吉其旋。

酌獻，奏夷則宮《儀坤之曲》

俔天之妹，坤德利貞。圓丘有事，先薦以誠。我酒既旨，我殽既盈。神其居饗，福禄來成。

徹豆，奏中吕宮《豐寧之曲》

明昭祀事，舊典無違。樂既云闋，神其聿歸。禮之克成，神保斯饗。於萬斯年，迓續丕貺。

《金史》卷四〇《樂志》，第906—907頁

祫禘有司攝事

《金史·禮志》曰：「大定十一年，尚書省奏禘祫之儀曰：『《禮緯》：「三年一祫，五年一禘。」唐開元中，太常議，禘祫之禮皆爲殷祭，祫爲合食祖廟，禘謂禘序尊卑。申先君逮下

之慈，成群嗣奉親之孝。自異常享，有時行之。祭不欲數，數則黷。不欲疏，疏則怠。是以王者法諸天道，以制祀典，丞嘗象時，禘祫象閏。五歲再閏，天道大成，宗廟法之，再爲殷祭。自周以後，并用此禮。自大定九年已行祫禮，若議禘祭，當於祫後十八月孟夏行禮。』詔以『三年冬祫、五年夏禘』爲常禮。又言：『海陵時，每歲止以二月、十月遣使兩享，三年祫享。按唐禮四時各以孟月享於太廟，季冬又臘享，歲凡五享。若依海陵時歲止兩享，非天子之禮，宜從典禮歲五享。』從之。享日并出神主前廊，序列昭穆。應圖功臣配享廟廷，各配所事之廟，以位次爲序。以太子爲亞獻，親王爲終獻，或并用親王。或以太尉爲亞獻，光禄卿爲終獻。其月則停時享。儀闕。」①《金史·樂志》曰：「大定十二年制，祫禘時享有司攝事，初獻盥洗，奏無射宫《肅寧之曲》。升階，登歌奏夾鐘宫《嘉寧之曲》。」②

初獻盥洗，宫縣無射宫《肅寧之曲》

祀事之大，齊栗爲先。潔精以獻，沃盥於前。既灌以升，乃薦豆籩。神其感格，歆於吉蠲。

---

① 《金史》卷三〇，第 731 頁。

② 《金史》卷三九，第 885—886 頁。

升自西階，登歌奏夾鐘宫《嘉寧之曲》餘并同親祀

國有太宫，合食以禮。躋階肅肅，降陛濟濟。鏘然純音，節乃容止。神之格思，永綏福履。

《金史》卷四〇《樂志》，第907頁

時享，攝事登歌樂章

《金史·禮志》曰：「有司行事。前期，太常寺舉申禮部，關學士院司天堂臺，擇日。以其日報太常寺。前七日，受誓戒於尚書省。其日質明，禮直官設位版於都堂之下，依已定《誓戒圖》，禮直官引三獻官，并應行事執事官等，各就位，立定，贊：『揖。』在位官皆對揖，訖，禮直官以誓文奉初獻官，初獻官搢笏，讀誓文：『某月，某日，孟春，薦享太廟，各揚其職。不恭其事，國有常刑。』讀訖，執笏。七品以下官先退，餘官對拜訖乃退。「散齋四日，治事如故，宿於正寢，唯不弔喪、問疾、作樂、判署刑殺文字决罰罪人及預穢惡。致齋，三日於本司，唯享事得行，其餘悉禁，一日於享所。已齋而闕者，通攝行事。「前三日，兵部量設兵衛，列於廟之四門。前一日，禁斷行人。儀鸞司設饌幔十一所於

南神門外西，南向。又設七祀司命、户二位於横街之北，道西，東向。又設群官齋宿次於廟門之東西舍。

「前二日，大樂局設登歌之樂於殿上。太廟令帥其屬，掃除廟殿門之内外，於室内鋪設神位於北墉下，當户南向。設几於筵上，又設三獻官拜褥位二。一在室内，一在室外。學士院定撰祝文訖，計會通進司請御署，降付禮部，置於祝案。祠祭局濯溉祭器與尊彝訖，鋪設如儀。内太尊二、山罍二在室。犧尊五、象尊五、鷄彝一、鳥彝一在室户外之左，爐炭稍前。著尊二、犧尊二在殿上，象尊二、壺尊六在下。俱北向西上，加冪，皆設而不酌。并設獻官罍洗位。禮部設祝案於室户外之右。禮直官設位版并省牲位，如式。

「前一日，諸太祝與廩犧令以牲就東神門外。司尊彝與禮直官及執事皆入，升自西階，以俟。禮直官引太常卿，贊者引御史，自西階升，遍視滌濯。執尊者舉冪告潔，訖，引降就省牲位。廩犧令少前，曰：『請省牲。』退復位。太常卿省牲，廩犧令及太祝巡牲告備，皆如郊社儀。既畢，太祝與廩犧令以次牽牲詣厨，授太官令。贊者引光禄卿詣厨，請省鼎鑊，申視滌溉。贊者引御史詣厨，省饌具，訖，與太常卿等各還齋所。太官令帥宰人以鸞刀割牲，祝史各取毛血，每室共實一豆，又取肝膋共實一豆，置饌所，遂烹牲。光禄卿帥其屬，入實祭器。良醖令入實尊彝。

「享日質明，百官各服其品服。禮直官、贊者先引御史、博士、太廟令、太官令、諸太祝、祝史、司尊彝與執罍篚官等，入自南門，當階間，北面西上，立定。奉禮曰：『再拜。』贊者承傳，皆再拜，訖，贊者引太祝與宫闈令，升自西階，詣始祖室，開祏室，太祝捧出帝主，宫闈令捧出后主，置於座。帝主在西，后主在東。贊者引太祝與宫闈令，降自西階，俱復位。奉禮曰：『再拜。』贊者承傳，在位官皆再拜，訖，俱各就執事位。大樂令帥工人入。禮直官、贊者分引三獻官與百官，俱自南東偏門入，至廟庭横街上，三獻官當中，北向西上，應行事執事官并百官，依品，重行立。奉禮曰：『拜。』贊者承傳，應北向在位官皆再拜。其先拜者不拜。拜訖，贊者引三獻官詣廟殿東階下西向位，其餘行事執事官與百官，俱各就位。訖，禮直官詣初獻官前，稱：『請行事。』協律郎跪，俯伏，興，樂作。禮直官引初獻詣盥洗位，北向立定，樂止。搢笏，盥手，帨手，執笏。詣爵洗位，北向立，搢笏，洗瓚，拭瓚，以瓚授執事者，執笏，升殿，樂作。至始祖室尊彝所，西向立，樂止。執事者以瓚奉初獻官，初獻官搢笏，執瓚。執尊者舉冪，太官令酌鬱鬯，訖，初獻以瓚授執事者，執笏，詣始祖室神位前，樂作，北向立，搢笏，跪。執事者以瓚授初獻官。初獻官執瓚，以鬯祼地，訖，以瓚授執事者，執笏，俯伏，興，出户外，北向，再拜，訖，樂止。每室行禮，并如上儀。禮直官引初獻降復位。

「初獻將升祼，祝史各奉毛血肝膋豆，及齋郎奉爐炭蕭蒿黍稷篚，各於饌幔内以俟。初獻晨祼訖，以次入自正門，升自太階。諸太祝皆迎毛血肝膋豆於階上，俱入奠於神座前。齋郎所奉爐炭蕭蒿篚，皆置於室户外之左，與祝史俱降自西階以出。諸太祝取肝膋，洗於鬱鬯，燔於爐炭，訖，還尊所。

「享日，有司設羊鼎十一、豕鼎十一於神厨，各在鑊右。初獻既升祼，光禄卿帥齋郎詣厨，以匕升羊於鑊，實於一鼎，肩、臂、臑、肫、胳，正脊一、横脊一、長脅一、短脅一、代脅一，皆二骨以并。次升豕如羊，實於一鼎。每室羊豕各一鼎，皆設扃冪。齋郎對舉，入鑊，放饌幔前。齋郎抽扃，委於鼎右，除冪，光禄卿帥太官令，以匕升羊，載於一俎。肩臂臑在上端，肫胳在下端，脊脅在中。次升豕如羊，各載於一俎。每室羊豕各一俎。齋郎既以扃舉鼎先退，置於神厨，訖，復還饌幔所。禮直官引司徒出詣饌幔前，立以俟。光禄卿帥其屬，實籩以粉餈，實豆以糝食，實簠以粱，實簋以稷。俟初獻祼畢，復位，祝史俱進徹毛血之豆，降自西階以出。禮直官引司徒，帥薦籩豆簠簋官、奉俎齋郎，各奉籩豆簠簋羊豕俎，每室以序而進，立於南神門之外以俟，羊俎在前，豕俎次之，籩豆簠簋又次之。入自正門，樂作，升自太階，諸太祝迎引於階上，樂止。各設於神位前，訖，禮直官引司徒以下，降自西階，樂作，復位，樂止。諸太祝各取蕭蒿黍稷擩於脂，燔於爐炭，還尊所。

「禮直官引初獻詣罍洗位，樂作，至位，北向立，樂止，搢笏，盥手，帨手，執笏。詣爵洗位，北向立，搢笏，洗爵，拭爵，以爵授執事者，執笏，升殿，樂作，詣始祖室酌尊所，西向立，樂止。執事者以爵授初獻。初獻搢笏執爵，執事者舉冪，太官令酌犧尊之泛齊，訖，次詣第二室酌尊所，如上儀。詣始祖神位前，樂作，北向立，搢笏跪，執事者以爵授初獻，初獻執爵，三祭酒於茅苴，奠爵，執笏，俯伏，興，出室户外，北向立，樂止。贊者引太祝詣室户外，東向，搢笏，跪讀祝文。讀訖，執笏，興。次詣第二室。次詣每室行禮，并如上儀。初獻降階，樂作，復位，樂止。

「禮直官次引亞獻詣盥洗位，北向立，搢笏，盥手，帨手，執笏。詣爵洗位，北向立，搢笏，洗爵，拭爵以授執事官。執笏，升殿，詣始祖酌尊所，西向立，執事者以爵授亞獻。亞獻搢笏，執爵，執尊者舉冪，太官令酌象尊之醴齊，訖，次詣第二室酌尊所，如上儀。詣始祖神位前，樂作，北向立，搢笏，跪，執事者以爵授亞獻。亞獻執爵，三祭酒於茅苴，尊爵，執笏，俯伏，興，出户外，北向再拜，訖，樂止。次詣每室行禮，并如上儀。降階，樂作，復位，樂止。

「禮直官次引終獻詣盥洗、及升殿行禮，并如亞獻之儀，降復位。

「次引太祝徹籩豆少移故處，樂作，卒徹，樂止。俱復位。禮直官曰：『賜胙。』贊者承傳曰：『賜胙，再拜。』在位者皆再拜。禮直官引太祝、宫闈令奉神主，太祝搢笏，納帝主於匱，奉入祏室，執笏，退復位。次引宫闈令納后主於匱，奉入祏室，并如上儀，退復位。禮直官、贊者引行事、執事官各就位，奉禮曰：『再拜。』贊者承傳，應在位官皆再拜。禮直官、贊者引百官次出，大樂令帥工人次出，太官令帥其屬，徹禮饌，次引監祭御史詣殿監視卒徹，訖，還齋所。太廟令闔户以降。太常藏祝版於匱。光禄以胙奉進，監祭御史就位展視，光禄卿望闕再拜，乃退。「其七祀，夏竈、中霤，秋門、厲，冬行，鋪設祭器，入實酒饌，俟終獻將升獻，獻官行禮，并讀祝文。每歲四孟月并臘五享，并如上儀。」①

初獻盥洗，無射宮《肅寧之曲》

酌彼行潦，維挹其清。潔齊以祀，祀事昭明。顯允辟公，沃盥乃升。神之至止，歆於克誠。

初獻升殿，夾鐘宮《嘉寧之曲》餘同親祀，惟不用宮縣。

濟濟在庭，祇薦有序。雍容令儀，旋規折矩。爰徂於基，鳴珮接武。敬恭神明，來寧來處。

《金史》卷四〇《樂志》，第907—908頁

---

① 《金史》卷三〇，第743—748頁。

卷一七二　金郊廟歌辭四

昭德皇后時享，登歌樂章

初獻盥洗，無射宮《肅寧之曲》

時祀有章，禮備樂舉。爰潔其盥，亦豐其俎。俯仰升降，中規中矩。神其來格，百福是與。

初獻升殿，夾鐘宮《嘉寧之曲》三獻及司徒降，同。

假哉神宮，神宮有侐。惟時吉蠲，登降翼翼。歌鐘鏘煌，笙磬翕繹。於昭肅恭，靈鼇來格。

司徒奉俎，無射宮《豐寧之曲》

宮庭枚枚，鐘磬喤喤。既儀圭卣，既奠膋薌。齊莊奉饋，籩豆大房。靈之右饗，流慶無疆。

酌獻，無射宮《儀坤之曲》

於皇坤德，作合乾儀。塗山懿範，京室芳徽。容聲如在，典祀惟時。神其克享，薦祉來宜。

亞終獻，無射宮《儀坤之曲》

嘉羞賓俎，高張在庭。中獻合禮終獻改中爲三，坤德儀刑。神其是聽，用毖清明。清明既毖，來享來寧。

徹豆，夾鐘宮《豐寧之曲》

禮成於終，神心禔禔。膋蕭發馨，樂闋獻已。徒馭孔多，靈輿載轙。青玄悠悠，歸且億矣。

《金史》卷四〇《樂志》，第908—909頁

宣孝太子別廟，登歌樂章

《金史·禮志》曰：「大定二十五年七月，有司奏：『依唐典，故太子置廟，設官屬奉祀。

擬於法物庫東建殿三間，南垣及外垣皆一屋三間，東西垣各一屋一門，門設九戟。齋房、神厨，度地之宜。』又奉旨，太子廟既安神主，宜別建影殿。有司定擬制度，於見建廟稍西中間，限以磚墉，内建影殿三間。南面一屋三門，垣周以甓，無闕角及東西門。外垣正南建三門一，左右翼廊二十間，神厨、齋室各二屋三間，是歲十月，廟成。十一日奉安神主，十四日奉遷畫像。

「神主用栗，依唐制諸侯用一尺，刻謚於背。省部遣官於本廟西南隅面北設幄次，監視製造，於行禮前一日製造訖。其日晚，奉神主官奉承以箱，覆以帕，捧詣題神主幄中。次日丑前五刻，題神主官與典儀并禮官詣幄次前，題神主官詣罍洗位，盥手、帨手訖，奉神主官先以香湯奉沐，拭以羅巾。題神主官就褥位，題謚號於背云『宣孝太子神主』，墨書，用光漆模，訖，授奉神主官，承以箱，覆以梅紅羅帕，藉以素羅帕，詣座置於匱，乃下簾帷，侍衛如式。俟典儀俯伏，跪請，備腰輿傘扇詣神位。導引侍衛皆減昭德廟儀。

「祭儀，有司言：『當隨祖廟四時祭享。初獻於皇孫皇族、亞獻於皇族或五品以下差。樂用登歌，今量減用二十五人，其接神用無射宫，升降徹豆則歌夾鐘。牲羊、豕各一，籩豆各八，簠簋各二，登鉶各一，其餘祭食亦量減之。』

「二十六年十一月一日，奏：『神主廟，牲牢樂縣官給。影廟，皇孫奉祀。』」①

初獻升殿，夾鐘宮《承安之曲》

有腯斯牲，有馨斯齊。美哉洋洋，升降以禮。禮容既莊，樂亦諧止。神之格思，式歆明祀。

酌獻，無射宮《和寧之曲》

於惟光靈，孝德昭宣。高麗有奕，來寧來燕。於薦惟祫，既時既蠲。從我烈祖，載享億年。

亞終獻，《和寧之曲》

金石和奏，豆籩惟豐。祠宮奉事，齊敬精衷。笙吟伊浦，鶴駐緱峰。是保是饗，靈德無窮。

① 《金史》卷三三，第799—800頁。

徹豆，夾鐘宮《和安之曲》

寢成奕奕，今茲其時。明稱肇祀，將禮之儀。侯安以懌，羞嘉且時。樂闋獻已，神其饗思。

《金史》卷四〇《樂志》，第909頁

大定三年十月，追上睿宗册寶，應鐘宮《顯寧之曲》

《金史·禮志》曰：「大定三年，增上睿宗尊謚。先是，元年十一月十六日，追册皇考曰簡肅皇帝，廟號睿宗，皇妣蒲察氏欽慈皇后，皇妣李氏貞懿皇后。二年八月一日，有司奏：『祖宗謚號或十六字，或十四字，或十二字，即今睿宗皇帝更合增上尊謚，於升祔前奉册寶。』制可。十七日，左平章元宜等奏請增上尊謚曰睿宗立德顯仁啓聖廣運文武簡肅皇帝。有司奏：『睿宗皇帝未經升祔，合無於衍慶宫聖武殿設神御床案？』奉旨崇聖閣借設正位。又奏：『皇帝親授册寶，太尉行事。』制可。」①

---

①《金史》卷三二，第779頁。

天開休運，積仁而昌。命兹昭考，敢忘顯揚。上儀肇舉，涓日之良。來格來享，惠我無疆。

《金史》卷四〇《樂志》，第909頁

大定十九年，升祔熙宗册寶樂曲

《金史・禮志》曰：「大定十九年，奉上孝成皇帝謚號。元年十一月十六日，詔曰：『前君乃太祖之長孫，受太宗之遺命，嗣膺神器，十有五年。垂拱仰成，委任勛戚，廢齊國以省徭賦，柔宋人而息兵戈，世格泰和，俗躋仁壽，混車書於南北，一尉候於東西。晚雖淫刑，幾於恣意，冤施弟后，戮及良工，虐不及民，事猶可諫，過之至此，古或有焉。右丞相岐國王亮不務弼諧，反行篡弑，妄加黜廢，抑損徽稱。遠近傷嗟，神人憤怒，天方悔禍。朕乃繼興，受天下之樂推，居域中之有大。將撥亂而反正，務在革非；期事亡以如存，聿思盡禮。宜上謚號曰閔宗武靈皇帝。』

「十八年，有司言：『本朝祖宗尊謚或十八字，或十四字，或十二字，或四字。今擬增上閔宗尊謚曰弘基纘武莊靖孝成皇帝，仍加謚悼皇后曰悼平皇后。』又言：『大定三年追尊睿宗皇帝禮儀，大安殿前立黄麾仗一千人，應天門外行仗二千人，皇帝服通天冠、絳紗袍，隨冊寶降自西階，搢圭，跪，捧冊寶授太尉。今擬大安殿行禮，及依唐、周典故，降階捧冊寶授太尉。所有冠冕儀仗擬依已行禮例。』上命儀仗人數約量減之，餘略同前儀。明年四月十日，奉上冊寶，升祔太廟。

「二十六年，敕再議閔宗廟號，禮官擬上『襄、威、敬、定、桓、烈、熙』七字，奉旨用『熙』字，乃以明年四月一日，遣官奏告太廟及閔宗本室，易新廟號。」①

恢大帝業，敉寧多方。懿德茂烈，金書發揚。肇舉上儀，涓擇吉日。鴻名赫赫，與天無極。

上冊寶，宮縣《靜寧之曲》

日卜其吉，承祀孔肅。廣號追崇，孝心克篤。於乎悠哉，來思晬穆。寶冊既陳，委於宗祝。

皇帝降殿，宮縣《鴻寧之曲》

繼世隆昌，臨朝靜默。追謚鴻名，發輝潛德。玉質金章，煌煌簡冊。涓辰展儀，永傳無極。

---

① 《金史》卷三一，第783—784頁。

《金史》卷四〇《樂志》，第910頁

釋奠先聖樂章

迎神，姑洗宮《來寧之曲》

有功者祀，德厚流光。猗歟將聖，三綱五常。百代之師，久而愈芳。靈宮對越，神其鑒饗。

盥洗，姑洗宮，《静寧之曲》

楚楚祀儀，昕徵奠綴。爰清其持，爇玄拭帨。非持之清，精誠是涚。神之來思，式欽嘉齊。

降升，南吕宮《肅寧之曲》

衣冠襲封，玄王之宗。春秋陳祀，玄王之宫。清洙或涸，東山或童。此封此祀，承承無窮。

奠幣，姑洗宮《溥寧之曲》

仰惟聖猷，宏賜尊顯。宿燎設懸，展誠致奠。旅幣申申，於粲洗腆。崇報孔明，不墜故典。

酌獻先聖，姑洗宫《德寧之曲》

巍巍堂堂，道德孰儷。屈於一時，信於萬世。王號尊崇，公封相繼。涓辰之良，潔嚴以祭。

酌獻兖國公，姑洗宫《德寧之曲》

好學潛心，簞瓢樂内。具體而微，人進我退。洙泗之鄉，神之所在。其從聖師，廟食作配。

酌獻鄒國公，姑洗宫《德寧之曲》

醇乎其醇，優入聖域。祖述唐虞，力排楊墨。思濟斯民，果行其德。祀爲上公，兹宜配食。

亞終獻酌獻，姑洗宫《德寧之曲》

法施於人，修經式誨。如明開盲，如聲破聵。棲遲衰周，光華昭代。儼然南面，門人列配。

送神，姑洗宫《歸寧之曲》

籩豆威儀，孔將孔惠。三獻備成，四方所視。神保是饗，永光闕里。《全金詩》卷一六〇，册4，第636頁

釋奠先聖樂章

《金史·禮志》曰：「皇統元年二月戊子，熙宗詣文宣王廟奠祭，北面再拜，顧儒臣曰：『爲善不可不勉。孔子雖無位，以其道可尊，使萬世高仰如此。』」

「大定十四年，國子監言：『歲春秋仲月上丁日，釋奠於文宣王，用本監官房錢六十貫，止造茶食等物，以大小楪排設，用留守司樂，以樂工爲禮生，率倉場等官陪位，於古禮未合也。伏睹國家承平日久，典章文物當粲然備具，以光萬世。況京師爲首善之地，四方之所觀仰，擬釋奠器物、行禮次序，合行下詳定。兼兖國公親承聖教者也，鄒國公力扶聖教者也，當於宣聖像左右列之。今孟子以燕服在後堂，宣聖像側還虛一位，禮宜遷孟子像於宣聖右，與顏子相對，改塑冠冕，妝飾法服，一遵舊制。』」

「禮官參酌唐《開元禮》，定擬釋奠儀數：文宣王、兖國公、鄒國公每位籩豆各十、犧尊一、象尊一、簠簋各二、俎二、祝板各一，皆設案。七十二賢、二十一先儒，每位各籩一、豆一、爵一，兩廡各設象尊二。總用籩、豆各一百二十三，簠簋各六，俎六，犧尊三，象尊七，爵九十四。其尊皆有坫。罍二，洗二，篚勺各二，冪六。正位并從祀藉尊、罍、俎、豆席，約用三十幅，尊席用葦，俎、豆席用莞。牲用羊、豕各三，酒二十瓶。

「禮行三獻，以祭酒、司業、博士充。分奠官二，讀祝官一，太官令一，捧祝官二，罍洗官一，爵洗官一，巾篚官二，禮直官十一，學生以儒服陪位。

「樂用登歌，大樂令一員，本署官充，樂工三十九人。迎神，三奏姑洗宫《來寧之曲》，辭曰……初獻盥洗，姑洗宫《静寧之曲》，辭曰……升階，南吕宫《肅寧之曲》，辭曰……奠幣，姑洗宫《和寧之曲》，辭曰……降階，姑洗宫《安寧之曲》，辭曰……兖國公酌獻，姑洗宫《輯寧之曲》，辭曰……鄒國公酌獻，姑洗宫《泰寧之曲》，辭曰……亞、終獻，姑洗宫《咸寧之曲》，辭曰……送神，姑洗宫《來寧之曲》，辭曰……

「承安二年，春丁，章宗親祀，以親王攝亞、終獻，皇族陪祀，文武群臣助奠。上親爲贊文，舊封公者升爲國公，侯者爲國侯，郕伯以下皆封侯。

「宣宗遷汴，建廟會朝門内，歲祀如儀，宣聖、顔、孟各羊一、豕一，餘同小祀，共用羊八，無豕。

「其諸州釋奠并遵唐儀。」①

---

①《金史》卷三五，第815—817頁。

迎神，三奏姑洗宫《來寧之曲》

上都隆化，廟堂作新。神之來格，威儀具陳。穆穆凝旒，巍然聖真。斯文伊始，群方所視。

初獻盥洗，姑洗宫《静寧之曲》

偉矣素王，風猷至粹。垂二千年，斯文不墜。涓辰維良，爰修祀事。沃盥於庭，嚴禋禮備。

升階，南吕宫《肅寧之曲》

巍乎聖師，道全德隆。修明五常，垂教無窮。增崇儒宫，遹追遺風。嚴祀申虔，登降有容。

奠幣，姑洗宫《和寧之曲》

天生聖人，賢於堯舜。仰之彌高，磨而不磷。新廟告成，宫墻數仞。遣使陳祠，斯文復振。

降階，姑洗宫《安寧之曲》

稟靈尼丘，垂芳闕里。生民以來，孰如夫子。新祠巋然，四方所視。酹觴告成，祗循典禮。

兗國公酌獻，姑洗宮《輯寧之曲》

聖師之門，顏惟居上。其殆庶幾，是宜配養，桓圭衮衣，有嚴儀象。載之神祠，增光吾黨。

鄒國公酌獻，姑洗宮《泰寧之曲》

有周之衰，王綱既墜。是生真儒，宏才命世。言而爲經，醇乎仁義。力扶聖功，同垂萬祀。

亞、終獻，姑洗宮《咸寧之曲》

於昭聖能，與天立極。有承其流，皇仁帝德。豈伊立言，訓經王國。煥我文明，典祀千億。

送神，姑洗宮《來寧之曲》

吉蠲爲饎，孔惠孔時。正辭嘉言，神之格思。是養是宜，神保韋歸。惟時肇祀，太平極致。

《全金詩》卷一六〇，册 4，第 636—637 頁

康澤王廟迎神送神辭

毛麾

神之來兮風雨蕭蕭，不破塊兮不鳴條。滋多稼兮滿平皋，享血祀兮聞歌謡。神之去兮日光沉，岩穴暝兮烟雲深。廟門闔兮來棲禽，空山水兮遺清音。《全金詩》卷五九，册2，第280頁

卷一七三　金燕射歌辭一

金之燕射，其樂有三：一曰雅樂，朝會、饗宴、受册寶、御樓宣赦用之，隸太常，皆以「寧」名。《金史·樂志》「皇帝受册寶」儀軌曰：「前期，大樂令與協律郎設樂縣於殿廷。又設舉麾位二，一於殿西階，一於樂縣西北。又設登歌樂架於殿上。至日，侍中奏『外辦』，宫縣樂作，皇帝乃出，即坐，樂止。奉寶入門，樂作，置褥位上，樂止。初引時宫縣樂作，至位立定，樂止。寶初行，樂作，至御前置訖，樂止。皇帝受寶訖，樂作，侍中奏『稱賀』，樂止。皇太子升殿，登歌樂作，復位，樂止。侍中奏『禮畢』，宫縣樂作，皇帝還幕次，樂止。」①一曰散樂，元日、聖誕稱賀，曲宴外使用之，隸教坊。其樂器曲名不傳，然《金史·樂志》記伶工事曰：「皇統二年宰臣奏：『自古并無伶人赴朝參之例，所有教坊人員只宜聽候宣唤，不合同百寮赴起居。』從之。章宗明昌二年十一月甲寅，禁伶人不得以歷代帝王爲戲及稱萬歲者，以不應爲事重法科。泰和初，有司又奏太常工人數少，即以渤海、漢人教坊及大興府樂

① 《金史》卷三九，第888頁。

人兼習以備用。」①一曰舊音，世宗嘗寫其意，度爲雅曲，然俚俗，《金史》止録其一。《金史・樂志》曰：「世宗大定九年十一月庚申，皇太子生日，上宴於東宫，命奏新聲，謂大臣曰：『朕製此曲，名《君臣樂》，今天下無事，與卿等共之，不亦樂乎？』辭律不傳。……二十五年四月，幸上京，宴宗室於皇武殿，飲酒樂……乃命宗室子叙坐殿下者皆上殿，面聽上歌。曲道祖宗創業艱難，及所以繼述之意。」②《君臣樂》歌辭不載，世宗自歌之《本朝樂曲》有記。

今所見金之燕射歌辭皆爲新製，無前朝舊題之擬作。本卷所録均出《金史》。

殿庭樂歌

大定七年正月，上册寶

《金史・禮志》曰：「大定七年，恭上皇帝尊號。前三日，遣使奏告天地宗廟社稷。前

①《金史》卷三九，第888頁。

②《金史》卷三九，第891—892頁。

二日，諸司停奏刑罰文字。百官習儀於大安殿庭。兵部帥其屬，設黄麾仗於大安殿門之内外。宣徽院帥儀鸞司，於前一日設受册寶壇於大安殿中間，又設御榻於壇上，又設册寶幄次於大安殿門外，及設皇太子幕次於殿東廊，又設群官次於大安門外。大樂令與協律郎前一日設宫縣於殿庭，又設登歌樂架於殿上，立舞表於殿下。符寶郎其日俟文武群官入，奉八寶置於御座左右，候上册寶訖，復舁寶還所司。

「其日質明，奉册太尉、奉寶司徒、讀册中書令、讀寶侍中以次應行事官，并集於尚書省，俟册寶興，乘馬奉迎。册寶至應天門，下馬由正門步導入，至大安殿門外，置册寶於幄次。舁册寶床弩手人等分立於左右。文武群官并朝服入次。攝太常卿與大樂令帥工人入就位，協律郎各就舉麾位。舁册寶案官由西偏門先入，置案於殿東西間褥位，置訖，各退於西階册寶位後。捧册官、捧寶官、舁册匣官、舁寶盝官由西偏門先入，至殿西階下册寶褥位之西，東向立，俟閤門報。

「通事舍人引攝侍中版奏：『中嚴。』訖，典儀、贊者各就位。閤門官引文武百僚分左右入，於殿階下磚道之東西，相向立。符寶郎奉八寶由西偏門分入，升置殿上東西間相向訖，分左右立於寶後。通事舍人引攝侍中版奏：『外辦。』扇合，服衮冕以出，曲直華蓋、侍衛警蹕如常儀。殿上鳴鞭，訖，殿下亦鳴鞭。初索扇，協律郎跪，俯伏，興，舉麾。工鼓柷，奏《乾寧之曲》。出自東房，即座，儀鸞使副添香，爐烟升，扇開，簾捲。協律郎偃麾，戛敔，樂止。

「太常博士、通事舍人自册寶幄次分引册，太常卿前導，吏部侍郎押册而行，奉册太尉、讀册中書令、舉册官於册後以次從之。次太常博士、通事舍人二員分引寶，禮部侍郎押寶而行，奉寶司徒、讀寶侍中、舉寶官於寶後以次從之。由正門入，宮縣奏《歸美揚功之曲》。太常卿於册床前導，至第一墀香案南，藉寶册褥位上少置。太常卿與舉册寶官退於册寶稍西，東向立。應博士、舍人立於其後，舁册寶床弩手、傘子官等又於其後，皆東向。立定，樂止。太尉、司徒、中書令、侍中皆於册後，面北以次立。吏部侍郎、禮部侍郎次立於其後。

「閤門舍人分引東西兩班群官合班，轉北向立，中間少留班路。俟立定，太常博士、通事舍人四員分引太尉、司徒、中書令、侍中、吏部禮部侍郎以次各復本班，訖，博士、舍人退以俟。初引時，樂奏《歸美揚功之曲》，至位立定，樂止。典儀曰：『拜。』贊者承傳，太尉以下應在位官皆舞蹈，五拜。班首出班起居訖，又贊：『再拜。』如朝會常儀。

「太常博士、通事舍人四員再引太尉、司徒、中書令、侍中、吏禮部侍郎復進至册寶所稍南，立定。舁册寶床弩手，傘子官并進前，舉册寶床興。太常博士、通事舍人二員分引册，太常卿前導，吏部侍郎押册而行，奉册太尉、讀册中書令、舉册官於册後以次從之。册初行，樂奏《肅寧之曲》。次通事舍人、太常博士又二員分引寶，禮部侍郎押寶而行，奉寶司徒、讀寶侍中、舉寶官於寶後以次從之，詣西階下，至册寶褥位少置册北，寶南，樂止。舁册寶床弩手、傘子官等退於後稍西，東向立。

「捧册官與舁册官并進前，取册匣升。太常博士、通事舍人分引册，太常卿側身導册先升，奉册太尉、讀册中書令、舉册官、捧册官於册後以次從升。册初行，樂奏《肅寧之曲》。進至殿上，博士舍人分左右於前楹立以俟，讀册中書令於欄子外前楹稍西立以俟，舉册官、捧册官立於其後。奉册太尉從升，至褥位，搢笏，少前跪置訖，執笏，俯伏，興，樂止，退於前楹稍西立以俟。太常博士立於後。太常卿少退東向立。舁册官立於其後，皆東向。捧册官先入，舉册官次入，讀册中書令又次入。捧册官四員皆搢笏雙跪捧。舉册官二員亦搢笏，兩邊單跪對舉。中書令執笏進，跪稱：『中書令臣某讀册。』讀訖，俯伏，興。中書令俟册興，先退。通事舍人引，降自東階，復本班。訖，太常卿降復寶床前，舁册官并進，與捧册官等取册匣興，置於殿東間褥位案上，西向。捧舉册官等降自東階，還本班。舁册官亦退。太常博士引奉册太尉降自西階，東向立以俟。

「次捧寶官與舁寶官俟讀册中書令讀訖出，并進前，取寶盝升。太常博士、通事舍人分引寶，太常卿側身導寶，先升。奉寶司徒、讀寶侍中、舉寶官、捧寶官於寶後以次從升。寶初行，樂奏《肅寧之曲》，進至殿上，博士舍人俱退不升，并於前楹稍西立俟。讀寶侍中於欄子外前楹間稍西立以俟。舉寶官、捧寶官立於其後。奉寶司徒從升，至褥位，搢笏，少前跪置，訖，執笏，俯伏，興，樂止。司徒退於前楹西，立以俟。太常卿少退，東向立。舁寶官立於其後，皆東向。捧寶官先入，舉寶官次入，讀寶侍中又次入。捧寶官四員皆搢笏雙跪捧。舉寶官二員亦搢笏兩邊單跪對舉。侍中執笏進，跪稱：『侍中臣某讀寶。』讀訖，俯伏，興。侍中俟寶興先退，通事舍人引，降自西階，復本班，訖，舁寶官進前，與捧寶舉寶官等取寶盝興，置於殿之西間褥位案上，東向。捧寶舉寶官等與太常卿俱降自西階，及吏部侍郎皆復本班。舁寶官亦退。太常博士引奉寶司徒次奉册太尉，東向立定。

「博士舍人贊引太尉司徒進，詣第一墀香案南褥位立定，博士舍人稍退。典儀曰：『拜。』贊者承傳，在位官皆再拜，訖，博士舍人二員引太尉詣東階升，宫縣奏《純誠享上之曲》，至階，止。閤門使二員引太尉進至前，立定，樂止。閤門使揖贊太尉拜跪賀，殿下閤門揖百僚躬身，太尉稱『文武百僚具官臣等言』，致賀詞云云，俯伏，興，退至階上。博士舍人分引太尉降至東階，初降，宫縣作《肅寧之曲》，復香案南褥位立定，樂止。博士舍人少退。典儀曰：『拜。』贊者承傳，太尉、司徒及在位群官俱再拜舞蹈，三稱『萬歲』，又再拜。訖，通事舍人引攝侍中升自東階，進詣前楹間，躬承旨，退臨階西向，稱：『有制。』典儀曰：『拜。』贊者承傳，太尉、司徒及在位群官俱再拜，躬身宣詞云云，宣訖，通事舍人引侍中還位。典儀曰：『拜。』贊者承傳，階上下應在位群官俱再拜舞蹈，三稱『萬歲』，又再拜。訖，博士舍人分引太尉、司徒就百僚位。初引，宫縣作《肅寧之曲》，至位立定，樂止。閤門舍人分引應北面位群官，各分班東西相向立定。通事舍人引攝侍中并自東階，當前楹間，跪奏：『禮畢。』俯伏，興，引降還位。扇合，簾降。協律郎俯伏，興，舉麾，工鼓柷，奏《乾寧之曲》。降座，入自東房，還後閣，進膳，侍衛警蹕如儀。扇開，樂止。捧册官帥舁册床人，捧寶官帥舁寶床人，皆升殿取匣、盝，蓋訖，置於床前。引進司官前導，通事舍人贊引，詣東上閤門上進。通事舍人分引文武百僚等以次出，歸幕次，賜食，以俟上壽。

「上册寶禮畢，有司供辦御床及與宴群官位，并如曲宴儀。

「攝太常卿大樂令帥工人入，并協律郎各就舉麾位，俟舍人報。通事舍人引三師以下文武百僚親王宗室等分左右入，至殿階下稍南，東西相向立。通事舍人先引攝侍中版奏：『中嚴。』少頃，又奏：『外辦。』扇合，鳴鞭。協律郎跪，俯伏，興，工鼓柷，宫縣奏《乾寧之曲》。服通天冠、絳紗袍，即座，簾捲。内侍贊：『扇開。』殿上下鳴鞭，戛敔，樂止。儀使副等添香，爐烟升。通事舍人引班首已下合班，樂奏《肅寧之曲》，至北向位，重行立定，中間少留班路。通事舍人引攝侍中詣東階升，至殿上少立。閤門舍人引禮部尚書出班前，北向俯伏，跪奏，稱：『禮部尚書臣某言，請允群臣上壽。』俯伏，興，躬身。通事舍人引攝侍中少退。舍人贊：『禮部尚書再拜。』訖，贊：『祇候。』復本班。内侍局進御床入。次良醞令於殿下横階南酹酒，訖，典儀曰：『拜。』贊者承傳，在位官皆再拜，隨拜三稱『萬歲』，訖，平立。「太常博士、通事舍人分引攝上公由東階升。初升，宫縣奏《肅寧之曲》。殿上，舍人少退，二閤使揖上公進，至進酒褥位，樂止。宣徽使以爵授上公，上公搢笏，受爵。詣榻前跪進。受爵訖，上公執斝授宣徽使，訖，二閤使揖上公入欄子内，贊：『拜。』跪。殿下，閤門揖百僚皆躬身。通事舍人揖攝侍中進，詣前楹間，躬承旨，退臨階西向稱：『有制。』典儀曰：『拜。』贊者承傳，上公及在位群官皆再拜，隨拜三稱『萬歲』，訖，躬身宣曰：『得公等壽酒，與公等内外同慶。』閤門舍人贊宣諭訖，上公與百僚皆舞蹈五拜，訖，閤門舍人引百僚分班東西序北向立。博士舍人再引上公自東階升，宫縣奏《肅寧之曲》，至進酒褥位，樂止。上公搢笏，宣徽使授上公斝，上公詣欄子内褥位，跪舉酒，宫縣奏《景命萬年之曲》，飲訖，樂止。上公進受虚爵訖，復褥位，以爵授宣徽使，訖，二閤使揖上公退，内侍局舁御床出。博士舍人并進前分引，降自東階，宫縣作《肅寧之曲》。閤門舍人分引東西兩班，隨上公俱復北向位，立定，樂止。典儀曰：『拜。』贊者承傳，在位官皆再拜，三稱『萬歲』，訖，平立。殿上，通事舍人揖攝侍中進，詣前楹間，躬承旨，退臨階西向，閤門官先揖，百僚躬身，侍中稱：『有制。』典儀曰：『拜。』贊者承傳，在位官皆再拜，訖，躬身宣曰：『延王公等升殿。』典儀曰：『拜。』贊者承傳，在位官皆再拜，訖，搢笏，舞蹈，又再拜，訖。太常博士、通事舍人引王公以下合赴宴群官，分左右升殿，不與宴群官分左右捲班出，宫縣奏《肅寧之曲》。百僚至殿上坐後立，樂止。

「内侍局進御床入。依尋常宴會，再進第一爵酒，登歌奏《聖德昭明之曲》，飲訖，樂止。執事者行群官酒，宫縣作《肅寧之曲》，文舞入，觴行一周，樂止。尚食局進食，執事者設群官食，宫縣奏《保大定功之舞》，三成，止，出。又進第二爵酒，登歌奏《天贊堯齡之曲》，飲訖，樂止。執事者行群官酒，宫縣作《肅寧之曲》，武舞入，觴行一周，樂止。尚食局進食，執事者設群官食，宫縣奏《萬國來同之舞》，三成，止，出。又進第三爵酒，登歌奏《慶雲之曲》，飲訖，樂止。執事者行群官酒，宫縣作《肅寧之曲》，觴行一周，樂止。尚食局進食，執事者設群官食，宫縣奏《肅寧之曲》，食畢，樂止。閤門官分揖侍宴群官起，立於席後。通事舍人引攝侍中詣榻前，俯伏，興，跪奏：『侍中臣某言，禮畢。』俯伏，興。閤門舍人分引群官俱降東西階，内侍局舁御床出，宫縣作《肅寧之曲》，至北向位立定，樂止。典儀曰：『拜。』贊者承傳，在位官皆再拜，訖，搢笏，舞蹈，又再拜，訖，再分班東西序立。扇合，簾降，殿上下鳴鞭。協律郎俯伏，跪，舉麾，興，工鼓柷，奏《乾寧之曲》。降座，入自東房，還後閤，侍衛如來儀。内侍贊：『扇開。』戛敔，樂止。通事舍人引攝侍中版奏：『解嚴。』所司承旨放仗，在位群官皆再拜以次出。」①

《金史·儀衛志》曰：「熙宗皇統元年正月，上册寶，立仗一千一百八十人。自是以後，至海陵時，俱用三千人。世宗大定七年，上册寶，頗損其數，且以天德、貞元不設車輅，遂并去之。是後，或減至二千，或一千、或八百、或六百人。」②

《金史·禮志》曰：「(大定)十八年，有司言……又言：『大定三年追尊睿宗皇帝禮儀，大安殿前立黄麾仗一千人，應天門外行仗二千人，皇帝服通天冠、絳紗袍，隨册寶降自西階，搢圭，跪，捧册寶授太尉。今擬大安殿行禮，及依唐、周典故，降階捧册寶授太尉。所有冠冕儀仗擬依已行禮例。』」③

《金史·樂志》校勘記曰：「『宫縣奏太蔟宫泰寧之曲』，『奏』原作『樂』。按《大金集禮》以下簡稱《集禮》卷二帝號下，大定七年册禮作『宫縣奏《泰寧之曲》』。今據改。又，下文『降座同』三字原作大字正文，今據殿本改作小字注文。」「『進第一爵登歌奏王道昌明之

---

① 《金史》卷三六，第832—839頁。

② 《金史》卷四一，第922—923頁。

③ 《金史》卷三二，第783頁。

曲』，『昌明』原作『明昌』。按下文『大定十一年十一月行册禮』，『進第一爵，登歌《王道昌明之曲》』，《集禮》大定七年册禮亦作『昌明』。今據乙正。」「『文舞入』，『舞』原誤作『武』。據《集禮》改。」「『擊壤歌沸野老聲』，按本曲八句四韻，『聲』與『穗』『歲』『遂』不叶，疑或『輩』字之誤。」「『皆用夾鐘宫』，原作大字正文，今依本志文例改作小字注文。」①

皇帝將升御座，宫縣奏太蔟宫《泰寧之曲》降座，同。

德隆帝位，承天而興。侯邦來庭，民居安寧。歸美以報，傳之無極。鴻名徽稱，壽時萬億。

册寶入門，奏《天保報上之曲》

四方既平，功歸聖明。定功巍巍，丕享鴻名。股肱良哉，揄揚元首。儲精優遊，南山等壽。

奉册寶官將復班位，奏《歸美揚功之曲》

聖德高明，萬邦咸休。錙銖唐虞，糠粃商周。維時群臣，對揚稽首。天子明明，令聞不朽。

① 《金史》卷四〇，第 920 頁。

冊寶初行，奏《和寧之曲》冊寶將升殿，皇太子自侍立位至降階，曲并同。

四方攸同，昭哉成功。時和年豐，諸福來崇。英聲昭騰，和氣充塞。於乎皇王，維壽時億。

皇太子升殿賀，奏《同心戴聖之曲》

穆清皇風，遐方來同。于昭於天，物和歲豐。丕受鴻名，對揚偉迹。純釐穰穰，敷錫罔極。

上壽，皇帝將升御座，宫縣《和寧之曲》同前

舉酒，《萬壽無疆之曲》

四海太平，吾皇之功。君臣對揚，誕受鴻名。霞觴瓊腴，君王樂豈。皇天垂休，萬壽無極。

皇太子升階、降階，及與宴官升殿，并奏《和寧之曲》同前

進第一爵，登歌奏《王道昌明之曲》

對天鴻休，於以鋪張。巍巍煌煌，超冠百王。皇圖皇綱，時維明昌。祉福無疆，於民敷揚。

行群官酒，宫縣《和寧之曲》。文舞入，設群官食，奏《功成治定之舞》，三成止

聖德高明，如天强名。多方治平，功大有成。流於聲音，形於蹈舞。頒觴群臣，以昭禮遇。

進第二爵，登歌奏《天子萬年之曲》

惟明后，馭寰瀛。躋升平，飛英聲。功三王，德五帝。遊岩廊，億萬歲。

行群官酒，宫縣《和寧之曲》。武舞入，設群官食，奏《四海會同之舞》，三成止

地平天成，時和歲豐。迓衡弗迷，率惟敉功。受天之祜，四方來荷。於萬斯年，不遐有佐。

進第三爵，登歌《嘉禾之曲》

景命赫斯歸吾皇，仁風洋洋被遠荒。琛贄旅庭趨明光，氣和薰蒸爲嘉祥。殊本合穗真異常，庚如坻京歲且穰。猗歟鴻休超前王，播爲聲詩傳無疆。行群官酒、設群官食、群官降階，宮縣并奏《和寧之曲》，皇帝將降御座，奏《泰寧之曲》，并用太蔟宮。《金史》卷四〇《樂志》，第910—912頁

大定十一年十一月，行册禮

按，大定十一年册禮當與前述大定七年同，惟增《四海會同之舞》。《金史·樂志》曰：「大定十一年又有《四海會同之舞》。」①

皇帝升御座，宮縣《泰寧之曲》

皇皇穆穆，衮服玉趾。如日之升，如山仰止。九賓在列，媚兹天子。願言無疆，介以繁祉。

册寶入門，奏《天保報上之曲》

穆穆元聖，天迪子保。相維臣工，以奏丕號。揚於路朝，玉牒神寶。於萬斯年，吾君壽考。

① 《金史》卷三九，第882頁。

奉册寶官將復班位，奏《歸美揚功之曲》

玉册玉寶，尊聖天子。丕揚鴻名，昭受帝祉。閎休對天，其隆孰比。臣下同心，翼戴歸美。

皇太子升殿賀，奏《同心戴聖之曲》

大矣我后，徽册膺受。歡趨彤庭，拜手稽首。休明御辰，無疆萬壽。靈貺沓來，天地長久。

舉酒，奏《萬壽無疆之曲》

聖德懋昭，民歸天祐。煌煌金書，典册光受。備樂在庭，八音諧奏。群公奉觴，天子萬壽。

進第一爵，登歌《王道昌明之曲》

明明我皇，道光化溥。百度惟新，禮修樂舉。藻飾太平，爛然可睹。超躋三王，暉映千古。

設群官食，奏《和寧之曲》《功成治定之舞》

穆穆我君，威折群醜。輝光日新，仁洽九有。容典葳蕤，超前絶後。端拱深嚴，寶册膺受。

第二爵，登歌奏《天子萬年之曲》

典禮修，惟明后。揚鴻名，燦瓊玖。羅華紳，爲萬壽。歌南山，堅且久。

行群官酒，奏《和寧之曲》《四海會同之舞》

道隆政平，天開有德。萬國和寧，來王來極。昭受鴻名，俯徇列辟。錫飲行觴，歡心各得。

第三爵，登歌奏《嘉禾之曲》

衆瑞畢至昭升平，爰生嘉禾乃合穗。膴膴大田無南東，稼茂如雲成豐歲。既刈既穫百室盈，擊壤歌沸野老聲。陶唐之民兹其比，帝力何有若自遂。《金史》卷四〇《樂志》，第912—913頁

大定十八年十二月，上「受命寶」

皇帝將升御座，宫縣奏《泰寧之曲》并大吕宫

上帝有赫，懷此明德。畀之神寶，庸鎮萬國。臨軒是膺，登降維則。群臣拜首，年卜萬億。

寶入門，奏《天保報上之曲》

受命大寶，昭答眷佑。珍符明貺，人爲天授。文物具舉，《韶》《濩》迭奏。群臣上之，天子萬壽。

群臣合班，奏《歸美揚功之曲》

德冒生民，明明元后。端冕臨軒，神寶是受。群工來賀，咸拜稽首。無疆無期，享祚長久。

皇太子升殿、并自侍立位降階，宫縣《稱觴介壽之曲》

上儀昭舉，膺時瑞玉。群辟在列，蹌蹌肅肅。衮衣桓圭，歸美稽首。升降惟時，天子萬壽。

舉酒，登歌奏《萬壽無疆之曲》

上帝眷命，純休兹至。誕膺洪寶，光臨大器。稱觴對揚，嵩嶽萬歲。其寧惟永，無疆卜世。

《金史》卷四〇《樂志》，第913—914頁

卷一七四　金燕射歌辭二

天德二年十月，册立中宫

《金史·禮志》曰：「天德二年十月九日，册妃徒單氏爲皇后。前一日，儀鸞司設座勤政殿，南向。設群臣次於朝堂。大樂令展宫縣於殿庭，設協律郎舉麾位於樂縣西北，東向。閣門設百官班位於庭，并如常朝之儀。又設典儀位於班位之東北，贊者二人在南少却，俱西向。設册使副位於殿門外之東，又設册使副受命位於百官班前。又設册寶幄次二於殿後東廂，俱南向。

「其日，諸衛勒所部，略列黄麾細仗於庭。符寶郎奉八寶置於左右。吏部侍郎奉册，禮部侍郎奉寶匣，皆置於床，訖，出就門外班。大樂令、協律郎、樂工、典儀、贊者各入就位。群官等依時刻集朝堂，俱就次，各服朝服。侍中約刻板奏：『請中嚴。』通事舍人引群官入，就庭東西相向立，以北爲上。又引册使副立於東偏門，西向。門下侍郎引主節、奉節立於殿下東廊横街北。中書令、中書侍郎帥舉捧册官，奉册床立於節南。侍中、門下侍郎帥舉捧寶官，奉寶床立於册床之南，俱西面。

「侍中版奏：『外辦。』殿上索扇。協律郎舉麾，宫縣作。皇帝服通天冠、絳紗袍，出自東房，曲直華蓋、警蹕侍衛如常儀。即座，南向坐，簾捲，樂止。通事舍人引册使副入，宫縣作。使副就受命位，侍中、中書令、門下侍郎、中書侍郎、舉捧官依舊西面立，群臣合班，横行北面，如常朝之儀，立定。典儀曰：『再拜。』贊者承傳，班首已下群官在位者皆再拜。班首問起居，又再拜。閤門官引攝侍中出班承制，降詣使副東北，西向稱：『有制。』使副稍前，鞠躬再拜，攝侍中宣制曰：『命公等持節授后册寶。』宣制訖，又俱再拜，侍中還班。門下侍郎引主節詣册使所，主節以節授門下侍郎，門下侍郎執節西向授太尉，太尉受付主節，主節立於使副之左右。門下侍郎退還班位。中書侍郎引册床，門下侍郎引寶床，立於册使東北，西向，以次授與太尉，太尉皆捧受。册床置於北，寶床置於南。侍中、中書令、禮儀使、舉捧册寶官及舁床者，退於東西磚道之左右，相向立。門下侍郎、中書侍退還班位。典儀曰：『再拜。』贊者承傳，群官在位者皆再拜，訖，分班東西相向立。捧舉舁册寶床者進，册床先行，讀册官次之，寶床次行，讀寶官次之。舉舁官各分左右，通事舍人引册使隨之以行，持節者前導。太尉初行，宫縣樂作，出殿門，樂止。攝侍中出班升殿奏：『侍中臣言禮畢。』殿上索扇，簾降，宫縣作。降座，入自東房，樂止。通事舍人引群官在位者以次出。俟太尉、司徒復命，禮畢，還内。

「先是，有司預設太尉、司徒本品革車鹵簿於門外至殿門左右排列。俟使副出，鼓吹振作。禮儀使、舉捧官、執節者并抬舁人，以册寶少駐於泰和門，太尉、司徒及讀册寶官暫歸幕次。内侍閤門引入泰和殿，俟至殿下位，鼓吹止。

「有司預供張，泰和殿設皇后座於扆前，殿上垂簾。又設東西房於座之左右稍北。又設受册位於殿庭西階之南，東向。又設内命婦次於殿之左右。大樂令設宫縣於庭，協律郎設舉麾位於殿上。又設册寶次於門外。又設行事官次於門左右。又設外命婦次於門之内。

「其日，諸衛於殿門外略設黄麾細仗。有司設二步障於殿之西階。簾前設扇，左右各十。紅傘一，在西階欄干外。又設舉册寶案位於使副之前，北向。又設宣徽使位於北廂，南向。司贊設内外命婦以下陪列位於殿庭磚道之左右，每等重行異位北向，内命婦在後。又設司贊位於東階東南，贊者二人在南少退，俱西向。

「質明，執事官大樂令等各就位。皇后常服，乘龍飾肩輿，至泰和殿後閣，近仗導衛如常儀。宣徽使奏：『中嚴。』册使副入門，宫縣作，俟册使庭中立，樂止。册在北，寶在南，使副立於床後。禮儀使帥持節者立於前，舉捧册寶官立於册寶床左右，讀册寶官各立於其後。

「宣徽使奏：『外辦。』内侍閤門官引后出後閣，宫縣作。簾捲，皇后降自西階，左右步障傘扇從，至階下，望勤政殿御閣所在立，樂止。册使進，立於右，宣曰：『有制。』閤門使内侍贊：『再拜。』册使宣曰：『制遣太尉臣某、司徒臣某，恭授后册寶。』閤門使内侍贊：『再拜。』册使少退。中書令、侍中及舉捧官率抬舁人奉册寶以次進於前，宫縣作。册寶床自東階升，并置於殿之前楹間，册床在北，寶床在南，中留讀册寶官立位，并去帕及蓋，抬舁人執之，退立於西朵殿。舉抬官分左右相向立，讀册寶官各立於床之東，西向，立既定，樂止。閤門使内侍贊：『再拜。』捧謝表官以表授左立内侍，内侍以授后，受訖，以付右立内侍，内侍持表立於右。閤門使贊：『再拜。』訖，册使退，宫縣作。持表内侍以表付閤門官，隨册使行。册使副至門，鼓吹振作如來儀，入西偏門，鼓吹止。册使副至御閣所在，俯伏，跪奏：『太尉臣某、司徒臣某，奉制授册寶，禮畢。』俯伏，興，退。持表閤門官進表，近侍接入，進讀，訖，退。

「初，册使退，及門樂止。閤門内侍引后自西階升殿，宫縣作。傘扇止於簾外，退於左右朵殿前。步障止於階下，捲之。后於座前南向立，樂止。中書令詣册床南立，北向，稱：『中書令臣某，謹讀册。』讀畢，降自東階，立於欄外第一墀上，西向。次侍中詣寶床南立，北向，揖稱：『侍中臣某，讀寶。』讀畢降階，立於中書令之北，西向。内侍閤門引升座，宫縣作，坐定，樂止。舉捧官以次招抬舁人持帕蓋覆匣床，奉置殿之左右，册床在東，寶床在西。置訖，舉捧官以次降階，立於中書令、侍中之後，立定，合班北向，閤門贊：『再拜。』拜訖，降東階，退出殿門。其抬舁人置册寶床於東西訖，各由朵殿下階，於侍中等班後直出殿門，以俟復入，抬舁入宫。

「受册表謝訖，内侍跪奏：『禮畢。』閤門引内外命婦陪列者以次進，就北向位。班首初行，宫縣作，至位樂止。閤門曰：『再拜。』命婦皆再拜。閤門引班首自西階升，樂作，至階樂止，進當座前，北向躬致稱賀，訖，降自西階，樂作，至位樂止。閤門曰：『再拜。』舍人承傳，命婦等皆再拜。閤門使前承令，降自西階，詣命婦前西北，東向，稱：『有教旨。』命婦等皆拜，閤門使宣曰：『祗奉聖恩，授以册寶，榮幸之至，競厲增深。所賀知。』舍人曰：『再拜。』命婦皆再拜，訖，内侍引内命婦還宫。班首初行，樂作，出門，樂止。内侍引外命婦出次。宣徽使奏稱：『禮畢。』降座，宫縣作，入東房，樂止。歸閤，宫縣作，至閤，樂止。更常服。内侍承教旨，宣外命婦入會，并如常儀。會畢，閤門引命外婦降階，横班北向，舍人曰：『再拜。』訖，以次出。還宫，如來儀。中書門下侍郎復以引進司帥抬舁人進册寶入内，付與都點檢司，退。

「別日，會群官，會妃主宗室等，賜酒，設食，簪花，教坊作樂，如内宴之儀。

「十一日，朝永壽、永寧兩宫。皇后既受册，越二日，内侍設座於所御殿，南向。其日夙興，宣徽使版奏：『中嚴。』質明，諸侍衛宫人俱詣寢殿奉迎，宣徽使版奏：『外辦。』后首飾褘衣御車，内侍前導，降自西階以出，侍衛如常儀。至太后之裏門外，降車，障扇侍衛如常儀，入立於西廂，東向。將至，宣徽使版奏：『請中嚴。』既降車，宣徽使版奏：『外辦。』太后常服，宣徽使引升座，南向。宣徽使引后進，升自西階，北面再拜，進跪致謝詞。存撫賜酒食，并如家人之儀。禮畢，宣徽使贊：『再拜。』訖。宣徽使引降自西階以出。出門，宣徽使奏：『禮畢。』降座入宫。」①

《金史·儀衛志》曰：「天德二年，海陵立后，發册勤政殿，設黄麾細仗，用前六部，攝官七十一，擎執六百七十八人。受册泰和殿，用後六部，攝官三十六，擎執三百二十二人。」②

① 《金史》卷三七，第849—854頁。
② 《金史》卷四一，第923頁。

皇帝將升御座，宮縣奏《乾寧之曲》降座，同。

人道大倫，王化所基。明聖稽古，陰教欲施。臨軒發册，備舉彝儀。《麟趾》《關雎》，宜播聲詩。

册寶入門，奏《昌寧之曲》出門，同。

羽衛充庭，淑旗徽章。禮儀具舉，涓辰以良。相我内訓，來儀椒房。億萬斯年，邦家之光。

將受册寶、以册寶入門，宮縣奏《肅寧之曲》命婦升、降，同。

塗山興夏，《關雎》美周。坤儀之尊，母臨九州。瑶册褘衣，光配凝旒。地久天長，福禄是遒。

后出閤，奏《順寧之曲》升、降座，同。

天立厥配，任姒比隆。母儀四海，化行六宫。日月并明，乾坤合德。於萬斯年，作儷宸極。

受册，奏《坤寧之曲》

風化之始，由於壺闈。禮文斯備，爰正坤儀。維順以慈，儷聖同德。則百斯男，垂統無極。

《金史》卷四〇《樂志》，第914—915頁

天德四年二月，册皇太子

皇帝將升御座，宫縣奏《乾寧之曲》皆用夾鐘宫

大君有爲，先圖本固。涓辰之吉，禮成儲副。文物備陳，聲樂皆具。人心載寧，克昌福祚。

册使入門，《昌寧之曲》

在天成象，煥乎前星。惟聖時憲，典禮以行。一人有慶，萬邦以貞。社稷之福，浸昌浸明。

皇太子入門，奏《元寧之曲》出門，同。

皇矣上帝，純佐明聖。篤生元良，日躋德性。册命主器，萬邦以正。龍樓問寢，億年之慶。

大定八年正月，册皇太子

《金史》卷四〇《樂志》，第915頁

《金史·禮志》曰：「大定八年正月，册皇太子，禮官擬奏，皇太子乘輿至翔龍門，東宫官導從，不乘馬。册皇太子前三日，遣使同日奏告天地宗廟。

「册前一日，宣徽院帥儀鸞司，設御座於大安殿當中，南向。設皇太子次於門外之東，西向。又設文武百僚應行事官、東宫官等次於門外之東、西廊。又設册寶幄次於殿後東廂，俱南向。又設受册位於殿庭横階之南。工部官與監造册寶官公服，自製造所導引册寶床，由宣華門入，約宣徽院同進呈畢，赴幄次安置。大樂令帥其屬，展樂縣於庭。

「其日，兵部帥其屬，設黄麾仗於大安殿門之内外。其日質明，文武百僚應行事官并朝服入次。東宫官各朝服，自東宫乘馬導從，至左翔龍門外下馬，入就次。通事舍人分引百官入立班，東西相向。次引侍中、中書令、門下侍郎、中書侍郎及捧舁册寶官，詣殿後幄次前立。少頃，奉册寶出幄次，由大安殿東降，至庭中褥位，權置訖，奉引册寶官立於其後。皇太子服遠遊冠、朱明衣出次，執圭，三師三少已下導從，立於門外。侍中奏：『中嚴。』符寶郎奉八寶由東西偏門分入，升置御座之左右。侍中奏：『外辦。』内侍承旨索扇，扇合，皇帝服通天冠、絳紗袍以出，曲直華蓋侍衛如常儀，鳴鞭，宫縣樂作。皇帝出自東序，即御座，爐烟升，扇開簾捲，樂止。典贊儀引皇太子入門，宫縣樂作，至位樂止。師、少已下從入，立於皇太子位東南，西向。典儀贊：『皇太子再拜。』搢圭，舞蹈，又再拜，奏：『聖躬萬福。』又再拜，引近東，西向立。師、少已下并奉引册寶官等，各赴百官東班，樂作，至位樂止。通事舍人引百官俱横班北向。典儀贊：『拜。』在位官皆再拜，搢笏，舞蹈，又再拜，起居，又再拜，畢，百官各還東西班。師、少已下并行事官各還立位。典贊儀引皇太子復受册位，樂作，至位樂止。侍中承旨，稱：『有制。』皇太子已下應在位官皆再拜，躬身，侍中宣制曰：『册某王爲皇太子。』又再拜。通事舍人、太常博士引中書令詣讀册位，中書侍郎引册匣置於前，捧册官西向跪捧，皇太子跪，讀畢，俯伏，興。皇太子再拜。中書令詣捧册位，奉册授皇太子，搢圭，跪受册，以授右庶子，右庶子跪受，皇太子俯伏，興，右庶子以册，興，置於床，中書令已下退復本班。

「次通事舍人、太常博士引侍中詣奉寶位，門下侍郎引寶盝立於其右，侍中奉寶授皇太子，搢圭，跪受，以授左庶子，左庶子跪受，皇太子俯伏，興，左庶子以寶興，置於床，侍中已下退復本班。典儀贊：『再拜。』畢，引皇太子退。初行，樂作，左右庶子帥其屬，舁册寶床匣以出，出門，樂止。侍中奏：『禮畢。』內侍承旨索扇，扇合，簾降，鳴鞭，樂作，皇帝降座，入自西序還後閤，侍衛如來儀，扇開，樂止。侍中奏：『解嚴。』所司承旨，放仗衛以次出。皇太子入次，改服公服，還東宮，導從如來儀。

「册後二日，兵部設黃麾仗於仁政殿門之內外，陳設并如大安殿之儀。百官服朝服。皇太子公服至次，改服遠遊冠、朱明衣。通事舍人引百官入至階下立班，東西相向。典贊儀引皇太子執圭出次，立於門外。侍中奏：『中嚴。』少頃，又奏：『外辦。』皇帝出自東序，即座，簾捲。通事舍人引百官俱橫班北向，典儀贊：『拜。』在位官皆再拜，搢笏，舞蹈，又再拜，起居，又再拜，訖，分班。皇太子捧表入，至拜表位立，俟閤門使將至，單跪捧表，閤門使接表，皇太子俯伏，興，典儀贊：『再拜。』搢圭，舞蹈，又再拜。俟讀表畢，侍中承旨退稱：『有制。』典儀贊：『再拜。』興，躬身，侍中宣訖，典儀贊：『再拜。』搢圭，舞蹈，又再拜。引皇太子退。侍中奏：『禮畢。』扇合，鳴鞭，入西序，還後閤，侍衛如來儀。侍中奏：『解嚴。』放仗，百官以次出。後二日，百官奉表稱賀，如常儀。」①

《金史・儀衛志》曰：「大定八年正月，册皇太子於大安殿，用黃麾半仗二千二百六十

① 《金史》卷三七，第857—860頁。

五人，奉表於仁政殿用黄麾細仗一千四百二人。」①

皇帝將升御座，宫縣《洪寧之曲》并用太簇宫

會朝清明，臨軒備禮。天威皇皇，臣工濟濟。於昭元良，膺兹典册。對揚閎休，卜年萬億。

皇太子入門，奏《肅寧之曲》

光昭前星，惟天垂象。稽古而行，主器以長。曲禮告成，邇遐屬望。國本既隆，繁釐永享。

群臣合班，奏《嘉寧之曲》

於皇臨軒，禮崇上嗣，維眷之祺，傃方正位。言觀其儀，翔翔濟濟。美歸吾君，太平萬歲。

皇太子復受册位，奏《和寧之曲》

祖功艱難，經營締構。基牢根深，枝繁葉茂。於昭貽謀，駢休集佑。元良斯貞，吾皇萬壽。

① 《金史》卷四一，第923頁。

《金史》卷四〇《樂志》，第915—916頁

大定二十七年三月，册皇太孫

《金史·章宗本紀》曰：「二十七年三月，世宗御大安殿，授皇太孫册，赦中外。丁巳，謁謝太廟及山陵。始受百官箋賀。」①《金史·儀衛志》曰：「大定八年正月，册皇太子於大安殿，用黄麾半仗二千二百六十五人，奉表於仁政殿用黄麾細仗一千四百二人。二十七年，册皇太孫，亦如之。」②

皇帝將升御座，宫縣《泰寧之曲》并姑洗宫

上天叢休，申錫祚胤。孫謀有詒，臨軒體正。煌煌上儀，欣欣衆聽。隆我邦本，無疆惟慶。

① 《金史》卷九，第208頁。
② 《金史》卷四一，第923頁。

皇太孫入門，奏《慶寧之曲》出門，同。

寶源流光，流光惟遠。孫謀有貽，慶序昭衍。於樂衆望，於皇備典。動容周旋，承兹嘉羨。

群臣合班，奏《順寧之曲》

冕旒當宁，徽章備舉。彩仗充庭，金石列簴。濟濟多士，翼翼就序。海潤山暉，傾聽樂府。

皇太孫復受册位，奏《保寧之曲》

禮之攸聞，丕建世嫡。衆論協從，天心不易。名崇震宫，辭著瑞册。社稷宗廟，無疆夷懌。

《金史》卷四〇《樂志》，第916頁

本朝樂曲

完顔雍

《金史・世宗本紀》曰：「（大定二十五年）丁丑，宴宗室、宗婦於皇武殿，大功親賜官三階，小功二階，緦麻一階，年高屬近者加宣武將軍。及封宗女，賜銀、絹各有差。曰：『朕尋常不飲酒，今日甚欲成醉，此樂亦不易得也！』宗室婦女及群臣故老以次起舞，進酒。上曰：『吾來數月，未有一人歌本曲者，吾爲汝等歌之。』命宗室子弟叙坐殿下者皆坐殿上，聽上自歌。其詞道王業之艱難，及繼述之不易，至『慨想祖宗，宛然如睹』，慷慨悲激，不能成聲，歌畢泣下。右丞相元忠率群臣、宗戚捧觴上壽，皆稱萬歲。於是，諸夫人更歌本曲，如私家之會。既醉，上復續調，至一鼓乃罷。己卯，發上京。庚辰，宗室戚屬奉辭。上曰：『朕久思故鄉，甚欲留一二歲，京師天下根本，不能久於此也。太平歲久，國無征徭，汝等皆奢縱，往往貧乏，朕甚憐之。當務儉約，無忘祖先艱難。』因泣數行下，宗室戚屬皆感泣而退。」①《世宗本紀》未載歌辭，《金史·樂志》復載本事及歌辭曰：「二十五年四月，幸上京，宴宗室於皇武殿，飲酒樂，上諭之曰：『今日甚欲成醉，此樂不易得也。昔漢高祖過故鄉，與父老歡飲，擊筑而歌，令諸兒和之。彼起布衣，尚且如是，况我祖宗世有此土，今天下一統，朕巡幸至此，何不樂飲！』於時宗室婦女起舞，進酒畢，群臣故老起舞，上曰：『吾來故鄉數月矣，今回期已近，未嘗有一人歌本曲者，汝曹來前，吾爲汝歌。』乃命宗室子叙坐殿下者皆上殿，面聽上歌。曲道祖宗創業艱難，及所以繼述之意。上既自歌，至慨想祖宗音容

---

①《金史》卷八，第188頁。

如睹之語，悲感不復能成聲，歌畢，泣下數行。右丞相元忠暨群臣宗戚捧觴上壽，皆稱萬歲。於是諸老人更歌本曲，如私家相會，暢然歡洽。上復續調歌曲，留坐一更，極歡而罷。其辭曰……」①此歌辭《金史·樂志》題作《本朝樂曲》，本卷從之。

猗歟我祖，聖矣武元。誕膺明命，功光於天。拯溺救焚，深根固蒂。克開我後，傳福萬世。無何海陵，淫昏多罪。反易天道，荼毒海内。自昔肇基，至於繼體。積累之業，淪胥且墜。望戴所歸，不謀同意。宗廟至重，人心難拒。勉副樂推，肆予嗣緒。二十四年，兢業萬幾。億兆庶姓，懷保安綏。國家閑暇，廓然無事。乃眷上都，興帝之第。屬兹來遊，惻然予思。風物減耗，殆非昔時。于鄉于里，皆非初始。雖非初始，朕自樂此。雖非昔時，朕無異視。瞻戀慨想，祖宗舊宇。屬屬音容，宛然如睹。童嬉孺慕，歷歷其處。壯歲經行，恍然如故。舊年從遊，依俙如昨。歡誠契闊，旦暮之若。於嗟闊别兮，云胡不樂。《金史》卷三九《樂志》，第892頁

① 《金史》卷三九，第891頁。

睿宗功德歌

完顔匡

《金史·完顔匡傳》曰：「顯宗命匡作《睿宗功德歌》，教章宗歌之，其詞曰……蓋取宗翰與睿宗定策立熙宗，及平陝西大破張浚於富平也。二十三年三月萬春節，顯宗命章宗歌此詞侑觴，世宗愕然曰：『汝輩何因知此？』顯宗奏曰：『臣伏讀《睿宗皇帝實録》，欲使兒子知創業之艱難，命侍讀撒速作歌教之。』世宗大喜，顧謂諸王侍臣曰：『朕念睿宗皇帝功德，恐子孫無由知，皇太子能追念作歌以教其子，嘉哉盛事，朕之樂豈有量哉。卿等亦當誦習，以不忘祖宗之功。』命章宗歌數四，酒行極歡，乙夜乃罷。」①

我祖睿宗，厚有陰德。國祚有傳，儲嗣當立。滿朝疑懼，獨先啓策。徂征三秦，震驚來附。富平百萬，望風奔仆。靈恩光被，時雨春暘。神化周浹，春生冬藏。《金史》卷九八《完顔匡傳》，第2164頁

① 《金史》卷九八，第2164頁。

卷一七五　金鼓吹曲辭　横吹曲辭

鼓吹曲辭

金有鐃歌鼓吹，天子行幸鹵簿導引用之，隸教坊。《金史·樂志》曰：「天子鼓吹、横吹各有前、後部，部又各分二節。金初用遼故物，其後雜用宋儀。海陵遷燕及大定十一年鹵簿，皆分鼓吹爲四節，其他行幸惟用兩部而已。前部第一：鼓吹令二人、㧭鼓十二、金鉦十二、大鼓百二十、長鳴百二十、鐃鼓一十二、歌二十四、拱辰管二十四、簫二十四、笳二十四、大横吹一百二十。前部第二：節鼓二、笛二十四、篳篥二十四、笳二十四、桃皮篳篥二十四、㧭鼓十二、金鉦十二、小鼓百二十、中鳴百二十、羽葆鼓十二、歌二十四、拱辰管十四、簫二十四。後部第一：鼓吹丞二人、㧭鼓三、金鉦三、羽葆鼓十二、歌二十四、拱辰管二十四、簫二十四、笳二十四、節鼓二、鐃鼓十二、歌十六、簫二十四、笳二十四、小横吹百二十。後部第二：笛二十四、簫二

十四、篳篥二十四、笳二十四、桃皮篳篥二十四。」①可略見金鼓吹樂工樂器。

金之鼓吹曲辭，擬前代僅《君馬》一曲，新製亦止《導引》《采茨》二曲。歌辭見《金史》及《全金詩》。

君馬白

蕭　貢

按，《樂府詩集・鼓吹曲辭》有《君馬黄》，《君馬白》當出於此，故予收録。

我馬瘦，君馬肥，我馬虺隤君馬飛。雕鞍寶校錦障泥，向風振迅長鳴嘶。一朝計落路傍兒，銅鬲爲槨薪爲衣。瘦馬雖瘦骨骼奇，古人相馬遺毛皮，千金一顧會有期。《全金詩》卷六五，册2，第377頁

① 《金史》卷三九，第889頁。

鼓吹導引曲

天眷三年九月，駕幸燕京，導引曲無射宫

《金史・禮志》曰：「金初無宗廟。天輔七年九月，太祖葬上京宫城之西南，建寧神殿於陵上，以時薦享。自是諸京皆立廟，惟在京師者則曰太廟，天會六年，以宋二帝見太祖廟者，是也。或因遼之故廟，安置御容，亦謂之廟，天眷三年，熙宗幸燕及受尊號，皆親享恭謝，是也。」①《金史・儀衛志》曰：「天眷三年，熙宗幸燕，始備法駕，凡用士卒萬四千五十六人，攝官在外。」②按，《全金元詞》據《大金國志》亦有收録，題作《導引詞》，歌辭文字微異，兹録於下：「五年一狩，仙仗到人間。稼穡艱難。蒼生洗眼秋光裏，今日見天顔。金瓜玉斧沈烟。和舞蹈，六龍閑。歌謳道詠皆相似，天子壽南山。」③

① 《金史》卷三〇，第727頁。

② 《金史》卷四一，第928頁。

③ 唐圭璋《全金元詞》，中華書局，1979年版，第26頁。

五年一狩，仙仗到人間，問稼穡艱難。蒼生洗眼秋光裏，今日見天顔。金戈玉斧臨香火，馳道六龍閑。歌謡到處皆相似，天子壽南山。《金史》卷四〇《樂志》，第917頁

天德二年三月，祫享回鑾，導引曲

《金史・禮志》曰：「天德二年二月，太廟祫享，有司擬上配享功臣，詔以撒改、辭不失、斜也杲、斡魯、阿思魁忠東向，配太祖位。以粘哥宗翰、斡里不宗望、闍母、婁室、銀术可西向，配太宗位。」①按，《全金元詞》亦有收録，題作《導引》（天德二年三月祫享回鑾姑洗宫）。

禮成廟享，御衛拱飛龍，諸道起祥風。太平天子多受福，孝德與天通。鳳簫龍管韶音奏，聲在五雲中。粲然文物昭治世，萬億祺無窮。《金史》卷四〇《樂志》，第917頁

貞元元年三月，駕幸中都，導引曲并姑洗宫

按，《全金元詞》亦收其一，題作《導引》（貞元元年三月駕幸中都姑洗宫）。

---

①《金史》卷三一，第761頁。

鑾輿順動，嘉氣滿神京，輦路宿塵清。鈎陳萬旅隨天仗，縹緲轉霓旌。都人望幸傾堯日，龞抃溢歡聲。臨觀八極辰居正，寰宇慶升平。

采茨曲

新都春色滿，華蓋定全燕。時運千齡協，星辰五緯連。六龍承曉日，丹鳳倚中天。王氣盤山海，皇居億萬年。《金史》卷四〇《樂志》，第917—918頁

貞元三年十一月，祫享回鑾，采茨曲并用

《金史·樂志》校勘記曰：「『祫享回鑾采茨曲并用』，按『并用』下脱宫調名。」①

慶成回大駕，仙仗紫雲深。龍衮輝千騎，嵩呼間八音。太平興縟禮，萬國得歡心。孝格迎遐福，穰穰永降臨。《金史》卷四〇《樂志》，第918頁

① 《金史》卷四〇，第920頁。

正隆六年六月，駕幸南京，導引曲并林鐘宫

《金史·海陵后徒單氏傳》曰：「正隆六年，海陵幸南京。六月癸亥，左丞相張浩率百官迎謁。海陵備法駕，乘玉輅，與后及太子光英共載而入。」①按，《全金元詞》亦收其一，題作《導引》（正隆六年六月駕幸南京林鐘宫）。

神宫壯麗，宫殿壓蓬萊，向曉九門開。聖明天子初巡幸，遥駕六龍來。五雲影裏排仙仗，清蹕絶纖埃。都人齊唱升平曲，更進萬年杯。

采茨曲

雙闕層雲表，澄景開清曉。六龍天上來，馳道平如掃。虞巡五載合，夏諺一遊同。都人欣豫意，寫入頌聲中。《金史》卷四〇《樂志》，第918頁

① 《金史》卷六三，第1508頁。

大定三年十月，祫享回鑾，采茨、導引曲皆應鐘宮。自後親祀，二曲并用。

《金史·樂志》校勘記曰："『祫享回鑾采茨導引曲』，按『導引曲』見下，此『導引』二字疑是衍文。"①《金史·禮志》曰："大定三年十月，祫享，又以斜也、斡魯、撒改、習不失、阿思魁配享太祖，宗望、闍母、宗翰、婁室、銀术哥配享太宗。其後，次序屢有更易。"②《金史·儀衛志》曰："世宗大定三年，祫享，用黄麾仗三千人。分四節。第一節，無縣令、府牧，即用黄麾前三部，次前部鼓吹，次金吾牙門旗，次駕頭，次引駕龍墀隊，次天王、十二辰等旗。第二節，黄麾第四、第五部，次君王萬歲日月旗，次御馬，内增控馬司圉、挾馬司圉各一十六人，次日月合璧、五星連珠等旗，次八寶，内增執黑杖傳喝一十八人在香案前，次七寶輦。第三節，黄麾後第一、第二部，次玉輅，次栲栳隊，次導駕門仗官。第四節，黄麾後第三、第四、第五部，次金輅，次牙門旗，次後部鼓吹。"③按，《全金元詞》收録其二，題作《導引》（大定三年十月祫享回鑾應鐘宫）。

---

① 《金史》卷四〇，第920頁。
② 《金史》卷三一，第761—762頁。
③ 《金史》卷四一，第949—950頁。

太宮崇烈考，大禮慶初成。彩仗回雲步，天階嚴蹕聲。舜宮合至孝，周頌詠維清。介福應穰簡，歡交萬國情。

導引曲

禮行清廟，華黍薦年豐，聖孝與天通。六龍回馭千官衛，玉振珮環風。黄麾金輅嚴天仗，非霧鬱葱葱。工歌疊奏升平曲，福禄自來崇。《金史》卷四〇《樂志》，第918—919頁

大定二十七年三月，皇太孫受册，謝廟，導引曲

《金史·章宗本紀》曰：「(大定)二十七年三月，世宗御大安殿，授皇太孫册，赦中外。丁巳，謁謝太廟及山陵。始受百官牋賀。」①按，《全金元詞》亦有收録，題作《導引》(大定二十七年三月皇太孫受册謝廟)。

璿源濬發，衍慶自靈長，聖運日隆昌。震闈顯册遵彝典，基緒焕重光。練時廟見嚴昭報，禮

① 《金史》卷九，第208頁。

樂粲成章。精誠潛格神明助，福禄永無疆。《金史》卷四〇《樂志》，第919頁

横吹曲辭

《金史·樂志》曰：「天子鼓吹、横吹各有前、後部，部又各分二節。」①惜不記樂工、樂器、樂曲。故本卷所輯，均爲《樂府詩集·横吹曲辭》諸題擬作，悉出《全金詩》。

出塞

邢具瞻

樓外青山半夕陽，寒鴉翻墨點林霜。平沙細草三千里，一笛西風人斷腸。《全金詩》卷九，册1，第124頁

① 《金史》卷三九，第889頁。

仿劉長卿出塞二首

趙秉文

上山摇白旗，下馬駐旌麾。虜騎數重合，漢人三日圍。天寒短兵接，日暮戰聲微。萬里天山北，招魂葬不歸。

初從召募軍，麾下點行頻。衣上兩行泪，燈前萬里身。鼓聲青海振，戰骨黑山塵。落日邊風起，蕭蕭愁殺人。《全金詩》卷六九，册2，第442頁

望歸吟

元好問

按，《樂府詩集·横吹曲辭》《出塞》解題曰："《晉書·樂志》曰：『《出塞》《入塞》曲，李延年造。』曹嘉之《晉書》曰：『劉疇嘗避亂塢壁，賈胡百數欲害之，疇無懼色，援笳而吹之，爲《出塞》《入塞》之聲，以動其遊客之思，於是群胡皆垂泣而去。』按《西京雜記》曰：『戚夫人善歌《出塞》《入塞》《望歸》之曲。』則高帝時已有之，疑不起於延年也。唐又有《塞上》《塞

下》曲，蓋出於此。」①郭茂倩引《西京雜記》，《出塞》《入塞》《望歸》三曲并置，前二曲乃横吹曲，則《望歸》亦横吹曲，故予收録，置《出塞》後。又，《全元詩》册二亦收元好問此詩，元代卷不復録。

塞雲一抹平如截，塞草離離卧榆葉。長城窟深戰骨寒，萬古牛羊飲冤血。少年錦帶佩吴鈎，獨騎匹馬覓封侯。去時只道從軍樂，不道關山空白頭。北風吹沙雜飛雪，弓弦有聲凍欲折。寒衣昨夜洛陽來，腸斷空閨擣秋月。年年歲歲望還家，此日歸期轉未涯。誰與南州問消息，幾時重拜李輕車。《全金詩》卷一一八，册4，第81頁

折楊柳

王　鬱

長安二月多緑楊，遠信未到龍庭旁。佳人中夜抱影坐，風窗泠泠愁思長。青天無雲一鏡潔，萬户千門音響絶。何人横笛在高樓，玉龍叫徹春江月。《全金詩》卷一五一，册4，第519頁

①《樂府詩集》卷二一，第266頁。

卷一七六　金相和歌辭　清商曲辭　舞曲歌辭　琴曲歌辭

相和歌辭

本卷以《樂府詩集·相和歌辭》同題爲收録之據，所録均出《全金詩》。

蒿里

徐世隆

世傳蒿里躡靈魂，廟宇燒殘敕復新。七十五司陰□□，□千餘里遠祠人。天神志似張華博，地獄圖如道子真。積少成多能事畢，泰山元不厭微塵。《全金詩》卷一五二，册4，第534頁

楚妃怨

王　鬱

涼風繞樹秋，長河絡天碧。深宮悄無人，月暗莎鷄泣。《全金詩》卷一五一，册4，第518頁

短歌行送秦人薛微之赴中書

麻革

河流宿層冰，山有太古雪。翩翩有客來，老面黑於鐵。盤盤胸臆間，猶挂太華月。不肯下貴勢，便欲叫雙闕。朔寒衣裳單，路遠馬蹩躠。昔人丈夫事，肝膽不可越。我歌送君行，歌聲何激烈。悲風爲我起，酒行歌半闋。望君青雲端，何恤遠離别。《全金詩》卷一三一，册4，第278頁

銅雀臺

王寂

銅雀臺荒桑柘圍，老瞞曾醉柘黄衣。錫花片瓦將安用，留與詩人寫是非。《全金詩》卷三二，册1，第414頁

猛虎行

趙秉文

猛虎在深山，一怒風林披。朝食千牛羊，暮食千熊羆。虎暴尚可制，人還寢其皮。旄頭飛

精光，落地爲積尸。焚山赭草木，血征成污池。萬靈泣上訴，生民將何爲。帝怒敕六丁，雷電下取之。埋魂九泉底，壓以泰山坻。然後天下人，頗得伸其眉。寄言顛越者，毋得育種遺。《全金詩》卷六九，册2，第442頁

從軍行送田琢器之

趙秉文

嚴風吹霜百草枯，胡兒馬肥思南驅。長戈飛鳥不敢度，扼胡嶺下行人無。鈎鈴一夕妖星過，賊臣自掣居庸鎖。藏金郿塢未厭深，長安三日燃臍火。胡兵數道下山東，旌旗絳天海水紅。胡兒歸來血飲馬，中原無樹摇春風。槖駝氈車載金帛，城上官軍空嘆息。纍纍婦女過關頭，回望都門心斷絶。漢家公主嫁烏孫，聖王重戰議和親。北望一舍如天遠，黄沙茫茫愁殺人。田侯落落奇男子，主辱臣生不如死。殿前畫地作山川，請以義軍相表裏。恨我不得學李英，愛君不減侯莘卿。子明又請當一面，禁中頗牧皆書生。横遮俘尸三十萬，潼關大笑哥舒翰。上書慷慨請長纓，臨風鍛翮空三嘆。《全金詩》卷六八，册2，第418頁

飲馬長城窟行

趙秉文

飲馬長城窟，泉腥馬不食。長城城下多亂泉，多年冷浸征人骨。單于吹落關山月，茫茫原上沙如雪。十去征夫九不回，一望沙場心斷絶。胡人以殺戮爲耕作，黄河不盡生人血。木波部落半蕭條，羌婦翻爲胡地妾。聖王震怒下天兵，天弧夜射旄頭滅。九州復禹迹，萬里還耕桑。但願猛士守四方，更築長城萬里長。《全金詩》卷六九，册2，第441頁

變白頭吟

曹之謙

按，《樂府詩集・相和歌辭》有《白頭吟》，金人《變白頭吟》，當出於此，故予收録。

梧桐不獨老，鴛鴦亦雙死。静女懷真心，徇夫正如此。奈何及末流，不知再醮羞。中路多反目，幾人能白頭。君不見會稽愚婦輕負薪，不肯終身事買臣。一朝歸佩太守印，悔望車塵那敢近。人生賦命自不齊，貧賤富貴各有時。隨鷄（農）〔逐〕狗聽所適，世事悠悠争得知。《全金詩》

卷一三〇，册4，第267頁

清商曲辭

本卷以《樂府詩集・清商曲辭》同題爲收録之據，所録均出《全金詩》。

野鷹來

蔡珪

按，蘇軾有《襄陽古樂府三首》，一曰《野鷹來》，一曰《上堵吟》，一曰《襄陽樂》。蘇轍亦有《襄陽古樂府二首》，一曰《野鷹來》，一曰《襄陽樂》。宋代卷置二蘇《野鷹來》於清商曲辭《襄陽樂》題下，蔡珪此詩當出於二蘇之作，故亦置清商曲辭中。

南山有奇鷹，寘穴千仞山。網羅雖欲施，藤石不可攀。鷹朝飛，聳肩下視平蕪低，健狐躍兔藏何遲。鷹暮來，腹肉一飽精神開，招呼不上劉表臺。錦衣少年莫留意，飢飽不能隨爾輩。《全金詩》卷三六，册1，第459頁

采蓮曲

王庭筠

南北湖亭競采蓮，吴娃嬌小得人憐。臨行折得新荷葉，却障斜陽入畫船。《全金詩》卷五六，册2，第218頁

古采蓮曲

蕭貢

洋洋長江水，渺渺漲平湖。田田青茄荷，艷艷紅芙蕖。酣酣斜日外，苒苒凉風餘。蒨蒨誰家子，裊裊二八初。兩兩并輕舟，笑笑相招呼。悠悠波上鴛，潑潑蒲中魚。采采不盈手，依依欲何如。《全金詩》卷六五，册2，第378頁

采蓮

張宇

題注曰：「分得『底』字。」

溪風揺揺波瀰瀰，十里芳華照清沚。蘭舟女郎紅玉春，日射新妝明水底。芙蓉雙臉百媚生，吴宫西施漢良娣。藕腸折斷雪絲牽，入手花枝香菂菂。隔岸誰家貴公子，調笑新詞歌艷體。吴儂變風有如此，誰念采蘋供祭禮。《全金詩》卷一三一，册 4，第 286 頁

舞曲歌辭

金之郊廟、燕射皆用雅樂，多名以「寧」，唯文、武二舞之名稍異，《金史・樂志》曰：「皇統年間，定文舞曰《仁豐道洽之舞》，武舞曰《功成治定之舞》。《貞元儀》又改文舞曰《保大定功之舞》，武舞曰《萬國來同之舞》。大定十一年又有《四海會同之舞》，於是一代之制始備。」①金亦有雜舞，據元德明《觀柘枝伎》詩，知柘枝舞金時仍存，惜諸舞之辭，今皆不見。

①《金史》卷三九，第 882 頁。

琴曲歌辭

金人琴書，今可見者惟《歷代史志書目叢刊・金史藝文略》册八載苗秀實《琴辨》一部。元耶律楚材《苗彦實琴譜序》曰：「古唐棲巖老人苗公，秀實其名，彦實其字。博通古今，尤長於《易》。應進士舉，兩入御闈而不捷，乃拂袖去之。公善於琴事，爲當世第一。嘗遊於京師士大夫間，皆服其高妙。泰和中，詔天下工於琴者，侍郎喬君舉之於朝，公待詔於秘書監。予幼年刻意於琴，初受指於待詔。弭大用每得新譜，必與棲巖商榷妙意，然後彈之。朝廷王公大人邀請棲巖者無虚日，予不得與渠對指傳聲，每以爲恨。壬辰之冬，王師濟長河，破潼關，涉京索，圍汴梁。予奏之朝廷，索棲巖於南京，得之，達范陽而棄世。其子蘭挈遺譜而來，凡四十餘曲。予按之，果爲絶聲，大率署令衛宗儒之所傳也。予令録之，以授後世。有知音博雅君子，必不以予爲徒説云。壬辰仲秋後二日，湛然居士漆水移剌楚才晉卿序。」①本卷以《樂府詩集・琴曲歌辭》同題爲收録之據，所録均出《全金詩》。

① 《全元文》卷一一，第218頁。

湘夫人詠

元好問

按,《樂府詩集·琴曲歌辭》《湘妃》題解曰:「按《琴操》有《湘妃怨》,又有《湘夫人》曲。」①《湘夫人詠》當出於《湘夫人》。又,元好問《遺山集》置此詩於「古樂府」類,故予收録。《全元詩》册二亦收元好問此詩,元代卷不復録。

木蘭芙蓉滿芳洲,白雲飛來北渚遊。千秋萬歲帝鄉遠,雲來雲去空悠悠。秋風秋月沅江渡,波上寒烟引輕素。九疑山高猿夜啼,竹枝無聲墮殘露。《全金詩》卷一一八,册4,第76頁

① 《樂府詩集》卷五七,第636頁。

幽蘭

元好問

按，《樂府詩集・琴曲歌辭》有《猗蘭操》，題解曰：「一曰《幽蘭操》。」①《幽蘭》當出於此。元好問《遺山集》置此詩於「古樂府」類，故予收録。《全元詩》册二亦收元好問此詩，元代卷不復録。

仙人來從舜九疑，辛夷爲車桂作旗。疏麻導前杜若隨，披猖芙蓉散江籬。南山之陽草木腓，澗崗重複人迹希。蒼崖出泉懸素霓，翛然獨立風吹衣。問何爲來有所期，歲云暮矣胡不歸。鈞天帝居清且夷，瑶林玉樹生光輝。自棄中野誰當知，霰雪慘慘清入肌。寸根如山不可移，雙糜不返夷叔飢。飲芳食菲尚庶幾，西山高高空蕨薇。露槃無人薦湘累，山鬼切切雲間悲。空山月出夜景微，時有彩鳳來雙棲。《全金詩》卷一一八，册4，第83頁

---

①《樂府詩集》卷五八，第646頁。

酬昭君怨

楊奂

按，《樂府詩集·琴曲歌辭》有《昭君怨》，《酬昭君怨》當出於此，故予收録。另，金人又有詞作《昭君怨》，本卷不録。

烏夜啼

宇文虚中

玉貌辭金闕，貂裘擁綉鞍。將軍休出戰，塞上雪偏寒。《全金詩》卷一〇〇，册3，第400頁

《吴昭明輯詞話》曰：「《石水》《流泉》《陽春》諸調，《風入松》《烏夜啼》，俱琴曲名。」①

按，金人亦有詞作《烏夜啼》，本卷不録。

① 《明詞話全編》，册4，第2238頁。

汝琴莫作歸鳳鳴，汝曲莫裁白鶴怨。明珠破璧挂高城，上有烏啼人不見。堂中蠟炬紅生花，門前紺幰七香車。博山夜長香燼冷，悠悠蕩子留倡家。妾機尚餘數梭錦，織恨傳情還未忍。城烏爲我盡情啼，知道單棲泪盈枕。《全金詩》卷二，册1，第21頁

秋風怨

元好問

按，《樂府詩集・琴曲歌辭》有《秋風》，金人《秋風怨》或出於此。又，元好問《遺山集》置此詩於「樂府」類，故予收録。《全元詩》册二亦收元好問此詩，元代卷不復録。

碧瓦高梧響疏雨，坐倚薰籠時獨語。守宮一著死生休，狗走鷄飛莫爲女。雲間簫鼓夜厭厭，禁漏誰將海水添。一春門外羊車過，又見秋風拂翠簾。總把丹青怨延壽，不知猶有竹枝鹽。《全金詩》卷一一八，册4，第78頁

同前

李獻甫

疏星耿耿明天河，夜凉翠幕生微波。碧梧委葉傅金井，一夕秋風將奈何。春風令人和，秋風感人悲。妾愁自與秋風期，秋風争管人别離。燈炧垂紅粉泥暗，龜甲屏風雲影亂。絡緯吊月啼不斷，蓮漏壓荷夜未半。凉飆蕭蕭入疏竹，枕底寒聲碎瓊玉。敲愁撼睡睡不明，花露盈盈泫魚目。秋風且莫吹，念妾守空閨。嫁狗隨走鷄隨飛，九死莫作蕩子妻。郎薄幸，妾薄命，花自無言絮無定。碧雲暮合郎未歸，幾度妝成掩明鏡。《全金詩》卷一三六，册4，第365頁

招隱

姬志真

按，《樂府詩集》無此題，然宋時朱熹作琴曲《招隱操》，宋人又有《招隱》《招隱辭》《招隱歌》《招隱吟》，凡此皆已收入宋代琴曲歌辭。據此，則金人《招隱》，亦予收録。

君不見邯鄲枕中得如意，磨鏡未明人换世。又不見槐安宫裏尚金枝，蟻戰功名黍一炊。遍

界盡爲開眼夢，化工幻惑閑般弄。似寄懸絲傀儡棚，寧許暫如山不動。智也無涯生有涯，悠悠千古未還家。家園素有知何在，誰趁東風賞覺花。歸去來，宜早早，步步清涼除熱惱。頃刻光陰下手遲，莫待形容變枯槁。《全金詩》卷一三二，冊4，第291頁

卷一七七　金雜曲歌辭　近代曲辭

雜曲歌辭

本卷以《樂府詩集·雜曲歌辭》同題爲收録之據，所録悉出《全金詩》。

羽林行

楊　果

銀鞍白馬鳴玉珂，風花三月燕支坡。侍中女夫領軍事，黄金買斷青樓歌。少年羽林出名字，隨從武皇偏得意。當時事少遊幸多，御馬御衣嘗得賜。年年春水復秋山，風毛雨血金蓮川。歸來宴賀滿宫醉，山呼摇動東南天。明昌泰和承平久，北人歲獻蒲萄酒。一聲長嘯四海空，繁華事往空回首。懸瓠月落城上墻，天子死不爲降王。羽林零落祇君在，白頭辛苦趨路旁。腰無長劍手無槍，欲語前事涕滿裳。洛陽城下歲垂暮，秋風秋氣傷金瘡。龍門流出伊河水，北望臨潢八千里。蔡州新起髑髏臺，只合當年抱君死。君家父兄健如虎，一旦倉皇變爲鼠。錦衣新貴

見莫嗤，得時失時今又悲。《全金詩》卷一三七，册4，第377頁

春日行

王　鬱

春日飛，春野寂，紅朋碧友元胎濕。東風著意寒食時，遊絲粘人困無力。小鈴犢車讌堤沙，鳳簫鶩落瓊英花。荒墳頹頹啼夕鴉，草荒月黑鬼思家。《全金詩》卷一五一，册4，第517頁

長安少年行

元好問

按，《全元詩》册二亦收元好問此詩，元代卷不復録。

黄衫少年如玉筆，生長侯門人不識。道逢豪客問姓名，袖把金鞭側身揖。卧駝行橐鏡帕蒙，石榴壓漿銀作筒。八月蒼鷹一片雪，五花驕馬四蹄風。日暮新豐原上獵，三更歌舞灞橋東。

《全金詩》卷一一八，册4，第80頁

同前

王　鬱

新月平康金步蓮，青雲戚里玉連錢。誰家年少秋風裏，梁甫吟成抱劍眠。《全金詩》卷一五一，册4，第518頁

并州少年行

元好問

按，《樂府詩集・雜曲歌辭》《少年行》題後又有《長安少年行》《渭城少年行》《邯鄲少年行》等，《并州少年行》當與此同，故予收録。又，《全元詩》册二亦收元好問此詩，元代卷不復録。

北風動地起，天際浮雲多。登高一長嘯，六龍忽蹉跎。我欲横江鬥蛟鼉，萬弩迸射陽侯波。或當大獵燕趙間，黄羆朱豹皆遮羅。男兒萬馬隨撝訶，朝發細柳暮朝那，歸雲黑山布陽和。歸來明堂見天子，黄金横帶冠峨峨。人生只作張騫傅介子，遠勝僵死空山阿。君不見并州少年夜

枕戈，破屋耿耿天垂河，欲眠不眠泪滂沱。著鞭忽記劉越石，拔劍起舞鷄鳴歌，東方未明兮奈夜何。《全金詩》卷一一八，册4，第84頁

遊子吟

王　鬱

短日空徘徊，流雲自來去。茫茫曉野客衣單，白露無聲落秋樹。《全金詩》卷一五一，第519頁

浩歌行送濟夫之秦行視田園

師　拓

霜斂野草白，氣肅天宇清。開尊酌遠客，餞此秦關行。秦關杳杳愁西顧，千里蒼茫但烟樹。子今行轡按秋風，想見秦關雄勝處。河流洶洶崑崙來，蓮峰秀拔青雲開。終南南走絡巴蜀，五陵北望令人哀。我本渭城客，浪迹來東征。窮齊歷宋嗟何營，尚氣慕俠游梁城。信陵白骨委黃土，夷門誰復知侯生。撫劍一長嘯，作歌誰爲聽，青天白日空冥冥。不能乘桴入滄海，拂衣且欲歸汧涇。落魄高陽歸未得，送子西歸空愴情。《全金詩》卷六六，册2，第389頁

長相思

馬定國

按，金時又有詞作《長相思》，與此不同。

歷歷春陽被群木，白沙淺水明如鵠。結廬聊可障雨風，學道未能充耳目。故人家居紫翠傍，枳籬日落青山長。歲云晏矣不可見，望盡楚天飛鳥行。《全金詩》卷三，册1，第35頁

宿舊縣四更而歸道中摭所見作行路難

党懷英

三星排空山月明，思歸客子夜半行。單衣短褐風凄清，響踏黄葉棲禽驚。匆匆曉轉沙岸側，枯蓼寒蘆鳴索率。山月欲隨山烟黑，前途無人脚無力。行路難，堪嘆息。《全金詩》卷三八，册1，第508頁

擬張水部行路難

李汾

洛陽行人心欲折，半年西州信音絶。彈箏峽口兵塵高，半夜心懸隴山月。君不見嗷嗷失群鳥，泪盡眼流血。潼關晝閉漢使稀，安得慰我生離別。《全金詩》卷一二八，册4，第247頁

古別離

王鬱

山腰露蕙含天泪，江林楓葉秋容醉。夫君八月雁門行，碎霜冷印白龍轡。憶君挑妾初鳴琴，琴中已有白頭吟。朝朝暮暮當時事，言之衹足傷人心。君不見湘妃二女哭舜時，烟筠青玉紅珠滋。蒼梧人去百想絶，忍教今日生離別。生離別，情偏重，不及雙飛南浦雲，落紅寂寂春閨夢。《全金詩》卷一五一，册4，第518頁

同前

王　鬱

按，《全遼金詩》亦收此詩，題作《樂府擬古別離》（殘）。

黄鶴樓高雲不飛，鸚鵡洲寒星已曙。《全金詩》卷一五一，册4，第519頁

楊白花

李　治

帝家迷樓春晝長，紫笙吹破百花香。葡萄凝碧琥珀光，燕語鶯啼空斷腸。枕帷紅泪灑瀟湘，玉鏡臺前添午妝。茜羅綬帶雙鴛鴦，蝴蝶趁雪上釵梁，千里萬里雲茫茫。《全金詩》卷一三六，册4，第361頁

古意二首

元好問

按，《全元詩》册二亦收元好問此詩，元代卷不復録。又，宋人薛季宣有雜曲歌辭《古

意》，金人同題之作，亦予收録。

七歲入小學，十五學時文。二十學業成，隨計入咸秦。秦中多貴遊，幾與書生親。年年抱關吏，空笑西來頻。在昔學語初，父兄已卜鄰。跛鱉不量力，强欲緣青雲。四十有牧豕，五十有負薪。寂寥抱玉獻，賤薄倡優陳。青衫亦區區，何時畫麒麟。遇合僅一二，飢寒幾何人。誰留章甫冠，萬古徒悲辛。

桃李弄嬌嬈，梨花澹丰容。盈盈兩無語，钀钀争春風。春風何許來，草木誰青紅。天公亦老矣，何意夸兒童。昨夜花正開，今朝花已空。川流不肯駐，并與繁華東。梗楠千歲姿，骯髒空谷中。陽和不擇地，亦復難爲功。本無兒女心，安用尤天公。《全金詩》卷一一三，册4，第5頁

同前

劉祁

庭前有桂樹，緑葉何離披。秋風動地起，飄落將安歸。高飛入青雲，下飛落污泥。貴賤既偶爾，孰爲喜與悲。

秋江有芙蓉，顔色好鮮潔。褰裳欲采折，水深不可涉。嚴風下飛霜，芳艷空凋歇。悵望一

長嘆，臨川無桂檝。《全金詩》卷一五一，册4，第10—11頁

飲酒五首

元好問

題注曰：「襄城。」按，《樂府詩集・雜曲歌辭》有《飲酒樂》，明胡震亨《唐音癸籤・樂通二》「唐曲」有《飲酒》，故予收録。《全元詩》册二亦收元好問此詩，元代卷不復録。

西郊一畝宅，閉門秋草深。床頭有新釀，意愜成孤斟。舉杯謝明月，蓬蓽肯相臨。願將萬古色，照我萬古心。

去古日已遠，百僞無一真。獨餘醉鄉地，中有羲皇淳。聖教難爲功，乃見酒力神。誰能釀滄海，盡醉區中民。

利端始萌芽，忽復成禍根。名虚買實禍，將相安足論。驅驢上邯鄲，逐兔出東門。離官寸亦樂，里社有拙言。「離官寸亦樂」，晉俚諺云然。

萬事有定分，聖智不能移。而於定分中，亦有不測機。人生桐葉露，見日忽已晞。唯當飲美酒，儻來非所期。

此飲又復醉，此醉更酣適。徘徊雲間月，相對澹以默。三更風露下，巾袖警微濕。浩歌天壤間，今夕知何夕。《全金詩》卷一一三，册4，第7頁

同前

元好問

按，《全元詩》册二亦收元好問此詩，元代卷不復録。

江南秋泉雲液濃，遼東抹利玉汁鎔。椰瓢朝傾荔支緑，螺杯暮捲珍珠紅。此酒誰所留，今日乃汝逢。仙人一丸藥，洗我芥蔕胸。金沙一散風雨疾，世事盡與浮雲空。東家劉伯倫，西家王無功。醉鄉日月萬萬古，眼中擾擾誰爲雄。人會有歸盡，飲不飲所同。所恨獨醒人，百年枯槁中。獨醒恨未通，獨醉恨未公。安得清江變醇酎，盡回天地入春風。《全金詩》卷一一七，册4，第61頁

後飲酒五首

元好問

題注曰：「陽翟」。按，《全元詩》册二亦收元好問此詩，元代卷不復録。

少日不能觴，少許便有餘。此得酒中趣，日與杯杓俱。一日不自澆，肝肺如欲枯。當其得意時，萬物寄一壺。作病知奈何，妾婦良區區。但愧生理廢，飢寒到妻孥。吾貧蓋有命，此酒不可無。

金丹换凡骨，誕幻若無實。如何杯杓間，乃有此樂國。天生至神物，與世作酣適。豈曰無妙理，滉漾莫容詰。康衢吾自樂，何者爲帝力。大笑白與劉，區區頌功德。

客從崧少來，貽我招隱詩。爲言學仙好，人間竟何爲。一笑顧客言，神仙非所期。山中如有酒，吾與爾同歸。

酒中有勝地，名流所同歸。人若不解飲，俗病從何醫。此語誰所云，吾友田紫芝。紫芝雖吾友，痛飲真吾師。一飲三百杯，談笑成歌詩。九原不可作，想見當年時。

飲人不飲酒，正自可飲泉。飲酒不飲人，屠沽從擊鮮。酒如以人廢，美禄何負焉。我愛靖

節翁，於酒得其天。龐通何物人，亦復爲陶然。兼忘物與我，更覺此翁賢。《全金詩》卷一一三，册4，第8頁

秋夜長

王　鬱

秋風梟梟吹庭樹，傷心一葉隨風去。葉隨風去何所之，似我年年困羈旅。神蟉紆屈泥中蟠，青雲未到誰汝憐。愁來不寐起視夜，斗柄斜指西南天。《全金詩》卷一五一，册4，第519頁

樂府二

侯　册

玉階春草傷心碧，錦瑟華年過眼空。
千金買斷青樓月，爛醉桃花扇影風。《全金詩》卷八四，册3，第125頁

同前

王予可

唾尖絨舌淡紅甜。《全金詩》卷八五，册3，第128頁

威錦堂樂府

王予可

鳳環捧席帶香屏，鯨杯倚伎和雪捲。《全金詩》卷八五，册3，第129頁

步虛詞二首

丘處機

曠蕩修真教，飄飄出世門。先師開户牖，歸馬動乾坤。陋室回仙觀，高名軋帝閽。雲朋霞友會，朝禮太虛尊。

寶炷成雲篆，華燈簇夜光。星河初焕爛，鐘磬乍悠揚。醮主承嘉會，虔心禱上蒼。諸仙來顧盼，接引下虛皇。《全金詩》卷五二，册2，第172頁

同前三首

元好問

《全元詩》題注曰：「後二首，三鄉時作。」按，《全元詩》册二亦收元好問此詩，元代卷不復録。

閬苑仙人白錦袍，海山宫闕醉蟠桃。三更月底鸞聲急，萬里風頭鶴背高。
萬神朝罷出通明，和氣歡聲滿玉京。見説人間有新異，緑章封事謝升平。
琪樹明霞碧落宫，歌音裊裊度泠風。人間聽得霓裳慣，猶恐鈞天是夢中。《全金詩》卷一二三，册4，第175頁

近代曲辭

本卷以《樂府詩集・近代曲辭》同題爲收録之據，所録均出《全金詩》及《全遼金詩》。

鷓鴣

楊宏道

按,《樂府詩集·近代曲辭》有《鷓鴣詞》,《鷓鴣》當出於此,故予收録。

鷓鴣鷓鴣生炎方,有耳未嘗聞北翔。鷓鴣鷓鴣何形色,北人見之應不識。前朝鼓吹名鷓鴣,上稽下考不見書。而今歌舞聞見熟,試爲後生陳厥初。東京有臺高百尺,北望鶩吁半天赤。塞垣關楗夜不扃,河南河北無堅壁。鷓鴣飛入酸棗門,青衣行酒都民泣。長淮東注連海潮,終南山氣參青霄。大田多稼際沙漠,幽州宫闕何嶕嶢。金天洪覆需雲潤,内自封畿外方鎮。霜葉烟花秋復春,妙選細腰踏綉茵。優絲伶竹彈吹闋,主人起舞娱嘉賓。玉帶右佩朱絲繩,牌如方響縣金銀。低頭俯身捲左膝,通袖臂摇前拜畢。露臺畫鼓靈鼉鳴,長管如臂噴宫聲。初如秋天横一鶚,次如沙汀雁將落。紅袖分行齊拍手,婆娑又似風中柳。鷓鴣有節四换頭,每一换時常少休。次四本是契丹體,前襟倏閃靴尖踢。或如趨進或如却,或如酬酢或如揖。或如掠鬢把鏡看,或如逐獸張弓射。蹁躚蹩躃更多端,染翰未必形容殫。主人再拜歡聲沸,酌酒勸賓賓盡醉。僚屬對起相後先,襟裾凌亂争回旋。鷓鴣爲樂猶古樂,大定明昌事如昨。風時雨若屢豐年,五十年來人亦樂。勿言鄭衛亂雅歌，人樂歲豐如樂何。朱門兵衛森彌望，門外聞之若天上。隗臺梁苑烟塵昏，百年人事車輪翻。倡家蠅營教小妓，態度纖妍渾變異。吹笛擊鼓闐闐中，千百聚觀雜壯稚。昔時華屋罄濃歡，今日樂堋爲賤藝。白頭遺士偶來看，不覺傷心涕沾袂。《全金詩》卷一〇七，册3，第477頁

陽關曲

王鬱

清沈雄《古今詞話》曰：「《陽關曲》，即王維《送元二使安西》七言絶句，後用爲送行之歌。觀劉禹錫之『更與殷勤唱渭城』，白居易之『聽唱陽關第四聲』，唐人多已用之。陽關三疊，按歌法也。」①

城東車馬已促裝，城西江水青茫茫。緑楊陌上一杯酒，離愁慘淡春無光。秦樓花映晴烟直，誰家少婦當門立。金鞭入手紫燕嘶，回首飛雲曉山碧。《全金詩》卷一五一，册4，第518頁

---

①［清］馮金伯《詞苑萃編》卷一，續修四庫全書，册1733，第408頁。

太玄十二時歌

侯善淵

夜半子，玄元聖祖留宗旨。陽素偏明太古風，梁宬自適冲虚子。各稱能，奚盡爾，忘一機兮皆在此。子皋奕羽降神禽，不逢怪鵬緣何事。

鷄鳴丑，夢中喚覺明元首。陽光未出早開眸，天癸回靈潛斗口。啓玄關，通機肘，默釋無兮明自有。悁吁方知逃逸機，大音樸惔焉能吼。

平旦寅，靈陽未現物華新。圓覘至明難啓口，媔奕無知語甚頻。忘濁質，換彜身，道伴仙居擇上鄰。不分真僞狂徒者，兀兀塵中争我人。

日出卯，丹風瀝御無縈惱。燦燦交光匝太空，輝輝照徹盈纖杪。上仙機，訣然了，玄真幽粹仍非小。璺釋中華理易徽，天瑩無塵傳六寶。

食時辰，密密天光照谷神。盈溥泊然融一體，入宬由吣論三身。道虚静，性自臻，混元凝化物滋淳。休將檮杌同琳苑，楓間靈椿出舊新。

禺中巳，道自存三一生二。子覘眸瞀不精思，伸奕夐悉文聖意。悟真空，明宗旨，一靈覺性通天地。寂寥常處大虚間，到此歸元孰可示。

日中午，天光赫赫熠寰土。隊子深居突室中，昡清面晢忘甘苦。悟與迷，各得所，輔正除邪須測度。開明象帝出先天，運化純風含太古。

日昳未，庭中静絶金㜸吠。默守神功上善機，靈波滚底盈天地。處玄徽，真清麗，未悟之流須子細。闌開玉户見星眸，道字一無孰善計。

晡時申，樂天知命絶艱辛。不羨啓期三事美，非圖林類百年春。道爲主，性爲賓，二氣凝然合至真。窺質上資蟾闕影，已逢浮木出波津。

日没酉，孤然惔静無交友。高岑月出散瓊花，溪邊風細摇金柳。道自生，神思守，圓明湛湛無中有。精陽豁落太虚間，嚇退陰魔天外走。

黄昏戌，兩條畫燭明空室。晄奕兒童玩此中，瞿晦赤子斯功畢。運性光，神威力，形釋心凝中退屈。信哉一味太陽酥，慧師餌覺甘如蜜。

人定亥，垂簾掩户忘憎愛。自適恬然物外機，逍遥任性無妨礙。道滋符，真元在，天地盈虚明否泰。屯蒙受卦禀生成，萬聖千真皆倚賴。《全遼金詩》第1587—1589頁

卷一七八　金雜歌謡辭

本卷輯録，不及先往，惟限金代，故於《樂府詩集》雜歌謡辭之擬作，小大篇什，皆予收録，惟懼遺珠。於謡辭，則遍搜文獻，不拘金詩，亦及史志筆記。詩人自作而名「歌」「謡」者，非擬樂府舊題，概不收録。

客有自關輔來作商歌十章

雷　琯

詩序曰：「客有自關輔來，言秦民之東徙者，餘數十萬口。携持負戴，絡繹山谷間，晝餐無糗糒，夕休無室廬，飢羸暴露，濱死無幾。間有爲秦聲寫去國之情者，其始則歷亮而宛轉，若有所訴焉。少則幽抑而悽厲，若訴而怒焉。及其放也，嗚嗚焉，愔愔焉，極其情之所之，又若弗能任焉者。噫！秦，予父母國也，而客言如是。聞之悲不可禁，乃爲作《商歌》十章，倚其聲以紓予懷，且俾後之歌者知秦風之所自焉。」

扶桑西距若華東，盡在天王職貢中。一自秦原有烽火，年年選將戍河潼。
春明門前灞水濱，年年此地送行頻。今年送客不復返，捲土東來避戰塵。
盡室東行且未歸，臨行重自鎖門扉。爲語畫梁雙燕子，春來秋去傍誰飛。
灞水河邊楊柳春，柔條折盡爲行人。只愁落日悲笳裏，吹斷東風不到秦。
纍纍老稚自相攜，側耳西風聽馬嘶。百死纔能到關下，仰看猶似上天梯。
上得關來似得生，關頭行客唱歌行。虛岩遠壑互相應，轉見離鄉去國情。
前歌未停後迭呼，歌詞激烈聲嗚嗚。天下可能無健者，不挽天河洗八區。
折來灞水橋邊柳，盡向商於道上栽。明年三月花如雪，會有好風吹汝回。
行人十步九盤桓，岩壑縈回行路難。忽到商顏最高處，一時揮泪望長安。
西來遷客莫回首，一望令人一斷魂。正使長安近於日，烟塵滿目北風昏。《全金詩》卷一二九，册4，第251頁

漁父

王寂

按，王寂《拙軒集》卷四題作《古漁父詞》。①

一聲欸乃破蒼烟，萬頃滄浪蘸碧天。黄篾筏頭閑活計，緑蓑衣底懶因緣。酉年酒易多卯飲，亥目魚收縱午眠。坐笑磻溪太多事，夢招西伯渭川畋。《全金詩》卷三一，册1，第404頁

同前

李節

舉世從誰話獨醒，短蓑輕箬寄餘生。半篙春水世塵遠，一笛晚風山雨晴。稚乳滿船生事簡，魚蝦到市利源輕。旁人莫怪機心少，曾與滄洲白鳥盟。《全金詩》卷八五，册3，第142頁

---

①［金］王寂《拙軒集》卷四，景印文淵閣四庫全書，册1190，第34頁。

漁父詞二首

完顏璹

楊柳風前白板扉，荷花雨裏緑蓑衣。紅稻美，錦鱗肥，漁笛閑拈月下吹。

釣得魚來卧看書，船頭穩置酒葫蘆。烟際柳，雨中蒲，乞與人間作畫圖。《全金詩》卷八四，册3，第121頁

楚歌

蕭貢

沙丘車過亡明鏡，人頭畜鳴自賢聖。阿房殿裏醉宫娃，趙高手中持國柄。群雄雲擾蕩山東，邯鄲却墮秦圍中。項王一戰動天地，諸侯膝行趨下風。割裂河山建侯國，天下畏威心不服。只貪衣綉榮楚猴，豈識金刀得秦鹿。楚歌一夜四面發，泣别虞姬歌數闋。殘兵牢落似晨星，獨騎凌兢踏寒月。烏江渡口方唤船，五侯追奔已江邊。苦道天亡非戰罪，劍化壯氣成飛烟。君王雄武古無比，獨無仁義誰相濟。向能忠計資范增，未必漢家能卜世。穀城東頭土一丘，悠悠遺恨何年休。《全金詩》卷六五，册2，第375頁

戚夫人

元好問

按，《全元詩》册二亦收元好問此詩，元代卷不復録。

鴻鵠冥冥四海飛，戚夫人舞淚沾衣。無端恨殺商山老，剛出山來管是非。《全金詩》卷一二三，册4，第182頁

詛祝歌

《金史·謝里忽傳》曰：「謝里忽者，昭祖將定法制，諸父、國人不悦，已執昭祖，將殺之。謝里忽亟往，彎弓注矢，射於衆中，衆乃散去，昭祖得免。國俗，有被殺者，必使巫覡以詛祝殺之者，廼繫刃於杖端，與衆至其家，歌而詛之曰……其聲哀切悽婉，若《蒿里》之音。既而以刃畫地，劫取畜産財物而還。其家一經詛祝，家道輒敗。」①《全金詩》卷一五九、《全

---

①《金史》卷六五，第1540頁。

遼金詩》均有收録，前者題作《詛祝歌》，後者題作《巫歌》，本卷從前者。

取爾一角指天、一角指地之牛，無名之馬，向之則華面，背之則白尾，橫視之則有左右翼者。

《全金詩》卷一五九，册 4，第 610 頁

世祖時童謡

《金史・世祖本紀》曰：「第二子襲節度使，是爲世祖，諱劾里鉢。生女直之俗，生子年長即異居。景祖九子，元配唐括氏生劾者，次世祖，次劾孫，次肅宗，次穆宗。及當異居，景祖曰：『劾者柔和，可治家務。劾里鉢有器量智識，何事不成。劾孫亦柔善人耳。』乃命劾者與世祖同居，劾孫與肅宗同居。景祖卒，世祖繼之。世祖卒，肅宗繼之。肅宗卒，穆宗繼之。穆宗復傳世祖之子，至於太祖，竟登大位焉。世祖，遼重熙八年己卯歲生。遼咸雍十年，襲節度使。景祖異母弟跋黑有異志，世祖慮其爲變，加意事之，不使將兵，但爲部長。跋黑遂誘桓赧、散達、烏春、窩謀罕爲亂，及間諸部使貳於世祖。世祖猶欲撫慰之，語在跋黑、桓赧等傳中。世祖嘗買加古部鍛工烏不屯被甲九十，烏春欲托此以爲兵端，世祖還其

甲，語在《烏春傳》。部中有流言曰……」①按，《全金詩》卷一五九、《全遼金詩》均有收録，前者題作《世祖時童謡》，後者題作《童謡》，本卷從前者。

欲生則附於跋黑，欲死則附於劾里鉢、頗剌淑。《全金詩》卷一五九，册4，第610頁

正隆童謡

宋徐夢莘《三朝北盟會編》曰：「宣梁漢臣孔彦舟撫問修大内，不意有人譖彦舟者，遂賜酒鴆之，彦舟捧卮跪飲。見彦舟臂上雕青，問曰：『何物也。』彦舟曰：『臣少年時不成器，教人刺來。』曰：『卿如今成器，敢做甚？』彦舟股慄。命彦舟充西京留守，起行至路，藥發而死。二年八月，在汴京，值中秋設宴，百官玩月。忽密雲罩月，索筆作《鵲橋仙》詞曰：『停杯不舉，停歌不發，等候銀蟾出海，不知何處片雲來？做許大通天障礙，虬髭撚斷，星眸睜煞（按，他本均作「星眸睜裂」，是），惟恨劍鋒不快，一揮揮斷紫雲根，要見嫦娥體態。』翰

---

①《金史》卷一，第6頁。

林學士祁宰奏曰：『陛下棄大國宫殿，遍幸諸州，敗盟興師，無故舉事，勞役生靈，興工動土，修建西京之内，開掘無用之河，勞苦軍民，嗟怨盈路。太乙出現，陛下轉以爲妖，殊不憚畏。臣食禄於朝，焉可緘默，伏望陛下察天地之不祥，收兵罷役，通和南宋，復還故都，四海九州，咸感聖德，天下幸甚。』亮大怒，斬之，滅其族。正隆三年二月下詔，小龍虎大王兵五萬，守鎮蒙古。右司虎牙衛將軍大家奴改作大嘉努守鎮上京。會寧府朮律改作舒嚕侍中兵三萬，守燕京。中都葛王兵五萬，屯齊、鄆兩州，兼津發糧草。皇太子奉國衛將軍、户部侍郎張昌等守汴京御營，前軍高委禮管押御前射雕軍一萬三千，并紫茸細軍三千。御前提舉右將軍達耳明威改作塔爾明威、御前左將軍赤盞明威改作持嘉明威、御前前軍伽羅明威改作額嚕明威、御前後軍西道總管興國奴改作興國努將紫茸細軍三千人，令分五部，一部五百人，每隊六十人，謀克改作穆昆一人，隊頭一人，葫蘆服一人，牌頭二人，飯食五人，隊身五十人。五年秋九月，起汴京，敕天使催促八路軍馬各依地，分入南界進發。時童謡：……」①《全金詩》卷一五九亦收此謡，題作《正隆童謡》，本卷從之。

① 《三朝北盟會編》卷二四三，第 1746 頁。

正軍三匹馬，簽軍兩隻鞋。郎主向南去，趙老送燈臺。《全金詩》卷一五九，册 4，第 610 頁

大定童謡

宋孟珙《蒙韃備録》曰：「韃人在本國時，金虜大定間，燕京及契丹地有謡言……。葛酋雍宛轉聞之，驚曰：『必是韃人爲我國患。』乃下令極於窮荒，出兵剿之，每三歲遣兵向北剿殺，謂之『減丁』，迄今中原人盡能記之曰：『二十年前，山東河北誰家不買韃人爲小奴婢，皆諸軍掠來者。』」①《全金詩》卷一五九亦收此謡，題作《大定童謡》，本卷從之。

韃靼去，趕得官家没去處。《全金詩》卷一五九，册 4，第 610 頁

---

① [宋] 孟珙撰，[清] 曹元忠校注《蒙韃備録校注》，續修四庫全書，册 423，第 525 頁。

明昌童謡

宋宇文懋昭《大金國志》曰：「明昌四年十月，誅鄭王允蹈。世宗第六子，于屬爲叔。先是，允恭太子既薨，允蹈次長，當立。樞密院張克己以官僚私意，贊立太孫。然允蹈性寬厚，母亦趙氏，遠避恩寵，中外無黨，世家稱其局量，諸武將謂其有外家風，不甚附之。太孫既立，每見之，有愧色。是時，主日久酣飲，外間章奏不許通。京師謡言云：……」①《全金詩》卷一五九亦收此謡，題作《明昌童謡》，本卷從之。

東欲行，西欲飛，中間一路赤垂垂，我醉不醉知不知。《全金詩》卷一五九，册4，第611頁

① [宋] 宇文懋昭撰，崔文印校證《大金國志校證》卷一九，中華書局，1986年版，第258—259頁。

泰和童謡

宋宇文懋昭《大金國志》曰：「初，忠獻王粘罕欲贊太宗都燕，司天監郝世才本遼臣也，精於天文地理，忠獻攻討，每携以行，所言皆驗。謂『燕京土燥山遠，水泉不潤，可以威守，難以文定。若南征北伐未燕京童謡已，此地可居。如持盈守成，禍變必作。又泰和末有童謡曰……至此，燕京王氣耗竭。』其言驗矣。」①《金史·五行志》曰：「(泰和)三年四月，旱。十月己亥，大風。四年正月壬申，陰霧，木冰。三月丁卯，大風，毀宣陽門鴟尾。四月，旱。壬戌，萬寧宫端門災。十一月丁卯，陰。木冰凡三日。五年夏，旱。八年閏四月甲午，雨雹。河南路蝗。六月戊子，飛蝗入京畿。八月乙酉，有虎至陽春門外，駕出射獲之。時又有童謡云……至貞祐中，舉國遷汴。」②《全金詩》卷一五九亦收此謡，題作《泰和童謡》，本卷從之。

---

①《大金國志校證》卷二四，第332—334頁。

②《金史》卷二三，第540頁。

易水流，汴水流，百年易過又休休。兩家都好住，前後總遲留。《全金詩》卷一五九，册 4，第 611 頁

貞祐童謡

《金史・五行志》曰：「宣宗貞祐元年八月戊子夜，將曙，大霧蒼黑，跬步無所見，至辰巳間始散。十二月乙卯，雨，木冰。時衛州有童謡曰……明年正月，元兵破衛，遂丘墟矣。」①《全金詩》卷一五九亦收此謡，題作《貞祐童謡》，本卷從之。

團欒冬，劈半年。寒食節，没人烟。《全金詩》卷一五九，册 4，第 611 頁

興定童謡

《金史・五行志》曰：「（宣宗興定）五年三月，以久旱，詔中外，仍命有司祈禱。十一月

① 《金史》卷二三，第 542 頁。

壬寅，京師相國寺火。十二月丁丑，霜附木。先是，有童謡云……蓋言是時人皆爲兵，轉鬥山谷，戰伐不休，當至老也。」①《全金詩》卷一五九亦收此謡，題作《興定童謡》，本卷從之。

青山轉，轉山青。耽誤盡，少年人。《全金詩》卷一五九，册4，第611頁

①《金史》卷二三，第543頁。

卷一七九　金新樂府辭一

綜核《樂府詩集・新樂府辭》所録趙宋新樂府辭之準的及金代樂府實況，編者將金代新樂府辭認定標準訂以下列諸條：一曰《樂府詩集・新樂府辭》諸題之擬作者；一曰詩人自言仿元、白新樂府而作者；一曰詩人自名新樂府或新題樂府者；一曰組詩總題爲古樂府然各首題名爲新題者；一曰詩人自謂意補樂府或以備樂府采擇之新題者；一曰宋、遼新題樂府之擬作者；一曰新興曲調之齊言歌辭且爲朝廷演奏者；一曰金人别集、總集中置於「樂府」、「古樂府」、「樂府歌辭」等類下，題名與《樂府詩集》所録不同者。本卷所輯，多出《全金詩》。

桃源行

元德明

山中三月山桃開，紅霞爛漫無邊涯。山家藏春藏不得，落花流水人間來。憶昔携家竄岩谷，秦人半向長城哭。回頭塵土失咸陽，繒弋徒勞羨鴻鵠。冬裘夏葛存大樸，小國寡民皆樂俗。

晝永垣籬鷄犬閒，春晴門巷桑榆緑。漁郎偶到本無心，仙境何緣得重尋。今日武陵圖上看，唯見雲林深復深。《全金詩》卷五九，册 2，第 265 頁

塞上曲

元好問

按，金人又有《塞上》，或出於此，故予收録。又，《全元詩》册二亦收元好問此詩，元代卷不復録。

平沙細草散羊牛，一簇征人在戍樓。忽見隴頭新雁過，一時回首望南州。《全金詩》卷一一八，册 4，第 79 頁

塞上四首

趙秉文

窮邊四十里，野户兩三家。山腹過雲影，波光戰日華。汲泉尋澗曲，樵路入雲斜。隨分坡田罷，還簪野草花。

因尋射雕壘，偶到殺狐川。鹵地牛羊瘦，邊沙草木膻。廢城餘井臼，古戍斷烽烟。自説無征戰，經今六十年。薄宦邊城裏，經年無客過。一川平地少，四面亂山多。野色連秋塞，邊聲入暮河。舊貂寒更薄，飄寄欲如何。樹靄連山郭，林烟接塞垣。斷崖懸屋勢，漲水没沙痕。烽火雲間戍，牛羊嶺外村。太平閑橔手，文字付清樽。《全金詩》卷七〇，册2，第444頁

同前

李俊民

古溝芳草起寒雲，斷續鴻聲到曉聞。萬里江山今不閉，死生同恨舊將軍。《全金詩》卷九四，册3，第311頁

汾陰祠后土

趙秉文

按，《樂府詩集・新樂府辭》有《汾陰行》，金人《汾陰祠后土》或出於此，故予收録。

閑閑吏隱官蓬萊，玉堂給札非仙才。封香汾陰祠后土，騎士引赴軒轅臺。龍門峽束天下險，狀如萬頃納一杯。方丘中峙巨鼇趾，黄河一箭從天來。長風吹雲碧海去，曠蕩萬里晴天開。青山終古不改色，下送落日浮金壘。滄波幾回照新雁，往日繁雄安在哉。泰山日觀封禪罷，屬車九九聲如雷。橫汾中流簫鼓發，酒酣樂極情生哀。君不見漢家六葉夸雄才，力通象郡臣龍堆。秋風一曲在人世，茂陵桂樹生莓苔。又不見開元四海塵不動，千麾萬騎祠神淮。侍臣文章咸第一，豐碑自勒鑱崔嵬。憑高慨詠才子句，山川滿目空塵埃。鈴聲淋浪蜀道雨，想見萬里愁雲回。蒲關北走滎河道，岩深地古令人老。胡兒夜渡黄河冰，生人憔悴如霜草。吾皇神聖如軒轅，北伐玁狁清中原。遍秩群神禮喬嶽，還因吉土祀坤元。靈祇紛紛福來下，倒捲天河洗兵馬。重新日月照乾坤，再整山河歸廟社。三河形勢滿河中，獨紀葵丘第一功。唐漢遺民尋故事，還思法駕幸河東。《全金詩》卷六八，册2，第425頁

田家

葛次仲

雀語嘉賓笑，蟬鳴織婦忙。《全金詩》卷三五，册1，第451頁

寄遠

李俊民

按，《樂府詩集·新樂府辭》有《寄遠曲》，《寄遠》《寄遠吟》當出於此，故予收録。

桃李年年上國新，單于鼓角隔山聞。一行書信千行淚，不是思君是恨君。《全金詩》卷九四，册3，第298頁

寄遠吟

王　鬱

一封征人書，秋帆瀟湘岸。當君高樓醉，憶妾空閨嘆。《全金詩》卷一五一，册4，第518頁

征婦詞

劉　祁

按，《樂府詩集·新樂府辭》有《征婦怨》，《征婦詞》或出於此。《元文類》置此詩於「樂

府歌行」類，此題非歌行，故予收録。又，金人無作《征婦怨》者，故置《征婦詞》於此處。

青燈熒熒照空壁，綺窗月上莎鷄泣。良人塞上遠從軍，獨妾深閨長太息。憶初癡小嫁君時，謂君不晚擁旌麾。如何十載尚輿隸，東屯西戍長奔馳。秋風戎馬臨關路，千里持矛闕上去。公家事急將令嚴，兒女私情那得顧？恨妾不爲金鞲韝，在君腰下隨風埃。恨妾不爲龍泉劍，在君手内飛光焰。慕君不得逐君行，翠袖斑斕空血染。君不見重瞳鳳駕遊九嶷，蒼梧望斷猶不歸。况今沙場征戰地，千人同去幾人回！君回不回俱未見，妾心如石那可轉。《全金詩》卷一五一，册4，第514頁

競渡

李俊民

詩序曰：「屈原以五月五日赴汨羅，土人追至洞庭，湖大舟小，莫得濟者。乃歌曰：『何由得渡湖？』自此習以相傳爲之戲。」按，《樂府詩集·新樂府辭》有《競渡曲》，《競渡》當出於此，故予收録。

憔悴沉湘楚大夫，魂招魚腹肯來無。至今江上漁歌在，尚問何由得渡湖。《全金詩》卷九四，册3，第287頁

和平太行路韻四首

李俊民

按，《樂府詩集・新樂府辭》有白居易《太行路》，以諷君臣之不終。①《和平太行路》或出於此，故予收録。

六丁驅役鬼神奔，一夜開山掌樣平。多少往來車馬客，尚憂行路澀難行。

鑿開險阻若天成，暫使時間眼界平。却羨長安西去路，青山不管送人行。

千年古道跨山城，可笑人心自不平。容易莫將天險壞，須防閑客此閑行。

自古太行天下險，縱令禹鑿不能平。尋常著脚無安處，何況羊腸路上行。《全金詩》卷九三，册3，第266頁

① 《樂府詩集》卷九七，第1023頁。

捕蝗感草蟲有作二首

趙思文

雖是形模不苦争，汝能傷稼我能鳴。誰知竟有長平禍，玉石填來共一坑。

草蟲悲咽不能言，亂逐螟蝗瘞古原。水底癡龍正貪睡，甕中蝎虎更銜冤。《全金詩》卷七五，册2，第544頁

李夫人

趙秉文

夫人臨訣時，掩面羞人主。空餘反魂香，默默不得語。千秋百歲後，粉黛化爲土。一笑不成妍，春風花自舞。《全金詩》卷六九，册2，第443頁

秦吉了

冉琇

有鳥秦吉了，鳴聲一何悲。自言承主恩，十載供提携。雕籠閉羽翼，摯之雙華絲。一朝不

終惠，零落投荒夷。自傷去漢土，豈不懷南枝。誠堪利主家，生死不敢辭。努力萬里風，寄此長相思。《全金詩》卷一三〇，册4，第266頁

東郊行

李俊民

四海尚干戈，幾人知稼穡。青青原上麥，忍放征馬食。《全金詩》卷九一，第238頁

留春曲

杜瑛

按，《樂府詩集・新樂府辭》有《惜春曲》，《留春曲》或出於此。《元文類》「樂府歌行」類有杜瑛《留春曲》，此題非歌行，故予收録。又，金人無作《惜春曲》者，故置《留春曲》於此處。

絮飛冷屑龍蟠玉，花殞香摧鳳銜燭。批頰深林叫新緑，倚闌人唱留春曲。春光欲去如死灰，明年暖風吹又來。何如日日長相守，典衣共醉花前杯。殷勤留春春不住，白日西馳水東注。

鏡中絲髮奈老何，君當持杯我欲歌。《全元詩》，册3，第23頁

春愁曲

高士談

壓花曉露萬珠冷，金井咿啞轉纖綆。寶階寂寂苔紋深，東風摇碎緗簾影。芙蓉帳暖春眠重，窗外啼鶯唤新夢。推枕起來嬌翠顰，一線沈烟困金鳳。遊絲飛絮俱悠揚，慵倚綉床春晝長。郎馬不嘶芳草暗，半篩急雨飛橫塘。《全金詩》卷二，第24頁

後薄薄酒二首

朱之才

按，蘇軾有《薄薄酒二首》，詩引云「以補東州之樂府」，王十朋《東坡詩集注》亦置之於「樂府」類，故宋代新樂府辭予以收録。蘇軾之後，宋人多有和作、續作。金人《後薄薄酒》或出於此，故予收録。

薄酒可以謀醉，不必霞滋玉味。粗布可以禦冬，不必狐貉蒙茸。醜婦可以肥家，不必楚女

吴娃。獨夫長夜商祚訖，羲和湎淫紊天曆。李白跌宕三百杯，阮籍沈酣六十日。眠甕吏部寡廉耻，解貂常侍隳法律。儻使飲薄酒，未見有此失。秦昭狐腋幾喪首，鄭臧鷸冠貽厥咎。厖裘金玦豈不哀，綉衣朱襮固無取。皆緣粗衣惡不御，賈禍招譏亦何有。夏姬滅兩國，驪姬禍五世。捧心顰眉亡夫差，墮髻啼妝敗梁冀。醜婦似可惡，終不至顛沛。勸君飲薄衣粗娶醜婦，此樂人間最長久。

薄酒粗衣吾何悲，醜婦自醜吾不知。道眼混圓宜不二，孅惡妍陋無殊歸。瓦罍石臼斟吾酒，脱粟藜羹皆可口。醉境陶然無後憂，玉碗浮蛆彼何有。漢文天子猶弋綈，士服粗布乃所宜。要繩屐葛同一暖，霞縠冰紈徒爾爲。無鹽如漆后齊桓，孟光舉臼配伯鸞。古來傾城由哲婦，有德乃令家國安。我能遣婦縫粗對婦飲薄，傍人大笑吾不惡。《全金詩》卷三，册1，第30頁

七夕

元好問

按，《樂府詩集》無此題，然宋人有新樂府辭《七夕》，當爲金人所本，故予收録。

天街奔奔素光移，雲錦機閑漏箭遲。誰與乘槎問銀漢，可無風浪借佳期。《全金詩》卷一二六，册

4，第221頁

天門引

元好問

元郝經《遺山先生墓銘》曰：「歲丁巳秋九月四日，遺山先生卒於獲鹿寓舍……爲古樂府不用古題，特出新意以寫怨恩者，又百餘篇。用今題爲樂府，揄揚新聲者，又數十百篇。皆近古所未有也。汴梁亡，故老皆盡，先生遂爲一代宗匠，以文章伯獨步幾三十年。」①按，《樂府詩集·郊廟歌辭》有《天門》，與此不同。《元好問全集》置此詩於「樂府」類，故予收録。又，《全元詩》册二亦收元好問此詩，元代卷不復録。

秦王深居不得近，從破衡成欲誰信？白頭遊客困咸陽，憔悴黄金百斤盡。海中仙人黄鵠舉，大笑人間争腐鼠。丈夫何意作蘇秦，六印才堪警兒女。古來多爲虚名老，不見阿房净如掃。千年虎豹守天門，一日牛羊卧秋草。《全金詩》卷一一八，册4，第76頁

---

①《全元文》卷一三四，第145—146頁。

蛟龍引

元好問

按，《樂府詩集》無此題，然《元好問全集》置之於「樂府」類，故予收録。又，《全元詩》册二亦收元好問此詩，元代卷不復録。

古劍咸陽墓中得，抉開青雲見白日。蛟龍地底氣如虹，土花千年不敢蝕。洪爐烈焰初騰精，横海已覺無長鯨。世上元無倚天手，匣中誰解不平鳴。割城恨不逢相如，佐酒恨不逢朱虚。尚方未入朱雲請，盟槃合與毛生俱。誰念田文坐中客，只將彈鋏嘆無魚。《全金詩》卷一一八，册4，第76頁

湘中詠

元好問

按，《樂府詩集》無此題，然《元好問全集》置之於「樂府」類，故予收録。又，《全元詩》册二亦收元好問此詩，元代卷不復録。

楚山鶴鳴風雨秋，楚岸猿啼送客舟。江山萬古騷人國，猿鳥無情也解愁。西北長安遠於日，憑君休上岳陽樓。《全金詩》卷一一八，册4，第77頁

孤劍詠

元好問

按，《樂府詩集》無此題，然《元好問全集》置之於「樂府」類，故予收録。又，《全元詩》册二亦收元好問此詩，元代卷不復録。

鬱鬱重鬱鬱，夜半長太息。吟成孤劍詠，門外山鬼泣。清霜棱棱風入骨，殘月耿耿燈映壁。君不見一飢縛壯士，僵卧時自惜。黄鵠一舉摩蒼天，誰念樊籠束修翼。《全金詩》卷一一八，册4，第77頁

渚蓮怨

元好問

按，《樂府詩集》無此題，然《元好問全集》置之於「樂府」類，故予收録。又，《全元詩》册

二亦收元好問此詩，元代卷不復録。

阿溪何許來，素面涴風雨。寂寞烟中魂，依依欲誰語。《全金詩》卷一一八，册4，第77頁

芳華怨

元好問

按，《樂府詩集》無此題，然《元好問全集》置之於「樂府」類，故予收録。又，《全元詩》册二亦收元好問此詩，元代卷不復録。

娃兒十八嬌可憐，亭亭裊裊春風前。天上仙人玉爲骨，人間畫工畫不出。小小油壁車，軋軋出東華。金縷盤雙帶，雲裾踏雁沙。一片朝雲不成雨，被風吹去落誰家。少年豈無恩澤侯，金鞍綉帽亦風流。不然典取鸕鷀裘，四壁相如堪白頭。金谷樓臺悄無主，燕子不來花著雨。只知環珮作離聲，誰向琵琶得私語。無情鸂鶒翡翠兒，有情蜂雄蛺蝶雌。勸君滿酌金屈卮，明日無花空折枝。《全金詩》卷一一八，册4，第77頁

後芳華怨

元好問

按，《樂府詩集》無此題，然《元好問全集》置之於「樂府」類，故予收録。又，《全元詩》册二亦收元好問此詩，元代卷不復録。

江南破鏡飛上天，三五二八清光圓。豈知汴梁破來一千百，寂寞菱花仍半邊。白沙漫漫車轆轆，鯤鷄弦中杜鵑哭。塞門憔悴人不知，枉爲珠娘怨金谷。樂府初唱娃兒行，彈棋局平心不平。只今雄蜂雌蝶兩不死，老眼天公如有情。白玉搔頭緑雲髮，玫瑰面脂透肉滑。春風著人無氣力，不必相思解銷骨。洛花絶品姚家黄，揚州銀紅一國香。千圍萬繞看不足，雨打風吹空斷腸。丹砂萬年藥，金印八州督，不及秦宫一生花裏活。長門曉夕壽相如，盡著千金買消渴。《全金詩》卷一一八，册4，第77頁

結楊柳怨

元好問

按，《樂府詩集》無此題，然《元好問全集》置之於「樂府」類，故予收録。又，《全元詩》册二亦收元好問此詩，元代卷不復録。

長樂坡前一杯酒，鄭重行人結楊柳。可憐楊柳千萬枝，看看盡入行人手。輕烟細雨緑相和，惱亂春風態度多。路人愛是風流樹，無奈朝攀暮折何。朝攀暮折何時了，不道行人暗中老。素衣今日洛陽塵，白髮明朝塞城草。柳色年年歲歲青，關人何事管離情。春風誰向丁寧道，折斷長條莫再生。《全金詩》卷一一八，册4，第78頁

卷一八〇　金新樂府辭二

歸舟怨

元好問

按，《樂府詩集》無此題，然《元好問全集》置之於「樂府」類，故予收録。又，《全元詩》册二亦收元好問此詩，元代卷不復録。

渡頭楊柳青復青，閨中少婦動離情，只從問得狂夫處，夜夜夢到洛陽城。南風吹櫓聲，北雁鳴嚶嚶。江流望不極，相思春草生。《全金詩》卷一一八，册4，第78頁

征人怨

元好問

按，《樂府詩集》無此題，《新唐書·李益傳》曰：「李益，故宰相揆族子，於詩尤所長。貞元末，名與宗人賀相埒。每一篇成，樂工争以賂求取之，被聲歌，供奉天子。至《征人》

《早行》等篇，天下皆施之圖繪。」①則唐樂府即有以《征人》爲題者。《元好問全集》置此詩於「樂府」類，故予收録。又，《全元詩》册二亦收元好問此詩，元代卷不復録。金人又有《征夫詞》，或出於此。

瀚海風烟掃易空，玉關歸路幾時東。塞垣可是秋寒早，一夜清霜滿鏡中。《全金詩》卷一一八，册4，第78頁

征夫詞

劉祁

按，《元文類》置之於「樂府歌行」類，此題非歌行，故予收録。

頑陰漠漠秋天黑，冷雨瀟瀟和雪滴。塗中騎士衣裳單，半夜銜枚赴靈壁。中州近歲雨雪多，只因戎馬窺黄河。將軍錦帳衣千襲，馬上揮鞭傳令急。但令飽暖度朝夕，一死沙場吾不惜。九重

①《新唐書》卷二〇三，第5784頁。

日望凱歌歸，安知中路行逶迤。願將舞女纏頭錦，添作征人身上衣。《全金詩》卷一五一，册4，第514頁

西樓曲

元好問

按，《樂府詩集》無此題，然《元好問全集》置之於「樂府」類，故予收録。又，《全元詩》册二亦收元好問此詩，元代卷不復録。

遊絲落絮春漫漫，西樓曉晴花作團。樓中少婦弄瑶瑟，一曲未終坐長嘆。去年與郎西入關，春風浩蕩隨金鞍。今年匹馬妾東還，零落芙蓉秋水寒。并刀不剪東流水，湘竹年年露痕紫。海枯石爛兩鴛鴦，只合雙飛便雙死。重城車馬紅塵起，乾鵲無端爲誰喜。鏡中獨語人不知，欲插花枝泪如洗。《全金詩》卷一一八，册4，第79頁

後平湖曲

元好問

按，《樂府詩集》無此題，然《元好問全集》置之於「樂府」類，故予收録。又，《全元詩》册

二亦收元好問此詩，元代卷不復録。

越女顔如花，吴兒潔於玉。天教并墻居，不著同被宿。美人一笑千黄金，連城不博百年心。樓上墻頭無一物，暮爨朝舂一生足。秋風拂羅裳，秋水照紅妝。舉頭見郎至，低頭采蓮房。郎心只如菱刺短，妾意未覺藕絲長。與郎期何許，眼礙同舟女。春波澹澹無盡情，雙星盈盈不得語。十里平湖艇子遲，岸花汀草伴人歸。鴛鴦驚起東西去，唯有蜻蜓接翅飛。《全金詩》卷一一八，册4，第79頁

淯川行

元好問

按，《樂府詩集》無此題，然《元好問全集》置之於「樂府」類，故予收録。又，《全元詩》册二亦收元好問此詩，元代卷不復録。

淯川道邊日欲西，誰家少婦掩面啼。漫漫長路行不徹，粉綿鏡衣手自携。自言娼家女，家在梁門東。夫壻輕薄兒，新人不相容。憶初在家時，只辨放嬌慵。耶娘惜女如惜玉，近前細看

面發紅。無端嫁作蕩子婦，流落棄擲風埃中。可憐桃李花，顔色嬌蒙茸。朝看花枝好，暮看花枝空。安得明珠三百斛，重簾複幕圍春風。《全金詩》卷一一八，册4，第79頁

黄金行

元好問

題注曰：「贈王飛伯。」按，《樂府詩集》無此題，然《元好問全集》置之於「樂府」類，故予收録。又，《全元詩》册二亦收元好問此詩，元代卷不復録。

王郎少年詩境新，氣象慘澹含古春。筆頭仙語復鬼語，只有温李無他人。天公著詩貧子身，子曾不知乃自神。人間不買詩名用，一片青衫衡霍重。兒貧女富兩心，何論同袍不同夢。入門唤婦不下機，泪子垢面兒啼飢。君詩只有《貧女謡》，何曾夢見《金縷衣》。外家翁媪日有語，嫁女書生徒爾爲。昆陽城下三更酒，醉膽輪囷插星斗。一昔詩腸老蛟吼，十尺長人墮車走。斫頭不屈三萬言，欲向何門復低首。何人壽我黄金千，使君破鏡飛上天。《全金詩》卷一一八，册4，第80頁

隋故宮行

元好問

按，《樂府詩集》無此題，然《元好問全集》置之於「樂府」類，故予收録。又，《全元詩》册二亦收元好問此詩，元代卷不復録。

渭川楊柳先得春，二月鶯啼百囀新。長春宫中千樹錦，暖日晴雲思煞人。君王半醉唱吴歌，絳仙起舞嚬翠蛾。吴兒謾説曾行樂，三十六宫能幾多。千秋萬古金銀闕，海没三山一毫髮。繁華夢覺人不知，留得寒螿泣秋月。《全金詩》卷一一八，册4，第80頁

解劍行

元好問

按，《樂府詩集》無此題，然《元好問全集》置之於「樂府」類，故予收録。又，《全元詩》册二亦收元好問此詩，元代卷不復録。

古劍黑於漆，鬱鬱動星文。摩挲二十年，今日持贈君。長鯨鼓浪三山没，知君不是泥中物。袖間一卷《白猿書》，未分持刀買黄犢。壯懷風雲鬱沈沈，慚愧漂母無千金。長安侏儒飽欲死，萬古不解天公心。北風浩浩吹行客，隴水無聲雪花白。荆卿墓頭秋草乾，擊筑行歌欲誰識。君不見秦相五羖皮，去時烹鷄炊扊扅。又不見敝裘蘇季子，合從歸來印纍纍。丈夫墮地自有萬里氣，翁忽變化安能知？大冠如箕望吾子，富貴同生亦同死。《全金詩》卷一一八，册4，第80頁

征西壯士謡

元好問

按，《樂府詩集》無此題，然《元好問全集》置之於「樂府」類，故予收録。又，《全元詩》册二亦收元好問此詩，元代卷不復録。

三十未有二十强，手内蛇矛丈八長。總爲官家金印大，不怕百死向沙場。捉却賀蘭山下賊，金鞍綉帽好還鄉。《全金詩》卷一一八，册4，第81頁

望雲謡

元好問

按,《樂府詩集》無此題,然《元好問全集》置之於「樂府」類,故予收録。又,《全元詩》册二亦收元好問此詩,元代卷不復録。

涉江采芙蓉,芙蓉待秋風。登山采蘭苕,蘭苕霜早凋。美人亭亭在雲霄,鬱摇行歌不可招。湘弦沈沈寫幽怨,愁心歷亂如曳繭。金支翠蕤紛在眼,春草迢迢春波遠。《全金詩》卷一一八,册4,第81頁

望歸吟

元好問

按,《樂府詩集》無此題,然《元好問全集》置之於「樂府」類,故予收録。又,《全元詩》册二亦收元好問此詩,元代卷不復録。

寒雲一抹平如截，塞草離離卧榆葉。長城窟深戰骨寒，萬古牛羊飲寃血。少年錦帶佩吴鈎，獨騎匹馬覓封侯。去時只道從軍樂，不道關山空白頭。北風吹沙雜飛雪，弓弦有聲凍欲折。寒衣昨夜洛陽來，腸斷空閨搗秋月。年年歲歲望還家，此日歸期轉未涯。誰與南州問消息，幾時重拜李輕車。《全金詩》卷一一八，册4，第81頁

梁園春五首

元好問

題注曰：「車駕遷汴京後作。」按，《樂府詩集》無此題，然《元好問全集》置之於「樂府」類，故予收録。又，《全元詩》册二亦收元好問此詩，元代卷不復録。

軍從南去三回勝，雪自東來二尺强。今歲長春多樂事，内家應舉萬年觴。

暖入金溝細浪添，津橋楊柳綠纖纖。賣花聲動天街遠，幾處春風揭綉簾。

上苑春濃晝景閑，綠雲紅雪擁三山。宫墻不隔東風斷，偷送天香到世間。

樓觀沈沈細雨中，出墻花木亂青紅。朱門不解藏春色，燕宿鶯喧處處通。

雙鳳簫聲隔彩霞，宫鶯催賞玉溪花。龍德宫有玉溪館。誰憐麗澤門邊柳，瘦倚東風望翠華。麗

澤，燕都西門名。《全金詩》卷一一八，册4，第81頁

探花詞五首

元好問

按，《樂府詩集》無此題，然《元好問全集》置之於「樂府」類，故予收録。又，《全元詩》册二亦收元好問此詩，元代卷不復録。

禁裏蒼龍啓九關，殿前鸜鵒喚新班。沈沈緑樹鞭聲遠，裊裊薰風扇影閑。

浩蕩春風入綉鞍，可憐東野一生寒。皇州花好無人管，不用新郎走馬看。

六十人中數少年，風流誰占探花筵。阿欽正使才情盡，猶欠張郎白玉鞭。李欽用二十七，張夢祥少一歲，又未婚云。

美酒清歌結勝遊，紅衣先爲渚蓮愁。曲江共説櫻桃宴，不見西園風露秋。

人物風流見藹然，逼人佳筆已翩翩。龍津春色年年在，莫著新銜惱必先。《全金詩》卷一一八，册4，第82頁

獵城南

元好問

按，《樂府詩集》無此題，然《元好問全集》置之於「樂府」類，故予收録。又，《全元詩》册二亦收元好問此詩，元代卷不復録。

翩翩遊俠兒，白馬如匹練。朝出城南獵，暮趨軍中宴。北平有真虎，愛惜腰間箭。《全金詩》卷一一八，册4，第82頁

春風來

元好問

按，《樂府詩集》無此題，然《元好問全集》置之於「樂府」類，故予收録。又，《全元詩》册二亦收元好問此詩，元代卷不復録。

春風來時瑶草芳，緑池珠樹宿鴛鴦。春風去後瑶草歇，來鴻去燕遥相望。鴛鴦不得雙，燕

鴻天一方。娟娟愁眉色，静與遥山長。錦衾復羅薦，夢語相思怨。月明烏夜啼，空閨泪如霰。

《全金詩》卷一一八，册4，第82頁

梅華　元好問

按，《樂府詩集》無此題，然《元好問全集》置之於「樂府」類，故予收録。《元好問全集》題作《梅花》，《全金詩》題作《梅華》，本卷從後者。又，《全元詩》册二亦收元好問此詩，題作《梅華》，元代卷不復録。

去歲梅華晚，今歲梅華早。和羹要佳實，春風莫草草。《全金詩》卷一一八，册4，第83頁

寶鏡　元好問

按，《樂府詩集》無此題，然《元好問全集》置之於「樂府」類，故予收録。又，《全元詩》册二亦收元好問此詩，元代卷不復録。

寶鏡挂秋水，青蛾紅粉妝。春風不相識，白地斷肝腸。《全金詩》卷一一八，册4，第83頁

續小娘歌十首

元好問

按，《樂府詩集》無此題，然《元好問全集》置之於「樂府」類，故予收録。又，《全元詩》册二亦收元好問此詩，元代卷不復録。

吴兒沿路唱歌行，十十五五和歌聲。唱得小娘相見曲，不解離鄉去國情。

北來遊騎日紛紛，斷岸長堤是陣雲。萬落千村藉不得，城池留著護官軍。

山無洞穴水無船，單騎驅人動數千。直使今年留得在，更教何處過明年。

青山高處望南州，漫漫江水繞城流。願得一身隨水去，直到海底不回頭。

風沙昨日又今朝，踏碎鵶頭路更遥。不似南橋騎馬日，生紅七尺繫郎腰。

雁雁相送過河來，人歌人哭雁聲哀。雁到秋來却南去，南人北渡幾時回。

竹溪梅塢静無塵，二月江南烟雨春。傷心此日河平路，千里荆榛不見人。

太平婚嫁不離鄉，楚楚兒郎小小娘。三百年來涵養出，却將沙漠换牛羊。

飢烏坐守草間人，青布猶存舊領巾。六月南風一萬里，若爲白骨便成塵。黄河千里扼兵衝，虞虢分明在眼中。爲向淮西諸將道，不須夸説蔡州功。《全金詩》卷一一八，册4，第83頁

怒虎行

元好問

題注曰：「答宋文之。」按，《樂府詩集》無此題，然《元好問全集》置之於「樂府」類，故予收録。又，《全元詩》册二亦收元好問此詩，元代卷不復録。

怒虎當道卧，百里不敢唾。紛紛射彪手，一見弧矢墮。誰知世有李將軍，霹靂弦聲驚石破。

昨日雙南金，今日緑綺琴。贈君無别物，惟有百年心。《全金詩》卷一一八，册4，第84頁